an FIC Berto

ola, S.
rapolvere di stelle.

CE: $30.14 (3582/01   )

pirapolvere di stelle

TEA DUE

DATE DUE

OCT 2 1 2008		
DEC 1 9 2008		
FEB 2 2 2009		
JUL 2 1 2010		
FEB 1 1 2011		
AUG 0 5 2011		
AUG 2 5 2011		
FEB 1 4 2012		
MAR 1 6 2012		
MAY 0 4 2012		
JUL 1 7 2012		
OCT 2 2 2012		
NOV 1 6 2012		
JUL 2 9 2013		
SEP 1 1 2014		
		APR 2 3 2008

TOWN OF CALEDON PUBLIC LIBRARY

*Romanzi di Stefania Bertola
pubblicati in questa collana:*

Aspirapolvere di stelle
Biscotti e sospetti
Ne parliamo a cena

STEFANIA BERTOLA

ASPIRAPOLVERE DI STELLE

Romanzo

❀TEA❀

Visita *www.InfiniteStorie.it*
il grande portale del romanzo

TEA - Tascabili degli Editori Associati S.p.A., Milano
www.tealibri.it

Copyright © 2002 Adriano Salani Editore s.p.a., Milano
Edizione su licenza della Adriano Salani Editore

Prima edizione TEADUE febbraio 2004
Quarta edizione TEADUE gennaio 2008

Ringraziamenti

Non tutto in questo libro è farina del mio sacco. Tra le cose più smaccatamente appartenenti a sacchi altrui, vorrei citarne almeno due.

Dopo mesi che mi spremevo inutilmente il cervellino in cerca di un bel nome per l'agenzia delle ragazze, e tediavo tutti in cerca di suggerimenti, la mia amica Simonetta Benozzo, nel corso di una cena in pizzeria, mi ha tranquillamente proposto: «Perché non la chiami Fate Veloci?». Fantastico. Grazie.

Se vi meravigliate per il fatto che Morgana dica cose perfettamente sensate quando parla di biologia marina e altre scienze assortite, sappiate che attraverso di lei si esprime la assoluta competenza in merito dell'altra mia amica Claudia Pasquero, affascinante fisico oceanografico in proprio. Solo le stupidaggini sono mie (Claudia si dissocia da ogni ipotesi di articolo di Aristotele sul plankton). Grazie anche a lei.

Aspirapolvere di stelle

Martedì 7 novembre

Son le sette del mattino e tu ancora stai dormendo, pensava Ginevra, e perché io no? Perché quella della canzone dorme come se l'avesse punta un fuso e io invece sono già sveglia e sto spalmandomi in faccia una crema idratante all'elicriso e all'aloe? Senza neanche sapere che cos'è l'elicriso? Perché sono una donna che lavora, ecco perché. La donna che lavora si alza alle sette e mezzo, e si fa il caffè. E poi si prende cura dell'epidermide, perché tra i venticinque e i trentacinque stanno lì in agguato le famose 'rughe di espressione', e bisogna sventarle ai primi sintomi.

Ginevra aveva compiuto trentadue anni in ottobre, e quindi avrebbe dovuto combattere già da sette anni. Invece aveva appena cominciato. Si era data alle creme la settimana prima, e adesso cercava di recuperare con lo zelo. Dopo la crema idratante, considerò con attenzione gli altri barattolini allineati sulla mensola del suo bagno tutto rosa. Meglio l'emolliente con calendula, carota e ginseng, o quello al ginko biloba e alla vite rossa? E buttarsi decisamente sulla crema tonificante all'olio di jojoba e al burro di karité? Si guardò ben bene allo specchio. Non vedeva la minima traccia di rughe di nessun genere. Cedimento dei tessuti? Assente. Con un sospiro di sollievo, scelse la crema alla vite rossa, che meglio si accordava alla stagione.

Arianna intanto era già alla terza fetta di pane tostato con burro e marmellata di ciliegie, e stava ripassando le dieci regole d'oro dell'arredamento Feng Shui. Quel giorno stesso, ne avrebbe parlato alle altre due. Se vogliamo un'azienda davvero competitiva, avrebbe detto alle sue socie, dobbiamo ripensare la disposizione dei mobili in chiave yin e in chiave yang. E la prima, la primissima cosa da fare, è comprare una boccia e riempirla di pesci. Guardò suo figlio Giacomo che mangiava latte e fiocchi davanti a lei. Sarà un bambino yin o un bambino yang? Giacomo posò il cucchiaio pieno di frosties molli sul tavolo, piegò gli angoli della bocca all'ingiù e chiese: «Perché quei bambini non hanno le mamme?»

Penelope dormiva ancora. Era quella che abitava più lontano dall'agenzia e non aveva la macchina. Eppure alle otto meno un quarto dormiva appallottolata nel piumone, e sognava di dondolarsi su un trapezio: sotto, invece della pista di un circo, c'era la sua cucina. Ma non era la sua cucina. Era una cucina di cartone animato, in casa di Paperino. E lei era Penny Paperina e stava friggendo delle salsicce in una padella. E il trapezio? Preoccupata per la scomparsa del trapezio, anche Penny si svegliò.

Prima di uscire di casa, Ginevra si contemplò nel grande specchio dell'ingresso. Sì sì, era perfetta, tre diverse tonalità di grigio dosate con sapienza e ravvivate dalla sciarpa di seta rossa. Uscì, scese le scale e prese la bicicletta, anche lei rossa, nuova, bellissima. Unica nota stonata, la catena, che era avvolta in una plastica verdina. Ginevra uscì dal portone e spinse la bici per tre metri, fino al bar davanti a casa. La appoggiò al muro, in un punto controllabile dall'interno, entrò e ordinò un cappuccino. Con? Osservò pensierosa la vetrina delle brioche. Aaah... c'erano anche le focaccine... Difficile scegliere. Affidiamoci all'istinto. Allungò una mano ciecamente, e non si stupì vedendo che si posava senza esitazione su un krapfen.

Alle otto e mezzo, Arianna parcheggiò davanti all'asilo, fece scendere Giacomo e lo prese per mano.
    «Ma perché quei bambini non hanno le mamme?»
    Domenica avevano visto *Peter Pan*, oggi era martedì e ancora non si parlava d'altro.
    «Te l'ho detto, Gimmi. Quei bambini le mamme le hanno. Solo che le mamme li hanno perduti».

«Perché andavano sempre a lavorare e allora li hanno lasciati in un negozio».

Arianna non era d'accordo.

«Ma va'. Li hanno perduti perché loro non stavano vicini. Sai, quando le mamme dicono: 'Mi raccomando, non allontanarti'? Be', loro si erano allontanati».

Giacomo la guardò con sospetto. Per fortuna, stava arrivando il suo amico Edoardo, con in mano un nuovo Guerriero Kumba dei Protagonists of Millennium. Ciao ciao, Gimmi.

Spesso, arrivando in ufficio, Arianna incontrava Penelope appena scesa dal tram.

«Penny! Ciao!»

«Ehi. Ma non dovevi andare direttamente dalla Pestelli?»

«Sono passata a prendere due o tre attrezzi. Queste non sai mai cos'hanno in casa».

«Non hai fatto il sopralluogo?»

«Sì, ma non mi ricordo se ho visto lo spremiaglio o no. E tu? Cos'hai oggi?»

«Un ritorno moglie».

«Auguri. Chissà se Ginevra è già su. Prima di andare, volevo parlarvi un attimo».

«Di che?»

«Feng Shui».

«Chi?»

«Cosa».

«Eh?»

«Casomai, devi chiedermi 'cosa?', non 'chi?'»

«Okay».

Ginevra era già su. Aveva infilato nel videoregistratore la cassetta di *In compagnia dei lupi* e guardava Terence Stamp che attraversava un bosco in Rolls Royce. In quel film, come in altri, Terence Stamp interpreta il ruolo del diavolo. Ginevra gli lanciava un'occhiata di tanto in tanto, mentre era alle prese con due fogli di quaderno tutti coperti di spirali e bastoncini. Si trattava della sua scrittura, e adesso le toccava decifrare e battere sul computer l'elenco dei bulbi che aveva piantato sul terrazzo di una cliente. Dunque, di iris ne ho messi... mentre cercava di capire se quel bastoncino e quella spirale indicavano 16, 19, 78 o 24, sentì due rumori sovrapporsi: le chiavi che giravano nella serratura, e il telefono che suonava. Si alzò per andare a rispondere, ma Penny era già dentro, e già sollevava la cornetta: «Buongiorno, qui Fate Veloci, sono Penelope Bergamini». Dopo una breve pausa, Penny disse: «Sì». Seguirono un altro paio di 'Sì', un 'Dove', qualche mugolio, e un 'Devo chiedere alle mie socie, un attimo per favore'. Coprì la cornetta e sussurrò: «È un tizio. Dice che deve proporci un lavoro un po' insolito. Chiede un appuntamento».

Arianna socchiuse gli occhi. «Insolito come?»

Ginevra batté la matita sul quaderno. «Come si chiama?»

«Antonio qualcosa. Tipo Babboli».

«E prendi questo appuntamento. Poi vediamo».

L'appuntamento con il signor Babboli restò fissato per la mattina seguente, ore 11.

«Così ci siamo tutte» annuì soddisfatta Ginevra.

«Io no. Ho un postfesta».

«Un altro? Da chi?»

«Dai Rossignoli».

«Ah, già. Il battesimo delle gemelle. Va be'. Ci parliamo io e Ginevra, col tipo».

«Okay». Penny annuì distratta, e cominciò a radunare in un saccone dell'Ikea vim, cif, spugne, stracci, sacchi, flaconi, saponi, mollette, un miniaspirapolvere, rotoli di carta, barattoli e boccette di cui soltanto lei conosceva il contenuto. Si caricò su una spalla quell'iradiddio e si avviò alla porta.

«Ciao!»

«Penny! Aspetta. Devo parlarvi di una cosa...»

«Faccio tardi...»

Per forza, faceva tardi. Andava dappertutto in tram o a piedi. Da quando era stata fondata la Fate Veloci, Arianna e Ginevra la incitavano a comprarsi una macchina, o almeno a prendere l'Ape della ditta, come facevano loro quando erano cariche. Ma Penelope non aveva la patente, non pensava di prenderne mai una, e in generale non aveva simpatia per le automobili. Le piacevano abbastanza i modellini che vendeva il tabaccaio sotto casa sua, ma non si sarebbe mai spinta a guidarne una in versione adulta.

«Ti do un passaggio io...»

«Non puoi... La Pestelli sta dalla parte opposta. Il mio ritorno moglie è in corso Galileo Ferraris. Ciao...»

«Aspetta!»

«Non posso. Decidete voi, per me è okay».

«Ma se non sai cosa...»

«È okay lo stesso. Ciao!»

Uscì, piegata dal suo carico come una giovane befana bionda. Ginevra sospirò.

«Le verrà la scoliosi. A trent'anni, sarà curva come l'arco di Robin Hood, e dovremo mantenerla noi in un Istituto per Giovani Curve».

Arianna la guardò male.

«Ginevra, ho fretta. Volevo dire, dobbiamo risistemare questo posto».

«Questo? L'agenzia?»

«Sì. Così non va bene per niente».

In effetti, la sede dell'agenzia Fate Veloci era stata arredata come la residenza di tre bambole molto diverse fra loro, di cui almeno una giapponese. Le lampade di carta di riso e i tappeti di cocco se la vedevano in un silenzioso scontro quotidiano con i vasi di vetro blu pieni di rose finte, i posacenere fatti con i cubetti del Lego, i divani a fiori, gli infissi color chewing gum e gli scaffali high tech pieni di madonnine di gesso. Una delle madonnine aveva in mano una scopa e ai piedi un secchio da cui spuntava uno straccio: l'aveva fatta un amico di Ginevra, e per un po', diciamo circa venti minuti, era stata il logo dell'agenzia. Finché non l'aveva vista Arianna. Ma l'elemento più incombente era un cartonato di tre metri raffigurante Flora, Fauna e Serena, le fatine della *Bella Addormentata nel bosco*. L'aveva ottenuto Penny da un noleggio video amico suo, ed era stato inchiodato sopra il divano, a monito perenne.

«Be'...» Ginevra prese tempo. In effetti, aveva notato che i clienti, quando entravano, chiudevano subito gli occhi. Poi, pian piano, si adattavano, ma non era facile per nessuno. «Ci è un po' sfuggita di mano...» ammise.

«Dobbiamo risistemarla secondo le regole del Feng Shui. Quella porta, ad esempio, va lì» disse Arianna, indicando una parete senza porte. «Le scrivanie vanno indirizzate a sud, per cogliere meglio l'energia Sheng Qi».

«Indirizzate?»

«Le fonti di luce non devono essere parallele alle fonti di riscaldamento. Il flusso del computer va canalizzato in modo che non sfiori il bagno. E poi, ci vuole una boccia di pesci rossi».

«Questo è facile. Cominciamo dai pesci: compriamone sette e chiamiamoli come i nani, oppure undici e chiamiamoli come la Nazionale dei Mondiali '82. O magari anche ventitré, e li chiamiamo come la mia classe di prima media. Sai che me li ricordo ancora tutti? Barberis, Barra, Costantino...»

«Non possiamo cavarcela con i pesciolini, Ginevra. Qui bisogna ridiscutere tutto dalle fondamenta».

Con queste minacciose parole, Arianna uscì e Ginevra, rimasta sola, ricominciò a esaminare i bastoncini e le spirali. Intanto, Terence Stamp non c'era più, e la ragazzina aveva fatto una brutta fine...

Arianna osservò con notevole freddezza la signora Pestelli, una donna che le aveva chiesto di venire a preparare un cous cous per sedici e la sera prima non aveva portato a termine l'unico miserevole compito che le era stato affidato: mettere a bagno i ceci.

«Non potremmo usare quelli in scatola?» gemette la signora, una svaporata che spesso dimenticava le figlie a scuola. Passando lungo viale Thovez, era a volte possibile vedere le due piccole bambine Pestelli, con i chiari capelli tenuti da un cerchietto, ferme davanti alla scuola francese, tristi e solitarie.

«Ah, certo. E allora perché non usare tutto in scatola? Perché ha chiamato me, invece di comprare dieci confezioni di cous cous surgelato, aprirle e scaldarle in un pentolone?»

Arianna poteva permettersi questo tono perché la sua bruschezza era leggendaria e le clienti si telefonavano estasiate: «Mi ha trattata malissimo... è davvero una tartara... però ha fatto una mousse di roquefort e noci semplicemente divina... provala, ti do il numero dell'agenzia... sì... costa un capitale, guarda».

Infatti la signora Pestelli, invece di buttarla fuori e passare effettivamente al cous cous surgelato, si rattrappì e belò: «E come facciamo, allora?»

Arianna sospirò, e la guardò dritta negli occhi: «Ha del bicarbonato?»

Il cous cous era per cena, e sarebbe stato cucinato in due tempi. Quel mattino, Arianna avrebbe cotto le verdure, il pollo e i merguez. Un'ora prima della cena, sarebbe passata per preparare la semola, la salsa e assemblare. Poi se la sarebbe filata. A servire, ci pensasse pure la cameriera polacca, Agnieszka. Se volevano un servizio di classe, invece, potevano affittarsi Penny.

«No... grazie...» aveva detto la Pestelli. «Agnese andrà benissimo».

Arianna ne dubitava. Mentre lei lavorava, Agnese, seduta sul balcone, parlava in polacco con i colombi. Va bene la nostalgia, ma c'erano ancora le melanzane da mettere sotto sale.

I ritorno moglie, insieme ai dopo festa, ai ritorno genitori e agli «oddio domani sera viene gente a cena e ho una casa che fa schifo» erano gli incarichi più frequenti per Penelope. Qui, in corso Galileo Ferraris, avevano un commercialista che se l'era spassata alla grande per una settimana, mentre la moglie si curava il mal d'orecchie alle terme di Sirmione. Ma quella sera la signora tornava a casa. Se non fosse intervenuta Penny, avrebbe trovato cumuli di cartacce unte in tutti i cestini della casa, due bagni intrisi di rossetti, profumi e perfino un paio di assorbenti altrui. Una cucina avvolta in uno spesso manto di sporcizia multistrato. Piatti sporchi. Cicche. Trentadue bicchieri con residui di almeno nove diversi tipi di alcolici. Lo shaker. Il letto inguardabile. I suoi vestiti, i vestiti della signora dalle orecchie fragili, sparsi qua e là per la casa. Il cesto della roba sporca traboccante di indumenti tipo tanga, di appartenenza spuria. Per questo il commercialista disperato aveva telefonato a sua sorella.

«Ti prego, Ada, aiutami a dare una pulita, se no quando arriva Olivia...»

«Te lo scordi. Al massimo, posso darti il numero della Fate Veloci, un'agenzia di domestiche... dopo la festa dei diciott'anni di Luce mi hanno mandato una ragazza che in due ore mi ha fatto la casa a specchio».

«Qui non le basteranno due ore...»

Quando doveva affrontare questo tipo di sfaceli, Penny si faceva sempre un elenco mentale di priorità. Il suo limpido ragionamento era questo: «Se la moglie torna prima del previsto, cosa non deve assolutamente trovare?» Perciò questa volta, giudiziosamente, iniziò dai bagni.

Li aveva finiti, aveva anche lavato e chiuso in un sacco di plastica gli indumenti estranei, aveva rimesso a posto i vestiti della padrona di casa e aveva iniziato a radunare i bicchieri quando l'evento temuto si verificò, e la signora Olivia rientrò con larghissimo anticipo sul previsto.

«Chi c'è! Cos'è questa roba! Alberto!»

Penny uscì dalla cucina e si fermò sulla porta.

«Buongiorno signora, suo marito è al lavoro. Io sono Penelope Bergamini della Fate Veloci».

«Ma quali fate! Alberto! Alberto!»

«Suo marito è al lavoro, signora. Io sono la persona incaricata di riordinare l'alloggio».

«Riordinare? Lei è una ladra! Guardi che caos! Partendo ho lasciato una casa perfetta! Non c'era una virgola di polvere fuori posto! E Alberto non è stato quasi mai in casa, me l'ha detto lui! Lei mi sta svaligiando l'alloggio! Aiuto!»

«Signora non gridi. Le faccio vedere il tesserino dell'agenzia. Ieri sera suo marito ha invitato un paio di colleghi a bere qualcosa e...»

«Un paio? Qui c'è stata un'orgia! Ho capito! Lei è l'amante di Alberto che si finge cameriera! Ah, ma l'ho visto anch'io quel film, cosa crede?»

«Quale film?»

«Coso... quello con Goldie Hawn».

Penelope e la signora si guardarono. C'era stato un palpabile crollo di tensione. La signora posò la valigia e sospirò.

«Sono tornata prima apposta. Me lo sentivo che Alberto aveva combinato qualcosa...»

«Senta, adesso le faccio un bel caffè e continuo a riordinare... lei vada pure in... bagno. Sì. Il bagno è perfetto».

Ginevra suonò il campanello con il naso, perché in mano aveva una cassetta di bulbi. Novembre è così: il suo lavoro consisteva essenzialmente nel mettere giù bulbi e coprire di paglia e carta di giornale la terra nei vasi. La porta si aprì istantaneamente, mentre Ginevra era ancora inclinata verso il campanello.

«Signora Montani... venga...»

A Ginevra bastò uno sguardo per capire che sarebbe stata una mattinata difficile. Gabriele Dukic, primo violino dell'Orchestra del Teatro Regio, era profumatissimo, aveva una camicia di un meraviglioso color rubino, ed evidentemente aveva dormito sdraiato davanti alla porta per essere sicuro di aprirle subito.

«Buongiorno, Maestro... come va?»

«La rosa, il giglio, la colomba, il sole, amavo un tempo in giubilo d'amore. Oggi non più, che amo solamente te unica, te piccola e innocente...»

«Ah».

Non era un commento adeguato, ma a Ginevra non piaceva che le aprissero recitando poeti tedeschi.

«Lei mi scuserà, signora... ho voluto offrirle due versi di Heine così, per iniziare bene la giornata... prego... mi dia la cassetta...»

Il Maestro Dukic aveva rappresentato la Passione Che Tutto Travolge per una strabiliante quantità di giovani violiniste, flautiste, arpiste e orchestrali in genere, che arrivavano al Teatro Regio fresche di Conservatorio, e pensavano di aver incontrato Lui, mentre in realtà avevano semplicemente incontrato lui. Scapolo, quarantatré anni, grande, riccio, asimmetrico e affascinante, lasciava intracapire alle ragazze che se non si era mai sposato era perché non aveva ancora incontrato quella giusta, con cui inventare dalle ceneri della sua vita la Fusione Totale (Total Fusion, per la clarinettista Ellen di Liverpool) di corpo e anima, quella magica unione che ciascun uomo incontra una sola volta nella vita... Perché non potrei essere io, quella, si chiedeva la diplomata di turno. Sì! sono io... se no non mi guarderebbe così, non mi bacerebbe così, non mi porterebbe lì, non mi farebbe questo, non mi direbbe quello, sono io, sono io... e quando lei già cominciava a sognare l'incontro con la futura suocera e a pianificare il menu delle Nozze, Gabriele, con le lacrime agli occhi, dava il via all'ormai celebre discorso che iniziava con le classiche parole: «Ti voglio troppo bene per farti soffrire».

Ma questa volta Gabriele aveva davvero incontrato la possibile Total Fusion, e l'aveva incontrata un mercoledì di due settimane prima, quando aveva telefonato alla Fate Veloci, agenzia di Servizi per la Casa e aveva chiesto: «È vero che avete qualcuno che potrebbe occuparsi del mio terrazzo?»

Ginevra aprì la finestra e guardò la fila ordinata di vasi vuoti che la aspettavano. I sacchi di terra erano pronti. Forbici, concime, pale e palette, annaffiatoio. C'era tutto. Si voltò, prese la cassetta dalle mani di Gabriele e gli sorrise:

«Se non le spiace, quando pianto i bulbi preferisco essere sola».

Non era vero per niente. Anzi, Ginevra se appena poteva preferiva piantare i bulbi chiacchierando di bulbi con altra gente che piantava bulbi. Ma Gabriele non lo sapeva, e ubbidiente si ritirò in sala, da dove la inondò con il preludio della Partita n.3 in mi maggiore di Bach. Tutto inutile. Ginevra detestava la musica classica in generale, e il suono del violino più di ogni altro suono classico.

Alle 12 precise Arianna finì di preparare le verdure e si allontanò da casa Pestelli, lasciandosi dietro un'atmosfera di minaccia e terrore: guai se la signora o Agnieszka le avessero toccate o anche solo guardate troppo da vicino. Anatema se avessero provato a intervenire, ad aggiungere un'ombra di qualsiasi cosa, a trafficare non viste attorno al pollo o, Dio non volesse, ai merguez. Ogni cosa doveva restare immobile fino al suo ritorno. Meglio se non entravano neanche in cucina. Ideale se fossero uscite di casa per non tornarvi fino alle sette. La signora si era opposta: dovevano apparecchiare, e preparare il resto.

«Il che cosa?»

«Il resto... oltre al cous cous, pensavo di offrire delle insalate, formaggi, dolci...»

«Mmm... e chi dovrebbe prepararle, le insalate e i dolci?»

«Noi» affermò, coraggiosa, la signora.

«Benissimo». Con un'indifferenza più atroce del disprezzo, Arianna se ne tornò senza fretta verso l'agenzia. Doveva fare una torta di cioccolato per una cliente che quella sera festeggiava il compleanno del figlio. La cucina dell'agenzia era un concentrato di tutte le perfezioni, e Arianna, quando poteva, preferiva lavorare lì e poi trasferire i risultati a casa delle clienti. Stava sbattendo i tuorli con la panna quando sentì qualcuno che entrava. Penny che aveva già finito? Ginevra che fuggiva inseguita dal violinista? Sbagliato: era suo marito Nicola, a cui, in un momento di debolezza mai abbastanza rimpianto, aveva dato un mazzo di chiavi dell'agenzia.

«Ciao tesoro! Come va? Si lavora?»

«Qui sì. E tu, com'è che non sei in ufficio?»

«Ora d'aria. Mangiare. Cibo. Che c'è da rubacchiare?»

«Niente».

Ma Nicola aveva già aperto il frigo, e tirato fuori un avanzo di caponata.

«Buona. Caponatina... mmm... scimeoli?»

«Eh?»

«Sciai meo oli?»

«Puoi finire di masticare e ripetere?»

«CI HAI MESSO I PINOLI?»

«No, le nocciole».

«Meglio. I pinoli non hanno sostanza».

«Nicola, vai in ufficio».

«E a fare che? Il vecchio Gianni è via da stamattina. Sua moglie ha scodellato».

Il 'vecchio Gianni' era il titolare dell'agenzia di pubblicità Proposte, che da circa quindici giorni aveva assunto Nicola come copy, coronando così il sogno di Arianna: avere un marito che al mattino usciva per andare a lavorare, e la sera rientrava stanco, come tutti gli altri mariti. Finora, il suo unico incarico professionale era stato quello di sceneggiatore per la soap di Rai Tre, *La vita è Vera*, il che significava che passava le giornate sciabattando al computer. Adesso, finalmente, era un uomo che andava in ufficio, alla *Vita è Vera* riservava solo serate e weekend e anche Arianna, al telefono con le amiche, poteva pronunciare classiche frasi da moglie come: «Adesso ti devo lasciare... Nicola sta per tornare, e non ho ancora preparato la cena...» «Nicola? E chi lo vede quello? In questo periodo, guarda, lavora tredici ore al giorno». «No, non posso venire... devo stirare... sai, Nicola non ha più una camicia pulita per andare in ufficio...»

Era meraviglioso, ma sarebbe durato?

«Che bella espressione. E cosa ha scodellato?»

«Una bambina, credo. Sentivo le segretarie cinguettare 'Oh! Che amore di pupa!'»

«E dove l'hanno vista?»

«Ce l'ha trasmessa Gianni con la web cam».

«Be', che padre attivo...»

«Non è il padre».

«Come?»

«La bambina non è sua. E neanche l'altro figlio di sua moglie. Sono di altri tizi».

«Tizi diversi?»

«Ah ah. Quando si sono conosciuti, lei era incinta. E comunque, non sono sposati».

«Nicola, tu mi stai raccontando una puntata della *Vita è Vera*».

«No, no, questa è la vita che è vera davvero. Senti qua, ho avuto un'idea bestiale per un film. Una cosa devastante, tipo brivido nel cervello. Stamattina ero lì che fingevo di lavorare alla campagna per le porte, quando ho visto una specie di esagono viola dietro la testa della telefonista...»

Arianna non lo ascoltava più. «Fingeva di lavorare». Eccolo lì, suo marito. Invece di impegnarsi allo spasimo con questa campagna per le porte, in modo da fare grande carriera presso l'agenzia Proposte, e fondare poi un'agenzia tutta sua, più grande della BBGS o BGS o come si chiama, no, lui pensava agli esagoni viola. Perché l'ho sposato?

Per una curiosa coincidenza, anche la signora Olivia Jacobbi stava dicendo esattamente la stessa frase, mentre Penelope passava l'aspirapolvere sul tappeto del salotto.

«Perché l'ho sposato? Avrei dovuto dar retta a mia madre. Appena l'ha visto, ha detto: 'Olivia, quel ragazzo non mi piace'».

Penelope cercò di immaginare la propria mamma, la signora Ines, che le diceva 'Olivia, quel ragazzo non mi piace'. Poi si rese conto che sua mamma avrebbe detto: 'Penelope, quel ragazzo non mi piace'. Ma qual era il tipo d'uomo che non sarebbe piaciuto a sua madre? Nella mente di Penny si formò spontaneamente l'immagine di Marilyn Manson. Alberto Jacobbi non assomigliava minimamente all'allegra rockstar, e così fu in grado di rassicurare la signora.

«Ma no. Suo marito mi sembra un tipo a posto. Ha soltanto invitato un paio di colleghi a bere qualcosa».

Perché quando lei sceglieva una linea d'azione, poi ci restava attaccata senza cedimenti.

«Signorina, per favore... quali due amici... qui c'è stata un'orgia, glielo dico io...»

«No... io sono qui da stamattina alle nove. Non ho visto nessun segno di orgia. Solo un po' di confusione. Sa, quando un uomo invita un paio di colleghi a bere qualcosa».

La signora Olivia sbuffò. «Mi ha detto che usciva tutte le sere... andava sempre a cena da sua sorella Ada, e invece...»

Penelope si concentrò. Aveva letto qualcosa su 'Scoop' nella rubrica 'Lo psicologo per voi'... cos'era? Ah, sì.

«Forse le diceva così per rassicurarla. Sa che lei ci tiene alla casa in ordine, e quindi le diceva che usciva. Ma in realtà sua sorella non l'ha mai invitato, e lui, poverino, ha dovuto mangiare roba unta di rosticceria per tutta la settimana. Così ha accumulato le cartacce. E ieri sera, per sentirsi meno solo, ha invitato due colleghi...»

«E hanno sporcato trentadue bicchierini?»

«Eh sì... sapesse quante volte l'ho visto, nel mio lavoro... è incredibile quanti bicchierini sporca la gente».

Quando Penelope lasciò casa Jacobbi, alle quattro di pomeriggio, la signora Olivia ormai credeva alla storia dei due colleghi. Il guaio è che a furia di ripeterla cominciava a crederci anche Penny.

«Una fatica» disse Penny ad Arianna, mentre si facevano un tè. «Le ho pure detto: le faccio vedere il tesserino dell'agenzia».

«E se te lo chiedeva davvero?»

«Le facevo vedere quello di Blockbuster. Le dicevo che la nostra agenzia si chiama Blockbuster».

«Penelope... tutti sanno cos'è Blockbuster...»

«Mah, lì per lì non mi è venuto in mente nient'altro. E Ginevra?»

«L'ha chiamata con urgenza la signorina Ragosta. Dice che la sua rosa trema».

Giacomo uscì da sotto il tavolo e chiese a Penny: «I bambini che non hanno le mamme tremano?»

«Se fa freddo sì».

Arianna sospirò, stufa morta dei bambini di Peter Pan e delle loro mamme.

«Giacomo, quei bambini le hanno, le mamme. Solo che le mamme li hanno perduti».

«Ma non li trovano mai! Per tutto il film, non li trovano mai!»

Giacomo usciva dall'asilo alle quattro. Prima andava a prenderlo Nicola, se lo portava a casa, e trafficavano insieme finché non arrivava Arianna. Adesso che Nicola lavorava alla Proposte, era Arianna a prenderlo, e a portarselo in agenzia.

Penelope porse a Giacomo una fetta di crostata e una soluzione.

«Li trovano nel seguito. In *Peter Pan due*».

«Davvero?»

«Sì. Nel seguito le mamme partono tutte insieme, vanno all'Isola che non c'è e si riprendono i bambini».

«E Capitan Uncino?»

«Va anche sua mamma. La signora Uncino».

Arianna chiuse gli occhi, in attesa dell'inevitabile.

«Mamma! Mi prendi la cassetta di *Peter Pan due*?»

Ecco. Arianna guardò Penelope con astio, ma la ragazza aveva un piano.

«Lo stanno girando, Gimmi. Il film non è ancora finito».

«Eh già, allora come fai a sapere che le mamme li trovano?»

«L'ho letto in un giornale. C'era scritto: nel seguito di *Peter Pan* le mamme ritrovano i bambini».

«Ah, bene».

Giacomo tornò sotto il tavolo, dove aveva schierato tre dinosauri e quattro Orrifics.

«Penny, posso lasciarti Gimmi mezz'ora? Corro dalla Pestelli a finirle il cous cous e poi vengo a prenderlo. Ah, oggi ho segnato altri tre lavori per me. E due per te. Guarda l'agenda. Per Ginevra non posso prendere niente perché Dukic la prenota tutti i giorni».

«Quello lì secondo me è innamorato».

«Magari... sarebbe ora che Ginevra si decidesse...»

«Con quello? Ma figurati... l'hai visto, sembra un... un gladiatore. Non ha classe. Io per Ginevra ci vedrei uno tipo Richard Gere».

«Mmm... e per me? Che tipo ci vedresti?»

Arianna aveva abbassato la voce per non farsi sentire da Giacomino, ma Penelope rispose, convinta e squillante:

«Tu hai già il meglio!»

La lealtà di Penny nei confronti di Nicola era assoluta. Lo riteneva il marito perfetto per Arianna, e non capiva perché la sua socia lo criticasse sempre. Uno sceneggiatore della *Vita è Vera*, la sua soap preferita! L'uomo che poteva dirle in anticipo se Vera, la protagonista, si sarebbe o no rimessa con Loris, dopo ventisette tira e altrettanti molla. Penelope riteneva che conoscerlo fosse un privilegio e un onore, e guardò Arianna con fiammeggiante disapprovazione. La sua socia sbuffò.

«Va be', lasciamo perdere. Di' un po', che tipo era quel Birolli?»

«Quello di stamattina? Non sono sicura che il nome fosse proprio Birolli. Poteva essere anche Baleni. O Geraci...»

«Eh. Comunque, che tipo era?»

«Dalla voce non sembrava alto. Era abbastanza gentile».

«Poi?»

«Basta».

Arianna sospirò. Acume assente. Capacità di pulire, straordinaria. Bella voce. Bella ragazza. Sempre tranquilla, sempre di buonumore. Ma l'intelligenza? Quando avevano costruito Penelope Bergamini, che ne avevano fatto della sua dose di intelligenza? Colata dove?

Mercoledì 8 novembre

Antonio si presentò alla sede dell'agenzia Fate Veloci, Servizi per la casa, alle 11 precise. Entrò e, anche lui, chiuse gli occhi. Quanti oggetti. C'erano api appese a fili di varia lunghezza che gli dondolavano in faccia. Davanti a una parete quasi interamente coperta da tre fate di cartone animato, c'era una giovane donna sorridente, mentre un'altra giovane donna sorridente gli aveva aperto. Come sempre, cercò di immaginare che attrici avrebbero potuto interpretare in un film... quella più piccola e rotondina poteva essere una Kate Winslet bruna, ma con qualcosa di duro. Tipo Kate Winslet con la disposizione d'animo di Glenn Close. L'altra... be'... una Gwyneth Paltrow? O addirittura una Grace Kelly? Carine. Molto. Peccato, perché in questo momento lui avrebbe preferito delle fate magari velocissime ma bruttine, o anche repellenti, quando non addirittura leggermente sfigurate.

«Buongiorno... Io sono Arianna D'Angelo, e questa è Ginevra Montani...»

«Molto lieto di conoscervi... Antonio Bassani».

«Bassani?» Quella che si chiamava Ginevra si mise a ridere. «Lo trova buffo, come nome?»

«No, mi scusi... ma la nostra socia aveva capito Birolli...»

«Ah, sì, la signorina con cui ho parlato al telefono. Non c'è?»

«No, stamattina è impegnata».

«Peccato. Mi sarebbe piaciuto conoscervi tutte e tre...»

La piccolina tosta gli rivolse un'occhiata da ispettrice di polizia.

«Come mai? Penelope ci ha detto che lei avrebbe da proporci un lavoro insolito. Di cosa si tratta?»

Era seduto su un divano giallo in un angolo della grande stanza che formava l'ingresso, il living e tutto ciò che non era cucina o bagno. Le due Fate Veloci gli stavano di fronte, su poltroncine blu. Antonio cercò di capire se ci fosse un solo colore o sfumatura di colore escluso da quella stanza, e gli parve di non vedere niente di verde oliva.

«Prima di spiegarvi qual è la nostra offerta di lavoro, vorrei dirvi che mi rivolgo a voi su indicazione della signora Radicati».

«Sì... abbiamo lavorato per lei... ci siamo occupate del suo terrazzo, di una cena per quaranta persone e di risistemare la casa dopo una festa di Halloween un po' vivace».

«Infatti. Quindi so che siete perfettamente qualificate per il compito che voglio proporvi. Se non sbaglio, la signora Montani si occupa di giardini, terrazze e ambiente, la signora D'Angelo cucina e la signorina Bergamini tratta pulizie e faccende di casa in genere, oltre a occuparsi di eventuali animali».

Arianna confermò. Ginevra aspettava, guardinga. Vedeva davanti a sé un giovane uomo poco appariscente ma per niente brutto. Poteva forse definirsi bello? Non per lei. Aveva qualcosa di delicato che non le piaceva: lei preferiva il tipo Bruce Willis. Era molto elegante, ma in modo non convenzionale. E neanche anticonvenzionale. Aveva semplicemente addosso una serie di indumenti gradevoli che gli stavano bene. E come mai aveva detto la 'nostra' offerta di lavoro? C'era di mezzo una moglie o una holding internazionale?

«Mi rivolgo a voi per conto di Filippo Corelli».

Ecco fatto. Antonio aveva deposto con garbo la sua piccola bomba, e l'effetto c'era stato. Le titolari dell'agenzia Fate Veloci avrebbero anche potuto essere talmente ignoranti da non sapere chi fosse Filippo, o abbastanza ignoranti da conoscerlo solo vagamente, invece erano delle evidenti seguaci, sedotte e spasimanti: era bastato sentire quel nome ed eccole lì a labbra socchiuse, occhi brillanti, respiri affannati.

«Lo scrittore?» esalò Arianna.

«Sì, lo scrittore. Siete sue lettrici?»

«Oh, certo... Sia io che la signora Montani consideriamo *Gardenia* uno dei romanzi più... più...»

Ginevra soccorse Arianna con un certo aplomb: «Più straordinari degli ultimi anni».

«Benissimo. Io sono il suo agente e collaboratore. Il signor Corelli tra una settimana si trasferirà qui per un certo periodo, probabilmente un paio di mesi. Ha infatti in progetto un romanzo ambientato in questa città, e vuole vivere qui mentre lo scrive. Ha affittato una casa piuttosto grande, completamente arredata e fornita di tutto, e ha bisogno di personale qualificato che se ne occupi, ma non desidera avere domestici fissi. Ecco perché ci siamo rivolti a voi».

«E cosa dovremmo fare, esattamente?»

Quello che Filippo Corelli voleva dalla Fate Veloci era una perfetta e totale gestione di ogni faccenda domestica, dalle pulizie alle cure del giardino. Voleva cibi perfetti ma solo quando li avesse richiesti, voleva mobili lucidi e profumati, voleva un terrazzo accogliente anche nel cuore dell'inverno, voleva legna per il camino sempre ben impilata nelle ceste, voleva lenzuola profumate, camicie stirate, bagni schiuma che non finissero mai, dentifrici sempre nuovi, frigorifero sempre pieno ma sempre pieno di sorprese. E non voleva, invece, nessuno che gli parlasse, gli chiedesse, gli stesse fra i piedi, passasse davanti allo studio in cui lavorava, o desse in alcun modo fastidio a lui e alla signora Magenta.

«Magenta? Maria Magenta?»

Allora era vero! Era così! Già da un po' su 'Scoop', una delle letture preferite di Penny, girava voce che l'attrice più sexy e trasgressiva del cinema italiano, ma anche la più cerebrale e vibrante, insomma Maria Magenta, avesse una storia con Filippo Corelli, nonostante fosse sposata con l'affascinante giovane attore Stefano Garboli.

«Sì. Maria Magenta. La signora accompagnerà il signor Corelli, e quest'inverno lavorerà con il vostro Teatro Stabile».

Ginevra non ci poteva credere. Aveva visto Maria Magenta in tre film e le aveva riscontrato un unico pregio: chiunque recitasse accanto a lei, per contrasto sembrava bravissimo/a. Chi mai poteva averla chiamata, e a fare cosa? Conscia che informarsi al riguardo poteva inimicarle la clientela, si limitò a sorridere educatamente e tacere. Poi parlarono di soldi, e l'offerta di Antonio suscitò un notevole, seppur dissimulato, entusiasmo nel cuore delle due Fate Veloci. Non erano invece d'accordo per quanto riguardava una eventuale esclusiva.

«Non possiamo abbandonare tutti i nostri clienti per chissà quanto» dichiarò con tono definitivo Ginevra. «Se no, quando voi ripartirete, non avremo più una clientela».

Arianna disapprovò silenziosamente. Lei vedeva nell'offerta di Antonio Bassani l'equivalente di 'La prima ballerina si è rotta una gamba: te la senti di sostituirla?' La grande occasione. L'agenzia non avrebbe potuto ricavarne che vantaggi, sarebbero diventate famose, le avrebbero chiamate in tutta Italia, e non ci sarebbero più stati limiti al loro successo. Antonio invece si dimostrò più comprensivo del previsto.

«Purché voi ci assicuriate tutti i servizi che richiederemo, non vedo perché non potreste seguire anche altri clienti».

«Il sabato e la domenica non lavoriamo».

Antonio sorrise appena.

«Vedremo di organizzarci, ma è prevista, e richiesta, una certa elasticità. Un'altra cosa: immagino di poter contare sulla vostra più assoluta discrezione. Niente interviste o dichiarazioni ai giornali sulla vita privata o professionale del signor Corelli».

Ginevra mise su la sua miglior espressione da 'Alta Società'. Cosa credeva, quel tipetto presuntuoso?

«Non si preoccupi. Non abbiamo intenzione di tenere un diario per 'Eva Tremila'».

«Le sono grato. E un'ultima cosa, signora Montani... lei se ne intende di rose?»

E qui, finalmente, la gelida Ginevra si affusolò di luce come una bella candelina.

«Certo... le rose sono il fiore di cui mi occupo di più, e meglio. Le conosco, mi piacciono e...»

«Bene. Perché il signor Corelli ha bisogno di informazioni dettagliate su alcuni tipi di rose».

Tutto dunque filava a meraviglia. L'accordo era raggiunto, e le Fate Veloci si preparavano a iniziare questa nuova seducente avventura professionale con bello slancio. Fu perciò un vero peccato che, quando già era sulla porta, Antonio Bassani si voltasse schioccando le dita: «Ah già... non vi ho detto del pitone».

«Se appena gliene dai l'occasione» disse Ginevra più tardi, «i pitoni mangiano le rose».

«Ma figurati. Ha detto che mangiano i topi».

«Anche le rose».

«Be', preferiscono i topi».

«E chi glieli preparerà, i topi? Tu?» chiese Penny ad Arianna. Era tornata, ed era stata messa al corrente. A differenza delle sue socie, era sorda al fascino di Filippo Corelli, anche se sapeva chi era perché ogni tanto lo trovava su 'Scoop'. Penelope non aveva mai letto un libro in vita sua, e in generale considerava gli scrittori della gentaglia, soprattutto dopo aver fatto un ritorno moglie a casa di un famoso autore locale.

«Non c'è bisogno di prepararli. Basta ficcarglieli in gola vivi».

Penelope inorridì: di solito nutrire gli animali era compito suo. Ma Ginevra scosse la testa.

«No no, non ti preoccupare. I topi glieli dà lui, Corelli».

Penelope fece una smorfia. Questo confermava la sua opinione sugli scrittori.

«E allora noi cosa dobbiamo fargli, a questo pitone?» chiese.

«Niente. Non dobbiamo farlo scappare».

«Da?»

«Dal suo pitonario».

Penelope alzò le spalle. «Ah, be'. E come si chiama?»

Ginevra e Arianna la guardarono disorientate. Non ci avevano proprio pensato, a chiedere come si chiamava il pitone.

Ecco una piantina della città dove abitano Arianna, Ginevra e Penelope. L'agenzia è qui, in centro, in via Mazzini, vicino al fiume. Arianna abita dall'altra parte del fiume, in via Felice Romani. Ginevra invece abita nel centro storico della città, in via San Tommaso. Penelope sta in periferia, in un quartiere chiamato Borgo Vittoria, sul limitare di un altro quartiere chiamato Madonna di Campagna. La Madonna della Campagna è a pochi isolati da casa sua, nella chiesa omonima, in cui Penny ha fatto la prima e tutte le successive comunioni della sua vita, per un totale di sette. Stasera, tutte e tre le Fate Veloci stanno in casa.

Ginevra ha rifiutato un invito a teatro di Gabriele Dukic, anche se lo spettacolo, *I due gemelli veneziani* di Goldoni, le sarebbe molto piaciuto. Purtroppo, però, quel giorno, per circa sei o sette minuti, le era piaciuto molto anche Gabriele. Era uscito in terrazzo mentre lei stava trascinando un limone contro il muro, e l'aveva aiutata. Per una volta era rimasto zitto, e l'aveva leggermente urtata. Di colpo, si era resa conto che quest'uomo era molto genere Bruce Willis. Aveva una quantità di corpo, e tutto in gran forma. Già che c'era, aveva notato anche gli occhi scurissimi, e l'attraente stortezza dei lineamenti. Forse questa consapevolezza improvvisa aveva preso una qualche forma fisica, tipo un batticuore assordante percepibile anche all'esterno, o una sfumatura lampone sulle guance, tant'è che il violinista l'aveva guardata come per dire 'Ah, ecco. Ci siamo' e Ginevra aveva girato intorno al limone. Non se ne parla. Niente batticuore. Niente teatro. Niente niente. Meglio stare a casa, a rileggersi pagine scelte di Filippo Corelli, e a sfogliare qualche libro sulle rose.

Arianna sta a casa come normalmente stanno a casa le mamme di un bambino di quattro anni.

Penelope sta a casa perché vuole vedere un film. Penelope abita in via Vittoria 4, in una casetta che ha solo due piani, interamente occupati da componenti della famiglia Bergamini. Poco a poco i Bergamini, lattai e carrozzieri, merciai e casalinghe, hanno comprato i quattro alloggetti del palazzo, e adesso eccoli tutti insieme. I genitori di Penny in un appartamento di due stanze, cucina, bagno. Penelope in un appartamento con camera, cucina, bagno. I nonni Bergamini in un appartamento di due stanze, cucina, bagno. Il fratello del signor Bergamini, la moglie e i due figli in un appartamento king size: tre camere, cucina, bagno. In comune, un cortiletto dove crescono erbe aromatiche, un albicocco e, acquisizione recente dovuta a Ginevra, una rosa Clair Matin («Non dovete farle niente. Se non la prendete a coltellate, se la cava sempre»). Quando Penelope aveva progettato di andare a vivere da sola, i Bergamini, con uno sforzo supremo, avevano acquistato l'ultimo appartamentino per lei, favoriti dalla repentina decisione del precedente proprietario di andare a Cuba a cercare una nuova vita e una giovane moglie.

«Vado a Cuba! Basta! Mi son rotto i coglioni di questa porca nebbia!» aveva dichiarato il macellaio Curletti, scapolo insoddisfatto.

«E mi venderebbe l'appartamento?» gli aveva chiesto il lattaio Bergamini. Vicini di casa da trent'anni, e in un certo senso anche amici, continuavano a darsi del lei, secondo le abitudini locali.

«Eh... vendere si può vendere sempre... è comperare che... mah!» aveva risposto Curletti, specialista in frasi filosofiche. Ma alla fine si erano messi d'accordo, e Penelope aveva trovato l'indipendenza senza essere costretta a separarsi dalla mamma, dalla nonna, dalla zia, dai cuginetti, dalla rosa e da Blu, il gatto comune che viveva in cortile.

Certe sere, quando tornava a casa, andava a cena dalla mamma. O dalla nonna. Ma stasera voleva farsi solo la minestrina, e guardare uno dei suoi film preferiti. Se non che, davanti a casa sua era parcheggiata la Gilera di Matteo.

Arianna non aveva detto niente a Nicola finché non avevano messo a letto Giacomo. Di solito, quello era un lavoretto che piaceva sbrigare a lui, mentre lei riordinava la cucina. La loro casa era tutta radunata intorno a un grande ingresso: porta della cucina, porta del bagno, porta della loro camera, porta del soggiorno, porta della camera di Giacomo. Perciò, mentre puliva il fornello,

Arianna sentiva perfettamente suo marito e suo figlio che chiacchieravano.

«Salve, ometto» stava dicendo Nicola. «Ho sentito molto parlare di te. Sai, ero un buon amico del tuo papà. Siamo stati insieme per oltre cinque anni in quella fossa infernale ad Hanoi. Spero che tu non debba mai fare un'esperienza del genere, ma quando...»

«Nicola! Piantala!» Ad Arianna non piaceva quel monologo da *Pulp Fiction*. Specialmente la fine.

«... due uomini si trovano in una situazione come quella...»

Arianna ricominciò a dibattere il suo problema interiore: non sapeva se dire o non dire a Nicola di Filippo Corelli. L'istinto le consigliava di tacere, ma lo avrebbe comunque saputo prestissimo da Ginevra o Penny, e allora tanto valeva.

«Questo orologio è stato acquistato dal tuo bisnonno. L'ha comprato durante la Prima guerra mondiale in un negozietto...»

«NICOLA!»

«Shhh... dorme già da dieci minuti...»

Nicola si appoggiò allo stipite, ridacchiando.

«E allora perché andavi avanti con quello stupido pezzo?»

«Faccio memoria».

«Vieni qui. Devo dirti una cosa, che però è molto segreta».

Il resoconto dell'incontro con Antonio Bassani fu molto conciso, e si concluse con queste parole: «Nicola, però se dici mezza parola, anche meno, se dici un decimo di parola a chiunque su questa cosa, ti spezzo tutte le vertebre con l'accetta per le costine».

Era una minaccia precisa e realistica. Nicola la abbracciò.

«Stai tranquilla, unico amore della mia vita a parte Sharon Stone. Non dirò niente. Sarà il nostro segreto. Però tu devi farmelo conoscere. Lo sai che la Miramax vuole fare un film da *Gardenia*? Potrebbero prendermi nella squadra di sceneggiatori...»

«Te lo scordi. Il segretario dice che non vuole essere disturbato. In pratica, dobbiamo scivolare, fare, e scomparire...»

«Sì... questo si dice prima... ma poi... con tre bei pezzi di gnacchere come voi, comincerà a girarvi attorno. Anzi, a questo proposito vedi di non fare la furba. Cioè, a meno che facendo la furba tu riesca a procurarmi un contratto veramente...»

«E piantala... lui come gnacchera ha già la Magenta».

«Vuoi mettere? Vuoi mettere quell'acciuga secca della Magenta con te? Perfino Penny e Ginevra sono meglio della Magenta!»

Arianna si scioglieva sempre, quando Nicola faceva così. Sapeva benissimo che le sue socie erano molto carine, tutte e due, e che quasi tutti gli uomini le preferivano a lei. Quasi, però. Questo no, questo preferiva lei. E l'avrebbe preferita a chiunque, tranne Sharon Stone, Uma Thurman e Nastassja Kinski. Ma nessuna delle tre era in zona, perciò... Ah, sì, Nicola era anche adorabile... il guaio con lui, diceva sempre Arianna, è che quando ci siamo conosciuti avevamo ventitré anni. Adesso io ne ho trentatré, e lui ne ha sempre ventitré. Comincia a farmi sentire vecchia.

Ginevra era appoggiata alla finestra della cucina, a luce spenta. Nonostante il freddo, il dottor Smyke e il suo ragazzo erano sul dondolo, e si stavano baciando. Quindi non era opportuno che sul terrazzo ci andasse lei, a sognare Fabrizio. Accese la luce, e si mise su la moka da uno. Caffè e *Gardenia*, ecco il programma per la serata. E come mai Ginevra preferiva legger sola in casa invece che andare a teatro con un uomo che le aveva fatto diventare le guance color lampone? Semplice, perché Ginevra è vedova. Non sposata, non separata, non single. Vedova di Fabrizio, che aveva sposato a ventisette anni e che era morto di deltaplano sei mesi dopo le nozze. Fabrizio, un ragazzo della sua età, molto bello, molto simpatico, molto sregolato, e anche ricco e chic. Ginevra non aveva vissuto con lui abbastanza da rendersi bene conto fino in fondo che era stupido come una scarpa, incline all'alcoolismo e promiscuo. Si erano sposati di schianto dopo tre mesi che si conoscevano, e dunque in tutto aveva avuto a che fare con lui per nove mesi, la maggior parte dei quali passati in viaggio. Vita quotidiana, sì e no sessanta giorni in tutto. Un pomeriggio, Fabrizio era andato a San Sicario, si era lanciato col deltaplano e si era infranto contro una baita. Quando le avevano dato la notizia, Ginevra aveva sentito distintamente il suo cuore che si spezzava. L'aveva anche visto, andare in frantumi sul pavimento dello stomaco, e aveva contato i pezzi: sette, di ceramica rossa. Da quel momento, aveva trasformato Fabrizio nell'unico amore della sua vita. La casa era piena di fotografie che lo ritraevano in barca, sugli sci o a torso nudo su un terrazzo profumato di gelsomini, e lei metteva ancora i suoi vecchi maglioni, e il suo giubbotto di pelle nera. Tutte le domeniche andava al cimitero: la tomba di Fabrizio era una specie di giardino di Babilonia, che in ogni stagione fioriva di nuove e meravigliose piante. Invano, passati i primi mesi di affettuosa comprensione, le amiche avevano cominciato a esortarla a voltare pagina, fornendole anche ampie motivazioni per farlo: le avevano raccontato i tradimenti, le ubriacature, le sniffate, le stravaganze e le insensatezze di cui lei non si era mai accorta, ma non era servito. Neanche scoprire che non aveva mai preso la licenza liceale e aveva cominciato a tradirla due settimane dopo le nozze l'aveva indotta a gettare la spugna della devozione. Non che vivesse come una suora nel chiostro, storie ne aveva, non molte ma qualcuna sì: si limitava a evitare chiunque le piacesse sul serio, ma per il resto, amava ripetere, era una donna normalissima. Aveva lasciato la casa coniugale, una porzione della villa dei genitori di Fabrizio, e si era trasferita nel piccolo alloggio di via San Tommaso, ingentilito da un bel terrazzo su cui si apriva anche l'alloggio del vicino, l'affascinante e misterioso dottor Smyke, letterato inglese e consulente della celebre casa editrice di quella città. Nello stesso periodo, aveva accettato la proposta della sua amica Arianna, che voleva aprire un'agenzia di servizi per la casa. Si era licenziata dal vivaio in cui lavorava da cinque anni e insieme ad Arianna aveva fondato la Fate Veloci, coinvolgendo anche Penelope, la ragazza che faceva le pulizie da sua madre. La nuova casa e il nuovo lavoro le piacevano molto, e non sentiva affatto il bisogno anche di un nuovo marito, o un nuovo fidanzato, o comunque di qualcuno per cui valesse la pena di mettere sul fuoco una moka da due, invece della consunta caffettiera che proprio in quel momento richiamava la sua attenzione gorgogliando. La spense appena in tempo, prima che suonasse il telefono.

Era Elena, la sua amica di tutta la vita. Si erano trovate vicine di banco in prima elementare, e da allora non si erano mai spostate di molto. Elena si era sposata un anno prima di lei, ma suo marito era rimasto vivo, e il risultato erano stati due bambini, o meglio, due aspirapolvere che avevano risucchiato ogni interesse, ogni passione e ogni cellula cerebrale della loro mamma. Da un po' di tempo, chiacchierare con Elena era una noia mortale.

«Ciao... come va?»

«Bene... oddio, Berenice ha un po' di tosse, e Bernardo ieri si è tagliato a scuola, con le forbici. Dimmi tu se all'asilo devono mettere in mano a dei bambini...»

Ginevra staccò l'audio e, grazie all'agilità del cordless, riuscì a bersi il caffè mentre Elena continuava a elencare ogni minima attività dei due rompiscatole. Quando riuscì a salutarla, Ginevra si segnò mentalmente di passare ad accendere una candela nella Cappella dei Mercanti, per ringraziare il Signore che Fabrizio non l'avesse messa incinta prima di morire. Qualche volta rimpiangeva di non avere un bambino suo, ma mai, mai dopo una telefonata di Elena.

Andò a mettere la catena alla porta. Che sensazione deliziosa. Il mondo era fuori. Lei dentro. E per quel che ne sapeva, era in buona salute. Anche sua sorella Morgana e suo fratello Martino stavano bene. E i loro genitori, almeno fino a quindici giorni prima. In casa, non c'era niente di rotto. La lavatrice, il frigorifero, il videoregistratore e la stirella funzionavano perfettamente. Nessun tubo e nessun filo erano andati in tilt. Quel giorno lei non era caduta dalla bicicletta, non aveva litigato con nessuno, non aveva dimenticato cose importanti che avrebbe dovuto fare. In casa faceva caldo, fuori un po' freddo. In banca, aveva soldi abbastanza per vivere almeno altri tre mesi. Lavoro ce n'era. Il mondo era in pace.

Con un sospiro di perfetta beatitudine, Ginevra prese *Gardenia*, di Filippo Corelli, e si infilò sotto le coperte. Respinse con un calcetto mentale un pensiero di Gabriele con la camicia color rubino e aprì il libro. Voleva rileggere il punto in cui la bambina seduta sul maialino della giostra finalmente vede arrivare la mamma.

Arianna, invece, stava rileggendo il punto in cui la mamma della bambina parte con il suo furgone per il Portogallo. Leggeva in cucina, davanti a una tazza di cioccolata, mentre Nicola scriveva una scena della *Vita è Vera* che doveva consegnare il giorno dopo. Tra pochi giorni avrebbe conosciuto l'uomo che aveva inventato Tessa, la protagonista di *Gardenia*. Tessa, praticamente il suo alter ego. Una donna giovane, forte, in grado di sfidare il mondo. Una donna che scolpiva statue di marmo a soggetto mitologico e le consegnava in tutta Europa con il suo TIR, sempre seguita da Drina, la figlioletta di tre anni. Una donna che incontrava l'amore a una fermata del metro, a Parigi, Place Des Vosges, e lo perdeva all'aeroporto di Ulan Bator. Una donna che nonostante girasse quasi sempre in canottiera (d'inverno sulla canottiera metteva un montone ecologico) usava un raffinatissimo ed esclusivo profumo alla gardenia, creato per lei da sua nonna, una discendente dei Romanoff che faceva la custode in uno stabile di Varese. Tessa, l'eroina indimenticabile che aveva trasformato Filippo Corelli da uno scrittore noto, stimato, molto ammirato e recensito dai colleghi in un fenomeno che l'Italia non vedeva dai tempi di Umberto Eco. *Gardenia*, uscito da meno di un anno, aveva venduto sei milioni di copie in tutto il mondo. E sull'onda di quello straordinario successo, anche i due romanzi precedenti di Corelli, *Biscotti e sospetti* e *Dalla sua pace* erano stati ristampati e avevano venduto centinaia di migliaia di copie. L'Italia, l'Europa e larghe fette di mondo attendevano con impazienza la sua prossima opera. E lui sarebbe venuto a scriverla lì, nella loro appartata città, tra fiumi, montagne e tangenziali. E lì, avrebbe incontrato lei, Arianna, l'incarnazione vivente di Tessa.

Qui, Arianna ebbe un attimo di esitazione. Posò la cioccolata e la pasta di meliga che ci stava tuffando e andò a cercarsi la descrizione fisica di Tessa, che doveva essere più o meno... eccola qui, a pagina 48. Mmmm... alta... bionda... lentiggini... zigomi in evidenza...

Niente. Non le assomigliava. Arianna sapeva di essere uno e sessantadue, di pesare cinquantatré chili e di aver bellissimi capelli scuri e ricci. Occhi scuri e ricci. In quanto agli zigomi, li avrà anche avuti, perché tutte li avevano, ma sinceramente non li aveva mai notati. Quindi... quindi Tessa, casomai, assomigliava a Ginevra. E perfino un po' a Penny. Penny era alta, Ginevra bionda. Penny aveva le lentiggini, Ginevra aveva gli zigomi. Non sembrava un punto di partenza promettente, però Arianna aveva cervello. Fascino. Potere di seduzione. Scartando lentamente una confezione merenda di Ringo alla vaniglia, si abbandonò a una sontuosa fantasia in cui Filippo Corelli diventava la sua prima e forse unica deviazione dal percorso coniugale. In fondo, per una volta... un'occasione così... che male ci sarebbe stato se...

«Ehi! Senti se ti piace... allora...» Nicola piombò in cucina sventolando cinque o sei fogli caldi di stampante. «Vera ha appena scoperto che Loris è figlio del commendator Salvetti e di Suor Piera... è sconvolta, e cade dal vespino... il dialogo inizia all'ospedale. L'hanno portata al Grandi Speranze, proprio durante il turno di Mirko.

«Scena 65. MIRKO si china su VERA, distesa sulla barella.
«MIRKO: Vera! Sei Tu...
«VERA: Mirko... oh... oh... Mirko...»

Nicola s'interruppe. Sua moglie stava sgranocchiando un biscotto, e leggeva *Gardenia*.

«Ehi... ma mi ascolti? Cosa leggi? Stai attenta mentre ti leggo le scene, dai! Ho bisogno del tuo sostegno come donna e come moglie. Perciò levati i biscotti dalle orecchie e stammi a sentire... ohu! Arianna!»

All'una e un quarto, Penelope era ancora seduta in un angolo di un séparé alla birreria Petrarca, e guardava Matteo, il suo ragazzo, che mangiava un panino Braccio di Ferro, hamburger e spinaci. La Petrarca era la birreria del quartiere, e lì Matteo passava molte serate insieme a Dino, Pino e Marcello, i suoi tre amici, e a

Gina, Debbi e Consuela, le loro ragazze del momento. Matteo si vergognava che lei si chiamasse Penelope.

«Che cazzo di nome».

«Mi chiamo così perché se no non nascevo, lo sai».

«E allora potevano chiamarti Madonna pure a te, se volevano ringraziare. Almeno è un nome figo».

«Guarda che i miei volevano ringraziare la tipa che ha aiutato mia madre a farmi nascere, non la Madonna. Un'infermiera che si chiamava Penelope. Punto e basta».

«E anche quel cazzo di infermiera, non poteva avere un nome normale, cazzo».

Matteo era un idraulico molto rinomato nel quartiere, ed essendo anche un bel tipo robusto con gli occhi celesti si faceva un'impressionante numero di clienti. Lui e Penny stavano più o meno insieme da sei mesi, e il meno stava prendendo il sopravvento sul più.

«Matteo, io me ne vado a casa. C'ho la sveglia alle sette e mezzo, lo sai».

«Ciao Pe', ci si becca».

Neanche si alzava per accompagnarla alla porta. Per fortuna, la casa di Penny era a meno di un isolato. Stringendosi addosso il giubbotto, Penny si rese conto che aveva passato tre ore chiusa in quella stupida birreria, a sentire gli altri sparare cretinate. Aveva mangiato un buon panino, sì, però a lei la birra non piaceva, non le piacevano Pino, Dino e Marcello, e neanche Gina e Debbi. Consuela era già meglio. E Matteo? Matteo le piaceva. Le piaceva quando veniva su da lei e facevano l'amore. Altrimenti, per strada o al bar, al cinema o in pizzeria, in cucina o al mercato no, non le piaceva proprio per niente.

Mentre finalmente si ficcava a letto, cercò di ricordarsi come si chiamava quel tizio famoso per cui doveva andare a lavorare. Un nome tipo Eboli.

Venerdì 10 novembre

Quando Antonio Bassani tornò alla Fate Veloci destino volle che trovasse solo Penelope. Ginevra era dal Maestro Dukic, preoccupato per lo stato di salute del suo ficus (per potersene preoccupare, aveva versato sulle radici qualche goccia di varechina). Arianna era a casa di una contessa, a sorvegliare l'allestimento di un battesimo. Penelope stava per uscire, la aspettava un postfesta di compleanno a casa di un batterista ricco. Antonio era passato senza telefonare quando aveva scoperto di essere sotto l'agenzia. Era uscito dall'albergo, e aveva esplorato le vie intorno con attenzione intermittente, fermandosi a guardare, o comprare, o filmare con la sua piccola videocamera alcuni elementi del paesaggio urbano: un paio di pantaloni a righine, un angelo fuligginoso, una bancarella di libri. Pensava di essersi allontanato, ma dopo un'ennesima svolta si era ritrovato nella via parallela a quella del suo albergo, e con un certo stupore aveva scoperto che proprio lì si trovava la sede dell'agenzia Fate Veloci. Strana città, quella. Dicevano che fosse grande, ma a lui pareva, passeggiando per caso, di finire sempre negli stessi posti. Suono, pensò, così magari vedo anche la terza, e speriamo che almeno lei sia trascurabile. Ma purtroppo, quando Penelope gli aprì, lui si trovò davanti addirittura una Claire Danes. Penelope invece si trovò davanti un giovane uomo bruno con il cappotto blu che la guardava male, e quindi gli sorrise.

Quando scoprì chi era, se lo portò in cucina e mise su un caffè. Voleva fare amicizia, per chiedergli notizie più precise sul pitone.

«E tu? Sei anche tu uno scrittore?»

Antonio la guardò ancora peggio.

«No».

«Be', meglio».

«In che senso?»

«Ecco, in generale gli scrittori non sono tanto simpatici. Una volta ho fatto un ritorno moglie per uno, e dovevi vedere che roba».

«Un?»

«Ritorno moglie. Sai, quando tua moglie è stata via tipo una settimana, e in casa hai combinato di tutto, allora poco prima che torni chiami noi, e io vado e sistemo le cose».

«E chi era, questo scrittore?»

«Eh, il nome non si dice. Dobbiamo rispettare la privacy. Tu sei sposato?»

«No. Non più».

Penny lo guardò con interesse. Chissà com'era andata. Chissà se sua moglie era tornata da un viaggio e aveva trovato un bordello in casa, perché nella loro città non c'erano Fate Veloci.

«Di che città sei, tu?»

«Ferrara».

«E non c'è lì una Fate Veloci?»

Antonio non la seguiva e, soprattutto, non voleva seguirla.

«Senti, in realtà sono passato perché volevo prendere accordi con voi per l'apertura di Villa Verbena. Il signor Corelli arriverà mercoledì, e deve trovare tutto a posto».

«Okay. Le hai le chiavi? Stai già lì?»

«No. Io sto all'Hotel Des Arts».

«E lui arriva dopo... il signor...» Penny esitò. Le veniva 'Il signor Carletti', ma era quasi sicura che non fosse il nome giusto.

«Corelli. Filippo Corelli. Ma scusa, davvero non lo conosci?»

«No. Io non leggo i libri».

«No? Nessun tipo di libri?»

«No. Leggo molti giornali, però».

«Ah. E quali giornali?»

«'Diabolik', 'Scoop', 'Ragazza okay', 'Mela Verde', 'Krimi', 'Surfin' Safari' e 'Global'».

Antonio non ne aveva mai visto uno, tranne 'Diabolik'.

«E di cosa parlano? Ad esempio, non so, 'Krimi', che giornale è?»

«È il giornalino di Krimi, magica Krimi. Un fumetto giapponese. Krimi è una segretaria che però quando passa il treno Tokyo-Osaka si trasforma in calciatore. Questo perché da piccola è caduta in uno Stagno Stregato».

«Ah, ecco».

«E siccome il suo ufficio è davanti al passante ferroviario, deve stare molto attenta a essere sempre in bagno al momento della trasformazione, per potersi lavare subito le mani con Saponetta, un criceto magico che fa da sapone e se lei si lava le mani con quello, torna Krimi. Solo che certe volte...»

«Casomai poi me ne presti qualche numero. Senti, pensi che nel pomeriggio potremmo andare alla villa, insieme alle tue colleghe? Vi faccio vedere un po' in giro, vi spiego quello che dovete sapere e vi do le chiavi. Così domattina riparto per Ferrara...»

«Credo di sì. Dovrebbero tornare tutte e due abbastanza presto».

«Molto bene. Allora ci vediamo alle quattro... diciamo al Guglielmo Pepe, che è qui vicino».

Penelope non sapeva cosa fosse il Guglielmo Pepe ma fece segno di sì con la testa e scrisse questo strano nome su un pezzetto di carta. Arianna e Ginevra avrebbero saputo di sicuro dov'era. Loro sapevano tutto.

Uscì insieme ad Antonio, trascinandosi dietro il solito sacco blu dell'Ikea. Lui la guardò arrancare giù per le scale e nell'androne, senza offrirsi di aiutarla. Si sentiva stranamente offeso da quella ragazza. Perché era così? Perché leggeva 'Krimi'? Però, quando la vide attraversare la strada, oppressa da chili e chili di cif ammoniacal e altri detersivi, non se la sentì di abbandonarla.

«Hai la macchina lontana?»

«Non ho nessuna macchina».

«E te lo porti a piedi, quel sacco?»

«No, vado a prendere il 68...»

«Ho la macchina qui dietro... vieni, che ti do un passaggio».

Obbediente, Penny tornò indietro.

«Però magari ti porto fuori strada. Devo andare in via Cibrario».

«Non so dov'è, e non ho strade da cui essere fuori. In questi giorni devo occuparmi solo della casa per il signor Corelli».

Penny sbatté il suo sacco sui sedili di una sontuosa Jaguar. Non sembrava colpita.

«È la tua macchina, questa?»

«No, è del signor Corelli. Però la guido io».

«Sei una specie di segretario, vero?»

«Sì».

«È un lavoro faticoso?»

«Abbastanza. E il tuo?»

Penny alzò le spalle. «Non proprio. Mi stanco solo a lavare per terra e a sfregare le vasche da bagno».

«È da tanto che lo fai?»

«Da quando ho mollato la scuola, a sedici anni. Prima facevo le ore, ma con l'agenzia mi trovo molto meglio».

«Che scuola era?»

«Istituto d'arte. Volevo diventare stilista, ma poi ho scoperto che la moda mi fa schifo».

Antonio stava per chiederle come aveva fatto a scoprirlo, ma di fronte alla placida indifferenza di quel profilo perfetto, preferì cambiare domanda.

«E non c'è nient'altro che ti piacerebbe fare?»

«Sì, due cose. Tirare col fioretto e abitare a Paperopoli».

Antonio sbandò leggermente e prese tempo.

«Via Cibrario, hai detto? Vado di qua?»

«Sì... ti guido io...»

«Dunque... tirare col fioretto? In che senso?»

«Fare la scherma. Avere un fioretto e saper duellare. Fare le gare di scherma».

«E l'altra cosa?»

«Abitare a Paperopoli. Ho anche il plastico. L'ho fatto a scuola, alle medie, durante le ore di Applicazioni creative. C'è tutto, anche casa mia, me la sono messa dietro quella di Paperina. Abbiamo i giardini confinanti».

Antonio non sapeva come commentare l'informazione, perciò le chiese, come un adulto che parla con un bambino:

«E che lavoro faresti, a Paperopoli?»

«Il mio. Le pulizie, a casa di Brigitta».

Io non voglio, pensò Antonio, chiederle chi è Brigitta. Questa conversazione non ha motivo di proseguire. E infatti, per fortuna, Penelope gli tirò una manica.

«Siamo quasi arrivati... gira intorno alla piazza e prendi quella».

Antonio la fece scendere davanti alla palazzina liberty in cui abitava il batterista ricco. Alzò lo sguardo e vide un balconcino in ferro battuto da cui pendevano strisce di tovaglie bruciacchiate.

«Devo andare là, credo» disse Penny, indicando il balconcino.

Antonio ripartì, rimpiangendo abbastanza di averle dato un passaggio.

La città di Arianna, Ginevra e Penelope ha la collina e la precollina. In collina vivono i ricchi, in precollina i ricchi più furbi e fortunati, perché le loro case sono eleganti, i loro giardini profumati, eppure escono e in cinque minuti sono in centro. Un po' dopo le quattro, le Fate Veloci si fermarono davanti a un portoncino discreto in una piazzetta circolare della precollina. Antonio le aveva precedute di poco, dopo averle incontrate al Guglielmo Pepe (nell'occasione, Penelope aveva scoperto che si trattava di un bar alla moda). Scesero dalla macchina di Arianna, e seguirono Antonio, che nel frattempo aveva aperto il portoncino. Una scaletta, una porta a vetri, un minuscolo atrio gelido, un'altra porta a vetri che dava su un giardino, una porta a sinistra, una scala a destra.

«Vogliamo cominciare dal giardino?»

Nel giardino, abbastanza grande ma non tanto da risultare preoccupante, Ginevra notò una bellissima, enorme magnolia. Ortensie. Ligustri. Un pero. Aiuole deserte e abbandonate.

«Per il giardino, puoi regolarti come credi» le disse Antonio. «Purtroppo non lo godremo molto, visto che passeremo qui l'inverno. Fai in modo che ci sia una bella fioritura appena possibile.

Se esiste qualcosa che fiorisce in febbraio, mettilo da qualche parte».

«C'è già. Quelle piante sono forsythie. In febbraio, si coprono di fiori gialli. Posso mettere anche un po' di bulbi. Crocus, giunchiglie, iris...»

Devo metterci delle primule, pensò Ginevra, ricordando un passaggio di *Gardenia* in cui Tessa pianta delle primule ormai sfiorite nell'aiuola di un parcheggio. Scava la terra a mani nude, incurante del fatto che nevica, e che sua figlia Drina piange per la fame...

«Se vogliamo rientrare...»

La casa era una palazzina di fine Ottocento distribuita su due piani. Sotto, un grande salone, due salottini, uno studio, un bagno, una enorme cucina. Sopra tante stanze piccole, bagni, un terrazzino molto ben esposto. Antonio spiegò dove voleva le varie camere da letto, indicò armadi pieni di biancheria e altri armadi traboccanti di stoviglie. Interruttori, fili, ferri da stiro, elettrodomestici, televisori, termosifoni, camini, legnaia, sgabuzzini, armadi a muro, nicchie, segreti, chiavi, tutto fu esaminato, e tutto fu affidato alle Fate Veloci, che avrebbero dovuto governare e manovrare ogni cosa nel modo più silenzioso e meno invadente possibile. Parlarono di spese, conti, soldi, bancomat e ricevute. Furono informate di predilezioni e disgusti alimentari, idiosincrasie, passioni e allergie, temperature preferite, panorami graditi, colori detestati. Antonio consegnò appunti, promemoria e sintesi verbali. Quando le lasciò, tre ore dopo, era inteso che le domande, in futuro, avrebbero potuto, e dovuto, essere ridotte al minimo. Tutto era stato detto.

Domenica 12 novembre

Pioveva. Ginevra guardava le pozze sul terrazzo e ci vedeva sciogliersi i suoi progetti per quella domenica: prendere la bici e andare fino in piazza per frugare al mercatino. Era una domenica pedonale, le sue preferite. Durante le domeniche pedonali, in centro c'erano negozi aperti, bancarelle, movimento. Si poteva stare in città senza annegare nel divano. Senza 'combinare', un termine che Ginevra detestava. Combinare con le amiche, gli amici, quel po' di famiglia che non era sparsa per il mondo. Combinare, perché se non combini sei sola. Invece, le domeniche pedonali non c'era bisogno di combinare niente, si usciva, e fatalmente si incontrava qualcuno. Per una frazione di secondo Ginevra immaginò Gabriele Dukic fermo davanti a una bancarella, e lei che gli passava davanti. Assolutamente no. Oltretutto, aveva rifiutato un altro suo invito, e quindi, cosa voleva?

Venerdì, mentre lei zappettava il ficus così rapidamente e misteriosamente deperito, il violinista le aveva proposto un giro al Museo del Cinema.

«C'è già stata?»

«No».

«Io sì. È straordinario. Mi piacerebbe molto tornarci con lei».

Ginevra sarebbe volentieri passata al tu. Le sembrava faticoso continuare a darsi del lei con un uomo che vedeva due o tre volte alla settimana e che, se avesse mollato la guardia anche solo cinque minuti, l'avrebbe stampata di baci contro un muro. Però passare al tu rappresentava un piccolo e pericoloso passo verso quel muro. Quindi fu la prima a stupirsi quando gli rispose:

«Ti ringrazio, ma la domenica vado sempre al cimitero».

Non era una risposta incoraggiante, ma con il Maestro Dukic ci voleva altro.

«Ah... qualcuno di famiglia?»

«Mio marito».

Ecco. Adesso mi lascerà in pace. Non so perché non ci ho pensato prima, a dirgli che sono vedova. Eppure Ginevra aveva notato che la sobria affermazione: «Sono vedova» aveva spesso un effetto agghiacciante sugli uomini. Ma non su questo.

«Mi dispiace... non ti ho mai chiesto se eri sposata o cosa, perché temevo che la risposta mi avrebbe ucciso. Ti presenti come signora, però non hai anelli...»

«Fabrizio detestava gli anelli, così subito dopo le nozze abbiamo gettato le fedi in mare».

Se Gabriele pensava, come in effetti pensava, che era stato un gesto da snob viziatelli e imbevuti di cattiva letteratura, non lo lasciò assolutamente capire. Si limitò a chiedere: «Di chi è stata l'idea?»

«Di Fabrizio».

Gabriele respirò di sollievo. Era vedova di un idiota. Niente di cui preoccuparsi.

«E prima che tu me lo chieda, ti dirò che mio marito si è ammazzato col deltaplano quattro anni fa. Fine del discorso».

«Bene. Ma lasciati dire questo. Un uomo che si ammazza col deltaplano non è il tipo che ti vedrebbe volentieri passare le tue domeniche al cimitero».

«Ho detto fine del discorso».

Dopo aver torturato un altro po' le radici del ficus, in un'atmosfera parecchio scostante, Ginevra se n'era andata. Gabriele Dukic non aveva rinnovato l'invito, non aveva recitato versi dal grande Romanticismo europeo, non aveva tentato di convincerla ad ascoltare l'adagio di qualche concerto, non l'aveva sfiorata né guardata dritta negli occhi. Insomma, non aveva fatto niente di quello che faceva abitualmente, e da allora non l'aveva più cercata. Il gelsomino non si era sentito male, la rosa di Natale non gridava «Aiuto!», il caprifoglio si faceva i fatti suoi. Molto bene, pensò Ginevra, fine della storia. Meglissimo così. In quel preciso istante suonò il campanello. Domenica mattina, ore 11. Chi poteva essere? Forse la sua vicina egiziana, a corto di zucchero. Incredibile, la quantità di zucchero che consumano gli egiziani.

Ma sulla porta c'era sua sorella Morgana, che la spinse da parte, entrò, richiuse e sussurrò: «Puoi nascondermi?»

«Non ce ne sono più». Arianna era seduta su un tronco e si guardava intorno senza speranza. Per essere una che progettava di vivere in campagna entro tre anni, le domeniche all'aperto la deprimevano abbastanza.

«Sì che ci sono! Ci sono! Ci sono! Papi! La mamma dice che non ci sono più castagne!»

Nicola prese per mano suo figlio. «E noi dimostriamole il contrario. Vieni. Andiamo a cercarle là dove si annidano, sperando di sfuggire alla nostra brama. Addio, ragazze!»

«Addio ragazze!» echeggiò Gimmi, salutando con la mano sua madre e Daniela.

«Ecco l'uomo e il bambino che si allontanano nel folto del bosco» declamò Nicola. «Erano le 15.15 di domenica 12 novembre. Quella fu l'ultima volta in cui furono visti da occhi umani. Tre mesi dopo, sul pianeta Husmus...»

«Piantala!» Arianna li guardò allontanarsi, e schiacciò con il piede una ghianda morta. La sua amica Daniela stava parlando al cellulare.

«No... sì... non so... no, è che... dipende, perché devo passare un attimo... sì, lo so, però stasera devo prendere dei mobili di mia madre e traslocarli da mia zia... sì... magari... ci sentiamo. Ciao...»

Daniela sbuffò e spense il telefonino. Arianna la guardò con intensa disapprovazione.

«Brava. Trattalo così. È figo, ti muore dietro, e tu lo mandi a stendere».

«Per forza... dai, Arianna... lo sai anche tu che Giorgio è completamente idiota...»

«Mica devi sposartelo. Divertiti, no? Finché puoi... un giorno sarai sposata, e allora sarà sempre lo stesso uomo, giorno dopo giorno... Senza mai neanche baciare un altro!»

«Perché? Vorresti baciare un altro? Chi vorresti baciare?»

«Ma che ne so! Qualcuno. Nessuno in particolare. Chiunque... non so... sentire un sapore diverso».

«E fallo! Solo poi non ti lamentare se va tutto a catafascio».

«Io non voglio che vada tutto a catafascio. Io adoro Nicola. Cioè... insomma, diciamo che non vorrei mai casini, separazioni, quelle cose lì. Però... una bella avventura veloce e pulita con un lituano che il mattino dopo riparte per... non so... che c'è in Lituania?»

«Vilnius» disse Daniela, a casaccio.

«Ecco, una cosa così... lui bellissimo, che parla solo lituano... non dirci niente, e annegare nel sesso...»

«E chi non lo vorrebbe? A me una cosa così andrebbe bene anche con uno di Novara, mica ho bisogno del lituano».

«A Novara non ci sono bellissimi uomini misteriosi».

«Razzista».

Arianna sospirò. Altro che lituano. Quello con cui lei già voleva annegare nel sesso, pur senza averlo ancora propriamente incontrato, era Filippo Corelli. Bastava vederlo in televisione con quei suoi pullover di cachemire portati a pelle per sognare di avvinghiarselo addosso. Ma questo a Daniela forse era meglio non dirlo. Un conto era fantasticare di avventure con sconosciuti, un altro di avventure con gente vera. C'era il rischio che, in un modo o nell'altro, suo marito venisse a saperlo. E Nicola era distratto ma possessivo. Lui e Gimmi stavano tornando indietro, piuttosto soddisfatti.

«Mamma! Ne abbiamo trovate tre!»

«Bravi! Stasera ci facciamo una bella scorpacciata!»

Quando aveva aperto la porta e si era trovata davanti sua sorella, Ginevra non la vedeva da almeno sei mesi. Caratteristica della famiglia Montani era infatti la dispersione. I genitori, entrambi funzionari in pensione, spendevano ogni centimetro del loro conto in banca viaggiando. A casa, cioè nel piccolo alloggio che costituiva la loro sporadica base, tenevano appesa una enorme cartina del mondo, coperta di bandierine rosse e bandierine blu. Quelle rosse indicavano i posti dove erano già stati e divoravano come un'epidemia quelle blu, che indicavano invece le mete future. Qualche giorno prima, Ginevra aveva ricevuto una loro cartolina dalle Mauritius, in cui manifestavano l'intenzione, forse, di stabilirsi lì: «Ci sono dei cottage meravigliosi che costano meno di una Panda, baci, mamma». Martino, l'unico dei tre figli sfuggito al nome medioevale (grazie al poderoso intervento di un nonno) aveva trent'anni, e a venti aveva iniziato con successo la carriera del vagabondo d'altri tempi. Girava per il mondo semplicemente perché il mondo era girabile, e si manteneva in parte con minuti commerci dei quali Ginevra preferiva non sapere niente, e in parte fidanzandosi con acume. Attualmente risultava a Nantes, dove si era improvvisato scenografo per l'innamorata del momento, una regista di mezza età. O almeno, così raccontava nelle sue e-mail, ma chissà se era vero? O se invece non era in Guatemala, tutto preso a vendere armi? Ginevra si aspettava sempre di vedere la foto di suo fratello sul giornale, accompagnata dalla didascalia 'Il nuovo raja del Borneo'.

Morgana, la minore, rappresentava invece l'orgoglio della famiglia. Intanto era una perfetta Morgana: alta, pallida, capelli neri, occhi blu. In più, a ventotto anni era già una biologa di successo, specializzata nello studio del mare. Le correnti, i coralli, le diatomee, i nitrati, i fosfati, il plankton: di questo si occupava, contesa tra Boston e Lisbona, Parigi e Maiorca. Due anni prima si era sposata con un collega, il professor Kaedo, giapponese, che si trovava sempre altrove: a Boston quando lei era a Seattle, a Lisbona quando lei era ad Auckland, a Maiorca quando lei era a Parigi. Ogni tanto, quando aveva quindici giorni liberi, Morgana passava a trovare la sorella. Ma non era mai successo che si intrufolasse in casa sua bisbigliando 'Nascondimi' come una del *Padrino*.

«Morgana! Che...»

«Presto! Se suona, digli che non mi hai mai vista e non aprire!»

Mentre Morgana si chiudeva in bagno, suonò di nuovo il campanello e Ginevra si avvicinò alla porta, tenendosi tutta di lato, in modo che, se avessero sparato con un mitra, la mancassero.

«Chi è?» chiese.

«Lettura gas».

«Di domenica?»

«Facciamo gli straordinari».

«Mi spiace, ma non apro mai a nessuno quando non c'è mio marito».

«È entrata qui una signora bruna con un cappotto rosso?»

«No».

«E invece sì! L'ho vista salire per le scale...»

«Sarà andata dagli Ainaga, al quinto piano...»

L'uomo schizzò su per le scale. Ginevra pensò che Mohammed Ainaga, il signore del quinto piano, se la sarebbe sbrogliata senza la minima difficoltà. «Morgana! Esci di lì!»

«Shhh... parla piano... magari è dietro la porta...»

Morgana uscì dal bagno. Ginevra la guardò bene.

«Non potresti vestirti in modo un po' meno vistoso, se vuoi sfuggire alla Polizia?»

Tanto Ginevra prediligeva i grigi, il color lavanda, nero, blu Madonna, quanto sua sorella puntava su tutte le sfumature del rosso, del giallo e dell'arancione. E quel giorno ne aveva addosso un buon settanta per cento.

«Non è la polizia... è un investigatore privato. Me l'ha messo alle costole Yumi e da tre giorni non faccio che depistarlo. Aspetta un attimo».

Tirò fuori il cellulare dalla borsa, e si richiuse in bagno.

Ginevra mise su il bollitore. Sul terrazzo, Malcolm Smyke coglieva salvia e prezzemolo da una miniserra. Lo salutò con la mano.

Morgana uscì dal bagno con aria afflitta.

«Ormai per oggi niente...»

«Morgana, se non mi spieghi subito e in modo ordinato quello che succede, ti butto fuori. Perché non sei a Boston?»

«Ho finito il contratto, e non ho voluto rinnovarlo. Volevo raggiungere Aldo...»

«Aldo chi?» chiese Ginevra sospettosa, perché solo di un Aldo poteva trattarsi.

«Aldo. Il marito di Elena. Ci siamo innamorati».

«Aldo? Ma sei scema!»

«No... è successo... ti ricordi che a luglio è venuto a Boston per un convegno di oculisti... tu ed Elena mi avete telefonato di portarlo un po' in giro... e io l'ho fatto. Solo che il giro è finito a casa mia e...»

«Che cos'hai nella testa, Morgana? Una vasta distesa di fondotinta?»

Morgana non si offendeva mai. Non ne valeva la pena.

«E dai. Lo sai com'è Elena. Una pizza. Pensa solo ai bambini. È la classica moglie che si tradisce. E infatti Aldo l'ha tradita con chiunque. Solo che finora non si era mai innamorato... adesso, invece...»

«Ma non è possibile! Vi conoscete da sempre! Non vi siete mai piaciuti!»

«No! Calma! A me è sempre piaciuto... lo lasciavo stare solo perché era il marito di Elena!»

«È ancora il marito di Elena».

Morgana la guardò con autentico rammarico.

«Lo so. Ma io mi sono stufata. Quando ce l'ho avuto in cucina, l'ho baciato».

«Pinnacola!»

Il signor Bergamini senior tirò giù come un fulmine sette carte, chiudendo una pinnacola di cuori e aumentandone un altro paio. Maria Bergamini protestò con sua nuora Ines.

«Per forza, hai tirato quel sei...»

«Guarda che se gliene davo un'altra era peggio. Se ti faccio vedere cos'ho in mano».

«Ciao a tutti... io vado a casa».

Nell'affollatissima casa di Ines e Piero Bergamini, oltre a Penelope, nonni, zii, cuginetti, c'era anche un'amica passata in visita, la televisione accesa e il game-boy di Luca, uno dei cuginetti. Eppure fu manifestata grande desolazione per l'annuncio di

Penny, come se andandosene li lasciasse soli e desolati su una piattaforma petrolifera nell'Atlantico.

«Vai già via?» le chiese sua mamma.

«Dai, ma'... sono le sette e sono qui da mezzogiorno. Mi devo preparare, passa a prendermi Matteo».

«Quando ti sposi?» strillò sua cugina Giada, undici anni.

«Mai» rispose Penny, dandole un bacio sul cerchietto di strass verdi.

«Sì... proprio... vedrai che tempo un anno...» commentò Mariuccia, l'amica in visita, ghermendo un cannolo.

Quando Penny se ne fu andata, sua madre, sua nonna, sua zia e la signora Mariuccia si guardarono con aria torva. Un solo pensiero univa quelle menti sagaci, e quel pensiero lo espresse senza sbavature la zia Silvana: «Quel Matteo non mi piace per niente, se volete saperlo».

Eppure, va detto a sua difesa che l'idraulico Matteo non assomigliava affatto a Marilyn Manson.

Ignara della disapprovazione delle sue congiunte, Penelope salì a casa sua, si fece la doccia, si pettinò i capelli lunghi e movimentati, si mise i pantaloni nuovi rosso porpora, la maglietta nera, il rimmel, due gocce di un profumo che le aveva regalato Arianna e che sapeva di tuberosa e una collana di perline che aveva trovato in spiaggia due anni prima. La sua preferita. Aspettava la citofonata di Matteo, e invece suonò il telefono.

«Pe'?»

«Ohu. Dove sei?»

«Alla Petrarca».

«Guarda che il film comincia alle otto e venti. Ti devi sbrigare».

«Non ci andiamo al cinema, Pe'...»

«Ma come no? Avevamo deciso! Che vuoi fare?»

«Veramente... volevo dirti che non ci vediamo più».

«Chi?»

«Noi. Io e te. È finita. C'è una tipa... Betty... la conosci... quella che lavora da Boidi...»

«Eh».

«Be'... oggi pomeriggio ci siamo messi insieme. Volevo dirtelo, così, per non fare lo stronzo...»

«Ma sei scemo? Betty? E me lo dici al telefono?»

«E che devo fare, mandarti una cartolina? Ohu, guarda che non ero mica obbligato! Potevo pure sparire e basta! Ho voluto essere onesto...»

Penelope annaspò in cerca di qualcosa da dire, ma non era mai stata di battuta pronta, così preferì riattaccare. Restò un pochino ferma vicino al telefono, poi si mise un berretto di lana in testa e uscì. Aveva intenzione di andare a piedi fino al Blockbuster più vicino, che era abbastanza lontano, prendersi un film e tornare a casa.

Alle otto di sera, Morgana Montani Kaedo era ancora a casa di Ginevra. Aveva fatto la doccia, mangiato, bevuto svariati Nescafè, scritto mezzo saggio sul computer di Ginevra, e telefonato moltissimo ad Aldo, mandando in completa paranoia la sorella.

«Morgana, Elena è la mia più antica e cara amica! Non posso stare qui a guardarti mentre treschi al telefono con suo marito!»

«Vai di là».

«E Yumi? A lui non pensi? E non mi hai ancora detto perché ti fa pedinare... pensavo che stando sempre così lontani, la gelosia fosse fuori questione».

«E infatti lo era. Ma abbiamo passato un weekend insieme a Houston, l'altro mese, e mi è schizzata una Polaroid dal beauty».

«Schizzata?»

«Eh. Lo agitavo per cercare il blush, e questa Polaroid di me e Aldo che ci baciamo è saltata su come un salmone. Che sfiga».

«E chi ve l'ha fatta?»

«Autoscatto. Ah, non ti ho detto. Ci baciavamo nudi in piscina. Era per provare la nuova Polaroid Submarine».

«Oh Morgana... e Yumi?»

«Ha strillato in giapponese per un quarto d'ora. Ho faticato del bello e del buono a convincerlo che era stato un episodio senza importanza, dovuto solo al fatto che sentivo tanto la sua mancanza e Aldo gli assomiglia».

«Aldo assomiglia a Yumi? E dove?»

«Boh... è bruno. Avevo paura che si sentisse ferito nel senso dell'onore e facesse harakiri o qualcosa del genere. Solo che adesso non si fida più. Va in Internet e assume investigatori on line per farmi pedinare ovunque io sia. Così mi costringerà a divorziare».

«Io non ho mai capito una cosa, Morgana: perché hai sposato Yumi».

«E che ne so? Insisteva tanto. Mi ha sfinita. A me piaceva anche, è simpatico, intelligente. Un giorno è venuto a casa mia, a Lisbona, e ha cominciato a chiedermi di sposarlo. Io avevo una fretta boia perché dovevo raggiungere una mia amica in centro, così per levarmelo di torno gli ho detto di sì. Tra l'altro, in quel periodo non stavo con nessuno».

«E ti pare un modo? Sposi uno perché se no fai tardi per lo shopping?»

«E tu? Hai sposato uno solo perché era carino».

Ginevra le fece gli occhiacci.

«Lascia stare Fabrizio!»

«Ma lascialo stare tu, che è ora! Senti, le hai le chiavi di casa di mamma? Stasera dormo lì. Forse Aldo riesce a raggiungermi tra mezz'ora. Ha un piano».

Quando Morgana evaporò nella notte, Ginevra andò a macerarsi sul terrazzo, avvolta in un plaid. Attraverso le placide tende di voile dei vicini, vedeva il dottor Smyke in poltrona, occupato ad ascoltare musica. Classica, purtroppo. Luigi, il suo ragazzo, trascorreva con lui soltanto i weekend, perché durante la settimana viveva a Milano. Così la domenica sera Malcolm Smyke era sempre un po' malinconico. Accompagnava Luigi alla stazione, tornava a casa e ascoltava Bach. Cercando di non badare a quella sgradevole musica, Ginevra si chiese cosa fare con Elena. Non dirle niente o avvertirla erano entrambe soluzioni spregevoli. Morgana l'aveva messa nella condizione di comportarsi comunque male. Tipico suo.

Mercoledì 15 novembre

Arianna guardò l'orologio per l'ottava volta in un quarto d'ora.

«Ormai saranno arrivati. Quanto ci vuole, da Ferrara a qui?» chiese a Ginevra, che lo aveva guardato sette minuti prima.

«Sarebbero arrivati anche se fossero partiti da Roma, Arianna. Sono le tre. Antonio ha detto che partivano alle nove».

Ginevra e Arianna erano tutte e due piuttosto tese. Sapevano di aver lasciato una casa perfetta, ma avrebbero gradito una conferma. Sognavano da circa quattro ore una telefonata di Filippo Corelli, una telefonata che esprimesse il suo incanto per lo spezzatino di manzo e per la legna nei camini, per i vasi pieni di camelie Sasanqua, che fioriscono in autunno, e per i letti profumati, i bagni lisci e lucenti, la crostata ancora tiepida... avevano stabilito di rispondere al telefono una volta per una, ma non era mai lui. Era la signora Cavagnino che voleva un pranzo per otto, era la signorina Ragosta che aveva di nuovo problemi con la sua rosa, era il Maestro Dukic che ricompariva dopo quattro giorni di silenzio, ma ricompariva nel momento sbagliato, ottenendo da Ginevra solo il minimo indispensabile per chiudere la telefonata in fretta e lasciare di nuovo la linea libera. Era una signora disperata che aveva fatto bruciare la ceretta per depilarsi e adesso non sapeva come pulire la cucina.

«Arrivo, signora» disse Penny. «Lei non faccia niente. È sporca di fumo? Ah, be'. Comunque lei non faccia niente».

Penny riattaccò e cominciò a infilarsi uno stivale di gomma. Pioveva.

«È esplosa».

«Chi?» chiese, assente, Ginevra.

«La ceretta. Vado a vedere cosa posso fare».

«Ma Penelope... e se telefona Corelli?»
«Rispondete voi».

Penny rimase un attimo seduta per terra, con uno stivale in mano, concentrata. Era evidente che le stavano sfilando nella mente tutti i prodotti di sua conoscenza, per capire quali fossero i più adatti alla circostanza 'ceretta esplosa in cucina'. Poi si alzò, andò a frugare nello sgabuzzino e ne emerse con un sacchetto più piccolo del solito.

«Ciao. Fatemi poi sapere com'è andata col coso, lo scrittore».
«Senti... ma se volesse vederci?»
«Andate».
«No... tutte e tre».

Penny alzò le spalle e uscì.

Il telefono squillò di nuovo. Breve attimo di incertezza. Toccava ad Arianna.

«Pronto? Qui Fate Veloci, sono Arianna D'Angelo» disse con la voce più roca e sexy a sua disposizione.

«Ehi... arrotondi con le linee calde?»
«Ciao, Nicola».
«Ciao, amore mio. Come va? Corelli? L'avete sentito?»
«Non ancora».
«Be', volevo dirti che qui posso schiodare, perché il capo è andato a una convention...»
«E tu non hai niente da fare?»
«Per avere avrei, ma voglio correre a casa a sviluppare il soggetto del mio film. Sai, l'esagono viola. Mi brucia dentro. Se vuoi passo io a prendere Giacomino. Me lo porto a casa, gli ficco la cassetta di *Hercules* e lavoro».
«Sì, fai così... io mi fermo ancora un po' a vedere se Corelli chiama...»
«Brava. Lavora per la famiglia. Prendilo in pugno. Spiana la strada a tuo marito. Un giorno tutto quello sarà mio».

Suo malgrado, Arianna chiese: «Tutto quello cosa?»
«Tutto quello che è suo. Che macchina ha?»
«Che sappia io, una Jaguar».

«Ecco. Vedi? *Bye bye, love. Bye bye, happiness. Hallo, loneliness*».

Nicola aveva riattaccato. Arianna sospirò. Il telefono risquillò, e certa che fosse di nuovo lui con un supplemento di stupidaggini, Arianna non rispettò il turno di Ginevra e rispose sgarbatamente: «Sì?»

«Parlo con la Fate Veloci?»

Oh Cristo, Cristissimo. Era lui. Avrebbe riconosciuto quella voce strascicata ovunque. Era lui, e lei aveva risposto gracchiando come una pescivendola.

«Sì... certo... Fate Veloci, sono Arianna D'Angelo». Ormai era inutile fare la voce sexy. Si limitò a essere normale.

«Sono Filippo Corelli. Volevo complimentarmi con voi... appena entrato in questa casa, ho capito quello che si prova a vivere nell'illustrazione di un libro».

«Ohh, be'... grazie... che libro?»

«Un libro pieno di magia, di calore e di particolari indimenticabili. Ad esempio, quella deliziosa crostata... e quei fiori larghi che ho trovato nello studio... cosa sono?»

«Camelie» disse con freddezza Antonio, a due passi da lui.

Filippo Corelli gli fece un gesto repressivo con la mano.

«Camelie» esalò Arianna.

«Camelie... certo... non mi aspettavo tanto. È stato meraviglioso, arrivare in una casa estranea, in una città estranea, e avere la sensazione di trovarsi nel rifugio ideale, nelle piccole stanze profumate che si costruiscono nei sogni con biscotti e cioccolata. Forse non me ne andrò mai più...»

«Non esagerare...» Antonio lo guardava male.

«Be'... grazie... sono contenta che lei sia rimasto soddisfatto...»

«Non vedo l'ora di conoscervi di persona...»

«Oh, anche noi...» ri-esalò Arianna.

Corelli aveva già riattaccato.

«Ginevra... è... guarda... tu non puoi capire, è talmente... sexy!»

Arianna non aveva le parole. Ginevra voleva sapere una cosa sola: «Cosa ti ha detto delle camelie?»

«Sono carine?» chiese Filippo, dopo aver riattaccato.

Antonio non lo negò. «Tieni presente, però, che se te le porti a letto, tutte o in parte, complicherai non poco l'andamento domestico. Maria si è già quasi accorta della storia con Ulli».

«E allora? Maria è stata sleale, con me. Ha voluto a tutti i costi lasciare quel bel figurino di suo marito per giocare al grande amore. Bene, okay, ma io volevo solo portarmela una settimana in vacanza e poi restituirla a cosetto».

«E perché non l'hai fatto?»

«Perché piangeva. Io, quando piangono, per farle smettere farei qualunque cosa. Se vogliono che le sposi, le sposo. Lo sai, Antonio».

Antonio lo sapeva. Filippo si era sposato la prima volta a ventidue anni, con una divorziata di trentacinque da cui aveva a sua volta divorziato faticosamente due anni dopo. Poi si era sposato con una diciottenne, e dopo altri tre anni aveva divorziato anche da lei. Uno dei compiti principali di Antonio era impedirgli di rifarlo.

«Bene, per fortuna Maria è ancora sposata, e quindi non puoi. E in fondo lei ti piace. Quindi non fare mosse avventate. Quelle signore ti servono per mandare avanti la casa, non per divertirti».

«E non si potrebbero unire le due cose? Tipo le mogli. Le mogli mandano avanti la casa e poi di notte te le trovi nel letto, giusto?»

«Così mi pare di ricordare».

Filippo Corelli era diventato scrittore a ventisette anni, interrompendo una labile carriera di attore. Tra l'85 e il '92 aveva recitato piccole parti di sassofonista, macchinista o agente in film come *Il Miele del diavolo* di Lucio Fulci, *Opera* di Dario Argento e *I giorni del commissario Ambrosio* di Corbucci. Il massimo della notorietà, però, l'aveva ottenuto fidanzandosi per un po' con una cantante famosa, e organizzando una finta rissa con un calciatore a beneficio dei fotografi. Più o meno in quel periodo aveva ritrovato il suo antico compagno di scuola Antonio Bassani, editor presso una piccola casa editrice chic. Erano partiti insieme per una vacanza nelle Indie Occidentali, e al ritorno da quel viaggio Filippo aveva scritto il suo primo romanzo e Antonio glielo aveva pubblicato. Da allora, i film si erano diradati, fino a scomparire dopo il successo planetario di *Gardenia*. Antonio aveva lasciato la casa editrice, per dedicarsi solo a organizzare la vita e la carriera di Filippo, e insieme avevano deciso di cercare il prossimo romanzo tra i ponti, le piazzette e le signorine di quella città piemontese. Nel frattempo Antonio aveva divorziato da sua moglie, una critica d'arte bolognese, avendola trovata nella doccia un pomeriggio che era passato a salutare Filippo.

Giovedì 16 novembre

Penny era la prima ad andare alla villa, al mattino. Secondo gli accordi presi, doveva essere lì alle otto, e senza fare il minimo rumore, doveva pulire al piano di sotto, e occuparsi di lavatrici, stiro e quant'altro colpisse la sua fantasia, senza però sognarsi di salire le scale. Poi doveva andarsene, per tornare verso le cinque del pomeriggio, e pulire al piano di sopra. Così, quel mattino, entrò piano piano e andò subito in cucina. Accanto alla cucina c'era un inutile stanzino in cui avevano preparato la dimora del pitone. Che infatti era lì, arrotolato in un angolo di un grande scatolone di vetro, pieno di sassi e cose. Penelope si fermò un po' a guardarlo. In una gabbietta, poco più in là, c'erano tre o quattro minuscoli topolini bianchi, tutti allegri, che scricchiolavano su e giù. Penelope prese la gabbietta e la portò in cucina, vicino alla finestra. Poi cominciò a pulire. La sera prima si erano alzati da tavola senza neanche posare un piatto nel lavandino, ossi e bucce erano tutte lì, un po' sgradevoli. A Penelope non piacevano gli avanzi dei pasti, le davano un'idea di bestie. Aveva finito di pulire e riordinare, e stava per andarsene, quando sulla porta della cucina apparve un uomo alto e biondo. Sembrava sui trentacinque, aveva gli occhi azzurri e una maglietta bianca insieme a pantaloni del pigiama a righe verdi e blu. Era scalzo.

Le sorrise: «Mi fai un caffè, fata veloce?»

«Com'è? Cosa ti ha detto? Cosa avete fatto?»
Penelope era tornata in agenzia verso le undici, e aveva trovato le sue socie in grande agitazione. Arianna quel giorno non ci doveva andare, alla villa, perché i suoi abitanti avrebbero man-

giato sempre fuori, invitati qua e là. Ginevra sì, ma solo nel pomeriggio, quando probabilmente non ci sarebbe stato nessuno.

«Niente... gli ho fatto il caffè e ho acceso il camino nello studio, e lui si è chiuso dentro. Fine».

«Ma non ti ha detto niente? Ti ha chiesto di noi?»

«No. Dopo è sceso l'altro, il segretario, e si è arrabbiato perché avevo spostato i topi».

«Che topi?»

«Quelli del pitone. Il suo cibo. Non mi andava che vivessero lì, proprio davanti a quello che li avrebbe mangiati, così li ho messi in cucina, vicino alla finestra. E quell'altro mi ha detto che non devo mai spostare niente, e cosa credevo di fare».

«Penelope, lascia perdere le iniziative...»

«Non è un'iniziativa. È normale. In quella casa c'è un sacco di posto, e io i topi lì non ce li lascio».

«Quel segretario è molto ambiguo» la consolò Ginevra, «probabilmente è un omosessuale innamorato di Corelli, odierà tutte le donne, forse anche i topi, sicuramente il pitone, e ancora di più la Magenta».

«L'ho vista, la Magenta» annunciò Penelope, ignorando le complessità psicoanalitiche della sua socia.

«L'hai vista? E com'è?»

«Boh. Pallida, tutta stropicciata. Mi ha dato una camicetta da cucire. Manica mezza strappata».

«Giochi erotici...» sussurrò Arianna.

«Le ho preparato un centrifugato di radici».

«Ah... ecco a cosa servivano».

Arianna era stata invitata a tener sempre la casa ben provvista di rape, carote, sedano rapa, radici assortite, tuberi, rafano, zenzero fresco.

Penelope aveva finito le sue notizie. Invano le altre la sarchiarono col pettine fitto, non aveva altro da dire. Ah no, una cosa ancora c'era...

«Non vi ho detto come si chiama il pitone...»

Le altre due la guardarono disgustate: «Non ci interessa!»

Più tardi, quel pomeriggio, anche Ginevra arrivò a Villa Verbena, e andò subito ad affacciarsi alla porta dello studio. Il computer sul tavolo. Un posacenere pieno. Una singola, stupenda camelia Aki-no-hana in un bicchiere di cristallo. Tracce di Filippo. In casa non c'era nessuno, solo lei e Penelope, che stava lavorando di sopra. Prese la camelia e andò in cucina. Sul frigo, c'era un grosso post-it giallo, scritto in rosso.

«PER GINEVRA: mi scrive il nome di una bella rosa bianca, per favore?»

Firmato con uno scarabocchio illeggibile che poteva facilmente essere 'FC'.

Ginevra lo staccò dal frigo con reverenza. Una voce alle sue spalle sussurrò: «Un giorno varrà milioni».

Ginevra strillò. Era Arianna, entrata di soppiatto.

«Cosa ci fai tu qui?»

«Preparo la cena».

«Non mangiavano fuori?»

«Contrordine. Mi ha chiamato Bassani sul cellulare. Sono stanchi, e preferiscono cenare a casa. Tornano verso le sette, e per quell'ora noi dobbiamo essere fuori».

«Stanchi di cosa?»

«Non so. Andranno in giro per la città cercando ispirazione per il romanzo. Chissà se la protagonista è sempre Tessa... potrei dargli un sacco di idee...»

«Arianna... ti pare che Filippo Corelli ha bisogno di te, per le idee?»

Arianna aveva aperto il frigo, e lo guardava, anche lei in cerca di ispirazione. Che gli preparo, stasera? Qualcosa di veloce, così torno a casa presto, o qualcosa di indimenticabile, che lo induca a spasimare dal desiderio di conoscermi?

Intanto Ginevra si affaccendava per casa: cambiare l'acqua alle camelie, spuntare i gambi, controllare le pile di legna nei camini, mettere le candele nei candelabri, e sistemare le tende in modo che velassero senza nasconderlo il giardino illuminato dalla precoce luna di novembre. Poi si sedette a un tavolo, prese il blocco dei post-it e una penna, e scrisse:

«Caro signor Corelli,

tra le rose bianche, ce ne sono due che mi piacciono particolarmente: la NEVADA, una Arbustiva Moderna con grandi fiori bianchi, che sono però screziati di rosa, e la MOONLIGHT, un ibrido di Moscata che è invece di un bianco purissimo. La più bella di tutte, però, credo che sia la ICEBERG, una Floribunda, un candore abbacinante e senza screziature. Ultima, la MANNING'S BLUSH, un ibrido di Eglanteria che trovo adorabile: non solo per il suo bianco appena rosato, ma anche perché profuma di mela verde. Se desidera sapere altro, sono a sua disposizione. Ginevra Montani».

Lo rilesse. Mica male. Distaccata, ma intrigante. Lo appiccicò sullo schermo del computer. «Filippo...» sussurrò fra sé. Tornò in cucina, e vide che Arianna doveva aver trovato il filo della cena, perché stava armeggiando con dei carciofi.

«Filippo... lo sai, Arianna, è il primo uomo in cui mi imbatto che ha la stessa iniziale di Fabrizio».

Arianna le rivolse uno sguardo da incenerire.

«Primo, non ti ci sei ancora imbattuta, secondo, figurati se in questi anni non hai mai avuto a che fare con un Francesco...»

«No no, nessun Francesco. Che gli prepari?»

«Una teglia di carciofi, polpettine con salsa di mirtilli, insalata mista».

«Le polpettine con i mirtilli fanno un po' Ikea».

«E che ne sa uno come Corelli dell'Ikea? Lui i mobili li compra dall'antiquario, anzi, come si chiama, la brocantage».

Arianna prese un cucchiaio e lo trasformò in telefono.

«Pronto? Brocantage? Sono Filippo Corelli. Può mandarmi dodici étagère rococò? No... non voglio sapere il prezzo. Ne parli con il mio agente...»

«Che cos'è l'*etasger*?» chiese Penny, che era scesa carica di vestiti, scope e stracci.

«Un mobile» spiegò succinta Ginevra. «Hai finito, su? Posso andare io?»

«Ah ah. C'è già un sacco di roba da lavare e sono arrivati ieri».

«Senti, Pen, mi dai una mano a pulire i carciofi? Dobbiamo essere fuori di qui per le sette e ho un casino da fare».

Ginevra salì al piano di sopra, a controllare che tutto fosse perfetto. Ci si poteva fidare di Penny, se non che aveva un gusto un po' particolare in fatto di décor. E difatti, eccole lì, tutte le boccette e i flaconi di Maria Magenta disposti come soldatini in ordine di altezza. Il tocco di Penny, poco ma sicuro. E quante, le boccette e i flaconi. Dato il suo recente e ardente interesse per i prodotti di bellezza, Ginevra le esaminò con attenzione: acqua aromatica di mirto o degli Angeli, crema al biancospino, crema alla pesca e fiori d'arancio, e poi maschere, oli, shampi, e perfino un unguento al sesamo superabbronzante. Qui? In novembre? Si vede che vorrà andare in montagna. Risistemò tutto in artistico disordine. Chissà quanti anni ha? Sarà ancora nel felice periodo delle rughe di espressione, o sarà già precipitata nell'oscuro baratro delle rughe tout court?

Tornò di sotto.

«Penelope, hai riordinato tu le boccette nel bagno della Magenta?»

«Sì... ho trovato un bordello... tutte aperte e sparse in giro».

«Senti... sai quanti anni ha?»

Penny posò un carciofo, e andò nello stanzino a recuperare la sua borsa. Dentro c'era, fresco e invitante, l'ultimo numero di 'Scoop'.

«Dunque... ecco... Maria Magenta, 20/4/71. Ventinove anni. Giusto? Ariete».

«Fa' vedere...»

La data di nascita di Maria accompagnava una foto della medesima e di Filippo Corelli, colti all'uscita di uno spettacolo teatrale, e raccontati in una didascalia. «Filippo Corelli (3/3/1965) e Maria Magenta (20/4/71) mentre escono dal Kaos, il noto teatrino off romano dove hanno appena visto *Trivia*, uno spettacolo canadese di sette ore che è un vero cult per intellettuali. Il bellissimo scrittore e la giovane attrice fanno coppia fissa ormai da tre mesi. Si dice che lei sia in dolce attesa, ma che non voglia diffondere la notizia per non infliggere un altro duro colpo a Stefano

Garboli, che Maria ha lasciato dopo appena un mese di matrimonio, folgorata dall'incontro con Corelli».

«Dolce attesa?» disse Arianna.

«Vuol dire che è incinta» spiegò Penny.

«Grazie, Penelope. Incinta? Bassani non ci ha detto niente».

«Incinta?» Ginevra era desolata. Arianna quasi piangeva. Penny le guardò.

«Be'? E cosa ve ne importa? Comunque non è che tutto quello che dice 'Scoop' sia proprio vero come l'oro. Secondo me, se lei fosse incinta il segretario ci avrebbe detto, tipo, Ehi! Ricordatevi che servono acciughe!»

Penny aveva strillato quest'ultima frase nel tono bellicoso che mentalmente, ed erroneamente, attribuiva sempre ad Antonio. La particolare scelta dell'alimento si basava sui racconti di sua madre, la quale sosteneva che in gravidanza sarebbe morta di vomito se non avesse ingerito continuamente filetti di acciughe in salsa piccante.

«A che cosa servono le acciughe?»

In quella cucina, ormai era evidente, non si sentiva la porta di ingresso. Antonio Bassani si era materializzato fra loro come un mago di Harry Potter, e le guardava leggermente corrucciato, tipo Byron alle prese con un verso malriuscito. Le Fate Veloci sussultarono, ma Penny non perse la testa.

«Ciao. Stiamo cucinando».

«Vedo. Ne avete ancora per molto?»

Ginevra si alzò, e lo guardò con alterigia molto medievale.

«Io faccio il giro dei camini e vado. Avete qualche particolare esigenza, per domani?»

«No, grazie. Ciao».

Quanta familiarità, pensò Ginevra. Questo piccolo, subdolo servo padrone. Lo odio. Va detto che Ginevra, nonostante l'aspetto siderale, era una donna senza mezzi termini. Con la stessa tenacia con cui poteva amare un morto, poteva odiare un vivo. Rimasto solo con Arianna e Penelope, Antonio sembrava trovarle ancora troppe.

«Cucinate in due?» chiese, infastidito.

Arianna gli sorrise. La sapeva lunga, lei. Non era affatto da furbe inimicarselo. Meglio cercare di riuscirgli simpatica, visto che per il momento sedurlo pareva improbabile.

«Be', normalmente no, ma visto che questa cena è un imprevisto, ho chiesto a Penny di aiutarmi».

«Hai fatto benissimo... Antonio, non disturbare le signore...»

Arrivavano uno alla volta, gli inquilini di Villa Verbena, e tutti nel momento sbagliato. Proprio adesso, pensava Arianna, che affondo fino ai gomiti nell'impasto per polpette. Sollevò lo sguardo, e incontrò i famosi occhi cangianti di Filippo: aiuto... Sperò con tutta se stessa di non arrossire, e si rese conto che di dargli la mano non se ne parlava: pullulavano entrambe di carne tritata, uovo e parmigiano. Gli sorrise, cercando di assumere l'espressione svagata e civettuola della donna che sa di essere sexy anche se sprofonda nel macinato.

«Sono Arianna D'Angelo... ci siamo parlati al telefono...»

«Ma certo... e c'è anche Penelope... ciao... noi ci siamo già conosciuti stamattina...»

Lo disse in modo che presupponeva una conoscenza intima e prolungata, e se Penny non ci fece caso, Arianna invece sì, eccome.

«Penelope, ti spiace darmi una mano col pitone?» chiese Filippo, trasformando con la sola intonazione quella frase in una proposta.

Penny lanciò uno sguardo incerto ad Antonio. Cercava aiuto e, sorprendentemente, lo trovò.

«Non è meglio se gli dai da mangiare da solo? Non si è ancora abituato alla casa nuova».

«Per questo voglio Penelope. È così dolce. Lo incanterà. Vieni, incantatrice».

Filippo Corelli aveva avuto ottimi motivi per provare a fare l'attore. Era una specie di Brad Pitt padano, profumato e vitale come un albero di arance. Era alto, forte, sorridente, era tutto dorato e appassionato, metteva felicità a vederlo, e tanto più seducente e misterioso appariva il contrasto con le sue occasionali malinconie, certe reticenze, il piacere di apparire e l'urgenza di ritirarsi ogni tanto in luoghi inaccessibili. Il sorriso di un bambino e gli occhi di un deportato, aveva esagerato una sua ardente, e famosa, ammiratrice.

Penny non si tirò indietro.

«Cosa devo fare?»

«Aiutami a scegliere il topo».

Penny guardò i quattro miserabili nella gabbietta. Ignari, dimenavano tutti allegri nasi e code, certi che la vita avesse ancora molto da offrire.

«Prendi quello» disse, indicandone uno, che sembrava particolarmente di buon umore.

«Come mai hai scelto lui?»

«È un po' più grasso degli altri, così al pitone gli resta la pancia piena più a lungo prima di doverne mangiare un altro».

Filippo prese delicatamente un topino.

«Perfetto. Vieni».

Se la portò nell'altra stanza. Arianna, intanto, continuava furiosamente a impastare polpette. Aveva l'impressione di non aver fatto per niente colpo. Se qualcuno aveva colpito la ribollente fantasia di Filippo, era casomai quell'intronata di Penny. Possibile? Una ragazza il cui unico merito era di essere alta? Intanto era rientrata anche Maria Magenta, abbigliata in modo singolare: un leggero abito estivo di mussola lavanda, un piumino amaranto, calze di pizzo bianco e stivali pitonati.

«Ciao a tutti... io sono Maria... dov'è Filippo?»

«Sta dando da mangiare al pitone. Ti presento Arianna D'Angelo, una delle signore che ci aiutano in casa».

«Ciao...»

«Ciao...»

Arianna la guardò bene. Non sembrava per niente incinta. Aveva il bacino stretto come un cd. Maria aprì il frigo e frugò tra i ripiani.

«Non c'è un succo di qualcosa? Muoio se non bevo. Ho una sete da stramazzare...»

«C'è una caraffa di centrifugato di carote, sedano e pomodori».

«Ah, be'... e limone? Abbiamo del limone? Ho bisogno di vitamina C...»

Arianna le porse un limone.

«E come si spreme?»

Arianna pensò che sarebbe bastato schiacciarglielo sul naso per ottenere la giusta quantità di succo, ma scelse invece la più conciliante soluzione di prendere quell'esotico oggetto, lo spremilimone elettrico, e rifornire Maria delle necessarie vitamine. Filippo e Penny uscirono dallo sgabuzzino. Del topo, nessuna traccia.

«Ehi, Maria». Filippo si avvicinò alla fidanzata e la baciò. E pensare che quell'uomo aveva appena ucciso un topo. Penny pensò che sembrava quella storia di Diabolik, 'Il bacio dell'assassino', in cui uno che sembra un angioletto del calendario, e invece è un serial killer, fa perdere la testa a Eva e la bacia sotto il vischio a Capodanno.

Maria prese il bicchiere con la spremuta, guardò male tutti i presenti e uscì. Filippo la seguì, e quasi si scontrò con Ginevra, che aveva preparato il fuoco nei camini ed era andata in giardino a cogliere una bracciata di foglie da mettere nel vaso cinese.

«Oh... mi scusi...» Filippo si chinò a raccogliere un rametto di viburno e lo porse a Ginevra. Si scambiarono un lungo sguardo, poi Ginevra sorrise: «Buonasera, signor Corelli».

«Buonasera signora... Montani?»

«Infatti. Le ho lasciato un post-it sul computer».

«Non vedo l'ora di leggerlo».

Si allontanò, lasciandola in stato confusionale. Buttò le foglie nel lavandino, sussurrò un saluto ad Arianna, infilò il piumino e filò via come la mamma di Bambi quando arrivano i cacciatori, ma con miglior successo.

«Hai ancora bisogno di aiuto, Arianna?»

Antonio Bassani glielo chiese chinandosi su di lei con voce seducentissima. Arianna si sentì leggermente meglio.

«No no. Se Pen vuole andare...»

«Okay, allora vado, che devo ancora passare da una cliente». Penelope non vedeva l'ora di pulire una casa priva di pitoni.

Antonio la accompagnò alla porta. Mentre si infilava il giaccone blu, Penelope lo guardò fisso negli occhi.

«È suo, il pitone. Non è tuo».

Lui parve allarmato.

«Cosa dici? Certo che è suo. Qui tutto è suo».

Penelope alzò le spalle.

«Comunque a te non piace, dargli i topi».

«Infatti non glieli do. E penso che nessuno trovi particolarmente divertente ficcare un topo vivo in gola a un serpente».

«Secondo me, sì. Secondo me, quelli che si comprano i pitoni, sotto sotto lo fanno perché gli piace dargli i topi».

Antonio aprì la porta.

«Ciao, Penelope».

«Ciao».

Come se non bastasse, quella sera Ginevra era a cena da Elena e Aldo. Avrebbe preferito stare a casa, arrotolarsi a palla e pensare a Filippo. Perché l'impatto con la realtà, per fortuna, ha ancora qualcosa di imprevedibile. Per quanto l'avesse visto in fotografia e in televisione, Filippo Corelli inquadrato tra un frigorifero e un lavandino, spesso e concreto su uno sfondo di piastrelle, era diverso. Era così... ecco, sembrava che funzionasse a elettricità. Era più luminoso, più caldo e più profumato degli altri uomini. E che profumo... cos'era? Non lo aveva mai sentito... E quel colore di capelli? Che biondo era? Non lo aveva mai visto. Anche l'azzurro degli occhi era di una sfumatura sconosciuta. Non proprio blu. Turchese. Non proprio celesti. Blu? Non troppo azzurri. Verdi? Eppure in lui c'era anche qualcosa che... Qualcosa che Ginevra comprese, in un flash, mentre parcheggiava davanti alla villetta collinare di Aldo ed Elena. Era arrivata a una svolta, dunque: perché Filippo Corelli era...

Elena le aprì, con Bernardo e Berenice alle calcagna.

«Ciao! Vieni! Salutate zia Ginny, bambini».

«Zia Ginny? Sarei io?»

«Sì, oggi Bernardo protestava perché non ha zie, e così ti abbiamo nominata sul campo».

«SEI MIA ZIA!» disse Bernardo, mollandole un calcio.

«Sì, se non strilli e ti comporti bene» rispose severa Ginevra, e gli diede un bacio che, essendo Bernardo tarantolato, finì sullo stipite della porta.

«ANCH'IO VOGLIO UNA ZIA!» si propose Berenice, un anno più del fratello, la ras incontrastata dell'asilo.

«Va bene. Faccio da zia anche a te, ma non ur...»

«NO! NE VOGLIO UNA TUTTA MIA!»

I figli di Elena urlavano sempre. A Ginevra, abituata alla tenace e quieta dialettica di Giacomo, risultavano fastidiosi. Elena li spinse via con scarsi risultati, perché essi rimbalzavano.

«CONCEPCION! LI PORTI A LETTO, PER FAVORE! Vieni, andiamo in cucina, sto cercando di salvare lo sformato, perché Aldo è molto in ritardo, e ha anche il cellulare spento».

Ginevra elevò una silenziosa preghiera al Signore. Da domenica non aveva più né visto né sentito Morgana. Sapeva che si era stabilita a casa dei loro genitori, e quali traffici adulterini conducesse in quella accogliente dimora preferiva non immaginarlo neanche. Cominciò subito ad applicare la tattica che aveva messo a punto: cambiare argomento ogni volta che Elena avesse nominato Aldo mentre erano loro due sole.

«Sai, oggi ho conosciuto Filippo Corelli...»

«Ma va'? Ma dai! E com'è?»

«È... be', non puoi capire...»

«Ah, a proposito, guarda che meraviglia».

Elena, che ignorava il significato dell'espressione 'a proposito', indicò un disegno appiccicato al frigo con un magnetino. Raffigurava una grossa e brutta rana con un pandoro incollato al posto della testa.

«È un ritratto di Aldo. L'ha fatto Berenice all'asilo. Il tema era: Con disegno e collage, raffigurate il vostro papà. Geniale, no? È pronta per la Disney, secondo me. Ma tu cosa mi stavi dicendo?» riprese Elena.

«Di Filippo Corelli. Vedi, è successa una cosa incredibile, ma l'ho capito solo adesso. Lì per lì non ci ho fatto caso. Vedi, lui è...»

«Oh! È arrivato Aldo!»
Porta sbattuta. Rumori nervosi in soggiorno.
«Ciao amore! Siamo qui!»
Nessuna risposta. Passi pesanti per le scale.
«Aldo?»
Nessuna reazione. Passi sempre più lontani.
Elena sbuffò: «In questi giorni è di un umore... Lui non mi dice niente, ma io ho capito benissimo cosa c'è: ha di nuovo litigato con il suo socio. Sono peggio di Berny e Berry, guarda. Arriva sempre a casa con dei musi...»

Berny e Berry: come trasformare i propri figli in due cartoni animati.

«Elena, vuoi che me ne vada? Magari è meglio se restate voi soli...»

«Ma scherzi? Ci restiamo pure troppo, noi soli... AAALDOOO!»

«PAAAAPI!» Berny e Berry, entusiasti, imitavano la mamma, nascosti in qualche angolo della casa.

«Va a fuoco la casa?» Aldo entrò in cucina mentre Ginevra, deliberatamente, prendeva dei bicchieri da un armadio, dandogli la schiena. Il problema era: lui sa che io so? E se sa che io so, devo fargli capire che ho capito che sa che io so? Affranta, Ginevra si voltò, sorrise e sussurrò:

«Ciao, Aldo...»

Lui la guardò perplesso: «Sei malata?»

Non sa! esultò Ginevra. Quella scervellata ha almeno avuto il buon senso di lasciarmi fuori.

«No... è che oggi ho conosciuto Filippo Corelli e...»

«Ah! Lo scrittore seduttore. Il seduscrittore!»

Purtroppo, Aldo era un battutista. Mentre gli parlavi, ti guardava con occhi vitrei, già proiettato sul suo prossimo commento spiritoso. Che noia. Era un bell'uomo, genere bamboccione, ciuffo nero, occhi vellutati, bocca curvilinea, il tipo di oculista di cui si incapricciano tutte le pazienti che ancora un minimo ci vedono. Era stato il miglior amico di Fabrizio, e per questo Ginevra gli voleva sinceramente, ma tiepidamente, bene.

«Sì, be'... Vi devo dire una cosa. Vedete, Filippo è...»
«Calma. Prima fammi baciare mia moglie».

Quindi arriva veramente dritto dal letto di Morgana, pensò Ginevra. Bastardo.

«Come va? Com'è andata oggi? Cos'è successo, che arrivi a quest'ora?» Elena abdicava dal ruolo di mamma solo per passare a quello di mogliettina saggia. In questo era molto aiutata dalle sue scarse dimensioni: un metro e sessantuno per quarantotto chili.

Aldo era preparato.

«Mi sono fermato a parlare con un rappresentante».

«Di?» chiese suo malgrado Ginevra.

«Di cosa abbiamo parlato?»

«No, di cosa era rappresentante. Che cosa comprate, voi oculisti?»

«Lenti» rispose con quieta dignità Aldo.

Devo smettere subito di provocarlo, pensò Ginevra, se no capisce che so ed entra in paranoia.

«Non ti ricordavi che c'era Ginevra a cena?»

«Certo. Per questo cercavo di tornare più tardi possibile».

Ecco, adesso bisogna ridere. Per fortuna, Berny e Berry cominciarono a urlare come indemoniati. In teoria, avrebbero dovuto essere a letto, condotti dalla mite colf peruviana. In pratica, avevano gettato quattro orsi di peluche dalla finestra.

Chiusa in bagno, Arianna piangeva. Si stava preparando per uscire, quella sera andavano alla festa della Proposte per l'inaugurazione dei nuovi uffici, l'occasione per conoscere finalmente il capo di Nicola, e forse anche la sua misteriosa moglie, scodellatrice di figli altrui. Giacomo era andato a dormire dalla nonna, con la sua valigetta di pigiamino, ciabatte e Ippopony, le nuove sorprese degli ovetti Kinder, metà cavalli e metà ippopotami. Tutto avrebbe potuto filare per il meglio, compreso un vestito nuovo color geranio che la trasformava in una diavoletta assatanata, eppure Arianna piangeva, furibonda perché Filippo l'aveva ignorata, e si era rinchiuso nello stanzino dei pitoni con quella sciagurata di Penny, e quindi voleva dire che lei aveva perso tutto il suo fascino, e a furia di essere sposata, e di essere fedele, e di essere mamma, non era più capace di sedurre nessuno, e ormai le si stendeva davanti soltanto una landa desolata fitta di virtù casalinghe. Ah, così presto! Era finito tutto! Nicola bussò alla porta.

«Arianna? A che punto sei?»

Arianna inghiottì, e modulò la voce. «Ho quasi finito. Arrivo!»

Acqua fredda in faccia, trucco e mascara qualcosa risolsero, ma non tutto. Quando uscì dal bagno, Nicola la guardò sorpreso.

«Ma tu hai pianto!»

«Sì, be'... poco poco. Mi è venuta la malinconia perché... ho pensato a Didi».

Didi era la loro micetta, che venti giorni prima si era fatta stirare da un taxi.

«Adesso?»

«Eh. Sai com'è. Quando ti prende ti prende».

«Lo so. Ma Didi ormai neanche si ricorda più di aver mai vissuto con noi. Svolazza con le sue ali di angela gattina, schivando altri gatti nei turbinosi corridoi del cielo. Sii felice anche tu, dai! Stai andando a una festa accompagnata da un uomo di singolare fascino! Guardami!»

Nicola aveva messo la giacca nuova, di velluto, e una camicia di Moschino. Stava disperatamente tentando di avere i capelli lunghi abbastanza da farsi un codino, come il suo capo, e per riuscirci li spalmava di gel. Eppure, era proprio carino.

Quando arrivarono alla festa, trovarono musica techno, tequile bum bum e stuzzichini messicani. Gianni, il capo della Proposte, li accolse con favore.

«Ciao... questa è Arianna, mia moglie».

«Molto, ma molto piacere. Provo una dose di piacere superiore al previsto».

Arianna sorrise. Quindi piaccio. Io piaccio. Posso ancora piacere. Devo ripetermi come un martello questa semplice verità. Io piaccio, e di certo riuscirò a conquistare anche quel meraviglioso frutto del bene e del male per cui lavoro. Si inclinò languida verso il bicchiere che Gianni le porgeva. Lui si spostò di una ventina di gradi e indicò una elegante silfide vestita di violetto: «Quella è Irene... può fermarsi solo il tempo fra una poppata e l'altra, quindi circa un quarto d'ora. Appena riesco a staccarla dal branco, ve la porto».

Il branco era formato da altre quattro ragazze o signore, tutte abbastanza chiare di capelli, tra l'arancione e il castano. Sembravano immerse in un conciliabolo da streghe.

«Sono streghe» le sussurrò infatti Gianni a un orecchio. «Le cugine di mia moglie».

«Ah. *Ho sposato una strega*» citò Arianna.

«Quando?» le chiese Gianni.

Arianna cominciò a trovare faticosa la conversazione, ma per fortuna Gianni iniziò a cantare: «*Sul mare luccica, l'astro d'argento...*» e si allontanò.

«Adesso capisci perché mi ha assunto» le disse Nicola, ingoiando un piccolo taco.

«Sì... speriamo che qualcuno non vi licenzi tutti e due».

«Questo qualcuno non esiste. Lui è il capo supremo. Senti qua, Wendy, luce della mia vita, voglio farti vedere la protagonista del mio film».

«In che senso?»

«Nel senso della telefonista, quella dell'esagono viola. Il personaggio attorno a cui ruota la storia. È una ragazza che piange per ogni cosa. Non so, se tu dici la parola 'banda', le vengono le lacrime agli occhi».

«Banda?»

«Sì. Perché suo nonno dirigeva una banda. Oppure dici: 'Ah, poveretti quei tizi che sei anni fa sono morti sulla funivia'. E lei fa: 'C'erano bambini?' E tu: 'Oh, veramente erano tutti bambini'. E lei piange».

«Ma scusa, perché dici 'poveretti quei tizi' eccetera?»

«Apposta. Per farla piangere».

«C'è una persona normale in questa agenzia?»

«Credo di sì. Mi parlano di un certo Nando, ma non l'ho mai

visto. Dai, chiedimi che storia ho costruito intorno alla telefonista!»

«Non adesso, Nicola. Ho visto che c'è Elettra, vado a salutarla».

Scappò via da suo marito, ben decisa a non avere più niente a che fare con lui fino al momento di tornare a casa. Voleva rincantucciarsi in un angolo della festa, ubriacarsi e pensare a Filippo.

Penelope stava guardando *Che cosa fare a Denver quando sei morto* con suo cugino Mimmo. Mimmo era un cugino eterodosso, nel senso che non abitava in via Vittoria 4, bensì in via dei Fornelli, un vicoletto lì dietro. Era figlio della sorella di sua madre, zia Ripalta, e da sempre era l'amico, il confidente e il sostegno morale di Penny, che non aveva fratelli. Mimmo faceva il vetrinista. A ottobre, dipingeva funghi e castagne sulla vetrina del 'Dì per dì' di zona. A Natale, decorava con agrifogli e angioletti la profumeria Boidi (quella dove lavorava l'odiosa Betty). A Pasqua, copriva di ovetti la Casa della Biancheria, e d'estate niente, perché nessuno decora le vetrine a motivi estivi. Ma essendo Mimmo un tipo industrioso, il lavoro non gli mancava mai. Adesso stava istoriando le vetrate di una discoteca.

«Ohu, Penny» disse Mimmo, tirando su una manciata di popcorn, «tu ci capisci, di questo film?»

«Sì, però è già la terza volta che lo vedo».

Non scambiarono più una parola fino alla fine del film, poi Mimmo approvò.

«Bello. Proprio bello. Un po' un casino, ma bello».

«Vero? Ci facciamo due uova?»

«C'hai fame?»

«Ti credo. Abbiamo mangiato solo i popcorn».

«Vieni con me a prendere Leyla, e andiamo a farci una pizza».

Leyla era la ragazza di Mimmo, un ornamento del quartiere giunta qualche anno prima dal Burkina-Faso.

«No, grazie, ho sonno, vado a letto. Di', tu lo conosci uno scrittore che si chiama Corelli?»

«Vuoi scherzare? Lo conoscono tutti. Leyla ha pure letto un suo libro».

«Lavoro per lui».

«Veramente?»

«Sì. È venuto a stare qua, in collina, in una villa. Con la mia agenzia, gli facciamo le pulizie, cuciniamo, tutto».

«Dillo a Leyla, vedrai che non la smette più. Darebbe non so cosa per conoscerlo. Ma è davvero così figo?»

«No. Sembra una bistecca. E poi ha un pitone».

«In casa?»

«Sì. Vuoi sapere come si chiama?»

«Ha ha». Mimmo non la deludeva mai.

«Kily Gonzales!» disse trionfante Penny.

Quando Ginevra tornò a casa, a mezzanotte e un quarto, si rese conto che non aveva comunicato né a Elena né ad Aldo la sua turbevole scoperta di quel pomeriggio. Mentre eseguiva il rituale della sera, mentre si spogliava, mentre si preparava una tisana balsamica, continuava a pensare a quella cosa, e le pareva di doverla assolutamente dire a qualcuno prima di dormire. L'idea era questa: se si fosse addormentata senza parlarne a nessuno, nella notte la cosa stessa si sarebbe dissolta come zucchero filato nel deserto, e nulla ne sarebbe rimasto. Al mattino, non se la sarebbe ricordata più, e quindi non sarebbe stata più vera. Doveva fissarla, fotografarla, masterizzarla. A chi poteva telefonare, a mezzanotte e mezzo? A una sola persona. Compose quel familiarissimo numero.

«Pronto? Puccio?»

«Sono io, Morgana».

«Ginevra?»

«Sì... chi è, Puccio?»

«Li chiamo tutti Puccio. È più sicuro».

«Stasera sono stata a cena da Elena e Aldo».

«Lo so, Aldo me l'ha detto. Povero amore, è scappato via ai limiti dell'orgasmo per essere a casa in tempo».

«Morgana, ti sarei grata se non mi raccontassi i particolari della vostra squallida tresca. Già mi sento abbastanza male...»

«Non pensarci, cocca. E com'è che mi telefoni in quello che per te è sicuramente il cuore della notte?»

«Perché oggi ho fatto una scoperta incredibile, e te la volevo dire».

«Spara».

«Ho conosciuto Filippo Corelli. Sai che lavoriamo per lui».

«È gay? No, dai, non mi dire...»

«Ma sei scema?»

«Perché hai detto 'scoperta incredibile', e allora...»

«No... è il primo uomo che incontro che mi rammenta Fabrizio. Anzi, è uguale a Fabrizio, ma di più. È come un Fabrizio kolossal. Come se Fabrizio fosse stato, non so, di Salvatores, e Filippo dei fratelli Wachowski. Fabrizio colorato da Gauguin. Fabrizio al massimo del volume. Fabrizio...»

«Ginevra. Ho capito. Ti piace Corelli. Era ora! Tra l'altro, credo di averlo conosciuto una volta a Roma. Ci eravamo guardati un bel po' ma poi non se n'era fatto niente».

«Non capisci! Non è che 'mi piace Corelli', è che ho una seconda possibilità. Ho trovato di nuovo una persona luminosa, forte, dolce, imprevedibile, dissennata come Fabrizio, ma con in più l'intelligenza, il talento, il genio forse, non so... è incredibile, Morgana. È come se tutta questa storia, che lui è venuto qui a scrivere, eccetera, fosse solo un giro del destino, del mio destino... capisci...»

«Mah. Io spero solo che sia meno stronzo».

Mercoledì 22 novembre

Nessuna delle Fate Veloci aveva più visto Filippo Corelli, né Maria Magenta, né Antonio Bassani. Erano andate e venute dalla villetta, avevano pulito, cucinato, rinfrescato, ornato e riassettato, ma i tre inquilini erano sempre assenti o addormentati o chiusi in stanze inaccessibili. Ogni tanto trovavano scarni biglietti di istruzioni, più spesso capivano da sole quello che c'era da fare. Cominciavano a capire, anche, abitudini e comportamenti degli abitanti di quella casa. Quando Penelope arrivava al mattino presto, le porte delle camere da letto erano sempre chiuse. Ma dalla stanza di Antonio venivano dei rumori. Musica e altri suoni minimi. Quando tornava nel pomeriggio, le porte erano tutte aperte e le camere vuote. Quella di Antonio era sempre pulita, in ordine, con il letto rifatto. La sua roba sporca arrivava nell'omonimo cesto con mezzi propri, bicchieri o tazze scendevano spontaneamente nel lavandino della cucina. Avendo ben poco da fare in questa camera, Penny prese l'abitudine di lasciare piccoli segni personali. Piegava un angolo del copriletto. Metteva un posacenere in bilico sulla sveglia (ma Antonio fumava? Il posacenere era sempre pulito). Posava un cuscino esattamente al centro della stanza. La camera di Filippo e Maria, invece, rappresentava una stimolante sfida quotidiana. Il caos, i vestiti, le briciole, le bottigliette, i fazzoletti, gli strappi e gli oggetti erano sempre abbondanti e sempre avevano bisogno di lei. Scendeva le scale barcollante sotto il peso dei detriti, e trovava in cucina Ginevra che cambiava l'acqua ai fiori. In casa c'erano undici vasi, che ogni giorno venivano curati e spesso rinnovati: camelie, dalie, bacche. Niente rose di Spagna, niente fiori di serra. Ginevra mescolava i prodotti del suo vivaista preferito a quelli che forniva il giardino stesso della casa. Sul tavolo dove lavorava Filippo, accanto al computer, c'era sempre il fiore più bello. Lo portava per ultimo, poi restava un attimo a guardare la stanza. Tornava in cucina, e già era arrivata Arianna, intenta a preparare vassoi e casseruole di cibo a consumo dilazionabile. Poi se ne andavano tutte e tre, e cinque, dieci, venti, sessanta, trecento minuti dopo tornavano uno, o due, o tre inquilini.

Intanto, sul quotidiano locale, era apparsa la notizia che Fabrizio Corelli era in città. Eccolo fotografato sul lungofiume, con giubbotto di pelle e occhiali da sole. Eccolo rifotografato con Maria Magenta davanti al Museo del Cinema: in questa occasione Maria aveva confermato che tra pochi giorni avrebbe iniziato le prove di *Casa di bambola*, con la regia di Salvo Robusti, il collerico genio del Teatro italiano. «So di essere troppo giovane per interpretare Nora, ma ci piaceva l'idea di farne una postadolescente capricciosa, invece della solita fanatica veterofemminista» aveva dichiarato l'impudente, e Ginevra si chiedeva chi fossero quei 'ci'. Piegò il giornale, se lo ficcò nello zaino e si alzò. Si trovava seduta nell'ascensore della casa in cui abitava la signorina Ragosta, un ascensore grande come un monolocale, con tanto di panchetta in velluto, utile perché era troppo lento per affrontare il tragitto fino al terzo piano in piedi. La signorina era già sulla porta, l'emblema stesso dell'attesa. «Oh, signora Montani, meno male! Lei è un angelo, guardi, ero tanto in pena! Povero Pino! Venga, venga, le presento la dottoressa Lojacono».

Una giovane donna stava uscendo da quella stessa porta, con aria esausta.

«Venga, entri... sa, è la dottoressa di Geremi, l'ho chiamata perché oggi, quando l'ho pesato, guardi, ho rischiato il coccolone. Non ci crederà, quanto è ingrassato...»

Ci credo sì, pensò Ginevra. Bastava uno sguardo anche molto distratto per accorgersi che quel cane era fuori forma. Sembrava un bassotto che avesse inghiottito un boiler.

«Mi ha detto di metterlo a dieta!» gemette la signorina Ragosta.

«Ma va'?» Ginevra si chinò sul povero Pino, ovvero un miniabete in stato di evidente disagio.

«Che giornata oggi... tutti i miei tesori malati!»

Eppure Cecilia Ragosta non era, come si potrebbe desumere dalle sue parole, un'anziana zitella maniaca. Era una bella single quarantenne che dirigeva un catalogo per corrispondenza. Ogni mese cambiava colore di capelli, fidanzato e disposizione dei mobili. Andava a feste, cene, prime teatrali. Viaggiava per ogni dove, purché fosse un dove che ammettesse la presenza di Geremi. Il quale, tra l'altro, si chiamava così in onore di Jeremy Irons, l'idolo della signorina. Era ben decisa a non sposarsi e a non avere figli, perché, diceva, «con quelli poi non c'è più tempo per nient'altro».

Ginevra visitò l'alberello e diagnosticò una eccessiva vicinanza al termosifone.

«Lo tenga fuori, signora. In fondo, il suo ambiente naturale è una foresta scandinava».

«Ha ragione! Lo metto subito sul balcone. Guarda che per Natale devi star bene, mascalzone, se no a chi le metto le palline?»

A Geremi, pensò Ginevra, immaginandosi il botolo carico di ornamenti natalizi. Dissuase la signora dal brusco passaggio termosifone-balcone, e poi visitò una kentia molto moscia.

«Troppo vicina alla finestra» sbuffò Ginevra spostando il pesantissimo vaso, «questa va in ombra».

Si rialzò e chiese un bicchier d'acqua.

«Acqua?» la signorina era perplessa. «Vediamo cos'ho in frigo...»

In frigo effettivamente una bottiglia di Evian c'era, insieme a mezzo limone, una ciotola di olive, una bottiglia di vodka, quattro scatolette di polpa di granchio e un golfino di angora bordeaux.

«È per eliminare i pallini» sospirò Cecilia Ragosta, «cosa vuole, io non mangio mai in casa».

Anche Arianna era in casa di una single quarantenne, in quel momento. Ma in questo caso la cliente era lei. Era andata, come ogni mese, a farsi fare le carte, solo che questa volta le carte scottavano, e lei pure. Niente panoramica sulla carriera, informazioni generiche sullo stato di salute di Giacomino, prospettive per Nicola, o se per caso vedeva (la signora Zamira) profilarsi all'orizzonte della sua vita una casa in campagna, un monolocale a San Sicario, un tailleur di Valentino. Niente blande inchieste su eventuali momenti di sesso selvaggio da condividere con uno sconosciuto lituano. No, questa volta Arianna voleva rivolgere alla signora Zamira una semplice domanda da donna primordiale, e cioè: «Riuscirò a sedurre l'uomo che mi piace?»

Era stata bene attenta a non pronunciare nomi. Le chiromanti non sono urne di discrezione. E oltre a tutto, dalla Zamira andava mezza città, la metà più pettegola.

Zamira le fece tirar fuori le carte, le sistemò, e iniziò a guardarle con occhi mesti. Butta male, pensò Arianna. Non ci siamo.

«Vedo una grande confusione nella tua vita: la torre rovesciata e la papessa a destra del sole indicano cecità interiore. Tu non sai chi sei».

«Okay, può darsi. Pazienza. Cioè, in questo momento, non è il mio problema principale. C'è un tipo che mi fa impazzire, Zamira, e voglio una storia con lui. Una breve passione che non metta a rischio il mio matrimonio ma resti come un ricordo che illuminerà il resto della mia vita».

Zamira la guardò sospettosa.

«Tu hai ricominciato a leggere gli Harmony».

Arianna si mise sulla difensiva.

«Che c'entrano gli Harmony. Voglio soltanto sapere se avrò una storia con quest'uomo».

Zamira sospirò. Per fortuna, il suo conto in banca cresceva con quieta determinazione. Tra non molto avrebbe potuto comprarsi una casa sulle rive del Danubio, subito fuori Budapest, e abbandonare al loro destino queste immorali consumiste.

«Ascoltami bene, Arianna... vedo una realizzazione, in fondo al tuo percorso: l'impiccato insieme alle stelle lo indicano con chiarezza. Ma c'è anche la luna nera, quindi il percorso sarà tortuoso e ingannevole. L'ostessa che vedi qui a sinistra è il segno di un momento di incertezza di fronte al bivio. Ma non sempre il bivio è davvero un bivio. A volte, una delle due direzioni è semplicemente il riflesso dell'altra. E lo specchio sei tu».

Arianna lo sapeva già. Mai e poi mai, in tutte le volte che l'aveva consultata, Zamira le aveva detto qualcosa di comprensibile. Però, lei usciva sempre da quell'elegante alloggio in via Baretti con una confortevole sensazione di progresso. Zamira la metteva ogni volta in movimento verso una meta positiva. E anche questa volta, rigenerata, fiduciosa e alleggerita di trecentomila, andò a prendere Gimmi all'asilo. Mentre si mescolava alle altre mamme davanti al cancello, era quasi euforica. Sono fantastica, pensava. Nessuna di queste slavate schiave del dovere potrebbe immaginare che nel mio cuore di perfetta e amorevole madre brucia un vulcano di passione (in effetti, Arianna aveva ricominciato a leggere gli Harmony). Sono una vera donna moderna, che concentra in sé la madre, la femmina, la compagna, l'imprenditrice... proprio come in un articolo di 'Marie Claire'! Giacomo le venne incontro agitando un foglio.

«Ho fatto un disegno! Ho fatto paliscion!»

«Ciao, amore mio. Com'è andata oggi?»

«Bene! C'era la pulenta! Ho fatto *paliscion*!»

Le mise in mano il foglio, in cui si vedeva una specie di macchia rossa da cui spuntavano due bastoni neri.

«Mmm... è un bel disegno».

«Vedi! Questo è l'uomo sparato!»

«L'uomo sparato... vorresti dirmi che hai disegnato *Pulp Fiction*?»

«*Paliscion*! L'ho fatto per papi! Andiamo a casa!»

Quando Gimmi metteva un punto esclamativo dopo ogni parola, voleva dire che era davvero felice.

«Prima dobbiamo passare in agenzia».

«Da Penny?»

«Da Ginevra e Penny».

Giacomino aveva un debole per Penny, probabilmente, pensava Arianna, perché il loro sviluppo mentale era affine. Normalmente, anche Arianna le voleva molto bene, ma dall'episodio del pitone si sentiva leggermente fredda nei suoi confronti.

In agenzia non c'era nessuno, però. Arianna iniziò a preparare un sugo di broccoli e salsiccia che avrebbe poi affidato a Penny perché lo portasse da Corelli. Oggi aveva deciso di non andare, di restarsene a casa con Giacomo.

Voleva caricarsi di energia positiva e poi scaricarla addosso a Filippo come un TIR di legname a cui si rompono le sponde. Mentre rifiniva mentalmente questa potente immagine, fu distratta dalla porta che si apriva.

«Speravo di trovare qui la mia famiglia, ed ecco che l'ho trovata!»

«Nicola! Come mai hai già finito, a quest'ora?»

«Non ho già finito. In questo momento, secondo l'implacabile ruolino di marcia della Proposte, io mi trovo a discutere con il signor Bergoglio l'appassionante campagna delle porte».

«E invece?»

«E invece abbiamo già finito! La discussione non c'è stata! Ho mostrato al signor Bergoglio, capo carismatico della ditta Bergoglio Porte, il progetto per il dépliant, lui l'ha guardato, ha detto che faceva schifo, e io gli ho detto che tutto sommato aveva ragione, e che domani gli avrei portato qualcos'altro. Ci abbiamo messo sette minuti, perciò gli altri ventitré che erano stati previsti per questa incombenza li posso dedicare a voi!»

«Sarebbe meglio dedicarli a rifare il dépliant. Come mai faceva schifo?»

«Non per colpa mia. Per colpa dei grafici. Hanno ideato questo: tutte le porte appese a un filo della biancheria come asciugamani stesi. Orribile. Il mio slogan invece gli è piaciuto: LA PORTA IMPORTA!»

«Blef».

«Blef un corno. Ciao Gimmi!»

Gimmi stava guardando la tele, e appariva in stato confusionale: continuare a seguire le vicende di *Mila e Shiro due cuori nella pallavolo*, o mollare tutto e far vedere a papi il disegno di *paliscion*?

Toc toc, ecco anche Penelope, soccombente al suo saccone.

«Ciao... Sono stata a pulire un oratorio dopo una festa di compleanno con venticinque bambini dello Zaire!»

«Chi è Zaire?» chiese Gimmi.

«E come mai non lo puliscono le suore?» chiese Nicola.

«Ti hanno pagata?» chiese Arianna.

«Sì che mi hanno pagata, però gli ho fatto uno sconto del settanta per cento. Non lo puliscono le suore perché sono vecchie, ma vecchie... Ci sono le aiutanti laiche, ma da sole non potevano farcela, perché i bambini si soffiavano l'aranciata con le cannucce. Lo Zaire è un posto in Africa».

Mentre parlava, Penelope andò alla porta perché avevano suonato, e si ritrovò faccia a faccia con Gabriele Dukic, violino compreso.

«Buonasera. Cercavo la signora Montani».

«Ehi! Venga. Ginevra non è ancora arrivata, ma non dovrebbe tardare».

Nicola sbucò dalla cucina, sempre interessato a conoscere gente nuova.

«Buongiorno. Sono Nicola Borghi, il marito di Arianna».

«Salve. Gabriele Dukic».

Nicola indicò il violino.

«Violinista?»

«Sì. Immagino di sì. Anche se in questo periodo mi ritrovo a essere, per così dire, il guscio vuoto dell'uomo di un tempo. Per dirla con il Poeta: 'Non son chi fui, perì di noi gran parte!'»

Nicola, Penelope e Giacomo lo guardarono in un reverente mutismo. Arianna, in cucina, sbuffò abbastanza udibilmente. La prima a riprendersi fu Penny.

«Anche Nicola scrive. È uno degli sceneggiatori della *Vita è Vera*». Lo disse con notevole orgoglio. Quell'uomo era suo amico, era il marito della sua socia, avevano spesso mangiato insieme, erano andati anche al cinema, eppure era uno di coloro che avevano in pugno il destino di Vera, di Loris, di Mirko, di Marika, di Rosa, di... Nicola allargò le braccia con gesto impotente.

«Sì... non ricordo mai di abbattere Penny con un ben assestato colpo alla tempia prima che abbia il tempo di svergognarmi con gli sconosciuti. Probabilmente dovrei scegliere una soluzione più drastica e permanente, e tagliarle la lingua...»

«Come in *paliscion*!» urlò entusiasta Gimmi.

«Non mi risulta» obiettò il padre.

Ma Gabriele Dukic nel frattempo si era trasfigurato. L'amaro cipiglio di cui si era ammantato scoprendo che Ginevra era assente si era disteso in un'espressione di vivo interesse, partecipazione, quasi addirittura giubilo.

«Lei è uno degli sceneggiatori della *Vita è Vera*? Non me ne perdo una puntata! Le ho viste tutte, dalla prima alla duecentosessantesima!»

Penelope gli fece un sorriso smagliante. E pensare che non lo aveva considerato degno di Ginevra!

«Come? Riesce senza difficoltà a passare dalle sublimi armonie di... non so... di qualcuno di quei tizi del Settecento, alle meschine vicende di una soap?»

Gabriele neanche gli rispose. Lo afferrò per una manica.

«Mi dica una cosa sola: Marika ha scoperto di essere la gemella di Mirko?»

«No, anche se questa curiosa assonanza fra i nomi fa riflettere Irma, che inizia una discreta indagine presso le suore dell'orfanotrofio. Intanto Loris cade nelle mani di un usuraio».

«Veramente?» Penny era allibita. «Ma come mai? Nella puntata di ieri ha fatto un Gratta e Vinci da quattro miliardi...»

E proprio in quel momento di suprema suspense, la porta suonò un'altra volta.

«Aspetta! Non dire niente!» Penelope si precipitò ad aprire, seguita da Giacomo che urlava: «Zitto papi! Non dire! Zitto!»

Antonio Bassani sentì dei tonfi, poi vide la porta aprirsi e Penelope che tirava su da terra un bambino biondo sui quattro anni, chiedendogli: «Ti sei fatto male?»

«No! Ho sbattuto!»

«Buongiorno».
«Ehi. Come va? Scusa, ma Giacomino è caduto e...»
«Capito in un brutto momento?»
«Be', veramente sì, perché Nicola stava per dirci una cosa... tu lo guardi *La vita è Vera*?»
«Solo ogni tanto».
«Be', lui è uno degli sceneggiatori».

Penny indicò un giovane uomo sui trent'anni, di aspetto dinamico, accanto a un marcantonio riccio con un violino in mano. La clientela di Fate Veloci? Attraverso la porta aperta della cucina, Antonio intravedeva la piccola, corrucciata Arianna che sfrigolava qualcosa in una padella. Buonissimo odore.

Penelope eseguì sbrigative presentazioni, e poi incitò Nicola a proseguire. Come mai Loris era caduto nelle mani degli usurai pur avendo appena grattato e vinto quattro miliardi? Nicola sospirò.

«Non lo so. Devo trovare un buon motivo. E anche in fretta. È per la puntata che girano venerdì».

Penelope e Gabriele assunsero un'espressione volonterosa.

«Forse non è vero che ha vinto» propose Penelope.

«Ha perso il Gratta e Vinci» insistette Gabriele.

«E nel frattempo, ormai, si è già impegnato per comprare una Ferrari».

«Ha compato *paliscion*!» urlò Gimmi, che in momenti di particolare emozione tendeva a perdere la erre.

«La perdita del biglietto è un espediente un po' sfruttato». Antonio si era seduto, aveva acceso una sigaretta e rifletteva. «Come nasce, questa esigenza di farlo cadere in mano agli usurai?»

«Volevano una chiusa forte per la duecentosettantesima puntata».

Silenzio.

Poi Antonio sorrise. «E se lui si fosse impegnato, anni prima, con un documento firmato dal notaio, a cedere ogni sua eventuale vincita futura a Lisiana Fert?»

Gli altri tre lo guardarono, inorriditi e affascinati nello stesso tempo. Lisiana Fert! L'ultraperfida della *Vita è Vera*! La nemica di Vera, la moglie di Mirko, la figlia del povero Gondrano, la persecutrice dell'inerme Marika! E proprio a lei, Loris doveva fare la donazione?

«E perché?» chiese una gelida voce dalla cucina.

«Perché Loris ha firmato un documento del genere? Be', a questo c'è il tempo di pensarci. Forse per salvare la vita a sua madre?» Antonio si alzò, e raggiunse Arianna in cucina.

«Stai facendo la nostra cena?»

«Sì. Sugo di broccoli e salsiccia».

«Se non sbaglio, tra una mezz'ora dovreste venire su, vero?»

«Verranno Penelope e Ginevra. Io mando dei contenitori».

Ginevra arrivò in quel momento, trascinando dentro un ficus benjamin duramente colpito dalla sorte.

«Ciao... c'è una festa, bene. Come va, Nicky?»

Nicola e Ginevra erano remotamente cugini. Da bambini, avevano partecipato insieme a cacce alle uova e merende dell'Epifania. Il saluto al Maestro Dukic fu meno cordiale. Un sorriso freddo, e un cenno del capo. In quanto ad Antonio, vederlo e sentirsi svenire fu tutt'uno. Se lui era lì, c'erano novità di sicuro. Cosa voleva, da loro, Filippo?

«Un piccolo ricevimento» spiegò infatti Antonio, alle tre Fate Veloci riunite. «Il signor Corelli inviterà una quindicina di persone a casa, per una cena informale, sabato sera. E vorrebbe che voi organizzaste la cosa, ma ne faceste anche parte in qualità di invitate. Diciamo, come tre padrone di casa».

«Ma... la signora Magenta?» chiese Ginevra.

«La signora Magenta si tiene alla larga da qualunque forma di impegno domestico, ma sarà lietissima di partecipare alla serata. E voi? Siete liberi, sabato sera?»

Si rivolgeva a Nicola e Gabriele, che accettarono l'invito, per motivi del tutto differenti. Nicola era ben felice di conoscere Corelli, l'uomo che poteva portarlo nel meraviglioso mondo delle major hollywoodiane, e Gabriele era ansioso di partecipare a qualunque cosa a cui partecipasse Ginevra.

«Ginevra, sono passato a chiederti se puoi venire a dare un'occhiata ai miei ciclamini» le chiese, con il famoso mezzo sorriso obliquo che aveva segnato per sempre la flautista veneziana Marietta Marangon.

«Non hai ciclamini» lo informò con freddezza Ginevra. Era furiosa. Ma come! Una serata con Filippo, l'occasione per verificare se davvero per lei la vita poteva ricominciare, e quell'insopportabile segretario gay le rifilava il suo persecutore! Una specie di grossa caramella mou che le sarebbe rimasta appiccicata tutta la sera!

«Sì, ne ho ventiquattro. E stanno tutti malissimo. Me li ha regalati ieri la mia madrina per San Gabriele».

Penelope aprì la bocca per dire che San Gabriele era il 24 marzo ma incrociò lo sguardo di Antonio e per un attimo si sentì risucchiare in una specie di gorgo di intuito. Non intervenire, le dicevano quegli occhi, lascia che si giochi i suoi ciclamini come vuole. Penny richiuse la bocca.

«Non so, non so quando posso venire. In questi giorni ho molto da fare e...»

«Puoi andare stasera. A casa non c'è bisogno di te. In compenso, potresti fermarti un po' di più domattina. Il signor Corelli vorrebbe parlare delle rose».

Croce e delizia. Croce, essere praticamente costretta ad andare da Dukic. Delizia, domani avrebbe parlato di rose con Filippo. Ginevra sapeva che da quel colloquio sarebbe nata per lei una nuova vita. Sospirò, e con occhi stellati disse: «Va bene».

«Allora andiamo?» Gabriele intuì che c'era qualcosa di sbagliato, in quel 'Va bene', ma era deciso ad approfittarne comunque. Ma Antonio li fermò.

«Maestro Dukic... posso chiederle un... non direi favore. Direi *privilegio*. Ci suonerebbe qualcosa?»

La richiesta stupì tutti i presenti tranne Giacomo e Penny, che non si stupivano quasi mai. Gabriele si inchinò, poco ma teatralmente.

«Volentieri. Cosa le piacerebbe sentire?»

«Ci mancherebbe. Visto che è tanto gentile, scelga lei quello che preferisce».

Gabriele annuì, prese il violino e si guardò intorno. Tutti erano fermi e attenti. Arianna aveva smesso di lavorare, e stava appoggiata allo stipite della cucina, con gli occhi lucidi di furia. Aveva invitato anche Nicola! Quell'incommensurabile deficiente di un babbeo cretino aveva invitato anche Nicola! Sperò che il violinista suonasse qualcosa di straziante, per poter piangere senza dare nell'occhio.

«Che cos'era quella musica? Perché non ha voluto dircelo?»
Penelope e Antonio erano in macchina, diretti verso Villa Verbena. Penelope continuava a pensare ai due minuti e trentotto secondi di musica che il Maestro Dukic aveva sontuosamente eseguito.
«Non so, immagino che sia perché tutti noi eravamo rimasti molto colpiti e lui non voleva mettere un nome a quella sensazione».
«Tipo che era solo la musica a piacerci e non il nome della musica?»
«Tipo».
«Però io voglio sempre sapere i nomi delle cose».
«Allora, se vuoi 'sempre' saperlo, dovrò dirtelo. Ha suonato un pezzo che si chiama *Largo*, e che appartiene a un concerto che si chiama *Inverno*».
«Mmm».
Erano davvero rimasti tutti molto colpiti. Durante l'esecuzione, Arianna aveva capito che doveva aggiungere qualcosa di drammatico al proprio aspetto, per farsi notare da Filippo, e si era ripromessa di andarci giù pesante con il kajal. Nicola aveva immaginato una splendida scena al rallentatore: un uomo con un grande cappotto svolazzante pugnala persone a caso tra la folla. Giacomo aveva fissato il violino: perché quel pezzo di legno faceva tanto rumore, e un rumore così liscio? Ginevra, aveva sentito un male fortissimo in mezzo allo sterno, e aveva capito che la musica era un guaio. Penny aveva respirato, e aveva visto passare davanti ai suoi occhi noci, nebbia, e se stessa bambina una volta che era andata a comprare il pane, ed era buio, e poi aveva visto, ancora un po' lontana, la vetrina della panetteria, e già da lì

aveva riconosciuto i Mon Chéri Ferrero. Antonio aveva guardato gli altri. Gabriele aveva guardato solo Ginevra. E appena finito di suonare, se l'era portata via.

«Questi ciclamini sono stati tagliuzzati! Con le forbicine!» commentò Ginevra dopo aver esaminato le piantine.
«Impossibile. Chi potrebbe aver fatto una cosa simile? La signora delle pulizie è un'anima mite che non offenderebbe un fiore neanche col pensiero. Guarda bene: sono certo che ci sono degli orribili parassiti taglienti nascosti da qualche parte».
«Ma quali parassiti... come ti può venire in mente... come... di comprare delle bellissime piante e poi tagliuzzarle in questo modo?»
«Mi può venire in mente» le spiegò con pazienza Gabriele, «perché ti amo».
Si bloccò, sconvolto lui stesso da quello che aveva detto. Mai e poi mai, in tanti anni di dedizione alla femmina, aveva pronunciato quella formula spaventosa. Aveva detto di tutto, dal desolante 'Lo sai che a te ci tengo' all'ingannevolmente ardente 'Ti adoro', e aveva saputo rispondere in mille modi suadenti e allusivi, ma mai con un semplice 'Sì', alla classica domanda 'E tu, mi ami?' E adesso l'aveva detto a una tizia bionda che gliela stava facendo trovare più lunga della Grande muraglia cinese. Per fortuna, la stasi temporale passò inosservata perché si era bloccata anche Ginevra, a cui nessuno aveva più detto 'ti amo' dai tempi di un remoto fidanzato giovanile. Fabrizio irrideva le logore formule da fotoromanzo (parole sue) e quindi aveva inventato per lei l'espressione 'ti amoro', che Ginevra aveva sempre trovato insopportabilmente leziosa, almeno finché Fabrizio era in vita. Ma un 'ti amo' così, a dieci centimetri, con quegli occhi fiammeggianti, be', era qualcosa. Per fortuna che ormai si era innamorata di Filippo Corelli, se no non ci sarebbe voluto niente a baciare perdutamente il torturatore di ciclamini. Purtroppo, mentre pensava questo, Ginevra si ritrovò davvero a baciarlo. E anche abbastanza perdutamente.

Dopo essere fuggita come una ninfa della mitologia da casa Dukic, Ginevra si rifugiò sul suo terrazzo con un piumone e un Campari. La domanda era: cosa mi sta succedendo? Perché mi comporto come 'sono una donna non sono una santa'? Com'è possibile che dopo aver appena incontrato il secondo grande amore della mia vita io baci un omaccione muscoloso che tira fuori insopportabili lagne dal suo stramaledetto violino? Perché la vita è così? Sono forse puttana?

Era arrivata a questa domanda così fondamentale nella vita di una donna, quando si accorse che il dottor Smyke le stava facendo dei grandi segni dalla finestra. Alle sue spalle la piccola cucina illuminata aveva un'aria molto invitante. Ginevra si avvicinò e Malcolm aprì la finestra.

«Entra, mia giovane amica, fa troppo freddo per restare a bere Campari in terrazzo. Spero che non mi classificherai subito come un insopportabile ficcanaso se ti dico che mi sei parsa un po' sconsolata. Mi chiedo se qualche frittella di cavolfiore avrebbe per caso il potere di lenire una tua eventuale pena».

Malcolm era fatto così. Per dire qualunque cosa ci metteva il triplo. A Ginevra piaceva: le dava sempre il tempo di pensare una risposta aggraziata.

«Grazie, sì. Credo di sì. Solo a vederle, mi sento già meglio».

«Nell'occasione, potremmo forse giungere all'amichevole condivisione di una suprema bottiglia di Pelaverga».

«Molto volentieri, anche se la mia parte sarà scarsa. Lo sai che sono quasi astemia».

Malcolm pronunciò una lunga ed eloquente frase in una lingua liquida.

«Cioè?»

«Ho citato in arabo il passo del Corano che proibisce le bevande alcoliche».

Ginevra aveva sempre avuto un mezzo sospetto che il suo dirimpettaio fosse in realtà una o una ex spia. Parlava innumerevoli lingue, o fingeva di parlarle. In effetti, pensò Ginevra, chi mi assicura che quello che ha appena detto era veramente arabo? Per quello che ne so io, fa sempre finta, anche quando mi recita

Shakespeare in russo. Perché poi Shakespeare? Perché non mi recita Čechov, in russo? No, Čechov invece lo cita nella traduzione tedesca di Hermann Boll. Nel corso di questa riflessione, Ginevra aveva mangiato un paio di frittelle. Sorrise a Malcolm, lieta di avere un vicinissimo di casa così per niente banale, e per la seconda volta in quella serata fece qualcosa di assolutamente inaspettato.

«Oh, Malcolm, ho appena fatto una stupidata colossale. Mi sono innamorata di un uomo e ne ho baciato un altro».

«A me è capitato piuttosto spesso, devo dire. Chi è lui? Anzi, chi sono loro?»

«Be', uno non te lo posso dire chi è, e forse neanche l'altro».

«Non voglio i loro nomi. Voglio una descrizione emotiva».

«Ah... una descrizione emotiva... allora... quello di cui mi sono innamorata è bellissimo, presuntuoso, stellato, geniale. L'altro è... un musicista muscoloso».

«Un musicista muscoloso? Temo che sia una delle categorie di uomo a cui è impossibile dire di no. Prima di conoscere Luigi, non avrei resistito a un musicista muscoloso più di sei minuti».

«Quindi è normale che io l'abbia baciato».

«Assolutamente. Trovo meno normale, invece, che una donna come te si innamori di un insopportabile vanesio come Filippo Corelli».

Ginevra lo fissò inorridita. Va bene spia, ma...

«Oh, ma chérie... lo sanno tutti che lavorate per lui... Per arrivarci, non c'è bisogno di essere una spia al soldo di Sua Maestà Britannica...»

Domenica 26 novembre

«Allora? Com'è andata la festa?»

Daniela aveva resistito fino alle undici poi aveva chiamato Arianna. Va bene che era domenica mattina, ma si sa che le mamme non dormono mai fino a tardi. Infatti, mentre Nicola ancora sognava il grande film che avrebbe scritto con Filippo Corelli, Arianna stava nel giardinetto di casa sua con Giacomo e un cordless. Giacomo scavava una buca in un punto dove qualche giorno prima aveva sepolto un Warrior Magic Color, quelli che sottoterra cambiano colore.

«Mamma! Vediamo se è rosso!»

«Un attimo, amore, che sto parlando con Daniela... Allora cosa? Cosa vuoi che sia successo. C'era Nicola, lo sai...»

«Che c'entra... sguardi, atmosfere, impressioni, chi c'era, come ti sei poi vestita... e lui... e voi... quelle cose lì».

«Be'...Guardare mi ha guardata. C'è stato un momento che mi è sembrato tipo che qualcuno mi stava spegnendo una sigaretta sulla nuca, e allora mi sono voltata ed era lui che mi fissava. Stavo per cadere nel vassoio delle minimilanesi».

«Delle?»

«Minimilanesi. Sono state un successone. Ho fatto delle milanesi piccolissime, praticamente un boccone l'una, ammucchiate nei vassoi. Se le sono divorate in cinque minuti».

«Che bestie».

«Bah. Intellettuali. Che ne so, gente dell'editoria, teatranti, giornalisti, un regista con i pantaloni ascellari, un poeta... critiche d'arte, cose così, ragazze bene. Mangiavano come cavallette».

«Sì, ma lui?»

«Lui, se lo vuoi sapere, è stato non so quanto a parlare con Ginevra. E già giovedì mattina sono stati chiusi una vita nel suo studio. Io pensavo che gli piacesse Penelope...»

«Che c'entra. Non mi hai detto che da Ginevra vuole notizie sui fiori?»

«Sì, sui fiori! Non so, Daniela. Tra l'altro, Penelope ha fatto la cameriera integralista, sai com'è lei, serviva e basta, non parlava con nessuno, le mancava giusto la crestina».

«E lui?»

«Niente. Manco l'ha considerata. Quindi adesso gli piace Ginevra. Però... be'...»

«Dai. Che è successo?»

«Ecco... al momento di andare via, mi ha...»

Arianna esitava. Quel prezioso segreto andava confidato? Sia pure a Daniela, l'amica più amica che avesse? O era un piccolo particolare piccante da riservare al segreto gioco della seduzione che si stava intessendo fra lei e Filippo? Come si sarebbe comportata, in una situazione simile, Tessa di *Gardenia*? Avrebbe raccontato tutto alla sua migliore amica, la cantante rock Anjula?

«Ti sei incantata? Ti ha cosa?»

«Mi ha... preso un orecchino».

«Eh?»

«Sì. Mentre Nicola non vedeva. Si è avvicinato, e mi ha preso l'orecchino sinistro. Il lato del cuore».

«Ma scusa, come ha fatto? Tu hai i buchi, no?»

«Me l'ha sfilato con destrezza. Avevo quelli viola, di strass, con il gancio. Flip, me l'ha sfilato. Sono rimasta frozen».

«Arianna, guarda che una cosa così è bestiale. Che ti ha detto?»

«Niente. L'ha preso, mi ha passato un dito sul lobo, se l'è messo in tasca e se n'è andato. In quel momento è arrivato Nicola con il mio cappotto e siamo andati via. Secondo te...»

«È un segno. Devi assolutamente vederlo da solo».

«Sì, brava. E la Magenta?»

«Ma non va alle prove? Approfittane, scema!»

«E dimmi, durante questo piccolo ricevimento a Villa Verbena è avvenuto qualcosa degno di nota?»

«È inutile che ti racconti, se tanto tu Filippo Corelli lo odi».

Ginevra e Malcolm stavano bevendo un cappuccino al bar sotto casa. Erano scesi a comprare i giornali, approfittando del fatto che Luigi dormiva ancora. Malcolm voleva notizie della serata, e Ginevra era disposta a dargliele, ma in privato.

«Non è vero che lo odio. Lo trovo uno scrittore di straordinaria precisione, eleganza e intensità. Come persona, però, mi sembra piuttosto... fasullo. Si dice così?»

Vezzi del dottor Smyke, che parlava un italiano irreprensibile.

«Sì, ma non è vero. È solo vitale. È luminoso. È incosciente. È...»

«Immagino che il tuo bagaglio di aggettivi sia sterminato. Quello che voglio sapere è come si è comportato con te».

«Ecco, te l'ho detto che quel piccolo verme del segretario ha invitato anche quel tizio che mi sta dietro. Sai, il musicista... Avevo una gran paura di ritrovarmelo appiccicato tutta la sera, invece l'ho trattato così male, ma così male che dopo un po' si è messo a parlare con certe ragazze, e a un certo punto se n'è andato, così, senza neanche salutarmi».

«Ah. E non ti è dispiaciuto?»

«No, a me no. Anzi, ero contenta. È il mio stomaco che se l'è presa... non so perché. Mi si è annodato in una morsa... boh?»

Aiai, épathon tlámon épathon megálon!»

«Non dirmi cose in greco, Malcolm. Non le capisco, e non le voglio neanche capire. Io non so perché tutti dovete sempre citare, con me. Io odio le...»

«Ti chiedo scusa. Allora, lui se n'è andato e tu, tutta contenta...»

«Ho potuto parlare con Filippo...»

Ginevra si ammutolì. Nel suo ricordo, la conversazione era avvenuta così: in un alone di profumo dorato, Filippo socchiudeva le labbra, da cui fluivano petali di rose, violette e perle iridescenti.

«Di cosa?»

«Di rose. Nel suo nuovo romanzo le rose hanno un ruolo determinante. Non ho capito quale. Forse non lo sa ancora bene neanche lui... dice che c'entra il nome e...»

«Il nome delle rose? Non può. Digli che è già stato fatto e con grande risonanza internazionale».

«Ma dai, no... Cerca una rosa bianca che abbia un bel nome... però non è sicuro di volerla bianca... e poi questa rosa deve aver un... in realtà, non ho capito niente, Malcolm. Sai quando sei piccola e ti portano da Gioia dei Bimbi?»

«Be', sì. A Bristol c'era Mulberry & Son, il negozio di giocattoli. È meno didascalico di Gioia dei Bimbi, però...»

«Lascia perdere. Ecco, per me, guardarlo parlare era come stare davanti a Gioia dei Bimbi quando avevo otto anni e avevano fatto la vetrina con le bambole Corolle. Non riuscivo neanche a respirare, tanto erano belle. Lo guardavo, e non capivo niente di quello che diceva, e poi...»

«Ti ha baciata?»

«Ma va'. Mi ha sfiorato i capelli e... mi ha sfilato una molletta. Una mollettina di tartaruga, coperta di brillantini. E se l'è messa in tasca. Un segno, per me».

«Sarà mica cleptomane?»

«E questa festa?»

La mamma, la nonna e la zia di Penny aspettavano, con una forchettata di tagliolini ai funghi sospesa a mezz'aria. I maschi della famiglia seguivano una pretrasmissione di precalcio prepartita, e neanche le sentivano.

Penny alzò le spalle.

«Non finiva mai. Io alle due me ne sono andata, e quelli erano ancora lì».

«E che facevano?»

«Boh. Io stavo in cucina».

«Ma non ti avevano invitata anche a te?»

«Sì, ma non mi andava. Quando lavoro, preferisco lavorare».

«Solo alla bella autistica non ho preso niente».

«Non è autistica».

«Allora è scema. Insomma, non reagisce. Uno di questi giorni le metto le mani addosso, non so, le tocco le tette, le infilo un ginocchio fra le cosce. Voglio vedere cosa fa».

Antonio e Filippo passeggiavano in giardino. Ginevra aveva concimato gli ellebori, aveva pulito l'agrifoglio, e riempito di bucaneve le aiuole, ma per adesso niente ancora spuntava. Solo i narcisi di Natale, forzatissimi e casalinghi, cominciavano a buttare le foglie.

«Non credo, Filippo».

«Ah, be', se piace a te, lascio perdere. Le altre due mi bastano. Chi mi faccio prima? Orecchino o Mollettina?»

«Dipende. Preferisci avere prima la cuoca che non cucina più o la giardiniera che ti piange sulle peonie?»

«E dai. Sarò in grado di tenere sulla corda qualche signorina senza farla cadere, no? Guarda».

Filippo si tirò fuori dalla tasca tre palle da jongleur e cominciò a farle roteare in aria senza un'incertezza.

Antonio interruppe l'esibizione afferrandone una al volo.

«Fai come vuoi, Filippo. Ti ricordo solo che Maria vive qui con noi».

«Maria, Maria! Recita Ibsen, dal mattino alla sera. Stanotte mi ha chiesto di scoparla con l'indifferente e brutale morigeratezza di un marito svedese dell'Ottocento. Figurati!»

«Be'? Non è stato stuzzicante?»

«Anche, ma soprattutto molto impegnativo. Ho rimpianto di aver smesso gli esercizi con i pesi. A ogni modo, lei alla fine aveva le occhiaie».

«Vedi? Non ti sei ancora stufato di Maria».

«No, non mi sono stufato di Maria... ma mentre non mi stufo di lei, posso appassionarmi di altre».

«Ti vorrei ricordare che tu sei qui per scrivere».

Filippo non disse niente, spezzò un ramoscello di ligustro e tornò dentro.

Lunedì 27 novembre

Se un uomo che ti interessa con ardore, sul breve o sul lungo periodo, ti sfila un orecchino dal lobo o una mollettina dai capelli, ti aspetti che questo romantico gesto sia il preludio di altri atti audaci, tipo condurti in un angoletto buio e baciarti col fiato appannato. E infatti sia Arianna che Ginevra pensavano di essere arrivate al punto di non ritorno: quando lo rivedrò, potremo soltanto andare avanti. Così il lunedì successivo alla festa entrambe si presentarono a Villa Verbena in autoreggenti e batticuore, e con molta delusione trovarono in casa soltanto Maria Magenta in preda a furioso disappunto.

«Aaahh... meno male che siete qui! Stavo per sbudellarmi sullo stuoino dal nervoso... dov'è l'altra, quella che pulisce?»

«Arriva fra poco. Aveva un altro impegno alle...»

«Non mi interessa! Cercatela sul cellulare... sono spariti tutti i miei push up!»

«Penelope non ha il cellulare».

«Ma dove vive! Cosa si crede, di essere nel medioevo? Io sto per partire e non ho neanche un push up!»

«Aspetta, cerchiamoli» disse Ginevra, e cominciò a frugare nel cesto della biancheria sporca e fra la roba da stirare, con il cuore che cantava: «Parte! Parte! Parte!»

Il cuore di Arianna cantava più o meno la stessa cosa, mentre anche lei buttava all'aria cassetti e armadi. Alla fine, trovarono una bella fila di reggiseni stesi ad asciugare su una corda tirata nello stanzino del pitone. Maria li afferrò con bramosia esagerata e li buttò in una valigia.

«Quanto starai via?» le chiese Ginevra.

«Due o tre giorni, non so. Penso che torneremo tutti i giovedì».

«Tutti?»

«Sì, Filippo e Antonio sono partiti stamattina... avevano degli affari da sbrigare a Ferrara. Io vado a Milano, ho un provino con Gramish Gysfus».

Sconvolte dalla notizia che anche Filippo era via, né Ginevra né Arianna fecero l'ovvia domanda: chi è Gramish Gysfus, e così Maria non poté rispondere, come pregustava:

«Uno dei più famosi registi di spot... quello che ha girato la serie Swatch con Nicole Kidman... sono in ballo per il nuovo spot Citroën... dovremmo essere io e Brad Pitt...»

Seccatissima, chiamò un taxi e se ne andò sbattendo la porta, e solo quando furono sole nella cucina ormai desolata, Ginevra e Arianna si guardarono in faccia, e cominciarono a intuire che anche l'altra era rimasta orribilmente delusa. La prima a reagire, come sempre, fu Arianna.

«Ehi! Cos'è quella faccia? Ci sei rimasta male che Filippo è partito? Non mi dire che ti piace...»

«Ma no... cioè, lo sai che mi piace, come scrittore, ma...»

«Ma cosa? Sembri un pesce affannato...»

«Anche tu hai la faccia da triglia. Che cosa hai in mente, Arianna?»

«Niente... cosa vuoi che abbia in mente...»

«Non so... vedi tu».

Le due amiche e socie ed ex compagne di scuola si guardarono sospettose, poi Ginevra andò in cerca di fiori appassiti in giro per la casa, e Arianna si mise a impastare zucchero, burro e farina. Lascerò a Filippo una scatola di biscotti vicino al computer. A forma di cuore. Oh!

Martedì 28 novembre

Abbiamo davvero tutti un doppio? si chiedeva Ginevra, caricando sull'Ape gli acquisti fatti al mercato dei fiori. Sicuramente sì, altrimenti la tizia che è appena entrata in quel bar sarebbe mia sorella. E Morgana non va a far colazione in un bar di periferia, alle sette e mezzo del mattino, insieme a un tizio alto che porta un montone marmorizzato. Quindi si tratta del suo doppio. Nonostante questo sereno ragionamento, Ginevra si spinse fino alla vetrina del bar, e guardò dentro. Va bene, i capelli, gli occhi, i lineamenti potevano appartenere a questa ipotetica doppia Morgana, ma il cappotto fucsia con collo di pelliccia rosa confetto no. Di quello ne esisteva uno solo, grazie al Cielo, e apparteneva alla Morgana Doc, all'originale, che infatti la fissava con occhi minacciosi, non vista dal suo compagno. Il quale a un certo punto si voltò, procurando a Ginevra un leggero shock. Aveva infatti la pelle scura, i capelli rasta, occhiali da sole, un berretto di lana e il bavero tirato su, ma ciò nonostante era immediatamente identificabile come Patrick Van Hagen, il Mastino. E cosa ci faceva Morgana con Patrick Van Hagen, il Mastino? Ginevra fuggì via come la solita ninfa della mitologia, ma la risposta, come diceva quello là, era scritta nel vento, e a lettere fin troppo chiare.

«Ginevra... ehm... ciao!»
Quando aveva risposto al telefono dell'agenzia e aveva sentito la voce di Aldo, Ginevra avrebbe voluto trasformarsi seduta stante in una torta di compleanno. O in un diodo. O in una panchina del parco giochi. In un qualsiasi oggetto inanimato, insomma. Perché se restava nei ranghi degli oggetti animati, quella conversazione si presentava come spinosissima.

«Ciao Aldo!» squillò falsa e festosa.

«Allora? Com'è andata la famosa cena? Ne parla tutta la città!»

«Bene. Carina. Figurati, c'era anche Osberto Carlini...»

Se sperava, con questa notizia, di deviare il pensiero di Aldo, Ginevra era troppo ottimista. Sì, Osberto Carlini era un vecchio amico comune, era stato per anni latitante, trafficava armi, aveva scritto un libro di successo e si era di recente sposato con una cugina di Carolina di Monaco, ma ci voleva altro! Per interessare Aldo!

«Aha. Senti qua... volevo chiederti... ehm... sai mica dove potrei rintracciare tua sorella? Ha... ehm... ha prenotato una visita oculistica e volevo chiederle di...»

La voce si spense.

«Di cosa?»

«Di spostarla. Sì, sì. Di spostarla. Sai dov'è? Devo chiederle di spostare la visita».

Tutto contento per questa brillante trovata, Aldo aspettava fiducioso.

«Non saprei... non è a casa dei miei? Il numero ce l'hai?»

«Ce l'ho! Certo! Ma non c'è... ho provato mil... ho provato, ma non c'è. Non c'è. La donna invisibile, ah ah!»

Visibilissima. Basta aggirarsi per i bar intorno al mercato dei fiori alle sette e mezzo di un mattino qualsiasi, ed eccola lì, insieme a un gran bel ragazzo olandese.

«Mi spiace, Aldo. Se la sento, le dico di chiamare in studio da te, va bene? Ma scusa... hai provato sul cellulare?»

«Irraggiungibile».

Sembrava una così perfetta definizione di Morgana che Ginevra lo salutò con voce fioca e riattaccò.

Penelope e Arianna la guardarono preoccupate. In un momento di abbandono amicale, Ginevra le aveva messe al corrente della situazione tra Aldo e Morgana. In realtà, contava molto su Arianna perché la notizia si spargesse fino a lambire le orecchie di Elena. Comunicazione indiretta e incolpevole.

«Che combina, Morgana?» chiese Arianna.

«E chi lo sa? Stamattina l'ho vista in un bar con Patrick Van Hagen».

Ad Arianna questo nome diceva poco, ma Penny non era stata fidanzata sette mesi con Matteo per niente.

«Quello della Juve?»

«Eh. Quello della Juve».

Erano passate circa dieci ore da quel momento, e l'agenzia Fate Veloci stava per chiudere. Già sulla porta, Arianna si voltò e indicò con aria accusatoria tre vasi pieni di lisette che sfidavano l'inverno sul davanzale della finestra.

«Dovremo eliminare o spostare quei vasi, Ginevra».

«Le lisette? E perché?»

«Non sono né yin né yang, e ostacolano il fluido energetico di sud-sud-ovest».

«Peccato. Se ti provi a toccarle, vedi».

Penelope le guardò, preoccupata. Le sue idole, i suoi modelli, le due donne che lei considerava le più belle, le più intelligenti e le più capaci del mondo, da un paio di giorni si beccavano a ogni minima scusa. In questo caso, il rapace scambio di idee non ebbe seguito, e le ragazze uscirono lanciandosi bruschi saluti.

E adesso, ecco le Fate Veloci che si avviano verso le rispettive destinazioni. Ginevra va verso casa, e non dovrebbe. Dovrebbe invece dirigersi verso il Teatro Regio, dove Gabriele Dukic sta portando a termine una prova pomeridiana del ballo *Excelsior*. A farle cambiare idea è stata la seconda telefonata spinosa di quel giorno: Elena in persona l'aveva chiamata verso le due.

«Ginevra, sono preoccupata da morire per Aldo. C'è qualcosa che non mi dice, e dev'essere qualcosa di grave».

«Aghf».

«Cioè, è già da un po' che è strano, però, insomma, so che aveva grane con Marletti... sai, ha una storia con l'infermiera, e questa qua piange sempre, e Teresa, la moglie di Marletti, ha intuito qualcosa e piomba tutti i momenti in studio, e tra l'altro Teresa ha il porto d'armi, me lo ricordo perché l'ha preso lo stesso giorno che io ho comprato il divano angolare e...»

Okay, vai così, pensava Ginevra, continua a elaborare la situazione dei coniugi Marletti, lui otorino, lei sospettosa. Guido Marletti, il socio di Aldo, che divideva lo studio con lui. Un uomo a cui la gola delle pazienti interessava veramente solo se profonda. Parlami di lui, che il tempo passa, e se ho fortuna tra pochissimo Berny o Berry faranno qualcosa per cui dovrai interrompere la telefonata. Ma non era andata così.

«... e comunque, insomma, non ero preoccupata. Invece da un paio di giorni Aldo è... non so... una belva. Sembra un uomo che ha... non saprei dire... tipo... inghiottito un formicaio».

«Gnn».

«Pensa che... tanto per dirti... pensa che non fa più le Papalline a Berny!»

«Ma dai...» Ginevra non ricordava più cos'erano le Papalline, ma sentiva che erano un terreno sicuro. «Se c'era una cosa che gli piaceva, era fare le Papalline a Berny! Ti ricordi quante gliene ha fatte quella volta che...»

«Lascia perdere le Papalline, Ginevra. Allora, ieri l'ho preso e gli ho detto: 'Aldo, per carità, parla. Sono tua moglie, e ho diritto di sapere. Qualunque cosa sia. Sei in mano agli usurai come Loris della *Vita è Vera*? Sei malato?'»

«... hai un'altra donna?» completò Ginevra, così, tanto per vedere.

«No, quello non gliel'ho detto. L'ho pensato, cosa credi, ma poi l'ho escluso. Lo capisci, quando tuo marito ha un'altra. E poi, Aldo è fedele proprio geneticamente. Anzi, è ancora più attaccato a me del solito. Figurati, ieri mi stringeva forte la mano e la mordeva piangendo».

«Ah, be', allora...»

«Insomma, l'ho messo alle strette, e lui mi ha risposto così: 'Elena, lasciami solo in pace che è meglio!'»

Pausa. Elena aveva ripetuto questa significativa espressione di amore coniugale in tono trionfante. Ginevra sospirò.

«E tu?»

«E io... l'ho abbracciato e gli ho detto: 'Amore, se è perché quest'estate non possiamo più permetterci la casa a Santa Maria

Mortu, non preoccuparti, possiamo andare in campagna dai miei'. E lui...»

«E lui?»

«Ha inghiottito e mi ha detto: 'Quando sarà il momento, ti spiegherò'. Ed è uscito».

«Be', forse è davvero un problema economico...»

«Infatti. Che dici, potremmo vendere la BMW e comprare una di quelle piccole macchine tibetane...»

«Forse, Elena. Senti qua, aspetta, e non preoccuparti troppo. Secondo me, se fa così è perché i nodi sono arrivati al pettine, e in un modo o nell'altro la situazione si risolverà».

Soprattutto, aggiunse mentalmente Ginevra, se davvero è entrato in gioco il Mastino.

Rassicurata (ci voleva davvero poco) Elena era passata all'altro argomento prioritario.

«E il violinista? Come vanno le cose?»

«Ma non ci sono cose che devono andare, con quello lì! Scusa, alla festa di Filippo se n'è andato senza dirmi bah! Okay che io non gli avevo rivolto la parola tutta la sera, ed ero stata sempre con Filippo, però...»

«Ma scusa... lo credo che se n'è andato... ha la sua dignità da proteggere...»

«Sì, sì. Comunque, domenica mi ha cercata al telefono tutto il giorno, ma io ho lasciato sempre la segreteria. Ieri sera mi sono dimenticata e ho risposto, e naturalmente era lui. Credevo che mi aggredisse, invece ha fatto finta di niente, molto professionale, dice che ci sono dei grossi insetti gialli sui suoi ciclamini. Pensavo tipo che si fosse inventato tutto, e invece me li ha descritti. E sono veri! Cioè, credo che effettivamente i suoi ciclamini siano pieni di drifidi, perciò stasera vado a prenderlo a teatro, e poi andiamo a casa sua a... guardare i drifidi».

«Ah sì, eh? Be', mettiti il diaframma, ti dico solo questo».

In seguito a questo salace commento di Elena, Ginevra aveva intuito che, se non fosse stata molto attenta, quella sera avrebbe rischiato di tradire il suo vero amore, momentaneamente a Ferrara, con il suo finto amore, che poi amore era troppo sia pure anteponendogli l'aggettivo finto. Così, eccola che invece di tagliare per via San Massimo, girare in via Po e puntare dritta verso la piazzetta Mollino, dove c'è l'ingresso degli artisti del teatro, fa tutta via Mazzini e poi prende via Amendola e via XX Settembre, la strada più veloce per raggiungere, in bici, casa sua.

Anche Arianna si dirige verso casa sua, fermandosi a ogni vetrina illuminata per guardare come le sta il cappottino nuovo color albicocca. Pensa a quando giovedì arriverà a Villa Verbena, e Filippo la vedrà con il nuovo cappottino color albicocca. Immagina che alla Villa non ci sia nessuno. Maria Magenta è alle prove, il segretario genericamente al diavolo. Filippo è solo. Lei entra, e lui è proprio lì, nell'ingresso. Come mai? Semplice, perché sta andando dallo studio alla cucina. Gli è venuta sete mentre scriveva, e quindi va in cucina a stapparsi una Coca (Filippo beve esagerate quantità di Coca). E mentre passa, entra lei col cappottino albicocca. Incapace di proferire una sola parola, lui si avvicina e la stringe convulsamente a sé. Poi Filippo riesce a proferire una sola parola, anzi, quattro parole: «Sei una donna diabolica...» Facciamo cinque. «Arianna, sei una donna diabolica...» Lei gli avrebbe risposto con una risata noncurante e irresistibile. Come per dire: sììì, lo sooo, però anche tu non sei niente, niente male. A quel punto lui le avrebbe mordicchiato qualcosa. Un orecchio? La morbida gola?

Mentre optava per una spalla misteriosamente scivolata fuori dal cappottino albicocca, si accorse di essere entrata in casa sua. Se ne accorse perché Giacomino le si catapultò contro urlando:

«È arrivata! Papi! C'è! La! Mamma!»

Arianna lo abbracciò fortissimo, e si sedette per terra vicino a lui.

«Stasera ti faccio la pizza».

«La pizza!»

Nicola si affacciò sulla porta del soggiorno.

«Ciao, unica e sola regina delle nostre notti e dei nostri giorni! Ci fai la pizza?»

«Aha».

«E allora, in cambio di questo affettuoso gesto, ti leggerò la mia produzione di oggi pomeriggio!»

«Perché, non sei andato a lavorare?»

«Sono uscito presto. Sono andato a prendere Giacomino alle tre perché poi dovevo passare da un cliente...»

«Sei passato dal cliente con Giacomo?»

«Sì... era un losco emissario svizzero, annidato in un residence a otto stelle. Dovevo portargli una busta da parte di Gianni. E gliel'ho portata! Contiene la nostra proposta per la campagna murale. Che figata, eh?»

«E poi non dovevi tornare in agenzia?»

«Bah, forse avrei dovuto. Ma tanto Gianni non c'è. È andato con sua moglie a far circoncidere la bambina».

«Nicola, questo non è possibile».

«In effetti... va be', mica devo preoccuparmi io se il capo racconta balle per marinare l'ufficio. Cosa ti leggo prima? La scena della *Vita è Vera* o il soggetto dell'*Esagono viola*?»

Penny, invece, non si sta dirigendo verso casa sua. Si sta dirigendo, e questa è una grossa sorpresa, verso Villa Verbena. Come mai? Scende però dal pullman 56 un paio di fermate prima, ed entra in un negozio che si chiama Animal House, dove acquista alcuni articoli. Poi prosegue a piedi, entra a Villa Verbena, va in cucina e apre la porta finestra che dà sul giardino. Qui, si china in posizione di accovacciamento e chiama, a voce non troppo bassa: «Flora!»

Accompagnata da alcuni versi cigolanti, più da merlo che da gatto, arrivò una gattina tricolore molto piccola e abbastanza zoppicante. Si fermò davanti a Penelope, guardandola con la stessa espressione che avrebbero avuto i naufraghi della *Medusa* se qualcuno li avesse trovati in tempo. Penny la prese in mano e la carezzò: «Ehi. Vieni dentro».

Dentro, Flora fu coccolata un po', e portata a far conoscenza con una cassettina, che Penelope aveva riempito di sabbietta. Su una tovaglietta di plastica, erano apparse due ciotole: una bianca piena di cibo e una blu piena d'acqua. Flora gradì tutto indistintamente, e riuscì anche a superare una grossa crisi personale quando Penny appallottolò il sacchetto che aveva contenuto i suoi acquisti: al primo fruscio, Flora era schizzata sotto la credenza in preda al terrore, e solo con suadenti bocconcini fatti balenare davanti alla fessura era stata indotta a riapparire.

«Per stasera devi stare da sola, ma domattina torno, okay?»

L'affermazione si dimostrò inesatta. Una chiave girò nella porta, e apparve evidente che neanche quella sera Flora sarebbe stata sola.

Ginevra era appena entrata in casa, e stava togliendosi il piumino azzurro, pregustando la visione di *Emma* in cassetta, quando suonò il suo cellulare. Il numero apparso era quello di Morgana, quindi rispose. Se fosse stato quello di Gabriele Dukic, non avrebbe risposto.

«Morgana... dove sei finita?»

«Sono qui sotto. Senti, non ho tempo di spiegarti. Fra poco ti suono al citofono. Tu devi aprire, farmi salire, e dirmi che stavi proprio per uscire, e poi uscire».

«Sei scema? Sono appena arrivata, sono stanca, e voglio farmi un purè e guardare...»

«È un'emergenza. Non posso spiegarti nei dettagli, ma a grandi linee la situazione è questa: non possiamo andare a casa mia perché ho paura che piombi lì Aldo, e non possiamo andare a casa sua perché stamattina sono arrivate sua madre, sua nonna e una prozia».

«Sua di chi? Con chi sei?»

«Con Patrick. Poi ti spiego. E dobbiamo assolutamente stare un attimo insieme tranquilli. Capirai che non possiamo andare in albergo!»

«Morgana, io non...»

«Ti prego... guarda, ormai ci siamo, ciao».

Il tempo di riattaccare, e suonò il citofono. Ginevra aprì, e per un attimo si chiese se rimettersi il giaccone. No, no e poi no. Non poteva continuare a fare tutto quello che voleva Morgana. Per rafforzare la decisione, si infilò le pantofole tirolesi.

Morgana entrò insieme a Van Hagen. Erano forse rimasti insieme da quel mattino alle sette e mezzo?

«Ciao... ti presento Patrick... Patrick, questa è my sister, Ginevra».

«Ciao...»

«Ciao...»

Eccolo lì, il famoso calciatore, il centrocampista della Juve, il Mastino, l'uomo che non si toglieva gli occhiali da sole neanche in campo, e neanche durante i posticipi serali. Sorridente e muto, Patrick le strinse la mano con energia.

«Mia madre è arrivata oggi. Con nonna e zia».

Dopo questa succinta spiegazione, Patrick cominciò a svolgersi dal collo chilometri di sciarpe.

«Ah... bene. Sarai contento».

«No, io preferivo che non venivano adesso».

«Eh... già. E da dove arrivano?»

«Da Delft, mia città».

«Delft, la città di Vermeer...»

Patrick sogghignò. Chissà cosa aveva capito.

Morgana le fece gli occhiacci. Avrebbe dovuto invece farli a Patrick, che con la massima calma si era tolto gli stivali, e stava pericolosamente iniziando a levarsi il maglione.

Otto minuti dopo, Ginevra scendeva le scale, furibonda. Andare al cinema non bastava: Morgana le aveva detto di non farsi vedere fino dopo mezzanotte. Patrick non poteva rientrare troppo tardi, altrimenti sua madre chiamava il Mister che chiamava il Direttore tecnico che chiamava qualcun altro e così via su su fino all'Avvocato.

Girando l'angolo tra via San Tommaso e via Garibaldi, si scontrò con Gabriele, e mancò di pochissimo il violino.

«Il film inizia con una lunga soggettiva in piano sequenza di qualcuno che fugge ad altezza cane. Quindi lo spettatore pensa che sia un cane. Invece, dopo poco, il punto di vista si alza. Quindi, non è un cane. La fuga in soggettiva continua, ad altezza moto. Quindi lo spettatore pensa che sia una moto, o un animale più grosso. Ma il punto di vista si alza ancora, ad altezza uomo, e quindi lo spettatore pensa che sia un uomo. E infatti è un uomo. Kirby, il protagonista. Titoli di testa...»

«Passami la mozzarella. Ma perché prima era ad altezza cane?»

La pizza cuoceva nel forno, era arrivato il momento di aggiungere la mozzarella, la tavola era apparecchiata e Gimmi stava disegnando fra due piatti. Nicola aveva organizzato così il piano per l'intrattenimento serale di Arianna: prima di cena, rapidamente, il soggetto del suo film. Dopo cena, la scena clou della *Vita è Vera*, quella in cui Loris perde la memoria, per lo shock derivante dalla scoperta di dover consegnare i quattro miliardi del Gratta e Vinci a Lisiana Fert.

«Perché Kirby si espande e si restringe di continuo, a causa di una valvola che gli è stata impiantata nel DNA dal Comitato per una Genetica più Etica. Lo scopo è stabilire quali sono le dimensioni ideali per la specie umana in rapporto all'inquinamento. Come sottofondo, ci vedo bene Moby, e tu?»

«Non lo so...»

«Più entusiasmo... ragazza... stai ascoltando l'embrione di un film che farà gonfiare i botteghini del mondo fino alla loro contemporanea e totale esplosione...»

«Mmmm... fai lavare le mani a Gimmi, va'».

«Adesso Kirby ha dimensioni umane, ma non durerà. Ha circa un'ora e mezzo di tempo per trovare in se stesso la valvola, sradicarsela dal DNA senza modificare dolorosamente la propria storia clinica, rintracciare le gemelle Hanson, scoprire quale delle due è un essere umano e quale la sua clonazione su supporto virtuale, e decidere di quale di loro è veramente innamorato, augurandosi che sia quella umana e, soprattutto, scoprire cosa significa l'esagono viola che da mesi circonda la testa di una delle telefoniste del suo ufficio...»

Nicola si fermò per prendere fiato. Arianna aveva smesso di ascoltarlo a 'DNA', e stava pensando a come vestirsi giovedì per andare a Villa Verbena. Meglio la gonna nera semplice, stretta e corta, con il top di seta turchese e il golfino nero un po' slabbrato, o il vestitino di velluto prugna che le si arrotolava sempre su per le gambe? E come profumo? Forse l'ideale era *Poison* di Dior, o meglio un Floris, più chic e discreto? E se invece avesse provato l'essenza di tuberosa che le aveva portato Daniela da Grasse? Magari invece Filippo detestava i profumi, e si inebriava al delicato odore del sapone di Marsiglia...

«... e solo in quel momento capisce che non deve assolutamente sollevare quella piastrina di sangue» stava concludendo Nicola, «proprio mentre le sue dita, guidate da riflessi nervosi telecomandati da Mister Chow, stanno per farlo. Riuscirà a fermarle?»

Arianna si mise in bocca un grosso pezzo di pizza. Forse, pensò, ma tu purtroppo non riuscirai a fermare me.

Antonio aveva deciso di tornare in anticipo perché aveva in mente di passare un paio di giorni a casa da solo. Voleva arrivare a Villa Verbena, trovarla buia, silenziosa, appena un po' fredda. Accendere il camino, la televisione, il microonde. Mangiare, leggere, guardare un Tg, affacciarsi a una finestra e osservare il giardino, ascoltare un cd a volume esagerato. Magari uscire. E tutto questo da solo. Senza Filippo, senza Maria, senza quella signorina con cui si era visto un paio di volte la settimana scorsa. E sicuramente senza Ginevra, senza Arianna e soprattutto senza Penny, che invece era proprio lei, lì, nel pieno della cucina. Antonio la guardò, posò per terra la valigia, e aprì il frigo per prendersi una birra. Il tutto senza rivolgerle la parola. Poi richiuse il frigo sbattendo con autentica violenza lo sportello.

Flora inorridì con tutta se stessa e tornò a fiondarsi sotto la credenza. Penny l'avrebbe volentieri seguita, ma i Bergamini avevano temperamento, perciò restò ben piantata dov'era e salutò Antonio con un sorriso incerto.

«Che cosa ci fai qui?» le chiese lui con aria molto severa.

Penelope sorrise ancora, ma meno. «Niente».

«Solo una bambina di sette anni molto stupida risponde 'Niente'. Oggi non dovevate venire. Perché sei qui?»

«Per Flora» rispose Penny, con voce fievole.

«Chi?»

«Flora».

Con la coda dell'occhio, Penny notò che il musino della suddetta cominciava a spuntare da sotto la credenza. Antonio seguì il suo sguardo:

«Un gatto!» ruggì. Antonio urlava molto di rado, ma quando lo faceva, ruggiva.

Flora risprofondò nel buio, ben decisa a non uscire mai più. Il mondo fuori era troppo umorale.

«Non è proprio un gatto, è una gattina, molto piccola, l'ho trovata ieri in giardino, tutta spersa, aveva fame e ha una gamba zoppa, così ho pensato di tenerla qui, tanto...»

«Portala via immediatamente».

Penny strinse i denti. «Guarda che se è per il pitone non ti devi preoccupare perché l'ho messa davanti alla sua vasca e nessuno dei due ha detto niente... E neanche i topi. Voglio dire, guardala... non spaventerebbe nessuno...»

«Entro cinque minuti tu e quel gatto dovete essere fuori di qui!»

«Sei sgarbato!» Per la rabbia, Penny non aveva più paura. Non sopportava, e non aveva mai sopportato, che la gente le urlasse contro. Dopo aver fatto del suo meglio in fatto di occhiatacce, continuò:

«Posso benissimo portarla a casa mia, cosa credi, c'è già un altro gatto che si chiama Blu, lo facevo per voi, perché questa casa fosse una vera casa!»

Antonio non era dell'umore. Ma era sempre, e prima di tutto, un uomo curioso.

«Cioè?»

«Cioè, visto che ci dovete stare per un po' e ci vivete come in albergo e avete anche un pitone, almeno un gattino fa le fusa, e sta sulle poltrone, e vi salta sui cosi».

Pausa di attesa, poi trovò la parola che cercava: «Sui computer».

«Sui mouse, casomai».

Penny lo guardò male. Non sapeva l'inglese e detestava i giochi di parole. Si tolse dai capelli un nastrino rosso che legava una piccola treccia e lo agitò davanti alla credenza. Flora schizzò fuori e cominciò a giocare.

«Vedi?»

Lui vedeva. Vide anche le ciotole e la cassetta. Vide Flora che lo guardava come per dire «Mieu?» Vide Penny che non lo guardava e stava mettendosi il cappotto. Non disse niente. Lei, invece, disse: «Allora? La porto via o no?»

Come una prigioniera di Zenda, Ginevra finì col ritrovarsi ancora nel soggiorno di Gabriele, con un bicchiere di limoncello in mano.

«Questo lo fa mio padre».

«Figurati».

«Non ci credi?»

«No. Ti chiami Dukic... sarai croato o cose del genere. Il limoncello lo fanno i napoletani... o i pugliesi...»

«Difatti, mia madre è di Lacedonia».

«Quindi?»

«Ha insegnato a mio padre a fare il limoncello».

«Mmm...»

«Non dire 'Mmm'. Ti sei già comportata abbastanza male, stasera».

Gabriele era seduto per terra di fronte a lei, su un tappeto finto cinese rosa e blu. Aveva un maglione bianco di tipo irlandese che gli stava molto bene, e che in passato aveva dato il suo bel contributo a far innamorare una pianista di Siena, tre violiniste di provenienza assortita e un'arpista di San Giorgio Canavese. Ginevra non sembrava colpita.

«Ti ho già spiegato. Mi dispiace, lo so che ti ho tirato un brutto bidone, ma sono in stato confusionale e tu mi togli il fiato. Credo... credo di aver incontrato una persona molto importante per me».

«Infatti. Come dice John Donne, che cosa abbiamo fatto, dove siamo stati, amore mio, finché non ci siamo incontrati?»

«Non citare poeti!»

«Neanche inglesi?»

«No! Non sei tu, la persona. Mi spiace... è... un altro. Adesso non sto a dirti chi, ma credimi...»

«Ah, adesso capisco perché non mi ami. Perché mi credi stupido. Così stupido da non sapere chi è lui, il cosiddetto lui, quel bagnino di campagna, lo scrittore. Ma ti sbagli: non è lui che hai incontrato. Tu hai incontrato me. Vedrai».

«Ma come 'vedrai'? Lo saprò io, chi ho incontrato!»

«No. Tu non sai niente. Niente di niente. Te lo dimostro?»

Gabriele le tolse di mano il limoncello e la baciò fino a uno stato di totale liquefazione. Quando la lasciò andare, Ginevra manifestò una certa riluttanza, ma Gabriele aveva deciso di applicare la linea dura, con lei.

«Niente da fare. Non ti meriti altri baci, per adesso. E allora passiamo a dimostrare la tua strepitosa ignoranza in un altro campo. Adesso stai ferma e immobile in quella poltrona e mi ascolti».

«Gabriele, senti...»

«Senti tu».

Gabriele si tolse il maglione, restando in maglietta. Prese il suo violino, e attaccò l'Adagio del *Concerto n. 5* di Mozart. Tanto valeva stenderla una volta per tutte.

Venerdì 1° dicembre

Maria Magenta guardò negli occhi Nirvana, la signora sarta del teatro, e le ingiunse:

«Più scollato».

Nirvana, che non era alta, si sforzò di sembrarlo, e replicò: «Deve parlare con il Maestro, signorina» inteso come Salvo Robusti, il regista che governava lo spettacolo in tutti i suoi particolari, compresi quelli più infimi come appunto le scollature di Maria Magenta. Maria guardò Nirvana con aria supplichevole, ma lei niente, non si lasciò commuovere.

Maria si tolse rabbiosamente il vestito, poi, placata dalla vista di se stessa in sottoveste di pizzo color miele, prese il cellulare e chiamò la sua amichetta del cuore, giornalista di costume presso il quotidiano *La Repubblica*.

«Laura? Ciao, sono Maria...»

«Ciao bella, che c'è?»

«Io non ne posso più... Mi mandano in scena mummificata, guarda... con dei costumi... ohu!»

«Ohu! E cos'è che fai, già?»

«*Casa di bambola*... Ti ricordi, no? Quello della tizia che pianta il marito... Be', questa Nora deve avere un forte potenziale seduttivo, se no col cavolo che l'usuraio, coso, le dà i soldi...»

«Embè, però a quei tempi non andavano mica in giro con le tette al vento, scusa...»

«Ma sì! E poi io, guarda, piuttosto mi ammazzo a mani nude strangolandomi in ascensore, prima di andare in scena così...»

«Ma scusa, già lo sapevi che Robusti è frocio, no? Con quelli te lo scordi, l'effetto Bagaglino...»

«Eh vabbè, ma anche lui... La gente a teatro ci viene per vedere me, che vuoi che gliene freghi delle pippe di un norvegese dell'Ottocento...»

«Ahò, cocca, c'hai ragione ma ti devo lasciare. Sto facendo un'inchiesta sugli adolescenti pedofili...»

«Ce n'è?»

«Boh...»

Privata del conforto di Laura, Maria Magenta si guardò intorno. Aveva bisogno di motivazioni forti. Con il regista gay e i costumi accollati, che senso aveva quell'esperienza teatrale? E per farla aveva rinunciato al nuovo serial di Mediaset, *Le Vicine*! Prese in mano il copione, svogliata, e abbassò lo sguardo, cogliendo il passaggio di un paio di Doc Marten's viola, numero 42 o 43. Alzò gli occhi e un biondo ragazzo di aspetto internazionale le sorrise: «Salve. Sono l'assistente della scenografa. Come va?»

Senza rendersene conto, senza volerlo e senza poterlo evitare, da qualche giorno Antonio aveva preso l'abitudine di accompagnare a casa Penny alla fine della giornata di lavoro. Si rendeva conto che era un errore, perché spesso questo significava lasciare Ginevra e Arianna sole in casa con Filippo, una situazione ad alto potenziale di rischio, ma il suo corpo, ciò nonostante, prendeva le chiavi della macchina e si portava via la ragazza. Prima di uscire, Penelope lasciava le ciotole di Flora ben piene, e la salutava con affetto.

«Ciao Florina, ci vediamo domani».

Uscendo, chiese ad Antonio: «La lasci venire un po' nel tuo letto, di notte?»

«Preferisce dormire con Filippo e Maria».

«E loro?»

«La cacciano, chiudono la porta della camera da letto e ci spingono una sedia contro».

«Povera Flora... e dove va?»

«Viene da me. Si mette ai piedi del letto e fa degli stupidi versi cercando di saltarci sopra. Io mi sveglio, la prendo, e la metto sul letto, lei si accuccia, io mi riaddormento, e dopo un po' mi risveglio perché lei fa degli stupidi versi cercando di saltare giù».

«Mi dispiace».

«Non ci credo».

Penny non capiva niente, di lui. Non capiva quando era arrabbiato e quando faceva finta, quando si divertiva, quando era preoccupato, quando la prendeva in giro e quando le parlava sul serio. Non capiva neanche cosa facesse esattamente. Stava tanto tempo chiuso in camera sua. L'aveva raccontato alle sue amiche Elvira e Giusi, ex compagne delle medie, mentre se ne stavano sedute a mangiare caldarroste su una panchina in via Stradella.

«Certe volte lo vedo passare con dei libri. Oppure la sera viene in lavanderia mentre stiro, si siede lì con 'TuttoCittà' e si guarda la cartina per ore».

«Si vede che gli piaci» osservò la sagace Elvira.

«Ma va'. Poi a volte quando gli faccio la camera sposto delle cose... tipo un cuscino, no, lo metto in mezzo al tappeto...»

«Quindi pure a te ti piace» ne dedusse logicamente Giusi.

«Che c'entra, no. Insomma, io gli sposto le cose e lui non mi dice niente, poi però il giorno dopo le ritrovo dov'erano prima, però con sopra un cioccolatino, o qualcosa del genere».

«Ah. Allora vi amate proprio». Elvira cercò di centrare un piccione con una caldarrosta.

«E dai. Casomai, mi piace quando guarda col telescopio».

Quest'ultima informazione aveva trovato Giusi ed Elvira a corto di commenti, e così la comprensione di Antonio da parte di Penelope non aveva fatto il minimo passo avanti. Ma in fondo non gliene importava. Tutta questa faccenda di capire la gente le sembrava molto esagerata. A casa sua, nessuno aveva bisogno di capire gli altri, perché tutti dicevano tutto a tutti.

Borgo Vittoria era già ben avviato sulla strada del fulgore natalizio. Qua e là spuntavano ghirlandine di luci, e il mercato rionale dava segni di nuova vitalità. C'erano già i primi abeti finti con occhi e bocca che cantavano *Adeste Fideles*. Antonio aveva parcheggiato, era sceso e stava attraversando il mercato con Penelope, che voleva comprare delle arance.

«Che ne pensi?» le chiese, indicando gli alberi cantanti.

«Be'... sono abbastanza brutti. Però mio padre se n'è comprato uno e l'ha messo sul balcone. Mi fa un po' senso, quando vado a cena lì, perché ci guarda da fuori e canta. Viene da dargli un pezzo di qualcosa».

«Già? Al primo dicembre ha già messo l'albero?»

«Quello, figurati... È dai morti che ha tirato fuori gli scatoloni di Natale... Poi l'8 fa il presepio e l'albero vero. E voi lo fate, a casa?»

«Qui? Non lo so, deciderà Filippo».

«E tu? A casa tua vera lo fai? E da piccolo?»

«Da piccolo lo facevo con mia madre e mia sorella, anzi, lo facevano loro, poi io lo mettevo a posto».

«Cioè?»

«Lo mettevo a posto. Loro lo facevano un po' così a casaccio, e io lo sistemavo».

Penelope era d'accordo. Anche lei detestava gli alberi di Natale raffazzonati, con tante palle davanti e il dietro vuoto, ad esempio.

«E adesso? Lo fai?»

«Diciamo che ne ho uno montato dal Natale del '96».

«E non l'hai mai disfatto?»

«No».

Penny avrebbe voluto saperne di più, ma qualcosa attirò la sua attenzione e un attimo dopo prese a sbracciarsi in direzione di una coppia che comprava insalata due banchi più in là. Erano il cugino Mimmo e la fidanzata Leyla. Mimmo si godeva gli ultimi giorni di libertà, prima di attaccare con le decorazioni. Lunedì doveva dipingere angeli in slitta sulle vetrine della profumeria Boidi.

«Se vuoi, do una mano di vernice anche a Betty» propose volonteroso.

«No, lascia perdere. Non me ne frega più niente. Vi presento Antonio. Lavora dove lavoro io, da Filippo Corelli. Antonio, questo è mio cugino Mimmo, e lei è Leyla, la sua fidanzata. Legge» precisò con un certo orgoglio.

«E cosa le piace?» La ragazza era molto carina e sembrava di buon umore. Una giovane Angela Bassett? O semplicemente una Jade Pinkett?

«Soprattutto i libri del signor Corelli. Per me *Gardenia* è il massimo... Ci sono molti autori italiani che mi piacciono, ad esempio Aldo Nove e Federico De Roberto, ma *Gardenia* è speciale... La scena in cui Tessa scopre che è stato Robert a manomettere il freno del camion mi fa piangere tutte le volte che la rileggo... perché lei era così fiduciosa...»

«'Manomettere'? Da quanti anni è in Italia?»

«Tre. Per favore, glielo dica, a Corelli... che ho imparato l'italiano per poter leggere i suoi libri...»

Mimmo era già bello stufo di questa conversazione, e trascinò via Leyla, completa di insalata e occhi stellati.

«Senti un po', Penelope, ma quando senti tutta questa gente entusiasta dei libri di Filippo, non ti viene voglia di provare a leggerne uno?»

«No. Non mi viene mai voglia di provare a leggere nessun libro».

Erano arrivati sotto casa di Penny. Antonio guardò su e vide, su un balcone, l'albero cantante. Le porse il sacchetto delle arance, strepitosamente riluttante all'idea di lasciarla.

«E questa Betty?» le chiese, «è una tua nemica?»

«Ah, quella... lavora da Boidi... è la nuova tipa del mio ex».

Si salutarono con una certa diffidenza.

Lunedì 4 dicembre

Alle 14.30 di lunedì, il soggiorno dell'agenzia Fate Veloci sembrava lo stradone deserto di *Mezzogiorno di fuoco*: Ginevra fissava Arianna negli occhi, e Arianna fissava Ginevra negli occhi, e non era ben chiaro quale delle due avrebbe sparato per prima, quando suonò il campanello. Lo squillo deciso interruppe un dialogo molto piccante, in cui Arianna aveva accusato Ginevra di essere una gattamorta subdola e sleale, e Ginevra aveva definito Arianna un'aspirante adultera senza neanche il fegato di farlo apertamente. Quando Ginevra andò ad aprire, Arianna stava ancora annaspando in cerca di una ritorsione.

Sulla porta c'erano cinque ragazzine, così distribuite: davanti, due bionde, leggermente indietro una bruna e una bionda, dietro una castana svettante di almeno dieci centimetri sulle altre. Alcune avevano gli occhiali, altre no. Le bionde in prima fila avevano una gli occhi azzurri, e l'altra nocciola. Tutte quante appartenevano, a titolo più o meno stabile, all'appartamento del quarto piano, dove abitava l'architetto padre di un paio di loro.

«Salve» disse la bionda con gli occhi nocciola, una spigliata diciassettenne.

«Come va?» chiese la bionda con gli occhi azzurri, quella che Ginevra incontrava spesso per le scale.

«Eh, ciao... scusate, ma adesso è un brutto momento, non potete...»

«Volevamo saper se per caso nel periodo natalizio avete bisogno di aiuto... non so, per cucinare o per pulire... perché noi vorremmo guadagnare un po' di soldi...» continuò la bionda nocciola.

«E sappiamo fare tutto, ad esempio il tiramisu» concluse trionfante la bionda con gli occhi azzurri.

«Sentite, potete ripassare? Adesso proprio...»

«Okay» interloquì la biondazzurra, «va bene se veniamo domani a quest'ora?»

«Sì, benissimo. Scusate, ma...»

Un attimo, e stavano dileguandosi. Solo la bionda nocciola si voltò ancora per annunciare: «Forse più tardi passa il mio ragazzo» e svanirono.

Il suo ragazzo? Ginevra non provò neanche a capire. Tornò da Arianna, che nel frattempo si era preparata una bella frase e gliela snocciolò contro senza perdere tempo: «Io voglio solo che tu mi dica come stanno le cose. Con chiarezza. Venerdì hai fatto in modo, con una bassa e subdola manovra, di restare sola con Filippo. Voglio sapere che cosa è successo. Tutto lì».

«A che titolo, Arianna? Sei la mia guardiana?»

È evidente che la conversazione aveva preso un tono biblico. E tutto perché venerdì sera Antonio aveva accompagnato a casa Penelope, lasciando effettivamente Filippo solo in casa con Ginevra e Arianna. Entrambe, aspettavano con ansia stellare questo momento. Giovedì, quando era tornato da Ferrara, Filippo le aveva trattate con amichevole distacco e non aveva più fatto il minimo accenno all'orecchino o alla molletta. Di fronte ai loro sguardi allusivi, sorrisi e mezze frasi, aveva reagito infilandosi il giaccone di pelle bordeaux e uscendo di casa. Venerdì invece era rimasto, e pareva così eccitato e intenso, così scintillante di sensualità e cattive intenzioni che sia Ginevra sia Arianna erano ben decise ad andarsene per ultime.

Ginevra aveva trasformato una stanzina poco usata, una specie di office, nel suo laboratorio di Natale, in cui stava preparando le ghirlande e i mazzi con cui avrebbe decorato la casa nei giorni seguenti. Ed era rimasta lì, a intrecciare rami di pino, perfettamente placida e serena, perché a casa non aveva nessuno che la aspettava, anzi, non ci poteva tornare perché c'erano Morgana e Patrick. Arianna, invece, era in cucina che si gingillava con un ragù già pronto da mezz'ora, immaginando Nicola e Giacomo che pigolavano sempre più piano. Chi li avrebbe nutriti? Eppure andarsene non poteva, perché Maria era ancora in teatro (da qualche giorno, la quantità di tempo che Maria passava in teatro era molto aumentata) e Filippo era chiuso nel suo studio, e Ginevra intrecciava rami di pino, e Antonio aveva accompagnato a casa la cara Penelope, nuovamente cara da quando Filippo non la degnava più di uno sguardo. Così, Arianna lavava e rilavava cento volte la stessa ciotola, guarniva di un ennesimo cappero l'insalata russa, ridisponeva con tanto amore i mandarini nella fruttiera, e teneva tanto d'occhio la porta dello studio, che mai e mai si socchiudeva per cedere il suo dorato occupante. Mentre metteva sedano, carote e cipolla nel frullatore, estrema risorsa della donna che vuol perdere tempo, Ginevra si affacciò alla porta della cucina e le disse: «Perché non vai a casa? È tardissimo... dai... qui non hai più niente da fare...»

«Veramente devo finire di tritare il soffritto...»

«Che soffritto?»

«La riserva. Il soffritto di riserva. Faccio i cubetti e li metto nel freezer...»

«Ma Arianna, alle sette e un quarto? Vai da tuo marito e da tuo figlio!»

E proprio in quel momento Filippo comparve e si appoggiò all'altro stipite della porta, in perfetta simmetria con Ginevra.

«Ginevra ha ragione... vai, Arianna... vai. È davvero tardi».

«Devo finire qui...»

Filippo si era avvicinato, l'aveva guardata negli occhi con esagerata intenzione e aveva staccato la spina al frullatore.

«Basta. Sei moglie, madre, e non voglio sottrarti alla tua famiglia. Vai».

Sottraimi, ti prego, sottraimi aveva pensato lei, sottraimi alla mia famiglia, anche solo parzialmente, diciamo per un paio d'ore alla settimana. Cosa vuoi che sia, mancherò da casa meno che se mi iscrivessi a un corso di balli latino-americani. Aveva cercato di comunicargli tutto questo con lo sguardo, ma lui le aveva tolto di mano una cipolla.

«Vai, davvero».

Non potendo fare di meglio, Arianna aveva cercato di trascinare anche Ginevra nella propria disfatta.

«Va bene, allora. Ginevra, sei pronta?»

«Ma io resto. Devo finire di lucidare l'agrifoglio».

Lucidare l'agrifoglio! Ma sentila, pensò Arianna. Voglio vedere adesso lui che cosa dice. E quello che lui disse, con intonazione da speaker di un bordello, fu: «Veramente, Ginevra, preferirei che tu venissi un attimo nel mio studio. Volevo chiederti qualcosa su certe rose...»

Così, Arianna se ne era andata dardeggiando sguardi omicidi di cui non si era accorto nessuno, e adesso voleva sapere subito, ma subito, che cosa era successo fra quei due.

«Niente, non è successo niente. Abbiamo parlato».

«Di cosa?»

«Ma saranno un po' fatti nostri? Arianna, senti, datti una regolata. Sei grande per avere le cotte da adolescente per lo scrittore carino. Lascia perdere. Nicky non se lo merita».

«Nicky? Mio marito si chiama Nicola, non è più il tuo cuginetto di otto anni, e sa badare da solo agli affari suoi, grazie!»

«Non mi sembra!»

DRIIN. Di nuovo il campanello. Questa volta andò ad aprire Arianna, sbuffando.

Sulla porta c'era un bel ragazzo con un piumino rosso e una scatola tipo pizza stesa davanti a sé.

«Salve. Sono il ragazzo di Cristina».

«Chi?»

«Sono il ragazzo di Cristina. L'amica di Matilde».

«Matilde chi?»

«Quella che abita al quarto piano. Mi ha detto che vi avrebbe avvertite che passavo. Io vorrei parlare con la signora Arianna».

«Sono io. Senta...»

«Piacere. Io sono Dani. Vendo cappelletti porta a porta» Il ragazzo sorrise, e accennò, con un gesto espressivo delle sopracciglia, alla scatola bianca.

«Senta, in questo momento avrei da fare».

«Sono cappelletti di ottima qualità, prodotti dalla casa del cappelletto di Venaria, vendita porta a porta. Gliene lascio un campione omaggio, che sarà lieta di utilizzare per le sue ricette. Se desidera ordinare, questo è il mio biglietto da visita: Dani Vitale, venditore di cappelletti a domicilio».

Il ragazzo le mise in mano la scatola, posò sulla scatola un biglietto da visita di quelli che regala la Tim coi cellulari, e svanì in direzione quarto piano.

Arianna sbuffò, chiuse la porta, posò la scatola sul tavolo di cucina e tornò di là, dove Ginevra fingeva di occuparsi di un potus affidato alle sue cure.

«Visto che sei una donna libera, Ginevra, che non hai né marito né figli, e che nella tua vita non c'è nessuno che conti qualcosa tranne te stessa, non vedo perché devi accanirti a nascondere la tua relazione con Corelli! Dillo! Dillo che venerdì sera fra voi c'è stato qualcosa...»

«Ma come parli? Sembri un... un coso...?»

«Un Harmony? È questo che vuoi dire? Sì, è vero, io leggo gli Harmony, ma sempre meglio di te che leggi soltanto i cataloghi del Body Shop, anche se con Filippo fai tanto l'intellettuale!»

«Io? Io leggo solo i cataloghi del Body Shop? Ma se ti ho prestato *Le relazioni pericolose* e tu non sei andata oltre pagina 12!»

«Perché tu invece?»

«Io l'ho letto tutto, cara!»

«Solo perché nel film c'era John Malkovich!»

DRIIN. Come due belve, Ginevra e Arianna si fiondarono alla porta, ben decise a sbranare chiunque si fosse presentato, e si trovarono davanti un'esile brunetta con gli occhi verdi, e anche gli occhiali cerchiati di verde. Poteva avere una sedicina d'anni, e le guardava con coraggiosa timidezza.

«Eh... buonasera. Sono Viola, l'amica di Matilde».

«COSA VUOI!»

«Siamo... siamo venute prima... e dopo è venuto anche Dani, il ragazzo di Cristina».

«CHI?»

«Cristina, l'altra amica di Matilde. Siamo venute prima. Solo che Dani dice che forse ha lasciato il walkman nei cappelletti».

«Non c'è nessun walkman qui!»

Arianna sbatté la porta, e le due già che c'erano restarono a litigare nell'ingresso.

«Senti, Arianna, adesso è inutile che stiamo a guardare chi di noi legge di più o cosa, anche se comunque io ho dato dieci esami a Lettere e tu hai solo il diploma della scuola alberghiera...»

«E infatti io ho un mestiere, non mi limito a potare a casaccio i rosai!»

«A casaccio? Va be', senti, lascia perdere. Chiudiamo il discorso. Però ti dico una cosa: stai molto attenta, perché hai un marito adorabile e un figlio piccolo, e ti stai dimostrando una vera irresponsabile. Filippo è un uomo pericoloso e...»

«Ah, ah! Ma sentila! 'È un uomo pericoloso'. Ormai lo conosci intimamente...»

In verità, venerdì sera Filippo e Ginevra avevano davvero parlato di rose. Passeggiando nel giardino, al buio, lui le aveva detto che al centro del suo nuovo romanzo ci sarebbe stata una rosa contesa... una rosa, forse, velenosa...

«Nata per sbaglio da un ibrido fra una rosa famosa e una... non so... pensavo un'erba tipo cicuta, o magari un veleno vero e proprio. Secondo te, se innaffi un germoglio con acqua e stricnina, ad esempio...»

Ginevra era in grado di capire quando un uomo diceva stupidaggini soltanto per poter passeggiare con lei in un giardino buio... perciò finse di prendere sul serio questo improbabile sviluppo del nuovo romanzo di Filippo Corelli.

«Non so... forse è meglio immaginare una talea fra una rosa e un oleandro. Lo sai che l'oleandro è un fiore molto velenoso?»

Parlava a caso, anche lei, e senza sforzo, insieme, si misero a cercare la rosa più adatta a questo utile esperimento botanico.

«Ne vorrei una bianca, forse appena screziata di rosa... una rosa che abbia un profumo irresistibile, dolcissimo... un profumo che assomiglia al tuo...»

Normalmente, una frase del genere avrebbe portato al bacio. Uno dice così, 'Un profumo che assomiglia al tuo...' poi si china su di te e ti bacia. Specialmente in un gelido giardino ai primi di dicembre: ti bacia in fretta, così poi si va dentro e si continua al caldo. E in effetti questa sarebbe stata l'intenzione di Filippo, senonché proprio in quel momento il suo cellulare cominciò a suonare, e purtroppo la suoneria era la *Marcia dei bersaglieri*, che aveva messo due giorni prima, stufo dell'inizio di *Smoke on the Water*. Rimpianse questa decisione. Chiunque riesce a baciare una ragazza su *Smoke on the Water*. Per farlo con la *Marcia dei bersaglieri* devi possedere un'improntitudine speciale. Diciamo che Gabriele Dukic ce l'avrebbe fatta. Filippo sospirò e rispose. Fine del momento magico. Inizio di una conversazione con la sua agente, talmente prolungata nel tempo e nello spazio che a un certo punto Ginevra, bella stufa, si era dileguata.

Così, con perfetta buona coscienza, poté rispondere ad Arianna: «No, non lo conosco intimamente, ma siccome non sono scema, non ci vuole molto a capire che tipo è...»

«Il tipo che cambia per te, vero? Credi di essere quella per cui gli uomini cambiano, povera illusa?»

Qui Arianna avrebbe voluto aggiungere: 'Infatti s'è visto com'è cambiato il tuo povero marito, che una settimana dopo le nozze alla festa del mio compleanno s'è infrattato con la Ghio e tu neanche te ne sei accorta'. Ma ci sono cose che a un'amica vedova non si dicono neanche sotto ardente provocazione, e così Arianna si inghiottì tutto quanto. In effetti, Ginevra pensava proprio di essere quella per cui gli uomini cambiavano, e quindi non le restò altro da fare che contrattaccare.

«Mentre tu hai deciso di tradire Nicola così, tanto per alleviare un po' la noia, vero?»

«Sì!» gridò Arianna. «E non sono fatti tuoi!» Proprio in quel momento il campanello suonò di nuovo. Arianna urlò esasperata e Ginevra aprì, esasperata anche lei ma meno estroversa. Questa volta erano le altre due: la biondina piccola e sorridente, e quella molto alta, che aveva i dreadlocks, due rigone nere agli occhi e l'aria decisa.

«Salve! Come va?» disse tutta rosea la biondina, mettendo in mostra un amichevole apparecchio per i denti. «Scusate se vi disturbiamo sempre, ma Dani ci ha chiesto di recuperare il suo walkman!»

«Quale walkman? E voi chi siete?»

«Io sono Dafne, la sorella di Matilde, e lei è Sofia, la sorella di Viola. Viola e Matilde sono le amiche di Cristina, la ragazza di Dani».

«E cosa volete da me?»

«Il walkman di Dani».

«Ma io non ce l'ho!»

«Nella scatola» proclamò decisa la ragazza alta.

«Eh, sì... Dani dice che forse per sbaglio ha lasciato il walkman nella scatola dei cappelletti» spiegò la bionda.

Arianna, senza dire una parola, marciò in cucina e tornò portando la scatola dei cappelletti. Dentro, fra molti agnolottini infarinati, c'era effettivamente un walkman arancione completo di cuffiette, abbastanza infarinato anche lui. Lo sollevò e lo porse alle ragazzine.

«Come venditore, il vostro amico ha chiuso» sibilò vendicativa.

Mercoledì 6 dicembre

Quando vide entrare quel giovane uomo bruno nelle cucine del Suleyman Cafè, Leyla ebbe un tuffo al cuore, e gli lanciò un sorriso grande come tutto il Burkina-Faso. Lui chinò appena la testa, con un brillio negli occhi.

«Buon giorno. Si ricorda? Sono Antonio Bas...»

«Ciao! Certo che mi ricordo! Sei l'amico di Penny! Quello che lavora per Filippo Corelli!»

«Infatti. Come stai?»

«Sto benissimo, grazie. E lui, come sta? Si trova bene qui? Scrive?»

«Si trova benissimo, e scrive. Non tutte le sere, però. Ogni tanto, gli fa piacere ricevere gli amici, e adesso ha in mente di organizzare una cena africana. Ho parlato già con tuo zio, e volevo sentire se tu saresti disposta a venire da noi venerdì sera per occupartene».

Leyla era assolutamente estasiata all'idea, a differenza di suo zio Suleyman, proprietario dell'omonimo ristorante, che aveva ceduto solo dopo molte insistenze e assicurazioni.

«Noi» aveva specificato fissando Antonio con sguardo da antico guerriero, «non siamo musulmani osservanti, e le donne della mia famiglia godono di grande libertà e autonomia, secondo la più antica tradizione della nostra stirpe. Però Leyla è mia nipote, figlia della mia unica sorella, e io la sorveglio con la stessa cura con cui il contadino del tavolato sorveglia la sua arachide».

Antonio sembrava al corrente della priorità delle arachidi nell'economia del Burkina-Faso, e sorrise con estrema comprensione.

«Non si preoccupi, in casa nostra sarà al sicuro come un seme di cotone nelle morbide zolle del campo. Se vogliamo definire la parte economica...»

Tornato a casa, trovò Arianna che cuoceva biscotti, nella tenuta più adatta a questo scopo: mini di pelle rossa, calze a rete e maglietta a balconcino. Antonio si fermò a guardarla infastidito, sulla porta della cucina. Perché le donne, così in generale come categoria, si accaniscono sempre? Rinunciò, come già tante altre volte, a trovare una risposta, e comunicò alla testimonial dei biscotti fatti in casa che venerdì sera non ci sarebbe stato bisogno delle sue prelibatezze: avrebbero avuto qualche ospite, e una cena africana a cura di Leyla.

Arianna iniziò a lampeggiare, quasi fosforescente.

«Io preparo un ottimo cous cous...»

«Non ne dubito. Ma Filippo voleva una serata decisamente equatoriale... e molti ci hanno parlato dell'eccellente cucina del Suleyman Cafè...»

Arianna lo guardò, e pensò che se lei aveva un minimo, proprio solo un miserabile minimo di intuito femminile, quell'uomo dagli occhi misteriosi era un gay irrisolto, innamorato di Filippo, incapace di accettarlo, e perdutamente sottomesso al fascino sensuale dei colori e sapori africani. Probabilmente sognava flessuosi giovinetti delle savane che gli servissero palline di zebra su foglie di banano... Arianna avrebbe voluto calare su di lui il mattarello con cui aveva steso la pasta frolla. Per spiegarsi tanta acrimonia, bisogna considerare che Arianna aveva visto Leyla un paio di volte, e di conseguenza era molto nervosa all'idea di sventolarla sotto gli occhi di Filippo. Stava quindi per sputare in faccia ad Antonio un classico: «Brutto frocio senza sangue!» quando arrivò Ginevra, che voleva appendere in cucina una ghirlanda di rosmarino, alloro e peperoncino. Fu informata anche lei della cena africana, e della conseguente mezza giornata di libertà che avrebbero avuto tutte loro. Non c'era bisogno di decorazioni floreali? No, grazie. E neanche di Penny per aiutare in cucina? No, davvero, bastava Leyla.

«Basterà Leyla» disse Antonio anche alla sopraggiunta Penelope, che scendeva carica di roba dal piano di sopra. Penny sembrò d'accordo.

«Be', farà i salti di gioia. È fissata di conoscere Filippo».

Ginevra e Arianna la guardarono con freddezza (anche Ginevra conosceva Leyla). Si chiesero entrambe perché mai si fossero presa come socia quella sventata senza cervello.

Antonio sospirò appena, e le lasciò sole. Penelope guardò le sue due amiche, così evidentemente irritate.

«Che avete? Non siete contente? Possiamo recuperare qualche altro lavoretto. Non so voi, ma io ho tante di quelle pulizie di Natale in attesa...»

Ginevra alzò una mano. «Sta' zitta, Penelope. E piuttosto, dimmi una cosa. Leyla sta sempre con tuo cugino?»

«Certo».

«E... va tutto bene fra loro? Lo ama? È un tipo fedele?»

«Eh sì eh... Con Mimmo non si scherza. È una bestia!» affermò orgogliosa la cugina.

Arianna fece una risatina amara...

«Andiamo Ginevra, non essere ingenua...»

Il litigio del lunedì si era sfilacciato nel nulla, come tutti i loro litigi, e avevano deciso di aspettare e vedere quali mosse avrebbe compiuto il loro comune innamorato. Perciò fu con una certa benevolenza sprezzante che Arianna disse a Ginevra: «Una può essere fidanzata finché vuole... e anche amare il suo fidanzato... ma con Filippo, è un'altra storia... Conosci una donna che gli direbbe di no?»

Penelope ci pensò, e trovò facilmente una risposta. «Io. E secondo me anche Leyla».

Filippo Corelli, che passava nell'atrio, sorrise fra sé. Era arrivato il momento di cominciare a divertirsi sul serio con quelle servizievoli signore. Entrò in cucina, le guardò con calma, fece la sua scelta e disse, rivolto a una di loro: «Ho bisogno di muovermi... Conosci un parco che non sia in salita? Hai voglia di venire a passeggiare con me?»

Mentre passava in agenzia a prendere il sacco blu dei detersivi prima di andare a sbrigare un veloce 'Stasera viene a cena mia suocera e ho la casa lurida' da una giornalista, Penny incontrò una delegazione di ragazzine sedute davanti alla loro porta. Delle tre Fate Veloci, lei era l'unica in rapporti veramente cordiali con le inquiline del quarto piano e le loro amiche, forse perché aveva sì e no dieci anni più di loro, forse perché condividevano la passione per 'Diabolik' e 'Ragazza okay', e ogni tanto se li scambiavano. Sofia, quella alta e laconica, leggeva anche 'Krimi', e una volta le aveva regalato un bel disegno di Krimi che si lava le mani con Saponetta. Il fumetto diceva: «Speriamo che il treno sia in ritardo!»

«Ciao ragazze! Che fate qui?»

«Eh, per forza! Non ci siete mai!» sbuffò Matilde. «Dovevamo passare ieri, e non abbiamo trovato nessuno. Volevamo sapere se vi serve aiuto per le feste, perché vogliamo guadagnare un po' di soldi per Natale».

«Anche se non abbiamo tanto tempo perché abbiamo un sacco di compiti in classe» intervenne la titubante Viola dagli occhiali cerchiati di verde.

«Pensavamo magari in questi giorni, che tutti vogliono la casa pulita per Natale» aggiunse Dafne.

«Be'... sì... si può fare. Anzi... qualcuna di voi è libera oggi?»

«No!» dissero tutte in coro, e si dispersero.

Intanto, Filippo e Arianna si baciavano al parco, come due studenti infreddoliti.

«Ah...» sospirò Arianna, incantata, appena Filippo la lasciò andare.

«Guarda, lo so che qui non è il posto adatto... ma be'... tu sei...»

«Ahhh...» ripeté Arianna.

Lui la fece sedere su una panchina.

«Hai freddo?»

«Nooo!»

Filippo si tirò fuori di tasca tre palline da jongleur e le fece roteare.

«Ehi... dove hai imparato?»

«Ho fatto due anni di teatro di strada insieme al Mago Baleno».

Non era una notizia esclusiva. Stava scritto pressappoco in tutti gli articoli biografici su Filippo, ma Arianna lo guardò come se le avesse appena confidato il segreto della sua vita.

«Ahhh!»

«Già. E guarda qui, mia piccola fata».

Si accovacciò davanti a lei, nell'erba ghiacciata, e tirò fuori di tasca un fazzolettone bianco.

«Vedi? Questo ero io stamattina, quando mi sono svegliato. Bianco, freddo, pulito, asettico. Poi ho visto te, e quella tua gonnellina... e sono diventato...» lentamente, Filippo si passò il fazzoletto in un pugno, e lo trasformò in un fazzoletto rosso.

«Ahhh!»

Il fazzoletto rosso svolazzò ed entrò in una tasca di Filippo:

«Ma un colore non basta, ti pare? Di che colore sei tu? Uno solo? Oh no... sei così...»

E dalla stessa tasca uscì una catenella di fazzolettini di tanti colori diversi, che volando per aria si trasformarono in un mazzo di tulipani di carta, destinati ad accartocciarsi in un'altra tasca. Arianna non faceva neanche più 'Ahhh...' e lo guardava con gli occhi rotondi come piattini.

«Ah, i tulipani mi fanno sempre venir fame... e a te? Chissà se mi è rimasta qualche briochetta...»

Tirò fuori da quella stessa tasca una bacchetta magica, due mazzi di carte, un topo di peluche, un ventaglio spagnolo che aprendosi rivelò una colombina che volò via intirizzita, ma niente brioche...

«Eppure... eppure sapevo di averle... e infatti... eccole qui...»

Con delicatezza, Filippo trovò due piccole brioche nella tasca del giaccone di Arianna. Ne morse una, e infilò l'altra, piano piano, tra le labbra socchiuse della sua spettatrice.

Quando Filippo era entrato in cucina e aveva chiesto ad Arianna se aveva voglia di andare a fare una passeggiata con lui, Ginevra era entrata in stato di apparente congelamento. Ma come? E il profumo delle rose? E la passeggiata in giardino, al buio, interrotta da quella sciagurata suoneria? Come poteva passeggiare al buio con lei e a mezzogiorno con Arianna? Aveva forse intenzione di passeggiare con tutte? Pensava per caso di festeggiare il tramonto passeggiando con Penny? Bastava chiedere. Elegantemente irritata, Ginevra aggredì Penelope, che arrivava in cucina con Flora su una spalla e uno scendiletto sull'altra.

«Ha fatto pipì sullo scendiletto di Maria».

«Penny. Dimentica quel gatto e ascolta me. Sei mai andata a passeggiare con Corelli?»

«A passeggiare? No. Dove?»

«Non ti ha mai portata in giardino ad annusare le rose?»

«Non mi ha mai portata in nessun posto. Perché me lo chiedi?»

«Non importa. Lascia perdere».

Ormai tanto valeva andarsene. Non era più nello stato d'animo adatto a intrecciare ghirlande. Stranita, intontita, incredula e afflitta, Ginevra tornò a casa, e si aggomitolò sul divano, cercando di consolarsi. Forse lui aveva fatto così perché...

... era troppo innamorato di lei, Ginevra, e questo sentimento gli faceva paura...

... era troppo innamorato di lei, e voleva provare a scordarla con un'altra...

... era troppo innamorato di lei, e voleva farla soffrire sperando che così lei, Ginevra, si sarebbe allontanata dalla sua vita senza sconvolgerla...

... era troppo innamorato di lei e, prima di legarsi a lei per sempre, voleva vedere se era ancora in grado di andare con un'altra...

... era troppo innamorato di lei e...

Una citofonata piena di energia interruppe il tentativo di consolazione. Aveva l'aria di una scampanellata da Morgana e Ginevra si augurò che non ci fosse anche Patrick: voleva un po' di sorella tutta per lei.

Aprì senza neanche chiedere chi era, e quando dallo spioncino vide salire Gabriele poté prendersela solo con se stessa.

L'ultima volta che si erano visti, non era finita bene: lui le aveva suonato Mozart, lei si era sentita svenire, e aveva cercato di pensare a Filippo, senza grande successo. Perciò si era alzata in piedi a metà dell'Adagio e se n'era andata secondo il solito copione 'Io sono una ninfa e tu prova un po' a fare Apollo se hai il coraggio'. Gabriele non aveva emulato Apollo, e non si era più fatto né sentire né vedere. Ginevra lo aveva maledetto nel suo cuore, neanche lei sapeva bene perché. Ma che ricomparisse proprio quella sera, quell'intralcio di uomo! E aveva il violino!

«Ciao» gli sbraitò in faccia aprendogli. «Non si telefona, prima di venire?»

«Se ti avessi telefonato, cosa mi avresti detto?»

«Di non venire».

«Lo vedi? E invece sono qui, per continuare la tua educazione musicale».

«No!»

Gabriele si era tolto il cappotto, e si era guardato intorno.

«Bella casa. E quel terrazzo?»

«Vattene!»

Troppo tardi. Aveva già visto Malcolm. E siccome Malcolm in quella città conosceva tutti, ed era in più un ardentissimo appassionato di musica, un'ora dopo Gabriele e la molto infuriata Ginevra sedevano a tavola con lui, nella sua cucina piena di vasetti che germogliavano in tutte le stagioni. Le costine di maiale al vino rosso erano buonissime, e mentre Ginevra aiutava Malcolm a sgomberare il tavolo per far largo alla meringata, il professore la trascinò nella dispensa e borbottò: «Potevi dirmelo che era lui il musicista muscoloso...»

«Come potevo sapere che vi conoscevate?»

«Mmm... tre anni fa, quando me l'hanno presentato sono tramortito, e l'ho perseguitato per sei mesi».

«Ma scusa, non lo sapevi che è eter... eterissimo?» chiese Ginevra, incerta sul superlativo di 'etero'.

«Mia cara, se tu sapessi quanti baluardi dell'eterosessualità si sono sgretolati come wafer al primo assalto... ma lui no... lui no. Che sciroppo prendiamo, per la meringata? Lampone o uva spina?»

Dopo aver mangiato, si trasferirono nel soggiorno, e Ginevra sentì incombere su di sé come uno stormo di corvi una serata votata ai piaceri della musica da camera: con aria ispirata, Malcolm aveva cominciato a illustrare a Gabriele una serie di cd acquistati di recente, e fra tutti quei trii, quartetti e sestetti, Ginevra non aveva via di scampo, se non immergersi in un ripasso mentale dei levigati barattolini che aveva visto quel pomeriggio nella vetrina di un'erboristeria. Domattina, pensò, prima di andare in agenzia, passo a comprarmi l'olio di nocciolato di pesca con preziose virtù emollienti, e il talco alla magnolia, e la crema rassodante antismagliature all'echinacea, ginseng ed equiseto... e magari anche lo shampoo all'olio di macassar, in uso da secoli nelle isole delle Molucche... Era arrivata a raffigurarsi la fila degli estratti, lavanda e violetta, gelsomino e caprifoglio in minuscole boccette etichettate, quando fu riscossa dalla mano di Gabriele, che la sollevava senza sforzo apparente dalla poltrona in cui si era persa.

«Su, Ginevra, saluta e andiamo».

Gabriele aveva un tale tono da governante severa che Ginevra, per un riflesso istintivo, obbedì, mentre Malcolm diceva che era un vero peccato che se ne andassero così presto, ma che lui capiva, e anzi desiderava offrire a Gabriele un barattolo di chutney che lui, Malcolm, aveva preparato la settimana prima quasi in un profumato presagio di quell'incontro. Uscendo, Ginevra sussurrò all'orecchio di Malcolm: «A me il tuo chutney non l'hai mai regalato...» e lui le sussurrò in risposta: «Vediamo se saprai meritartelo...»

Gabriele la riportò a casa sua, chiuse bene le finestre sul terrazzo, tirò le tende, accese le lampade e la guardò. Ginevra cominciò un discorso tipo 'Bene, è stato bello, ma adesso sono molto stanca e...'

Lui, senza badarle minimamente, tirò fuori il violino e le diede una spinta neanche tanto gentile, mandandola a sedersi su una poltroncina foderata di rosso.

«Stai lì, ferma, e ascolta. Stasera ti suono un Andante di Brahms: quello della *Sonata 100*».

«No, senti... sei gentile, ma tanto è inutile. Io non sopporto...»

«Durata: cinque minuti e tre secondi. Puoi farcela».

«Sì, ma...»

«Stai zitta. Ascolta, assassina tanto soave e dolce».

Ginevra interpretò correttamente la frase come una citazione poetica, ma non chiese niente. Non voleva saperne né di poesia né di musica. Ma Gabriele le suonò i suoi cinque minuti e tre secondi di Andante senza pietà.

Lei chiuse gli occhi, e si sarebbe anche tappata le orecchie, se non avesse avuto paura di apparire, come in effetti si sentiva, una capricciosa studentessa dell'asilo. Ormai aveva capito che il suo odio per le note suonate dal violino aveva la stessa natura dell'odio della falena per la fiamma, e sapeva che prima o poi, a furia di sentire Mozart o Brahms o chi altro, e di vedere Gabriele che suonava con gli occhi intonati alla camicia e la camicia intonata alla massa muscolare, e la massa muscolare pronta a balzare su di lei, si sarebbe molto seriamente bruciacchiata. E infatti, quando Gabriele posò il violino e la venne a baciare, non provò neanche a fare una svolazzatina di allontanamento. Restò lì, sulla poltrona, inerme. Lui però si concesse un tempo molto inferiore alla durata dell'Andante prima di alzarsi, dirle che adesso aveva materia su cui riflettere, e rimettersi il cappotto.

«Non andare via...» sussurrò lei.

«Mi ami?» le chiese lui.

«No, ma...»

«Allora niente».

Rimise il violino dentro la sciarpa di seta azzurra, poi dentro la custodia nera, e se ne andò.

Giovedì 7 dicembre

Mentre Giacomino masticava con santa pazienza il coriaceo muesli che sua madre gli aveva infilato nel latte al posto degli amati frosties («Hai bisogno di più fibre»), Arianna esaminava il contenuto del suo armadio senza trovare un solo capo degno di essere indossato. Al termine di quella memorabile passeggiata, dopo i ventagli volanti, la colombina e le brioche, Filippo le aveva chiesto se potevano per caso andare a casa di Arianna a bere un tè... No, aveva risposto lei con un filo di voce...

«Mio marito non sai mai quando può tornare...»

«Allora questo tè lo berremo un'altra volta, perché da me, come sai, c'è un po' di folla».

Si erano lasciati in piazza Vittorio, mentre da ogni direzione affluivano trattori, per una protesta dei coltivatori diretti. Per tutto il resto della sua vita, Arianna avrebbe provato una fitta di colpevole lussuria alla sola vista di un trattore. E adesso? Come vestirsi per rivederlo? Purtroppo quel mattino anche Nicola si era alzato presto, e adesso se ne stava lì appoggiato alla porta, con il suo pigiama blu e, senza badare alle angosce stilistiche della moglie, le leggeva qualche pagina della *Vita è Vera*, partorita nella notte.

«Ascolta, amore mio, e dimmi se può funzionare. Siamo in ESTERNO GIORNO, PISCINA DEI FERT.

«LISIANA: Tu, piccola miserabile sgualdrina, la pagherai per questo!

«VERA: Ti sbagli, Lisiana... sarai tu a pagare, quando Mirko capirà che Loris è innocente!

«LISIANA: Illusa! Non hai ancora capito che è stato proprio Mirko a mettere nella macchina di Loris quel gatto di droga?

«Vera sviene e cade in piscina».

«Gatto di droga?» chiese Arianna, lasciando cadere esasperata un vestito di seta a fiorellini.

«Sì, be', è un gattino di peluche pieno di cocaina che Glaucea, la figlia di Lisiana...»

«Okay, okay. Senti, guarda un po' se Gimmi ha finito di mangiare, e lavalo».

Libera da Nicola, da Vera e da tutta la banda, Arianna tornò a concentrarsi sull'armadio. Perché non c'è mai niente che vada bene? Perché? Il vestito rosso è troppo da sera, la mini l'ho già messa ieri, la gonna grigia fa Orsolina, quella viola non so più a cosa abbinarla finché non lavo il golfino rosa, pantaloni non se ne parla, se non mi gioco le gambe è inutile anche solo farmi vedere... a meno che, se mettessi quelli di velluto rosso cardinale che mi fasciano tutta, magari con la canottiera di cachemire grigia e il cardigan nero? No, no, no, devo assolutamente avere gonna e autoreggenti, allora forse potrebbe andare il vestitino di maglia panna, solo che ecco lo sapevo è macchiato...

«Arianna! Sono quasi le nove. Che fai?»

«Arrivo!»

«Vieni, Giacomo, mentre aspettiamo la mamma ripassiamo un po'. Come lo chiamano, il cheeseburger, in Francia?»

Mentre Gimmi si faceva largo tra gli scogli di *Pulp Fiction*, sua madre alla fine si decise per gonnellina scozzese e camicetta bianca. Lolita fa gli gnocchi.

Penelope era in ritardo. Alle otto e mezzo, era ancora in pigiama, e continuava a giocare con il suo plastico di Paperopoli, sistemato sul tavolino dell'ingresso. Spostava le biciclette di Qui Quo Qua lungo il viale, apriva e chiudeva le finestre delle case, fece uscire Archimede Pitagorico dalla sua villetta: era ora di inventare qualcosa. Non mi piace più tanto andare a Villa Verbena, pensava. Quando sono lì, mi viene tutto lo stomaco appiccicoso come la Pritt. Sarà colpa del pitone, pensò, però lo strano era che se pensava 'pitone', vedeva invece la faccia misteriosa di Antonio. Sentiva il suo leggero profumo, e il rumore compatto dei suoi movimenti precisi. Ah, che peccato, pensò ancora mentre finalmente si decideva a uscire, e neanche lei sapeva peccato di cosa. Per scacciare quell'insolito stato d'animo, si fermò in edicola a comprarsi 'Ragazza okay' e 'Diabolik', e poi passò anche in panetteria a prendere mille lire di focaccia. Decisa a essere ancora più in ritardo, si fermò su una panchina in via Stradella a mangiare la focaccia e leggersi 'Naufragio', una storia in cui Diabolik si finge marinaio, ruba i diamanti e ne regala uno a una certa Ingrid che si innamora di lui, ma niente da fare, lui pensa sempre a Eva Kant.

Ginevra guardò nel cappuccino: il barista le aveva fatto il cuore di schiuma. Tra qualche giorno, avrebbe sostituito il cuore con l'albero di Natale di schiuma. Natale. Chissà se i genitori sarebbero tornati? E Morgana? Avrebbe raggiunto Kaedo in... aspetta, dov'è che era... Ucraina? E lei, con chi avrebbe passato il Natale? E Filippo? Tornava a Ferrara? Era arrivata più o meno alla dodicesima domanda mentale quando suonò il cellulare, ed Elena le riversò nell'orecchio sinistro un torrentello di singhiozzi.

«Ginny... Aldo si è messo a letto e non si alza più. Dice che vuole sprofondare nell'oblio».

«Accidenti. Da quando?»

«Ieri. Non parla. Quando gli ho portato Berny e Berry, ha detto che se glieli mettevo ancora sotto il naso li avrebbe dati in adozione. Ginny! Io... io credo che abbia un tumore al cervello... sono pro... proprio i sintomi classici...»

Ginevra respirò. Va bene, era arrivato il momento di intervenire.

«Allora, Elena, apri bene le orecchie e ascoltami. Aldo non ha, ripeto, non ha nessun tumore al cervello. Appena ho finito a Villa Verbena passo io da casa tua e vedrai che sistemiamo tutto. O almeno, chiariamo un po' le cose...»

«Ma tu sai...»

«So. Adesso abbi pazienza, stai tranquilla, lascialo a letto e aspettami».

Quel deficiente, pensò Ginevra saltando sulla bici. Quell'imbecille idiota cretino che fa prendere uno spavento a quella povera demente. E tutto per quella squilibrata di mia sorella che si è incapricciata di un... cos'è... un centrocampista? Domenica ha anche segnato, con le forze residue. È inutile, concluse afflitta, siamo una famiglia di donne perdute

Villa Verbena alle dieci del mattino era quieta e silenziosa come un monastero di clausura. Filippo e Maria dormivano ancora. Antonio era sveglio ma chiuso in camera sua e non ne usciva mai. Per una volta, le ragazze erano tutte presenti, richiamate da un surplus di doveri natalizi e da alcuni impulsi personali. Penelope stava finendo di caricare una lavatrice. Arianna preparava un coniglio alle olive e una torta di mele. Ginevra appendeva ghirlande qua e là. Appena arrivata, era andata da Arianna e le aveva chiesto: «Allora? Com'è andata la passeggiata?»

Arianna l'aveva guardata con attenta diffidenza. Ginevra aveva un paio di forbici in mano, e sembrava tutta Grace Kelly nel *Delitto perfetto*.

«Niente... due passi...»

«E basta?»

«Baf... così...»

Arianna era arrossita. Ginevra non l'aveva più vista arrossire dalla gita scolastica di quinta ginnasio. Le era bastato. Era tornata nel suo stanzino a torturare i rami di agrifoglio.

Arianna le era andata dietro.

«Sei arrabbiata?»

«No no, figurati. Se gli piaci tu, gli piaci tu. Però sappi che non ho intenzione di mollare».

«Guarda che per me va benissimo. Io voglio soltanto...»

«... tradire Nicola, lo so. Spero solo che tu non debba poi pentirtene».

E con uno sguardo di acuta disapprovazione, incombente tragedia e rammarico sibillino, tutto in meno di un secondo, Ginevra tagliò con autentico odio una gemma di vischio.

Arianna cominciava a essere esasperata da questo suo tentativo di avventura extraconiugale. A questo punto, voleva solo arrivare alla conclusione, divertirsi un po' e poi morta lì. Non era portata per gli intrighi a lunga scadenza. In fondo, l'ipotesi della notte occasionale con il lituano continuava a essere quella più attraente. Dovrei fare dei tornei di tennis, pensò cupamente, mentre caramellava le renette. Tutti lì, in Sardegna, si telefona a casa, qualche drink, e via con quei bei tradimenti veloci, all'ombra del mirto. Dove diavolo ho messo la racchetta? O in Sardegna si fanno i tornei di golf?

«Ginevra! Che tornei si fanno, in Sardegna?»

Niente. Non una sillaba di risposta. Alle undici, però, si radunarono in cucina tutte e tre, per farsi un Nescafè e prendere accordi per il resto della giornata. Arianna era passata in agenzia, e comunicò a Penelope che doveva aprire la dépendance degli ospiti di Villa Elettricità, una residenza collinare. Per lei, Arianna, c'era da preparare un metro di salame di cioccolato, richiesto dalla dottoressa Donvito per il compleanno del figlio, e per Ginevra solo una chiamata di una magnate dell'industria che voleva prendere accordi per l'albero di Natale aziendale.

«Dukic non ha chiamato?»

«No».

Benissimo, pensò Ginevra, meglio. Penny la guardò in faccia, e tirò fuori di tasca un opuscolo che aveva trovato allegato a 'Ragazza okay'.

«Ehi, vi interessa sapere come liberarvi dallo stress in trenta giorni?»

«Fa' sentire...» disse Arianna, aggiungendo il terzo cucchiaino di zucchero al Nescafè, e tenendo d'occhio la porta.

«Prima dobbiamo fare il test per misurare il livello di stress. Digrignate i denti di notte?»

«Non so» rispose Ginevra. «Io di notte dormo sola».

«Avete dipendenza da alcool, droga o sigarette? Amnesie temporanee? Svenimenti? Bocca secca? Tensione muscolare?»

Ginevra e Arianna esclusero tutto tranne occasionale bocca secca e lieve tensione muscolare.

«Be', se vi viene voglia di rannicchiarvi e piangere, aggiungete dodici gocce di Bach all'acqua calda del bagno».

Sembrava il tipo di rimedio che le avrebbe consigliato Gabriele. Per un attimo Ginevra immaginò di essere immersa in una vasca da bagno, rannicchiata e piangente, mentre lui, chino sull'acqua, sgocciolava Bach dal violino. Ma Arianna stava già correggendo Penelope.

«Fiori di Bach!»

«Sì, fiori... ehi... volete scoprire il vostro potenziale di fitness?»

Forse sì, ma per il momento erano destinate a non scoprirlo, perché Filippo, intontito e arruffato, biondo e profumato, stava scendendo le scale, e proprio mentre Penny chiedeva: «Con che frequenza praticate un'attività fisica?» entrò in cucina.

«Ah... siete qui...»

Il tono era infastidito. Ma dentro di sé, Filippo assaporava quel momento, più dolce della celebre protagonista del *Cantico dei Cantici*. Stava per ferirne due su tre. Stava per vedere, negli occhi di due su tre, quello sguardo dolente e urtato che è sempre troppo facile evocare nelle femmine inutilmente innamorate. Penelope si limitò a salutarlo, chiudere il libro e dire che sì, era ancora lì perché aspettava che finisse la lavatrice per stendere. Poi prese in braccio Flora, che era spuntata da dietro la porta e si guardava intorno terrorizzata, come sempre quando erano presenti più di due persone, e se ne andò in lavanderia.

Rimasto solo con le sue vittime, Filippo sorrise. Ginevra era la personificazione stessa della donna offesa. Che bello, quando soffrivano così, quando lo odiavano, pronte a sciogliersi d'amore e di perdono, potremmo dire di gratitudine, se appena lui avesse detto la mezza parola, fatto il mezzo gesto. E che delizia non fare né gesto né parola, e vederla andar via trafitta. Ci sarebbe stato tempo, più avanti, di farla di nuovo palpitare e illuminarsi. Per il momento, tanto per confonderle le idee, si limitò a rivolgerle lo sguardo del vulcano che contempla la pianura, e Ginevra si tirò su la lampo del piumino come per impedirgli di incenerirle il golfino. Arianna, rimasta sola con lui, non disse niente, e si appoggiò al muro, nel classico atteggiamento seduttivo da film di Doris Day. Era così ovvio, quello che si aspettava da lui. Un bacio, un progetto. Filippo aprì il frigo, prese la caraffa del succo d'arancia, lo posò sul tavolo e ci guardò dentro.

«C'è qualcosa, in questa spremuta» protestò in tono seccatissimo.

Arianna continuò a esercitarsi in languore. Non era mai stata una di quelle donne che colgono al volo il cambiamento di atmosfera. Pensò che fosse una specie di giochetto d'amore, e sorrise lasciva.

«Boccioli di rose?» chiese.

«No. Rane. Lo trovo un preoccupante segno di sciatteria». Filippo tolse dalla caraffa una ranocchietta e la posò sul tavolo. Mentre la bestiola saltellava via scrollando gocce di arancia, lui si voltò, e tornò di sopra.

Quindi con Arianna fa sul serio, pensava Ginevra pedalando verso la casa di Elena. È sceso per trovare lei e c'è rimasto male perché c'eravamo anche io e Penny. Da me vuole solo rose velenose. Be', non se la caverà così. Per una volta che voglio innamorarmi, non sarà certo Arianna a guastarmi la festa. E non ho nessuna intenzione di sfiancarmi su questa salita. Ginevra parcheggiò la bici attaccandola a un palo di sosta vietata, e continuò a piedi su per la collina. A ogni passo, sentiva la propria cocciutaggine gonfiarsi come un flan. Non mi vuole? E io lo avrò lo stesso. Voglio vederlo strisciare. Voglio ridurlo a un omettino tremolante di passione come quel professore dell'*Angelo Azzurro*. Come Hitchcock quando spiava Grace Kelly dalla finestra. E lo voglio per il tuo bene, perché tu hai bisogno d'amore e io te lo darò. Io ti salverò, Filippo Corelli. Tale e quale a Ingrid Bergman.

Riflettendo meglio, Ginevra scacciò l'idea. Ingrid Bergman era troppo massiccia, e la pettinavano sempre malissimo. Mettendo da parte per il momento i suoi problemi personali, suonò alla porta di Elena. Venne ad aprirle Conception, con aria funerea.

«Buongiorno... la signora ti aspetta. Signore sta muy male. Pobrecito. Vieni».

La camera da letto dei coniugi Donati sembrava il set di un film tipo *Divorzio all'italiana*. Tende tirate, penombra plumbea, bicchieri velati di ex aspirine o antiche spremute, cucchiaini, Aldo a letto, con la testa affondata nel cuscino, Elena seduta in poltrona che, inverosimile, lavorava a maglia. Ginevra evitò di entrare, e dalla porta le fece un cenno. Con mille esitazioni, come una principessa condannata ad attraversare una distesa di uova, Elena si alzò e uscì dalla stanza.

«Che fai con questa roba?» le sussurrò Ginevra, indicando l'ammasso di punti informi e arancioni.

«Niente... mi sono ricordata che quando ero piccola studiavo meglio se c'era mia madre vicino che lavorava a maglia. Non so... mi rilassava. Così ho provato a vedere se funzionava anche con lui...»

«E cosa dovrebbe essere?»

«Non ne ho idea... ho messo su dei punti a caso... che dici, una sciarpa arancione potrebbe andare con il mio cappotto di tweed?»

«Senti, Elena, adesso tu vai di là, ti fai un tè o quello che vuoi, e mi lasci sola con Aldo. Gli devo parlare. Poi ti vengo a spiegare tutto».

«Come sarebbe?» Lo sforzo di bisbigliare le faceva quasi strabuzzare gli occhi dalla testa. «Cosa sai tu che io non so? Cosa mi nascondete? Hai una storia con Aldo?»

Ginevra sbuffò: «Per favore, Elena! Non dire idiozie. Guardami. Sono io. Ti pare possibile che abbia una storia con Aldo? Su, levati di torno e lasciami parlare con lui».

Dietro tanta sicurezza, Ginevra non aveva la più pallida idea né di cosa avrebbe detto ad Aldo, né, soprattutto, di cosa avrebbe raccontato dopo a Elena. Eppure, quando si ritrovò seduta accanto a quella forma accasciata nel piumone, le parole le vennero molto spontanee: «Allora, imbecille?»

Aldo gemette: «Ti manda lei?»

«Lei? Sarebbe quella deficiente di mia sorella Morgana, lei?»

«Dimmi che ti manda lei...»

«Aldo, girati. Non mi va di parlare al retro di un pigiama».

Aldo si svoltolò dal piumone, mostrandole un viso smunto, barba lunga, occhi rossi, bocca frignante.

«Ma guarda che razza di idiota. Guarda come ti sei ridotto... ma sei scemo? Cosa ti è preso? Eh?»

«Ginevra... a me non importa più niente di niente. Dimmi quello che vuoi. Io voglio solo Morgana. Voglio solo lei. Lascerò Elena. La sposerò. Se solo lei torna... se lei... se...»

Travolto dai sentimenti, l'idiota scoppiò in singhiozzi.

Ginevra si guardò intorno. Voleva picchiarlo in testa con qualcosa.

«Aldo. Ascoltami bene. Morgana la conosci da anni. Lo sai come fa con gli uomini. Ne abbiamo parlato mille volte. Hai sempre detto che era il tipo di donna che avresti evitato come la peste. E allora? Cos'è cambiato?»

«Che ci siamo innamorati, Ginevra. Io sono il primo uomo che lei ha davvero amato!»

«AH!»

Ginevra aveva urlato, esasperata, e subito l'irritante ticchettio tipico dei passi di Elena risuonò in corridoio.

«Gira al largo, Elena!»

Il ticchettio si allontanò.

«Ah sì eh? Sei il primo uomo che ha davvero amato? Ammettiamolo pure, se ti fa piacere. Ma ti do una notizia. Non sei l'ultimo».

«Shhh... se stai per dirmi che si vede con un altro, lo so... me l'ha detto lei. Ieri sono finalmente riuscito a trovarla, dal suo parrucchiere e mi ha... mi ha detto...»

Singhiozzi.

«Sì? Che ti ha detto? Smettila di piangere se no ti graffio».

«Mi ha detto che le spiace, ma si vede con un altro, e che comunque sta per ripartire per l'Ucraina. Va a passare il Natale con suo marito...»

«Bene. Finalmente una buona notizia».

«No bene. Male. Molto male. Perché io senza di lei muoio. Lo vedi? Sto morendo. E poi non ci credo che parte... Morgana mi ama...»

«Ah. E come mai allora si vede con un altro?»

Aldo scoppiò a piangere disperato. Ginevra si chinò su di lui, pronta ad affondare.

«Ti interessa sapere chi è l'altro?»

Aldo scosse la testa.

«No? Ma io voglio dirtelo lo stesso. Sai, vengono a casa mia, per stare insieme. Lo vedo sempre. È un ragazzo simpatico. Un po' primitivo, ma molto carino».

«Sta' zitta ti prego... Ginevra...»

«No, Aldo. Devi sapere con chi ti ha sostituito la donna che vorresti sposare. Lui, il tipo con cui se la fa da quindici giorni, è Patrick Van Hagen».

Seguì il silenzio irreale degli incubi. Aldo si sollevò a occhi sbarrati.

«Stai scherzando?»

«Van Hagen. Uno e ottantacinque circa, nero, capelli rasta, occhiali scuri che non si toglie mai, bella faccia, originario del Suriname, vive a Delft, non ha però la più pallida idea di chi sia Vermeer. Centrocampista, credo. O è un'ala?»

«Van Hagen della Juve?»

«Detto 'il Mastino'. Il simbolo, la forza, l'orgoglio dei tifosi juventini».

Ginevra sospirò soddisfatta. Tre, due, uno... ecco: «Vuoi dirmi che quella puttana è andata con un giocatore della Juve? Con... con VAN HAGEN!»

C'era una sola passione assoluta, nella vita di Aldo Donati, un unico amore che nessuna donna avrebbe mai potuto scalzare: il Torino Associazione Calcio. Per Aldo, il Toro era una fede, e condivideva con il classico tifoso medio di quella disgraziata squadra l'ardore assoluto, la dedizione nella buona e nella ben più frequente cattiva sorte. Né moglie, né figli, né professione, e tanto meno le occasionali amanti, potevano scalfire il suo torinismo assoluto. E corollario indispensabile alla fede torinista era un odio cieco, insensato e totale per la Juve. E tra i giocatori juventini, se fosse mai stato possibile detestarne uno più di un altro, il più odiabile era senz'altro Patrick Van Hagen, che nel derby di domenica scorsa aveva addirittura segnato. All'idea di aver introdotto una parte di sé in un luogo che forse poche ore prima aveva accolto una parte, la stessa parte, di Patrick Van Hagen, Aldo si sentì letteralmente preda della nausea.

«Che brutta schifosa. Dille che se si azzarda a farsi vedere, che se la incontro per strada, che se solo mette piede in questa casa, io la... io la frusto. E grido a tutti che razza di...»

«Okay, Aldo, basta così. Ti alzi, adesso?»

«Puoi dirlo. Non posso pensare di aver fatto preoccupare quell'angelo che c'è di là per colpa di una donna che vá... che va a letto con...»

Deglutì. Non riusciva neanche a dirlo.

«A proposito dell'angelo. È convinta che tu sia impazzito per colpa di un tumore al cervello. Cosa possiamo dirle per rassicurarla, escludendo la verità?»

Venerdì 8 dicembre

Sempre a proposito di angeli, Mimmo e Penelope guardavano quelli in slitta che adornavano le vetrine della profumeria Boidi. Penny era stata convocata d'urgenza per una prima valutazione dell'opera. Nessuno dei due dava segno di accorgersi della commessa Betty, che all'interno del negozio impacchettava profumi di Natale. Penelope esaminò con calma il profluvio di ali, fiocchi di neve, renne e stelline, e alla fine disse: «È una vetrina bellissima. Non mi piace solo quall'angelo lì» indicando l'ultimo in alto a destra, «ha l'aria arrabbiata».

«Mmm» rispose suo cugino, «per forza. L'ho fatto ieri».

«E che è successo, ieri?»

«Niente. Però non mi piace che stasera Leyla vada a casa di quel tipo».

«E dai... è solo per lavorare, non fare il geloso. Comunque quello c'ha la fidanzata, e in più sta dietro alle mie socie, perciò...»

«A te no?»

Penny scrollò le spalle.

«A ogni modo non è solo lo scrittore che mi rompe. Anche l'altro, il tuo amico. Com'è che vuole proprio Leyla?»

«Eh...» Penny non aveva preso in considerazione questo aspetto della trattativa. Avrebbe preferito continuare a non farlo. Guardò suo cugino e respirò meglio che poteva.

«Non so. Non credo. Deve soltanto servire la cena. Perché ti preoccupi tanto?»

Mimmo non era un ragazzo loquace. Non avrebbe saputo spiegare a Penelope le sue sensazioni negative. Vedeva dei titoli. Anzi, sentiva il tizio del Tg3 Regionale che faceva il sommario:

«Cena fatale: celebre scrittore di passaggio nella nostra città ordina un piatto etnico e trova l'amore».

«Te lo dico io cosa, Pen. Questa storia non mi va, e non ho nessuna intenzione di farmela andare».

«E così, abbiamo detto a Elena che Aldo aveva investito tutti i loro soldi su Internet, e pensava di averli persi, ma poi grazie a una miracolosa ripresa del Nasdaq aveva scoperto che il loro patrimonio era intatto, e l'incubo che gli gravava addosso da giorni e giorni si era dissolto».

«Ed Elena se l'è bevuta».

«Fino all'ultima goccia. Certo, l'ho avvertita che ancora per qualche tempo Aldo sarà piuttosto scosso, ma che ben presto tutto tornerà normale. Ah, Aldo le ha anche promesso di non giocare più con la Borsa virtuale».

«Ma scusa... non può averci creduto».

«Certo che può. Vedi, secondo me, da qualche parte dentro di lei Elena sa benissimo che dietro tutta questa storia c'è un'altra donna. Ma a livello cosciente non vuole saperlo. E pur di non saperlo, è disposta a credere qualunque cosa».

«Pensi che in quella parte dentro di sé sappia anche che la donna sono io?»

«No, direi di no. Non sa neanche che sei tornata».

Ginevra e Morgana facevano merenda davanti alla Chiesa della Consolata, agli albori di un pomeriggio di compere natalizie. Intorno a loro, il quartiere era indaffarato, la chiesa rumoreggiava appena, come se dentro cantassero, e le cartolerie delle viuzze sciorinavano meraviglie di carta o pesta o dorata. Morgana sembrava molto contenta di come sua sorella aveva sistemato le cose.

«Brava. Se mi fosse venuto in mente che Aldo è del Toro, gliel'avrei detto subito io, che stavo con Patrick».

«Morgana... senti qua. Aldo ci metterà un po' a riprendersi del tutto. Giragli al largo, eh? Quand'è che parti per l'Ucraina?»

«E chi parte? Gliel'ho detto solo per levarmelo di torno. Tanto Yumi mi sta divorziando. Quel suo tizio che mi pedina avrà scattato cento foto di me con Aldo, di me con Patrick, di me con questo e quello...»

«Questo e quello? E chi sono?»

«Ah, be', niente, tizi... non ci ho fatto niente, eh... sai, tipo che andavamo a cena. Ohu, è inutile che mi guardi così. In questa città muori di noia se non vedi gente. E io vedo gente».

«La vedi e basta?»

«La maggior parte sì».

Ginevra era sconsolata. «A me, sotto Natale, mi piacerebbe aver una famiglia normale. Con i genitori, i bambini, i pranzi... a proposito, papà e mamma che fanno? Tornano?»

«Ah!» Morgana fece un piccolo balzo e tirò fuori dalla borsa una cartolina proveniente dalle isole Turks and Caicos. «Mi ero dimenticata. A casa loro è arrivata questa... 'Cara Morgana, mi dice Ginevra che abiti da noi. Puoi bagnare i cactus? Anche se sono grassi, non possono stare senz'acqua all'infinito. Papà e io stiamo benissimo. Abbiamo scoperto questo nuovo paradiso... forse ci fermiamo fino a che non sarà pronto il nostro cottage alle Mauritius. A ogni modo, passeremo di sicuro da casa entro gennaio, perché ci scadono dei BOT. E Martino? Se lo sentite salutatelo tanto da parte nostra. Noi vi chiamiamo per Natale: andate a pranzo da zia Lucia, immagino. Baci, mamma'».

«Il nostro cottage alle Mauritius?»

«Ah ah. Credo che vogliano vendere la casa e piazzarsi là per sempre».

«Ma... e noi? E i nipotini?»

«Quali nipotini?»

«Quelli che arriveranno! Ho sempre pensato che tu e Yumi avreste fatto un bel bimbetto semigiapponese».

«Fallo tu, il bimbetto. Come va con il violinista?»

«Zero. Chiedimi come va con Filippo Corelli».

«Uff. Come va con Filippo Corelli?»

«Meno di zero. Credo che stia iniziando una storia con Arianna».

Morgana scoppiò a ridere.«Ahhh... che cretino! Arianna, figurati!»

Ginevra non chiese spiegazioni di quel 'figurati'. Continuava a guardare sconsolata le bianche spiagge di Turks and Caicos.

«E Martino? Tu quando l'hai sentito l'ultima volta?» chiese a Morgana.

«Secoli fa. Però Elisabetta Grosso dice che ieri l'ha visto davanti alla Rinascente».

«Martino? È qui? Ma scherzi?»

«Boh. Possibilissimo. Dovrebbe avere ancora una casa da qualche parte, no?»

«Certo che ce l'ha. Ma... senza neanche farsi vivo con noi?»

«Forse è latitante» la incoraggiò sua sorella.

Pagarono e uscirono, in cerca di sciarpe, anelli, cd, videogames.

Anche Arianna e Nicola si dedicavano alle spese di Natale. Gimmi era dai nonni, e loro due si aggiravano in differenti stati d'animo tra le rutilanti corsie di un megagiocattolaio. Spingevano un enorme carrello in cui avevano già buttato una scatola di Lego Duplo, tre Kombattents of the Century, e precisamente Mikos, Euphon e Vladislao, poi un Chuppy viola che canta sei diverse canzoni dello Zecchino d'Oro, e per finire una Car Former trasformabile in Car Monster. Nicola aveva anche fatto qualche acquistino per sé, vari giochini e giochetti, nonché un cappello da mago e dei libri da colorare.

«Di', Arianna, non è un posto meraviglioso dove passare un pomeriggio? Perché ci veniamo solo a Natale? Per l'anno nuovo segnati che almeno una volta al mese dobbiamo fare un salto qui».

«Sì, così ci spendi tutto quello che guadagni. Allora, per Gimmi può bastare, no?»

«Chissà... giriamo e vediamo... Certo che le cose da femmina sono molto più carine... Dai, regina delle Drag Queen, scodellami anche tu una bella paperetta! Ieri Gianni ha portato in agenzia la loro pupa, e l'ha fatta entrare tutta quanta in un barattolo gigante dell'Illy Caffè! Non mi ricordavo quanto sono piccoli da neonati. Stasera. Stasera ci mettiamo lì e facciamo una bambina.

Okay? Così poi possiamo comprare Barbie Magica Colla, il castello dei Piny Poxie, Principessa Sissi, le corone di Principessa Sissi, la casetta della Famiglia Cuore, i...»

«Nicola, non c'è bisogno che facciamo una bambina. Tutte quelle belle cose dobbiamo comprarle comunque. Per Aurora, Dorotea e Milagros».

Aurora, Dorotea e Milagros erano le figlie della sorella di Nicola, due fatte in casa e una adottata in Colombia. Tre bellissime bambine che però ultimamente infastidivano parecchio Arianna: tutte le volte che andavano in visita da loro, poi Nicola attaccava la solfa del 'facciamo una sorellina a Gimmi'. Non che Arianna non volesse un secondo figlio, solo che l'aveva programmato fra due anni: dopo il monolocale a San Sicario, ma prima della casa in campagna.

«Sì lo so, però è diverso... se ne avessimo una nostra potremmo comprarne molte di più... guarda... la Fabbrica dei Gioielli... la compriamo? Così puoi fabbricarti i gioielli!»

«Preferisco i gioielli che ha fabbricato qualcun altro, grazie».

«Tipo?»

«Un orafo di Valenza».

Erano anni che a Natale Arianna tentava di farsi regalare una collana, un anello o un paio di orecchini davvero preziosi, e riceveva invece zainetti colorati, stivaletti rossi, puzzle di legno raffiguranti l'Arca di Noè, Trivial Pursuit sul cinema, gilet di peluche color orsacchiotto e chilometri di nastri di seta di tutti i colori. Chissà, forse con un'allusione così diretta ce l'avrebbe fatta. Ma Nicola era già distratto.

«Di'... se facciamo una bambina, come la chiamiamo? Tenendo conto che mia sorella ci ha fregato Aurora?»

«Fregato in che senso?»

«Be', sia io che lei volevamo chiamare la nostra prima figlia con un nome Disney, e lei s'è beccata il migliore».

«Come sarebbe un nome Disney? Tipo Minni?»

«Anche, ma io pensavo piuttosto alle protagoniste dei film, come la principessa Aurora, o Biancaneve, non so...»

«Pocahontas? Mulan?»

«No, certo... che ne dici di Bella, come *e la Bestia*? No... non va... ehi... e Sirenetta?»

«Dai, Nicola... stai seriamente pensando di chiamare tua figlia Sirenetta?»

«No! aspetta... la Sirenetta si chiama Ariel. Ariel è carino».

«Ariel Borghi? Non è possibile».

«E Cenerentola?»

«Cenerentola? Di nome?»

«Non ti piace? In effetti... però, scusa, Cenerentola era il soprannome che le hanno dato la matrigna e le sorellastre. Avrà pur avuto un nome vero... come si chiama, Cenerentola?»

«Non lo so... che dici, per Dorotea prendiamo il Mercatino Biologico?»

«Aha. Eppure un nome deve averlo avuto. Mica l'hanno battezzata Cenerentola. Devo rileggermi Perrault».

Quella sera, mentre Arianna e Nicola provavano a fare la sorellina, o almeno uno dei due credeva di provarci e l'altra si era messa il diaframma di nascosto, e mentre Ginevra bussava invano alla porta di suo fratello Martino, Mimmo e una perplessa Penelope si dirigevano verso Villa Verbena.

«Scusa, cosa diciamo?»

«Che ti sei dimenticata qualcosa e sei andata a riprendertelo. Il cellulare. Di' che ti sei scordata il cellulare».

«Ma se neanche ce l'ho!»

«E fai male. Ormai ce l'hanno tutti. Se vuoi, te ne trovo io uno per...»

«Comunque non posso dire che mi sono dimenticata una cosa che non ho».

Mimmo non era in vena di sottigliezze etico-strutturaliste.

«Che ne sanno loro, se ce l'hai o no. Potresti pure esserlo comprato ieri».

«Già, solo che poi lì non c'è nessun cellulare mio».

«Ah no? E questo cos'è?» Mimmo tirò fuori di tasca trionfante il suo Ericsson milleusi.

«Quello è tuo, Mimmo».

«E noi facciamo finta di trovarlo lì. Forza, Pen. Non sei mai stata una ragazza lenta».

«Lo so, però se poi mi licenziano...»

«Non ti licenziano... Una ha diritto di andare a riprendersi il suo cellulare».

«Accompagnata dal cugino?»

Mimmo era già stanco. In quel dialogo aveva usato più parole di quante ne avesse pronunciate in tutto novembre. Solo lo spropositato amore che nutriva nei confronti di Leyla l'aveva sostenuto in quello sfibrante dispendio di energie. Perciò si limitò a guardare Penny con la sua espressione più dark, e non aprì più bocca finché non parcheggiarono davanti a Villa Verbena. Conscia che ormai era inutile tergiversare, Penelope aprì piano il cancello, e ancora più piano la porta sul retro, quella della cucina. La quale era luminosa, profumata di spezie orientali e priva di Leyla. Dalla sala da pranzo arrivavano i tipici rumori del caso: risatine, acciottolio, frasi mozze, come nell'audio di un film. Flora era nella familiare postazione sotto la credenza, ma alla vista di Penny cominciò a fare una serie di versetti nervosi e brevi.

«Accidenti» sussurrò Pen, «quando fa così, vuole essere accompagnata alla cassetta».

«Cosa?»

«Sì... non so perché, ma certe volte preferisce non andarci da sola... su, vieni, Flora...»

Penelope si diresse verso il retrocucina, dove c'era la vasca del pitone e la cassetta di Flora. I topolini erano stati trasferiti nel bagnetto di servizio, dove conducevano la lieta esistenza di chi ignora non solo la data, ma anche la necessità della propria morte. Sempre uggiolando, Flora saltò nella sua sabbietta, e Penelope diede un'occhiata a Kily Gonzales, arrotolato in un angolino della sua dimora. Le sembrava più grasso del solito. Con un cupo presentimento, andò a controllare nel bagnetto di servizio: come pensava, i topi non erano più sei, ma soltanto cinque. Ad andarsene, era stata Rosina, una minuscola tizietta che saltava sempre, come se la vita e il divertimento non dovessero finire mai. Pensando che non esisteva categoria umana più disprezzabile degli scrittori, Penny tornò in cucina, dove trovò Leyla tra le braccia di Mimmo.

«Lo sapevo che saresti venuto» sussurrava quella romantica creatura.

«Com'è? Fastidi?»

«No no... è andato tutto bene... la cucina di zio Suleyman è piaciuta molto... però lui... Corelli... prima mi ha seguita qui in cucina e mi ha guardata senza dire niente, e poi si è tirato fuori due tulipani dal taschino della camicia e me li ha dati».

«Sì... glieli do io i tulipani, a quello. Leyla, tu adesso te ne vieni via con me».

«Devo ancora servire i dolci...»

«Ci pensa Penny. Prendi la giacca e via. Penny, ti spiace servire i dolci?»

«E cosa dico? Non posso arrivare di là e...»

«Cosa devi dire? Servi i dolci. Per loro è uguale, che l'halvà glielo porti tu o lei».

«E Leyla? Sei sicuro che la voglia fare, questa figura di sparire così?»

In effetti, Leyla non sembrava convinta. Disse che aveva preso un impegno, e voleva mantenerlo. Che erano stati tutti molto, molto gentili con lei, e che quel regista che c'era di là le aveva proposto di fare un provino per il ruolo di una Fenicia nelle *Fenicie*, la famosa tragedia di Euripide... Filippo Corelli doveva riscriverla ambientandola in un aeroporto durante un'azione di terrorismo... le Fenicie sono delle Hostess tenute in ostaggio dalla Teban Airlines e... più Leyla parlava, e più Mimmo le infilava il giaccone, la borsa al braccio, la sciarpa al collo.

«La cena l'hai preparata, e gliel'hai servita. Ci pensa Penelope a finire. Per loro è uguale. Andiamo».

Sia Leyla che Penelope conoscevano Mimmo abbastanza da sapere che non si sarebbe allontanato da quella linea di pensiero. Perciò, senza troppe discussioni, i due fidanzati scomparvero nella notte e lei guardò la distesa di dolci esotici appoggiati sul tavolo. Cosa doveva fare, aspettare che la chiamassero o cominciare a portare? E se invece avesse lanciato i lokum da dietro la porta, senza farsi vedere? *Sboeing! Sboeing! Sboeing!* Prese invece un vassoio di robini appiccicosi e zuccherati, e attraversò l'anticamera.

Quando si presentò sulla porta della sala, fece una certa sensazione, soprattutto presso quelli che non la conoscevano, e che potevano forse attribuirla a un gioco di prestigio di Filippo particolarmente ben riuscito. Ma non per Antonio, che la fissò con espressione indecifrabile. Siccome anche lei, casualmente, stava guardando lui, il tempo restò per un attimo impigliato fra le lancette, poi riprese a scorrere, su una risata di Filippo.

«Ehi! Che cosa ci fai tu qui?»

«Leyla si scusa molto, ma è dovuta tornare a casa... sono venuta io a chiamarla. Sua madre è rimasta chiusa fuori, e solo lei ha le chiavi... è corsa via... vi saluta e... e ha lasciato me a sostituirla».

Sorrise, conciliante. Ma non la passò liscia.

«Ah» protestò Filippo, «e non poteva darle a te, le chiavi?»

«Poteva, però sua mamma poi avrebbe dovuto aspettarla sveglia».

Anni prima Penelope aveva preso una decisione destinata a complicarle la vita, e cioè di non dire mai bugie che non avrebbe voluto vedere trasformate in verità. Per cui, per scusarsi di un ritardo, poteva inventarsi di essere andata a sbattere contro Sting, ma non di aver dovuto assistere un parente malato. E anche in questo caso doveva tenersi alla larga dai fin troppo ovvi: Leyla sta male, la sorellina di Leyla si è rotta un braccio, la mamma di Leyla ha avuto una visione e sta in bilico sul davanzale pronta a spiccare il volo per La Mecca.

«Non mi sembra un comportamento molto professionale. Almeno, poteva venire a salutare».

«Be', c'era il mio taxi che la aspettava, e così... »

«Insomma, è scappata... peccato...»

Mentre buona parte dei convitati protestava per la fuga di Leyla, Penelope li guardò con occhio critico. Se anche non erano scrittori, ne avevano tutta l'aria, e comunque sembravano gente inutile. In realtà, gli ospiti della serata appartenevano quasi tutti al mondo del teatro. C'era il regista Giorgio Boni, che aveva appunto proposto a Leyla il provino per le *Fenicie*. E poi altri due o tre attori, qualche organizzatore, c'era Marco, il direttore di scena dello Stabile, c'erano un paio di ragazze dell'ufficio stampa e c'era l'aiuto scenografo, un ragazzo biondo che Penelope aveva già visto da qualche parte. O lui, o qualcuno che gli assomigliava. Penelope servì dolci e caffè, e intanto riordinava la cucina. A un certo punto, guardando fuori vide che nevicava. Dovevano essersene accorti anche di là, perché poco dopo li sentì uscire schiamazzando: «Andiamo a vedere la neve!» Solo a quel punto Penny si rese conto che era molto tardi, che voleva tornare a casa, e che non c'erano più autobus. Le toccava prendere un taxi. Andò in cerca di un telefono, e siccome il più vicino era nello studio di Filippo, entrò nello studio di Filippo. Dove trovò il ragazzo biondo che le pareva di conoscere, occupato a esaminare l'ambiente nei dettagli, come avrebbe potuto fare l'esperto di una casa d'aste. Senza farsi vedere, Penelope scivolò via, e andò a cercarsi un altro telefono. Un attimo dopo era fuori, sotto fiocchi di neve grossi come Pringles. Sentiva rumori e risate nel buio, e le parve di vedere il giovane ospite curioso e Maria che correvano insieme dietro la magnolia. Mentre apriva il cancello, Antonio girava l'angolo della casa.

«Ciao! Io vado via!»

Lui si fermò accanto a lei senza dire niente. Tirò fuori qualcosa da una tasca, un rettangolo nero, una specie di scatoletta.

«Vuoi vedere la struttura di un fiocco di neve?»

Penelope annuì, e lo guardò afferrare con destrezza un pallino bianco e infilarlo sotto la lente del suo microscopio tascabile.

«Hanno sei punte... vedi?»

«No... si è sciolto...»

Sembravano anche loro molto prossimi a questo stato fisico, le teste vicine, i fiati ghiacciati e mescolati, gli occhi attenti, ma Antonio si raddrizzò bruscamente, e mise via il microscopio.

«E così tuo cugino è venuto a riprendersi la ragazza» le disse, in tono di nuovo perfettamente discorsivo.

«Come lo sai?»

«Li ho visti andare via, guardavo dalla finestra proprio in quel momento. Povera Leyla».

«Perché? Cosa credi, a lei va bene così. Sono insieme da un anno, ormai lo sa com'è fatto Mimmo».

«Giusto. Ma forse non le andrà bene sempre».

«E allora vedrà cosa fare».

«E se fosse troppo tardi?»

Penelope ci pensò su: «Se pensi che per lei sarebbe meglio fidanzarsi con te, dovresti dirglielo in fretta, perché con Mimmo hanno fissato le nozze per giugno».

Una volta tanto, Antonio restò del tutto allibito. Con un bel sorriso, Penelope chiuse la serata:

«Ciao ciao, buonanotte, scappo che c'è il taxi».

Lunedì 11 dicembre

La vita di un giovane uomo di grande successo è piena di imprevisti, e così dopo averle fatte un po' patire giovedì, per qualche giorno Filippo non si era più occupato delle sue belle collaboratrici domestiche. Infatti, proprio venerdì sera durante la cena a cura di Leyla, Filippo aveva conosciuto una matura signora bionda che faceva l'assessore alla cultura, e si era dedicato a lei con autentico ardore: ah, quant'era che non aveva una bella storia con una donna più vecchia, che ce la mette tutta, ma anche di più, per farsi perdonare i cuscinetti sui fianchi... dolce pacchia... E dolce Maria, che da qualche giorno stava quasi sempre alle prove, e non lo tormentava più con domande e sospetti.

Mentre lui passava gran parte del weekend nell'elegante studio dell'assessora, e trasformava petizioni contro l'inquinamento acustico in piume colorate e fiori di carta, le sue ignare vittime erano per fortuna troppo prese dalle faccende di Natale per macerarsi l'anima più di tanto. Sia Ginevra che Arianna avevano adottato la semplice ma efficace tecnica insegnata dall'immortale Rossella, ovvero 'Ci penserò domani', e quel domani sembrava arrivato: era lunedì, e tra poche ore avrebbero rivisto Filippo. Al momento, però, avevano altro per la testa.

Ginevra era in agenzia dalle otto e mezzo, e stava completando una sontuosa ghirlanda piena di noci dorate, palline rosse, fiocchetti dorati e rossi, scintillini assortiti e polverine iridescenti. Era per la porta di casa di una signora in carriera, e seguiva le precise indicazioni della committente: «Cara Ginevra, lei mi deve fare una ghirlanda *Abbagliante*» e si erano sentiti benissimo sia il corsivo che la maiuscola. Per entrare nello stato d'animo giusto, aveva messo nel videoregistratore lo *Schiaccianoci*, il balletto, versione Nureyev, e si sentiva bene e leggera come la Fata Fiocco di Neve. Stranamente, invece di pensare a Filippo, in quel momento pensava a Gabriele, che era scomparso nel nulla. No, in realtà non 'nel nulla'. Domenica, in un lampo di autolesionismo, l'aveva chiamato, e gli aveva lasciato un messaggio in segreteria. Un messaggio scontroso, tipo 'Ti telefono ma non vorrei e non metterti delle idee in testa'. Lui l'aveva richiamata, per dirle che era in tournée per tutta la settimana, sapere se per caso aveva capito di amarlo, e invitarla a raggiungerlo a Desenzano per una breve e indimenticabile vacanza. Ginevra gli aveva proposto di scordarsi tutta quanta la faccenda e aveva riattaccato. Ci mancava altro che raggiungerlo a Desenzano. Ormai aveva capito che non rispondeva di se stessa fisicamente, in sua presenza. Era innamorata di un altro, ma il suo corpo ancora non l'aveva capito bene. E per farglielo capire, non c'era che un sistema: fare al più presto l'amore con Filippo. A quel punto, Gabriele sarebbe stato spazzato via dal suo sistema nervoso come un mucchietto di briciole avvizzite. L'immagine le piaceva: briciole avvizzite. Con un sorriso soddisfatto, piantò un'altra melina dorata nella ghirlanda, che ormai sembrava un'insegna di Las Vegas. Accanto a lei, Arianna aspettava che una torta verde finisse di cuocere in forno. Doveva portarla a casa Bardolini, insieme a una crostata di mirtilli, una teglia di pollo al limone e una insalata di arance e finocchi alla palermitana. La signora Bardolini aveva invitato a colazione i suoceri, ma aveva annunciato ad Arianna per telefono: «Non ho voglia di muovere un dito. No, neanche di ordinare. Faccia lei, per carità».

«Speriamo bene... volevo fargli gli involtini di prosciutto, un tipico piatto da suoceri, sennonché ho pensato che poi magari sono musulmani...»

«Arianna, ti pare possibile che i suoceri della Bardolini siano musulmani? Il nome stesso te lo dice: si chiama appunto 'Bardolini'».

«E allora? Potrebbero essere convertiti. Ti ricordi quella professoressa buddhista che ha gettato tutta la mia anatra all'arancia nel tritarifiuti perché non mangiava roba arancione? Mi spiace, ormai io non mi fido più».

Intanto era arrivata anche Penelope, che fece un succinto resoconto degli avvenimenti di venerdì sera e si informò su come le sue socie e amiche avessero passato il weekend.

«A comprare regali...» Arianna sospirò. «Non so cosa prendere a Nicola... che dite, uno smoking di Armani? Così ce l'ha già per la notte degli Oscar, ah ah».

«Non dire 'ah ah'» protestò Penelope. «Un giorno lui avrà l'Oscar, e noi andremo a Hollywood a conoscere Benicio Del Toro. Però mi pare di avergli sentito dire che vorrebbe dei pantaloni di pelle di Versace... dice che sono un capo obbligatorio per gli sceneggiatori di successo».

«Veramente? E quando l'ha detto?»

«Un giorno che era qui».

«Meno male che ci sei tu, che lo stai a sentire».

«Anche io ieri ho comprato regali. Per mia cugina Giada ho preso un top pitonato che è uno sballo».

Ginevra posò il fiocco rosso che stava attaccando alla ghirlanda, e fissò perplessa la sua giovane amica.

«Ma quanti anni ha?»

«Undici. Ma sta già mettendo le tette. E tu che hai fatto, Ginevra?»

«Regali anch'io, e poi ho passato metà domenica a cercare Martino».

«Tuo fratello?» chiese Arianna, elettrizzata: Martino le era sempre piaciuto. «E dove lo cercavi?»

«Qui. È stato visto in giro, ma non ha chiamato né me né Morgana, e a casa sua non risponde nes...»

Ginevra si interruppe perché Penelope era saltata su con un gridolino: «Ecco chi era!»

«Chi?»

«Tuo fratello! Lo sapevo che l'avevo già visto da qualche parte. Venerdì sera, a Villa Verbena, c'era tuo fratello Martino. Credo che faccia qualcosa nello spettacolo di Maria. Non ho capito cosa, però».

«Martino? Allora è davvero qui. E lo sa che noi lavoriamo lì?»

«Non lo so, Ginevra. Non ci siamo parlati. Io sono entrata nello studio di Filippo per telefonare, e lui era lì che si guardava intorno. Sono uscita subito senza farmi vedere».

«Si guardava intorno? In che senso?»

Penelope rifletté, in cerca di un paragone. E poi ne trovò uno, semplice ed efficace.

«Come un ladro».

Ginevra si punse con il pungitopo. Eccolo lì. Suo fratello era tornato, e si guardava attorno come un ladro a casa dell'uomo per cui lei lavorava, e che avrebbe eventualmente sposato. Non si faceva illusioni: se non si era fatto vivo né con lei né con Morgana, era di sicuro perché stava progettando qualche impresa ai margini della legalità. E Ginevra non provava neanche a immaginare l'intensa serie di reati che Martino poteva commettere in casa di Filippo Corelli, dal semplice furto all'occultamento di grandi bustoni di droghe assortite. Come poteva impedire che i cigolanti cancelli del carcere si richiudessero su suo fratello, e gettassero la loro ombra sinistra su tutto il resto della famiglia, fin laggiù nelle remote isole Turks and Caicos?

Per motivi misteriosi, noti soltanto a lei e forse al suo psicanalista, la moglie del vicesindaco aveva deciso di festeggiare i vent'anni di matrimonio organizzando un tête-a-tête settecentesco per lei e il marito, ma ritenendosi giustamente inadeguata al compito aveva chiamato le Fate Veloci, che nella persona di Arianna e Ginevra a mezzogiorno si presentarono a casa sua, armate del necessario: mentre Arianna cuoceva un cosciotto di agnello nel forno e batteva foglie di menta col pestello, Ginevra creava in salotto la giusta atmosfera, spargendo candelabri argentati, cristalli, lino, coppette d'acqua e petali di rose, e altri accessori d'epoca. Chi non risultava tanto d'epoca era la signora, una quarantenne secca come un chiodo, con il naso lungo e un piglio molto ventunesimo secolo.

«Cosa pensa di mettersi, stasera?» le chiese Ginevra, osservando con occhio più che critico la tuta di acetato che al momento ricopriva la signora.

«Mmm... un costume...»

«Ah, benissimo. Me lo fa vedere?»

«No no, scusi sa, ma è una cosa privata».

«Era per gli accessori... le ho portato una borsa di particolari settecenteschi e...»

«Quali particolari settecenteschi?»

«Nei, ventagli, calze di seta color carnicino...»

«Color cosa?»

«Carnicino... una specie di rosa tenue... tra pesca e cipria... di che colore è il vestito?»

«Mmm... è un vestito da pastorella porno».

La vicesindachessa era leggermente arrossita, ma mica poi tanto. Rivelò a Ginevra che contava di prendere di sorpresa il marito, e costringerlo a esibirsi in quell'atto così caro alle mogli, e da troppo tempo trascurato dal coniuge.

«E come mai proprio il Settecento?» sussurrò Ginevra mentre provava alla signora un collarino di velluto nero.

«Perché la prima volta che ci ha provato con me stavamo guardando *Barry Lindon*, sa, il film, e da allora tutte le volte che l'abbiamo fatto voleva che gli parlassi in settecentese».

«Cioè?»

«Be', tipo 'Vi prego, visconte, non osiate! Non fate così, per carità, sento giungere la mia governante! Ah... no... lasciate stare il mio...'»

«Ho capito, ho capito. E funzionava».

«Altroché. Ma da quando è vicesindaco, rilutta un po'. E allora...»

«Mmmm... vestita così dovrebbe farcela, direi. Spinga un po' più su questo...»

Intanto, in cucina, Arianna aveva sistemato in frigo un trionfo di bignè molto rococò, e stava rivoltando il cosciotto, quando suonò il suo cellulare.

«Sì?»

«Sono solo» sussurrò Filippo, «e tu?»

«Ciao... io sto lavorando...»

«Ce la fai a essere qui in mezz'ora?»

«Oh no... impossibile... ne ho almeno ancora per un'ora... E comunque perché dovrei venire? Giovedì sei stato odioso, e poi non ti sei più fatto vedere».

«Ho avuto un weekend da incubo... sempre lavoro... un regista... cose di teatro... ma tu non devi venire, se non vuoi. Vieni solo se vuoi essere felice».

È difficile dire di no a un invito formulato in questi termini...

«Non è che non voglio... è che proprio non ce la faccio...»

«E per le tre? Puoi?»

«Sì, assolutamente sì...»

«Bene. Allora ti aspetto alle tre».

Per fortuna, la camera da letto in cui Ginevra stava dando gli ultimi tocchi all'abito da pastorella era lontanissima dalla cucina. Così, nessuno sentì l'altrui cellulare suonare, e tantomeno le conseguenti conversazioni.

«Pronto...» disse Ginevra, cinque minuti dopo che Arianna aveva riattaccato.

«Ciao... sono Filippo... senti... avresti tempo di venire su un attimo? Vorrei che tu mi parlassi ancora di rose... di rose bianche, profumate e delicate... di rose rampicanti, rose velenose e rose misteriose... vuoi parlare di rose con me, Ginevra?»

«Non lo so... non so neanche se voglio vederti...»

«Sì che vuoi vedermi. Adesso che sono solo, tranquillo e finalmente deciso».

Ah... finalmente deciso... Ginevra inspirò per non sputare il cuore sullo scendiletto della vicesindachessa.

«Vedremo... Fra mezz'ora sono da te. Va bene?»

«Va molto bene».

Seduti su una panchina in piazza Carignano, Maria e Martino mangiavano un gelato, appena meno freddo dell'aria circostante. Martino Montani, perché proprio di lui si trattava, era un giovane delinquente senza scrupoli, che aveva già commesso qualunque tipo di reato tranne quelli che comportano danno alla persona, a parte picchiare duro dei poliziotti in Thailandia. Ignaro di qualunque forma di sentimento, aveva stuzzicato ed esasperato innamorati di ogni sesso e di ogni età, concedendosi però solo alle femmine perché con gli uomini proprio non riusciva ad andare, nonostante ci avesse provato quando le circostanze lo avevano richiesto. Adesso imboccava Maria di zabaione e caffè presi da una coppetta di Pepino, e la guardava con incantevole e fasulla tenerezza.

«Non hai freddo?»

«No... ho solo paura che qualcuno ci veda».

«E allora? Ti sto imboccando un gelato. Un normale rapporto tra assistente scenografo e prima attrice».

«Dici?»

«Yes, Nora».

«Che dobbiamo fare, Martino?»

«Niente. A meno che tu non voglia baciarmi».

«No, scemo, non adesso, dicevo in generale. Io, guarda, mi sento come un cardellino preso in mezzo tra due schiacciasassi».

«Anche meno, eh?»

«Ah... tu non capisci. Vedi, io proprio non ci pensavo a farmi un'altra storia seria, voglio dire, sono neanche quattro mesi che ho piantato mio marito, eravamo sposati da un mese quando ho mollato lui per Filippo, insomma, uno potrebbe credere che sono veramente psicolabile, e invece il mio è un percorso di ricerca, e si vede che alla fine dovevo proprio arrivare a te».

«Io non esagererei. Vedimi come una sosta ai bordi della strada».

«Mi vuoi già scaricare».

«Oh no... non ancora... no, no, proprio non ci penso neanche».

«E quand'è che mi vorrai scaricare?»

«Vedremo... quando mi sarò stufato... apri la bocca, bella Belinda...»

«Aaahhh».

Maria apriva la bocca, adorante. Nessuno mai l'aveva trattata così. Neanche Filippo, che bene o male se l'era presa a vivere con lui senza fare resistenza quando lei si era presentata alla porta di casa sua con una valigia piena di scarpe e la notizia: «Ho lasciato Stefano». Martino probabilmente mi avrebbe rimandata indietro, pensò Maria, con inspiegabile soddisfazione.

Lui intanto la guardava, chiedendosi quali vantaggi immediati o dilazionabili poteva trarre da quella relazione, prima che la noia lo costringesse a liberarsene. Martino era tornato a casa, se così si può dire, perché la regista francese con cui aveva vissuto i sei mesi precedenti lo aveva trovato a letto con la sorella minore, e contemporaneamente non aveva più trovato un pendente di zaffiro, che infatti Martino aveva venduto la settimana prima, depositando il ricavato sul discreto conto che stava accumulando in una piccola banca del Canton Ticino. Invece di denunciarlo, la saggia signora gli aveva procurato quel posto di assistente scenografo, per pura antipatia nei confronti di Salvo Robusti. Era abbastanza sicura che Martino avrebbe combinato qualche bel guaio anche lì. E lui aveva tutte le intenzioni di provarci. Dopo averle rifilato l'ultima cucchiaiata di zabaione, chiese a Maria: «Senti un po', che mi dici del nuovo romanzo del tuo fidanzato?»

«Perché me lo chiedi?»

«Perché sono un giovane uomo colto e curioso, e ho molto apprezzato gli altri tre».

«Sì eh? Be', io *Gardenia* l'ho letto, ma gli altri due, proprio...»

«E si farà un film, da *Gardenia*? Sarai tu la protagonista?»

«Voglio sperare... sono la fidanzata dell'autore, e in più ho avuto una storia con il capo della Miramax!»

«Ma va'? E quando?»

«Subito prima di sposarmi».

Martino le posò un fuggevole bacio sul naso.

«Queste sono le ragazze che mi piacciono. Industriose. Ma dimmi un po', dov'è che lo scrive, questo romanzo? Sul computer, o è un tipo da cari vecchi quaderni?»

Alle due e mezzo, mentre Ginevra si stiracchiava tra piumone e lenzuolo, e tirava piano una ciocca di capelli color miele appartenenti a Filippo, lui le bisbigliò fra le labbra: «È ora di andare, tesorino...»

«Mi butti fuori?»

«Sì... sta per arrivare Maria, e tra poco tornerà anche Antonio».

«Be'... non c'è bisogno che vada via. Basta che assuma le mie vesti professionali».

«Ah, le tue vesti professionali... sono flebili e friabili come i veli di Salomè, mia cara... no, non mi fiderei delle tue vesti professionali. Sai, Maria è una donna dotata di grande intuito».

Ginevra non rispose. La sapeva troppo lunga per fare commenti acidi sulla fidanzata del suo amante. Senza una parola, si rimise slip e reggiseno, e Filippo osservò con interesse la leggera stizzosità dei suoi gesti.

«Qualcosa non la soddisfa, signorina?»

«Non sono signorina. Sono vedova».

«Vedova?»

Lo disse con un certo brio. Era una acquisizione: infatti non gli risultavano vedove, nel suo curriculum. Una bigama sì, ma vedove niente.

«Ehi. Sei la mia prima vedova».

«Mi devo sentire lusingata?»

«Non so. Forse è un segno del destino».

'Ah' pensò Ginevra, 'crede ai segni del destino... quindi è fatta... me lo sposerò. Inutile insistere adesso: sarà una lunga battaglia, e per vincere dovrò impegnarmi'. Mentre si vestiva, rammentò a Filippo che non avevano parlato delle rose...

«Quale hai poi scelto per fare l'ibrido con la cicuta?»

Se mai un uomo si era dimenticato di un trucco per sedurre, quello era Filippo. Tutto in lui chiedeva: quale ibrido? Che cicuta? Ma si riprese con notevole successo: «Ancora nessuna... perché vedi, tutto sommato quella della rosa velenosa non era una grande idea. Non so... per adesso sono ancora in una fase molto nebulosa... Sto studiando qualcosa di blu...»

«Non esistono rose blu».

«Nella vita. Nella banale e prevedibile botanica dell'esistente.

Ma io, nel mio romanzo, posso mettere rose di ogni colore, d'ogni forma e d'ogni età».

«Uff. Hai già cominciato a scrivere?»

«Mmm... sì. Una cinquantina di pagine».

«Be', non sono poche... E come mai hai deciso di ambientarlo qui, questo libro?»

Filippo allargò le braccia, sconsolato.

«Non lo so. Non è una decisione che ho preso. È una decisione che ha preso me...»

«Ma quando...»

«Alt. Ferma. Zitta. Sono due anni che le giornaliste vengono a intervistarmi sperando di finire nel mio letto. Tu nel mio letto ci sei appena stata. Anzi, sarebbe ora di allontanartene».

Sollecitata e spinta con una certa fermezza, Ginevra si ritrovò sulla porta di casa. Mentre la salutava, Filippo le consegnò un minuscolo pacchetto.

«Aprilo stasera a casa. Devi essere sola. E ricordati bene: non c'è nessuno sbaglio».

Mentre la guardava andare via dalla finestra, Filippo sospirò leggermente. Un'altra delusione. Carina, volonterosa, ma non eccelsa. Non memorabile. Questa elegante mediocrità lo aveva messo leggermente di malumore, e adesso non aveva più voglia dell'altra. Basta. Basta collaboratrici domestiche. Che noiose. Si era tanto divertito con l'assessora. Si sarebbe cercato, non so, una sovrintendente. Prese il cellulare e mandò un S.O.S. ad Antonio. Come risultato, Arianna ebbe solo qualche bacio prima che il segretario tornasse rumorosamente a casa.

«E così» raccontò Arianna a Daniela, tenendo il cordless con una mano mentre con l'altra decorava una torta, «non è di nuovo successo niente. Cioè, niente proprio no, ma insomma... poco».

«Meglio. Così ti diverti ma non vai in paranoia con i sensi di colpa».

«Balle. Ogni volta che guardo Nicola mi sento un verme, per fortuna che ogni volta che lo guardo lui sta dicendo una stupidaggine e così mi sento meglio».

«Ah, be'».

«E poi, è successo questo, che mentre uscivo lui mi ha dato un pacchetto, dicendo che devo aprirlo stasera, da sola. E che non devo assolutamente pensare che sia uno sbaglio perché non lo è. Cosa sarà?»

«Un anello di fidanzamento, un preservativo, un bacio Perugina, un...»

«Prima di stasera, sarò impazzita dalla curiosità».

«E aprile adesso, no?»

«No. Secondo me è una prova. Tipo che è una bombina a orologeria che se la apro prima di stasera esplode, e se la apro stasera sboccia e dentro c'è una scritta che dice: 'ti amo'».

«Non per dire, ma sembra una sceneggiatura di tuo marito...»

Arianna riattaccò, offesa.

«Questa è bella...» disse Filippo, indicando una Jacqueline Du Pré ampia e quasi sfatta, a pagina 27 del libro sulle rose che Ginevra teneva aperto per loro.

«Sì, ma triste. Non è un nome fortunato...» obiettò Antonio. Ginevra non sapeva perché, ma non voleva sembrare ignorante, perciò si limitò a guardare Filippo, sperando che dicesse qualcosa tipo 'Ah, sì... è vero... la povera Jacqueline si è strangolata con la sciarpa uscendo dall'opera di Leningrado' ma Filippo, con sguardo sognante, stava giocando con una clip, e senza neanche rendersene conto l'aveva piegata a cuore. Segni, pensò Ginevra, segni.

Tornando a Villa Verbena per la visita ufficiale delle 18.30, aveva avuto la sorpresa di trovare nuovamente in primo piano l'argomento rose. Filippo e Antonio erano nello studio circondati da libri sulle medesime, sempre in cerca di una rosa bianca, che potesse crescere lungo i muri di una villa... una villa che da questa rosa prendeva il nome... una villa misteriosa, in cui viveva un accordatore di pianoforti...

«E poi?» chiese Ginevra, già catturata dalla storia.

«E poi non so» rispose Filippo scontroso, «non è che le idee mi vengono a grappoli tutte le mattine, come uova. Per adesso siamo fermi a questo accordatore di pianoforti...»

«E infatti» disse Antonio, continuando a sfogliare il libro, «la rosa che abbiamo in mente dovrebbe avere petali un po' liquidi e staccati, come le note di un Notturno di Chopin suonato da Arturo Benedetti Michelangeli».

Ginevra non aveva mai sentito un Notturno di Chopin in vita sua, e sapeva chi era Arturo Benedetti Michelangeli solo perché sua zia Lucia lo venerava ed esibiva in salotto il suo autografo in cornice d'argento. Ma in fatto di rose non si lasciava intimidire da nessuno.

«Allora vi consiglio la Paul's Himalayan Musk: è una straordinaria arrampicatrice su muri di vecchie ville... e ha dei fiori molto musicali».

Filippo parve convinto. «Perfetto. Allora è lei. E chi sarebbe, questo Paul?»

Ma non era destino che venisse a saperlo, perché Antonio scosse la testa: «No... non possiamo chiamare una casa 'Himalayan Musk'. Ed è essenziale che la villa si chiami come la rosa».

Filippo sbuffò senza protestare, e Ginevra guardò sospettosa il segretario. Ah... così stavano le cose. Il meraviglioso e appassionante talento di Filippo veniva disciplinato con pugno di ferro dal tormentato segretario innamorato di lui. Ah, ma appena Filippo e io saremo sposati...

Intanto il tormentato segretario, che appariva peraltro piuttosto di buon umore, aveva scartato la Dainty Maid perché non era un nome adatto a una villa, e la Amelia perché era adatta ma troppo gozzaniana. E la Cosmos? Ginevra storse le labbra.

«La Cosmos? È molto banale. Sembra una rosa rossa tinta di bianco».

«Mmm. E poi non mi piace il nome».

«Allora escludiamo anche la Schneeflocke, che è tanto carina...»

«Sì. La Nevada?» chiese Filippo, indicando una rosa ibrida a grandi fiori.

«Bellissima» disse Ginevra, «per me, è una delle rose bianche più affascinanti. Ma si può chiamare una villa misteriosa Nevada»?

«Perché no? Nevada Palace. Sta benissimo». Filippo aveva tirato fuori di tasca tre palline, e le rigirava fra le dita. Per un attimo, Ginevra ebbe l'impressione che si fossero trasformate in pipistrelli.

«Allora il nuovo romanzo trasferiscilo a Las Vegas, Filippo» commentò l'acido disciplinatore.

«Uffa... a me Nevada piace. Villa Nevada. Residenza Nevada... non bisogna mica essere per sempre convenzionali! Voi volete nomi tipo Villa Fiorita... e invece, non so, pensate a Villa Scipione l'Africano! Villa De Profundis! Villa...»

«Va bene...» Antonio ridacchiava. «Nevada, allora... però...»

Si chinò sulle rose, sfogliò ancora un po', e poi ne puntò una candida e perfetta: «Moonlight. Che ne dici? Villa Moonlight. Villa Chiaro di Luna».

«Moonlight Nevada? O Moonlight Rosa? O Moonlight Blu? Esiste, una Moonlight blu?» Filippo lanciò in aria le sue tre palline che, appena iniziarono a roteare, cambiarono vorticosamente colore.

«No» lo informò Ginevra.

Filippo alzò le spalle. «Dopo il mio romanzo, i vivaisti si danneranno l'anima per crearla».

Continuarono a sfogliare e discutere, mentre Penelope andava avanti e indietro carica di scope, stracci, barattoli, vasi, oggetti assortiti che puliva o che servivano per pulire, e cose stirate, e altre cose da stirare, a volte seguita da Flora che saltellava senza costrutto, oppure si piazzava immobile all'angolo di una parete e giocava al fermaporte. Maria era chiusa in camera sua al telefono con Laura, la giornalista di costume della *Repubblica*. Ginevra aspettava di vederla scendere per chiederle notizie di Martino. Preferiva non parlarne con Filippo, avendo la precisa sensazione che suo fratello si fosse introdotto in quella casa sotto falso nome. Se no, ragionava, se si fosse presentato come Martino Montani, qualcuno avrebbe fatto il collegamento. Magari però ha detto solo Martino. Magari ha detto Martyn Mystère. Magari...

«Tuo fratello?»

Maria fissava Ginevra con gli occhi sbarrati. È vero, la gatta-morta gli assomigliava. In brutto, in scialbo, in antipatico, ma gli assomigliava.

«Si chiama Montani sì o no?»

«Sì... perché, tu anche?»

«Io anche, sì. Non l'avevi capito?»

Maria alzò le spalle. Sì che sto a sentire i cognomi di quelle che ci puliscono in casa, io. «E... e non sapevi che era qui?»

«No. Sai, Martino si è sempre fatto molto i fatti suoi. Va e viene. Negli ultimi nove anni, l'avrò visto sei volte. Senti, per favore, digli se mi chiama, va bene? Spero che abbia ancora il mio numero, se no, guarda, te lo scrivo».

Ginevra scarabocchiò un pezzetto di carta e lo mise in mano a Maria. Non le piaceva avere a che fare con lei. Non è mai gradevole parlare del più e del meno con una ragazza se due ore prima eri a letto col suo fidanzato.

Che fortuna, Nicola non tornava a casa, quella sera: andava a cena con il suo capo, Gianni, e altra gente della Proposte, per festeggiare il compleanno della telefonista che piangeva sempre. Arianna la trovò un'iniziativa molto lodevole, ma evitò di unirsi al gruppo. «Lo sai che non mi piace il sushi» disse al marito che insisteva. E iniziò una stuzzicante attesa. Preparare a Giacomino gli zucchini con le sottilette. E le uova strapazzate. E la frutta tagliata a pezzetti piccoli, disposti con cura nel piatto: un cerchio di spicchi di mela, con dentro un cerchietto di spicchi di mandarino, con dentro un centro di banane a rondelle. Mangiato tutto? Bravo. Mezz'ora di cartoni, una cassetta di Natale perché ormai è ora: ecco Cip e Ciop che vanno a vivere nell'albero di Natale di Paperino. Beati loro! Poi il pigiamino, il letto, la storia. Che storia? Una storia della mamma, molto diversa da quelle di papà. Qui, invece di Vincent Vega e Marcellus Wallace, si incontrano Matteo Coniglio e Jack Volpone. Baci, coccole, buonanotte, bicchier d'acqua, buonanotte, buio. Aspettiamo ancora un quarto d'ora per sicurezza... ecco. Allora, e soltanto allora,

Arianna aprì con dita emozionatissime il pacchetto di Filippo. Che conteneva una mollettina di tartaruga e un bigliettino: «Apri la tua mente». Una molletta? Arianna si sfiorò i corti capelli ricci. Non ho mai portato mollette. Eppure questa l'ho già vista... Guardando bene la mollettina, a forma di fiocchetto, ricordò anche a chi apparteneva.

Ginevra il suo pacchettino lo aprì al cinema, al buio, durante *Dancer in the dark*. Aveva pensato di aspettare finché non fosse stata a casa, ma il film non le piaceva, e così d'impulso ficcò le mani nella borsetta e armeggiò finché non riuscì ad aprire la scatola. «Sta ferma...» le sussurrò Elena. Era uscita con lei e Aldo, in riluna di rimiele, più Daniela, il suo attuale fidanzato e un certo Fabio, un collega di Aldo che Elena aveva invitato apposta per lei.

«Comincia anche lui per F» le aveva detto al telefono.

Peccato, aveva pensato Ginevra, che ormai a me quelli che cominciano per F non interessano più. Io oggi pomeriggio ho trovato l'amore della mia vita. Magari non saranno stati fuochi d'artificio subito la prima volta, ma eravamo così emozionati... così incantati... non è stata una cosa di sesso, tipo animali, come sarebbe con certa gente... Scuotendosi dal pensiero di certa gente, toccò il contenuto della scatoletta: c'era un bugnone che al tatto sembrava un orecchino. Sollevandolo verso lo schermo proprio mentre Bjork ballava sul treno, vide che era proprio un orecchino, e che lo conosceva bene: lo aveva regalato lei ad Arianna due Natali prima.

Più o meno alla stessa ora, Antonio e Filippo uscivano da una brutta villa anni Trenta, dove avevano trascorso una noiosissima serata insieme ad alcuni intellettuali locali. Si era parlato per due ore buone di formaggi in via di estinzione, aceti pericolanti, formati di lenticchie ormai irreperibili sul mercato, e pur fingendo educatamente di partecipare al cordoglio generale, avevano male alle mascelle a furia di reprimere gli sbadigli. Non erano certo due uomini perfetti, ma va ascritto a merito di entrambi un radicato e sistematico disinteresse teorico nei confronti del cibo. Dopo aver insultato con una certa fantasia tutti i vari Giorgín, Carlín e Giuanín della serata, Filippo raccontò ad Antonio il singolare omaggio consegnato nel pomeriggio alle due Fate Veloci.

«L'idea era di suggerire una cosina a tre. Credi che capiranno?»

«Solo se hanno già una buona esperienza nel campo».

«Mah... non sembrerebbe. Una però è vedova... le vedove dovrebbero essere esperte. E scaltre. Tu lo sapevi, che Ginevra è vedova?»

«Sì. Il marito era un bel ragazzo ricco e, mi pare di aver capito, idiota».

«Ah, ecco perché...»

«... si è innamorata di te. Infatti».

«Attento. Se fai il furbo, mi prendo anche la tua».

«La mia cosa?»

«E dai... allora, te la sei fatta o no?»

«A differenza di te, io non seduco il personale domestico».

«Ma come? Ti ho lasciato la migliore, e tu non ne approfitti? Dovrò occuparmene io, allora».

«Provaci».

Com'era l'intonazione? Assolutoria o provocatoria? Filippo intuì che non era il caso di insistere sull'argomento. Avrebbe dovuto muoversi a tentoni.

Giovedì 14 dicembre

Peccato, l'ardito suggerimento di Filippo andò del tutto perduto per quelle due anime semplici. Arianna e Ginevra non immaginarono neanche vagamente eleganti combinazioni a tre fra le lenzuola, e il martedì mattina si erano ritrovate in agenzia perplesse e offese.

«Eccoti la tua molletta» aveva ringhiato Arianna, piantandola in mano a Ginevra.

«Ah... sì... io devo avere da qualche parte un tuo orecchino...» aveva strascicato Ginevra. «Secondo me, ci prende in giro».

«Ma va'?» Arianna si sentiva acida.

«Tu ci sei già andata proprio, con lui?» aveva chiesto Ginevra, fingendo di sfogliare un catalogo di sementi.

«Sesso, vuoi dire? Mmm... e tu?»

«Io? Be'...» Ginevra sospirò.

A quel punto, nessuna delle due sapeva se l'altra ci era andata, e non era neanche più possibile, in base alle leggi della discrezione, indagare oltre.

Nel dubbio, avevano deciso che Filippo andava punito, e per un paio di giorni si erano presentate a Villa Verbena ammantate di una indifferente freddezza che sconfinava con la fredda indifferenza. L'effetto fu un pochino rovinato dal fatto che Filippo non si fece mai vedere, se non in brevissime comparse del tutto innocenti, stile 'Potresti per caso farmi un caffè?' Sembrava che l'orologio del tempo si fosse riavvolto come una videocassetta fino ai primi giorni della sua permanenza in città. Il vero guaio, però, era che sia Arianna che Ginevra baravano. Con la bella testardaggine che distingue le ragazze, ciascuna delle due aveva privatamente stabilito che non era affatto detta l'ultima parola.

Ginevra era convinta che solo un percorso accidentatissimo le avrebbe permesso di raggiungere la felicità senza sentirsi in colpa per aver dimenticato Fabrizio. C'è da dire che era andata a scuola dalle suore fino a quattordici anni, e non erano suore di quelle che cantavano con la chitarra e facevano i dischi. Erano suore che attaccavano in aula quadretti in cui la parola 'Mortificazione' era ricamata tra le viole. Il concetto base instillato nell'attiva coscienza di Ginevra era pressappoco questo: ogni piacere lo pagherai con due dispiaceri, ogni gioia con due dolori, un giorno bello non è mai gratis, se sei felice attenta perché di sicuro non te lo meriti e comunque c'è qualcun altro che è infelice e perché lui e non tu e quindi insomma, mettila come vuoi, la pagherai. Quindi, questo errabondare tra sesso e tormento le sembrava la strada logica per giungere al bene supremo: finire su 'Scoop' accanto a Filippo, con la didascalia «Lo scrittore che seduce ha trovato il vero amore».

In quanto ad Arianna, lei era semplicemente ostinata. Aveva deciso di tradire Nicola con Filippo Corelli e lo avrebbe fatto, punto e basta. Finora aveva avuto solo baci, qualche carezza spinta e giochi di prestigio, e non avrebbe mollato finché la faccenda non fosse giunta a conclusione, se no poi le sarebbe toccato ricominciare con un altro, e tutto il lavoro fatto fino a quel momento sarebbe stato vano. Il batticuore, la paura, le mezze bugie, il senso di colpa, tutto per niente? No, eh? Non aveva tempo da perdere, lei. Fra un anno il monolocale a San Sicario, fra due il secondo figlio, fra tre la casa in campagna, e poi una vacanza di due mesi negli USA e poi chissà, non c'erano limiti, magari un bel divorzio appena Giacomino fosse stato un po' più grande, e un secondo matrimonio a quarantatré anni con un ricchissimo imprenditore del Nordovest o anche del Nordest, lei non stava a guardare i punti cardinali.

Perciò giovedì mattina inaugurò una minigonna pitonata e uscì di casa con straordinario slancio, tirandosi dietro Gimmi sotto una nevicata leggera. Era la giornata giusta per ripartire alla grande: Maria era via per tutto il resto della settimana, avrebbe approfittato di qualche giorno di pausa nelle prove per andare a trovare sua mamma in un remoto paesino del Friuli.

«La maestra Anna ha detto che dobbiamo stare attenti ai draghi!» la informò Giacomino salendo in macchina.

«Ai draghi?»

«Sì sì. L'ha detto la maestra Anna. Ha detto che non ci dobbiamo pungere coi draghi».

Arianna ammise che era una buona indicazione, ma che Giacomo non doveva preoccuparsi, draghi in giro non ce n'erano più.

«Sono scomparsi nel medioevo» affermò rassicurante.

Gimmi scoppiò a ridere con scherno: «Ma mamma! Non sai niente! I draghi stanno ai giardinetti e ti pungono e tu dopo muori, muori e muori!»

«Ah... forse vuoi dire i drogati, Gimmi?»

«I draghati!»

L'ineffabile maestra Anna aspettava i bambini sulla porta della classe. Chissà che gli racconterà oggi, pensò Arianna dando un bacio a suo figlio, e reprimendo l'atavico impulso di fargli un segno della croce.

Ginevra entrava sempre in crisi quando le suonava il cellulare mentre andava in bicicletta. Perché il cellulare era sepolto in fondo allo zaino, lo zaino era sulla schiena, e c'erano sempre dei binari del tram in agguato, e comunque fermarsi in bici è un'attività delicata, richiede il suo tempo, bisogna piantare bene le gambe per terra, e così, quando finalmente prendi il telefono, non suona più, e invece suonano gli automobilisti, e ti urlano. Ma quel giovedì mattina il telefono aspettò con pazienza, e continuò a suonare finché lei non disse, ansante e un po' irosa:

«Pronto!»

«La senti questa voce?»

«Martino?»

«Proprio io! Il fratel prodigo! Senti qua, ho poco tempo, perciò ascoltami bene».

«Dove sei?»

«In un autogrill vicino a Padova. Ho tempo solo finché Maria è in bagno».

«Maria? Maria Magenta?»

«Sìì... non ripetere cose ovvie. Senti, tu ce l'hai una chiave della villa?»

«Che villa?»

«La villa di Corelli! Per favore, Gin, metti in funzione il cervello. C'è da fare un bel business, e ce n'è anche per te. Allora, le hai le chiavi?»

«Sì, ma...»

«Okay... allora fai fare una... Ehi Maria, sono qui... una fotocopia del contratto all'assessore comunale e poi mandamelo via e-mail... sì... sì... avverti tu il ragioniere, certo, ti richiamo più tardi... grazie mille, e saluta tanto tua moglie».

Ginevra fissò per un attimo il telefonino muto. La cosa migliore da fare dopo una telefonata del genere era dimenticarla, cancellarla, fare come se non fosse mai avvenuta. Si riimmise nel traffico del centro, sentendosi leggermente più vecchia di cinque minuti prima.

Intanto, a Villa Verbena, Filippo aspettava Penelope, nella cucina ancora buia, illuminata dall'abat-jour che stava sulla credenza. Una luce fioca che lo rendeva simile a un angelo, con il maglione blu sul pigiama, e gli occhi scintillanti di aspettativa. Aveva deciso di mettere in pratica la sua minaccia, e provarci con la bella Penelope, anche perché le altre due cretine non avevano dato il minimo segno di disponibilità a un erotismo meno egoista, e anzi, arrivavano al lavoro con aria ingrugnita da mogli tradite. In più, Maria era in Friuli, e sarebbe stato delittuoso sprecare un solo minuto di quei giorni benedetti. Lavorare andava bene, lui al computer ci passava le tre ore al giorno prescritte da Antonio, e andava anche in giro per la città, conosceva gente, provava i locali, visitava i musei, si aggirava nei quartieri a rischio, però aveva anche bisogno di divertirsi un po', e c'era un'unica attività che lo divertisse veramente: far innamorare le ragazze. Portarle a letto, spogliarle e tutto il resto era bellissimo ma secondario. Il brivido era capire che gli avrebbero detto di sì, subito, comunque e a qualsiasi costo. E Penelope sembrava molto restia ad arrivare a questo punto. Ci avrebbe messo un po' di più. Forse davvero a lei piaceva un po' Antonio. Filippo sorrise fra sé, pensando a com'era stato facile perfino con una che con Antonio era sposata. Monica... che faccia aveva fatto Antonio quando l'aveva trovata sotto la doccia. Ah, che ridere. Lei così nuda, così bagnata, così colpevole. Filippo a letto, che rideva. Antonio che era uscito senza dire una parola. In meno di due ore aveva impacchettato tutta la roba di Monica e l'aveva fatta portare a casa di Filippo da un furgone. Tutto scaricato sul pianerottolo: valigie, libri, quadri, scarpe, cassetti, bicchieri. Una selva di oggetti e pacchi e contenitori. La serratura di casa loro cambiata. Monica che implorava, piangeva e supplicava dietro la porta chiusa. Antonio che, mentre Monica piangeva, implorava e supplicava, era altrove, e cioè su un aereo diretto in qualche luogo da cui sarebbe tornato un mese dopo, quando nella doccia di Filippo ormai c'era già un'altra. Loro due non ne avevano mai parlato. A dire la verità, Filippo si era preparato tutto un bel discorso stile 'l'ho fatto per te, per dimostrarti che quella puttanella non ti meritava', ma Antonio non gli aveva mai dato l'occasione di pronunciarlo: al primo, vaghissimo accenno lo aveva guardato in un modo che aveva stroncato per sempre l'argomento. Filippo riteneva, probabilmente a ragione, che Antonio fosse l'unica persona di sua conoscenza capace di uccidere. E se mi uccidesse perché gli porto via questa bella intronata? Ma ormai era troppo tardi per ripensarci, Penelope stava entrando, infreddolita e carica di arance.

«Già alzato?»

«Ti aspettavo» disse Filippo, e avvicinandosi a lei, prese una bracciata di arance e le fece roteare finché si trasformarono in torce infuocate.

Alle dieci meno un quarto, Antonio uscì da camera sua, per concedersi una mezz'ora di Penelope prima che andasse via. Doveva prenderla così, a dosi piccolissime, come il Talisker che si era comprato la sera prima. Un goccio di whisky stellare invece di andare in via Vittoria 4, suonarle al citofono contrassegnato con 'P. Bergamini' e portarsela via. Per farmene cosa, aveva pensato, quando anche il goccio di Talisker era passato, e si era ritrovato solo con la sua disciplina. A che mi serve una ragazza che legge 'Krimi', vuole prendere la residenza a Paperopoli, e pensa che Filippo si sia comprato il pitone perché gli piace dargli da mangiare i topi? La cercò in cucina, ma non c'era, e neanche in lavanderia, in bagno e nello sgabuzzino del pitone. Non era da nessuna parte, le uniche tracce della sua presenza erano la casa in ordine, le ciotole di Flora piene, e Flora stessa raggomitolata in un sonno pacifico sul grembiule di Penny abbandonato su una sedia. Non era normale che a quell'ora se ne fosse già andata. E non era normale neanche trovare Filippo in pigiama, sul divano dello studio, che guardava una vendita di quadri su Telemarket.

«Cosa fai?»

«Medito se comprarmi un Golinelli».

«Dov'è Penelope?»

«Sotto un autobus, spero».

Antonio lo guardò, riflettendo. Filippo ricambiò lo sguardo, impassibile. Poi si tirò su e disse: «Dov'è che lavora, la ragazza di suo cugino?»

Correndo come una pazza, Penny riuscì a prendere il 70. Accidenti, per colpa di Filippo rischiava di fare tardi a Villa Elettricità. In quei giorni prima di Natale, tutti volevano le case pulite, tutti volevano cibi deliziosi, e tutti volevano la casa inghirlandata e gli alberi decorati, perciò le Fate Veloci lavoravano come Supercastori, per non trascurare né Villa Verbena né tutti gli altri clienti. E Villa Elettricità era una enorme gatta da pelare: si trattava di ripulire e riordinare la dépendance degli ospiti, che non veniva usata da ventitré anni, in occasione dell'arrivo di un figlio del padrone di casa, che viveva in America con la moglie e due gemelli, e tornava per un Natale in famiglia. Veramente, Penelope non vedeva la necessità di aprire la dépendance: Villa Elettricità aveva ventinove stanze, ripostiglio più, bagnetto meno, e ci abitavano in tre umani e due domestici, il che faceva una media di quasi sei locali a testa. Aggiungendo i quattro ospiti, i locali a testa erano pur sempre tre. Ma, le aveva spiegato la domestica, in tono molto altezzoso, «l'ingegnere e la signora Violet ci tengono alla privacy». Glielo aveva spiegato la domestica perché i veri e propri padroni, o la vera e propria figlia dei padroni, lei non li aveva mai incontrati. Ci mancherebbe altro: erano persone di ceto elevatissimo, e non trattavano direttamente con la subservitù. Anzi, Penny pensava addirittura che le pulizie le pagasse di tasca sua la domestica, per non farle lei. Sono la serva della serva, pensò mentre dava la quarta mano di cera al pavimento della cucina, che doveva essere stato scorticato vivo in epoche remote. Poco a poco, la casetta stava venendo proprio carina. Ancora un paio d'ore di lavoro, e avrebbe potuto abbandonare Villa Elettricità al suo destino. «A proposito» chiese alla domestica, che ogni tanto attraversava il parco per venire a sorvegliare i lavori. «Come mai si chiama Villa Elettricità?»

«Perché il nonno del signore ha inventato l'elettricità» la informò Wanda, la cameriera.

«Ah sì? Credevo che l'avesse inventata Edison».

Wanda fece una smorfia di compatimento: «Lo credono tutti. Perché l'ingegner Galateni non ha mai voluto prendere il brevetto. Sa, il brevetto dell'invenzione. Si chiama così: brevetto».

«Come il telefono? Che l'hanno inventato sia Bell che Meucci ma non si capisce chi l'ha fatto prima?»

«No, guardi, mi spiace contraddirla, ma qui si capisce benissimo. L'ha inventata prima l'ingegner Galateni, il nonno del signor Mario. Si figuri che saran stati tre o quattro anni prima che quell'Edison avvitasse la sua lampadina. L'ingegnere si prese una bella scossa con un filo elettrico grosso come un canapè, e non le dico altro. Senza elettricità, mi dice come avrebbe fatto, a prendersi la scossa?»

Penelope era molto colpita. Non vedeva l'ora di vedere Antonio per raccontarglielo. Che peccato, stamattina non l'ho visto. Sono scappata via presto, e non l'ho visto. Peccato, proprio.

Con il cuore che palpitava e sobbalzava gelatinoso, Ginevra aspettava l'ora di andare a Villa Verbena, e intanto si rimirava nella specchiera della signora Bevis Beccaris. Sì, stava proprio bene tutta in nero con quel colletto di pizzo bianco. Sembro una governante di Daphne Du Maurier. Sembro Jane Eyre. Sarò soave, silenziosa, amabile ma leggermente triste, divertente ma un filo amara, e meno male che ho messo una semplice acqua fiorita al biancospino, così risulterò irresistibile. Intanto, si trattava di finire questo albero di Natale per la giovane signora ambientalista, che lo voleva assolutamente ecologico e quindi finto ma molto naturale.

«Avevo pensato a fiocchi di juta e palline di cera d'api» le aveva detto al telefono il giorno prima. «Sa, potrei farmelo da sola, ma devo andare al corso di cardatura, surgelare le pastinache, tingere la lana e fare la pasta del pane perciò...»

«Non ha tempo, certo. Sarò da lei alle tre. Ah, non compri niente. I materiali li porto io».

Fiocchi di juta. Palle di cera. Ancora una volta, Ginevra rimpianse di non essersi fatta insegnare da suo zio Claudio, che lo praticava in forma professionale, almeno i rudimenti dell'ipnotismo. Che bello sarebbe stato ipnotizzare Giulietta Bevis Beccaris e convincerla a fare un albero carico di palline di plastica, nastri metallizzati, bastoncini di zucchero e lucine che non solo si accendevano e si spegnevano, ma suonavano anche musichine di Natale americane. Invece niente. Eccola lì a legare fiocchi di cotone naturale e piccole pigne color cacca a un finto e costosissimo abete canadese. Mentre sistemava le ultime noci squillò il suo cellulare. Rispose, e sentì una musica che, anche se lei non lo sapeva, era un concerto di Mendelssohn per violino. Riattaccò di corsa. Non si può suonare il violino in un cellulare. E anche potendo, non lo si deve fare. Se uno dice che sta via una settimana, quella settimana deve stare del tutto via, senza angosciare la gente con le presenze subliminali. Ormai la mia scelta l'ho fatta. Con Filippo Corelli ho fatto l'amore per tipo un'ora e un quarto, tra una cosa e l'altra. Gabriele l'ho baciato per un totale complessivo di forse sei minuti. Quindi, non c'è storia. Senza voler tanto sottilizzare sulle sensazioni, non c'è storia proprio. Alé, attacchiamo ancora questa bacca marroncina. Che brutta!

Inutile, tutta inutile la cura etica ed estetica con cui Arianna e Ginevra si erano preparate all'incontro con Filippo: quel giovedì lui non si fece mai vedere, ricorrendo al semplice ma sicuro espediente di stare fuori tutto il giorno. Quando le Fate Veloci al completo arrivarono alle sei, trovarono solo Antonio, che stava osservando le irrequiete evoluzioni di Kily Gonzales.

«Devo preparare la cena o no?» chiese Arianna, immusonita.

«Sì, prepara qualcosa. Non so se Filippo tornerà o no, e neanche se porterà con sé qualcuno, perciò tieniti sul vago».

Arianna aspettò che si fosse allontanato, e poi sibilò: «Eh già... tieniti sul vago... certo... Prepara qualcosa che vada bene per due, o anche, eventualmente, per dodici. Che si possa scaldare ma sembri appena fatto, che vada bene per vegetariani, musulmani, pentecostali, ebrei... certo, certo, CERTO!»

Anche Ginevra aveva messo su un bel muso, ma lei Antonio lo seguì fino nello studio.

«Sono tre giorni che Filippo non si fa quasi vedere. Non mi ha detto niente delle decorazioni, se vanno bene, se ne vuole delle altre... e poi oggi dovevamo decidere per l'albero. Quando torna, si può sapere?»

Antonio stava puntando il telescopio verso un cielo brillante e pulito.

«Lo sai che alcune stelle hanno un comportamento a dir poco isterico?»

«È una risposta alla mia domanda?»

«Se vuoi prenderla come tale... anche se io in realtà pensavo alla Gamma Blu della costellazione Mimosa. Non lo so, cos'ha in mente Filippo. Fa quello che vuole...»

«Strano. Pensavo che facesse quello che vuoi tu».

«Sei tu stessa una dimostrazione del contrario».

Pausa. Nessuna delle possibili interpretazioni era lusinghiera per lei, così Ginevra incassò con la sua spontanea buona grazia.

«Va bene. Allora aspettiamo che ci dica qualcosa».

Mentre lei usciva, entrò Penny, con l'aria circospetta di chi sta per affrontare una conversazione difficile.

Antonio la accolse con un sorriso di un genere particolare, che quel misurato giovane uomo esibiva molto di rado, e che non era mai senza conseguenze. Infatti Penny provò una strana sensazione, come se le avessero passato dentro un foglio di carta assorbente. Non sapendo bene come reagire, inspirò, inghiottì e disse:

«Era per il pitone».

Antonio scoppiò a ridere.

«Ah sì? Credevo che fosse per Filippo».

Penelope arrossì vistosamente e scosse la testa.

«No, per quello non importa, non me la sono presa. Volevo dirti una cosa del pitone: sei sicuro che non potremmo dargli qualcos'altro da mangiare?»

«Sì».

«Solo topini?»

«Sì. A meno che... forse passerotti, ma non so...»

«No, no, passerotti no, per carità. E se non gli diamo i topi?»

«Muore di fame».

«Quindi o muoiono i topini o muore lui».

«Queste sono le leggi della natura, mia cara».

«Ma qui non è la natura. Qui è una casa. Lui i topi non se li deve catturare. Glieli serviamo noi. E loro non hanno nessuna possibilità di scappare. Nella natura c'è posto per correre».

«Vuoi che liberiamo sia Kily che i topi e vediamo cosa succede?»

«No... c'è anche Flora... ho paura che lei mangerebbe i topi e Kily mangerebbe lei».

«Come nella Fiera dell'Est. Che cosa vuoi fare, Penelope?»

«Niente. Volevo portare via i topini, ma è inutile, tanto ne comprereste degli altri. Non c'è soluzione».

Se ne andò un po' triste. Non aveva neanche più voglia di parlargli di Villa Elettricità. Lui avrebbe potuto consolarla molto bene, ma preferì continuare a osservare Sirio. Ancora qualche settimana al massimo. Di più non poteva.

Alle sette tre tristi fate lasciarono Villa Verbena, e per una specie di tacito accordo, invece di puntare in direzione delle rispettive case, fecero una sosta al Bar Roberto per ritemprarsi con un aperitivo. Si sedettero sotto i portici, nel sofisticato dehors invernale con stufa.

«Tre Campari» ordinò Arianna.

«Cos'è, quello rosa?» chiese Penny.

«Sì».

«Quella volta che l'ho bevuto, dopo ho detto un sacco di stupidaggini».

«È normale, col Campari è normale» le spiegò Ginevra, «è fatto di una radice che allucina un po' l'anima».

«Lo so io, che cosa allucina l'anima a me» disse cupa Arianna, osservando con favore il vistoso plateau di stuzzichini che notoriamente accompagnava l'aperitivo del Bar Roberto.

«Avanti, parliamone. Diciamo tutto a Penelope, e sentiamo il suo parere».

Arianna non vedeva proprio di che utilità potesse essere il parere di Pen su qualunque cosa a parte come togliere le macchie di frutta dai maglioni, ma a quel punto, tanto valeva. Tanto valeva sentire qualunque cosa chiunque avesse da dire.

«Per me. Se vuoi affitto un megafono, vado sul ponte e interpello i passanti: Ehi, passanti! Sono innamorata di Filippo Corelli!»

«Anch'io» disse passando una ragazzetta con lo zaino sulle spalle.

«Non sei innamorata» Ginevra sgridò Arianna, «vuoi solo farci un giro».

«Sì, va be', non starei tanto a sottilizzare. Voglio farmelo, lo voglio, mi sono impuntata, dev'essere mio, e comunque 'innamorata' è una parola convenzionale. Voglio dire, dopo i quattordici anni non ci crede più nessuno».

«Lo dici tu. Io so cosa vuol dire essere innamorata» disse Ginevra, con quieta superbia.

«Tu? Ma va'. Tu sai soltanto cosa vuol dire essere infatuata. Prima di quello, adesso di questo... basta che siano stronzi e tu...»

«Ehi! Come ti permetti di...»

Penny alzò una mano: «Scusate. Non litigate, e spiegatemi che cosa succede. Io non capisco niente».

«Hai ragione, tesoro». Ginevra buttò giù un bel mezzo bicchiere di Campari. «Adesso ti spiego. Devi sapere che...»

Alla fine, una volta appurato che Ginevra voleva sposare Filippo ed effettivamente aveva fatto l'amore con lui, mentre Arianna voleva fare l'amore con lui ma non ci era ancora riuscita, Penelope le guardò ben bene e disse: «Adesso vi arrabbierete con me, lo so».

«Perché? Cosa sai che non sappiamo?» la aggredì Arianna.

«Ecco... stamattina quando sono arrivata a Villa Verbena, Filippo c'era».

Pausa. Le altre due la guardarono già sospettose. E facevano molto bene.

«Appena sono entrata in cucina, ha cominciato a far roteare le arance che avevo portato, e sembravano delle fiamme girevoli, anzi, non sembravano, vi giuro che...»

Ginevra la fermò con un gesto: «Sappiamo».

«E poi ha detto delle cose, che sono bellissima come un quadro, non mi ricordo più quale, e altre stupidaggini, e mi passava le mani qui, sulle ossa della faccia, e dopo mi ha baciata, e io ero così in imbarazzo che non riuscivo a pensare».

«Ti ha baciata?» Arianna inorridiva.

«Sì... lo sapete com'è, quando i clienti ci baciano. Non possiamo picchiarli o mordergli la lingua, dobbiamo farli smettere ma con rispetto, no? Sono sempre clienti. Io allora sono scivolata via, e gli ho detto che dovevo smacchiare un tailleur della signorina Magenta, e lui ha detto al diavolo la signorina Magenta, e mi ha messo una mano qui». Indicò il rigonfietto a sinistra.

Arianna e Ginevra non parlavano più. Penny continuò, tanto ormai.

«E insomma, ci ha provato in tutti i modi, vi giuro, finché ho dovuto spiegargli che era meglio se lasciava perdere perché non mi piace, non mi piacerà mai, e baciarlo era stato molto sgradevole».

«Hai detto così? Sgradevole?»

«Aha. E anche altre cose. Dovevo convincerlo, capite, a non ricominciare. Perché certe volte quando a uno gli dici che non vuoi, lui crede che lo fai per giocare, no? E quando ha capito che facevo sul serio, vedeste come se l'è presa. Ha fatto una faccia... A quel punto me ne sono andata. Speriamo solo che domani non sia ancora offeso».

Le sue socie non commentarono. Si accasciarono un po' di più nelle seggiole, e si guardarono.

«E adesso? Che facciamo?» disse Arianna.

«Io non mollo». Ginevra, occhi sottili dall'ostinazione, addentò una tartina con le acciughe.

«E io neanche» rincarò Arianna, scolandosi il Campari di Ginevra.

Penelope si dimostrò come sempre solidale: «Brave. Fate bene a insistere, se proprio vi piace. Ma com'è che vi piace tanto?» chiese, sinceramente incuriosita.

Quella sera Arianna, Nicola e Giacomino erano a cena dalla mamma di Nicola, una signora che seguiva i precetti e gli insegnamenti di Maharaji, e che era appena rientrata da un soggiorno in India al seguito del suo Maestro spirituale. Quando Arianna raggiunse marito e figlio a casa della suocera, li trovò seduti sul tappeto, mentre la signora Rita leggeva loro qualche precetto e insegnamento da un grazioso libretto blu.

In macchina, durante il viaggio di ritorno, Gimmi le si avvicinò con fare sinistro e sussurrò: «Mamma... Lollo Tommasi». Arianna lo guardò.

«Chi?»

«Lollo... Tommasi... aaaaghh...» e morì, lì dietro seduto accanto a lei.

«Giacomo...» lo redarguì suo padre, «devi dirlo bene, con la RRRRR, se no non fa effetto...»

«Ah, già! Mamma... Rrrrollo Tommasi... aaaghh... caf». E rimorì.

«Abbiamo finito *Pulp Fiction*, e stiamo lavorando su *L.A.*

Confidential» le spiegò Nicola. «Sai, la scena in cui lui muore e dice 'Rollo Tommasi', e così dopo l'altro capisce che...»

«Sì, eh? E come verrà su, questo bambino, tra i tuoi film, i draghi della maestra, i precetti di tua madre, le preghierine della mia?»

«Disincantato?» propose suo marito.

Sarà stata la giornata così frustrante, fatto è che quella sera, quando Nicola le rammentò che stavano lavorando a un progetto, e che lui non era tipo da tirarsi indietro di fronte all'impegno, Arianna non si negò. Si limitò a rimettere il diaframma. Bisogna anzi ammettere che l'esperienza si rivelò estremamente piacevole: così, all'una e mezzo, mentre Nicola guardava una partita di calcio tedesco alla tele, si alzò e andò in cucina a leggersi un po' di *Gardenia*, tanto per tener viva la fiamma dell'adulterio. Andò a cercarsi il capitolo in cui Tessa sale in cima a una scogliera nel Galles, e mostra il pugno alle onde, pronunciando il famoso giuramento d'amore, quello che tante giovani aspiranti attrici portano ai provini, il giuramento che inizia con le parole: «Io ti avrò, Robert, dovessi piantarmi un coltello nel cuore per romperlo in due e darne uno a te...» eccetera eccetera. Piano piano, per non farsi sentire, lesse il giuramento sostituendo al termine 'Robert' il termine 'Filippo', fino all'indimenticabile crescendo finale, amatissimo dalle giovani attrici perché consente loro di svenire in braccio al regista. Un energico applauso sottolineò il momento in cui Arianna stramazzava sul tavolo di cucina.

«Che pulp» disse Nicola, aprendo il frigo e staccandosi un pezzo di provolone. «Cos'è?»

«*Gardenia*» disse Arianna, un po' accaldata.

«Bisognerà che lo legga, se devo scrivere questo film».

«Eh sì. Ne tagli un pezzo anche per me? Quando mangiamo da tua madre, mi resta sempre fame».

Venerdì 15 dicembre

Ginevra si svegliò al terzo squillo e guardò l'ora: le quattro e dodici. Non stette neanche a chiedersi chi, come e perché, e alzò il ricevitore passivamente. Poteva essere chiunque, dai suoi genitori all'altro capo del mondo, a Gabriele che le suonava qualcosa, a Elena alle prese con una nuova crisi di Aldo. Perciò non la stupì affatto scoprire che si trattava di Morgana.

«Ciao! Vedessi come nevica!»

«Ciao Morgana. Ho le tende tirate e non vedo niente...»

«No, non lì! Qui!»

«Dove sei?»

«A Odessa».

Orgogliosa delle sue conoscenze geografiche, Ginevra si congratulò: «Ah, bene. In Ucraina. Hai raggiunto Yumi».

«Sì... hanno invitato anche me al convegno sulla bioluminescenza della Odessa State Maritime University. Sai, per il Black Sea Project».

Ginevra non sapeva affatto, ma le suonava come un film di streghe.

«Girate un film?»

«Macché film! Il progetto mar Nero! Lo sai, no, cos'è la bioluminescenza. Ci sono degli organismi, nel mare, in grado di emettere luce. Ad esempio...»

«Morgana, mi hai svegliata a quest'ora per parlarmi di organismi?»

«No, volevo dirti un'altra cosa, comunque non sarebbe male se imparassi qualcosa sulla bioluminescenza. Voglio dire, perfino Aristotele l'aveva notata!»

Così era Morgana. Quando si attaccava al lavoro, non la riconoscevi più. Se Patrick Van Hagen le fosse passato davanti mentre leggeva l'ultimo articolo di Aristotele sul plankton, non lo avrebbe degnato di mezzo sguardo.

«Ci credo. Eppure, sento che non mi avresti chiamata alle quattro e dodici del mattino per raccontarmi le novità su Aristotele...»

«In effetti, volevo dirti che allora facciamo qui un divorzio lampo. Lo sai che l'Ucraina è famosa perché puoi divorziare in tre giorni, tipo i matrimoni di Las Vegas?»

«Divorziate? Ma... siete sicuri?»

«Sì sì, lui vuole sposare una fisica oceanografa della Kamchatka».

«Morgana, la Kamchatka esiste solo nel Risiko».

«No, sembra di no».

«E poi, chi ti dice che un divorzio ucraino valga in Italia?»

«Guarda che in Italia non vale neanche il mio matrimonio. Ci siamo sposati a Eurodisney, ti ricordi?»

Ricordava: tutti gli invitati erano vestiti da Pippo o simili, e il rinfresco era stato a base di caramellone molli a righe rosa.

«Quindi non preoccuparti. Volevo dirti che per Natale torno, e che se per caso Patrick mi cerca dovresti dirgli che sono a Melbourne fino a Pasqua per un corso di perfezionamento».

«Cioè? È finita anche con lui?»

«E quanto poteva durare? Io di schemi del centrocampo non ne so niente, e a lui del mare interessano solo i villaggi vacanze, perciò...»

«Senti qua, ma com'è che con gli uomini noi due non riusciamo mai ad avere un rapporto normale? Voglio dire, siamo sempre vedove o divorziate o malfidanzate...»

«Mi piacerebbe parlarne, ma devo osservare la schiusa delle uova di Porichtys...»

«E chi è Porichtys?»

«Un pesce luminescente. Ne hanno un po' qui in laboratorio e sento i gusci che scricchiolano già. Vado a vedere la nidiata... ciao ciao cocca. Ci sentiamo quando torno».

Sbong. Aveva riattaccato.

Ginevra guardò di nuovo l'ora. Non poteva iniziare una nuova giornata alle quattro e venti. Provò a riaddormentarsi, e ci riuscì un quarto d'ora prima che suonasse la sveglia.

La visita a Villa Verbena non era passata senza lasciare traccia nell'anima di Leyla. Leyla, dopo Villa Verbena, non era la stessa Leyla di prima. Adesso era una Leyla che voleva fare il provino e diventare una Fenicia nello spettacolo di Giorgio Boni. Per quanto le piacesse lavorare con suo zio al ristorante Suleyman, per quanto amasse Mimmo, recitare in teatro, avere il camerino e fare le tournée le pareva una prospettiva molto più interessante. Purtroppo, Mimmo non condivideva per niente questa valutazione. La carriera di attrice su di lui non esercitava alcun fascino, anzi veniva a scompigliare un futuro che gli era sempre apparso limpido e senza macchia: lui che dipingeva vetrine, insegne, o addirittura tram e autobus per l'Azienda Trasporti, e Leyla che cucinava, prima nel ristorante Suleyman, e in seguito, chissà, in un ristorante tutto loro, un pochino 'fusion', in cui proporre cous cous e bagna cauda. Il tutto scandito da una costante comparsa di piccoli Mimmi e piccole Leyle, da stipare tutti quanti in Borgo Vittoria o, massimo dell'allontanamento, Madonna di Campagna. Perciò, quando Leyla gli comunicò che aveva intenzione di sottoporsi al famoso provino, il suo commento fu: «Te lo scordi». Più o meno, e in altra lingua, fu anche il commento dello zio, completo della classica chiosa: «Va bene che non siamo musulmani osservanti, ma...» e i puntini stavano per 'da questo a permettere che una della famiglia faccia l'attrice, ce ne corre'. L'effetto di questa duplice opposizione su Leyla fu nullo: ormai aveva capito che per lei gli angusti orizzonti di Mimmo erano stretti come due taglie di meno. In passato, aveva già avuto dei dubbi, e subito dopo aver letto *Gardenia* aveva pensato di scrivere un romanzo anche lei, intitolato *Riso bianco* e dedicato al mondo della ristorazione esotica, ma adesso capiva che la sua vera vocazione era quella di attrice. A frenarla dall'iniziare immediatamente la nuova carriera era solo l'incertezza su come procedere. Per diventare attrice, cosa doveva fare? Presentarsi agli uffici del teatro, o direttamente a casa del regista? E come si faceva un provino per *Fenicie*? Forse avrebbe dovuto comprarsi il libro e imparare qualche verso in greco. Fu quindi una vera fortuna che, proprio mentre rielaborava fra sé le varie ipotesi nelle cucine del ristorante Suleyman, le arrivasse una telefonata da Filippo Corelli. Suo zio gliela passò con sguardo assai severo, ma sai quanto le importava, degli sguardi di suo zio. Filippo le chiese come stava, se ricordava la sua proposta, e se era sempre interessata a quel famoso provino. Leyla non disse altro che sì, in tono sempre più entusiasta.

«Allora senti... Boni vede delle ragazze lunedì mattina... sei libera?»

«Sì... il lunedì siamo chiusi...»

«Benissimo. Te lo fisso. Se vuoi ti passo a prendere, tanto devo andarci anch'io. Lo aiuto a selezionare».

«Grazie, se non ti scomoda...»

«Affatto. Diciamo alle dieci. Dove ci vediamo?»

«Eh, al Bar Meraviglia di via Casteldelfino».

«Sì... Bar Meraviglia... via Casteldelfino... segnato. Allora a lunedì...»

«Senti... cosa devo portare per il provino?»

«Ah... be'... non so... diciamo un canto del tuo Paese».

«Va bene... a lunedì...»

Leyla riattaccò in stato di perfetta ebetudine: aveva detto 'A lunedì' a Filippo Corelli, un'eventualità che solo quindici giorni prima le sarebbe parsa remota quanto rispondere 'No grazie' a un invito a cena di George Clooney. Passò il resto della giornata in trance, e dedicò interamente la pausa pomeridiana a rileggere brani scelti di *Gardenia*. E proprio da lì trasse l'ispirazione: un canto del suo Paese andava benissimo, ma ci voleva qualcosa di più vibrante, forse. Qualcosa che parlasse meno di lucertole e gazzelle, e un po' più delle grandi passioni umane. Idea! Al provino, avrebbe portato il monologo di Tessa sugli scogli del Galles, quello che iniziava con: «Io ti avrò, Robert, dovessi piantarmi...» eccetera. Aveva tutto il weekend per impararselo a memoria. Per non farsi sentire da sua madre e da Aminata, la sorellina, poteva andare a studiare sul terrazzino in cima al tetto. Ben coperta. Sostenuta da questo spericolato progetto, attraversò senza peso il resto della giornata, e fu solo uscendo all'una, quando vide Mimmo che la aspettava come al solito davanti alla porta del ristorante, che si rese conto di avere ancora un grande problema da risolvere. La domenica sera lei dormiva sempre a casa di Mimmo, in fraterna comunione con la mamma, il papà e il fratello di Mimmo. Come avrebbe fatto a sgattarsene via alle nove, per passare da casa a cambiarsi, senza provocare domande e offerte di accompagnamento? Be', si disse fiduciosa, in qualche modo farò. Se voglio diventare una Fenicia, non posso scoraggiarmi tanto facilmente.

Agenzia Fate Veloci alle cinque di pomeriggio. Arianna sta succhiando una matita, china sul suo quaderno: deve preparare il menu per una cenetta prenatalizia dai fratelli Procchio, due imprenditori single padroni di un superattico in collina. Più trendy del trend, per loro era impensabile proporre qualsiasi piatto anche solo vagamente oleografico, festaiolo, tacchinesco, americaneggiante, nordico, nevoso, vischioso.

Ginevra e Penelope, sedute accanto a lei, cercavano di aiutarla. Si erano riunite per organizzare la settimana seguente, quella del delirio, quella che andava dal 18 al 23 dicembre, ma prima di passare in rassegna gli impegni, bisognava risolvere questo benedetto menu dei Procchio.

«Spiazzali» stava dicendo Ginevra, «fagli un menu da Ferragosto. Insalata di riso, tabulé, pomodori e mozzarella... non so... anguria...»

«Scherzi? L'anguria è rossa e verde, fa già troppo Natale... no... poi sai come sono quei tipi... vogliono che non sembri una cena natalizia, ma sotto sotto lo sia...»

«Fagli il tacchino ma presentaglielo in bikini...»

Arianna sbuffò. «Non potreste, per una volta, aiutarmi in modo sensato?»

Ginevra alzò le spalle: «Guarda che anch'io sono nei guai con i Procchio. Lunedì devo andare a fargli le decorazioni e l'albero.

E indovina un po'... vogliono tutto nero. Tu hai un'idea di come sia facile trovare fili d'argento neri, palle per l'albero nere, candele nere...»

«Vai in un negozio di satanisti».

«Infatti. Solo che per entrare nei negozi di satanisti devi essere accompagnata da un satanista affermato. Ho fatto diecimila telefonate, e stasera verrò ricevuta in un posto che si chiama Bolgia 17, LOSOVCE».

«LOSOVCE?»

«Eh. Pare che sia un acrostico, non so di cosa. Comunque, se domattina non mi senti, chiama la polizia».

Intanto, Arianna aveva assunto quello sguardo vago e remoto che caratterizzava le sue ispirazioni gastronomiche... Tracciò dei segnetti incongrui sull'agenda che aveva aperta davanti a sé e poi uggiolò deliziata:

«Ci sono! Gli faccio la cena di Natale Feng Shui!»

«Feng Shui? Non è lo stile in cui vuoi riarredare l'agenzia?»

«È uno stile di vita, una filosofia, un trend. Tutto può essere Feng Shui, da una cena a una casa. E tra l'altro, non abbiamo ancora comprato i pesci. Potresti occupartene tu, Penny?»

Penny stava scrutando il suo calendario delle Officine Colla, meccanici specializzati in motori diesel, che le faceva da agenda. Era coperto di ordinatissime scrittine, ogni scrittina un impegno, e a partire da lunedì fino a venerdì le scrittine erano troppe. Aveva sbagliato qualcosa. Aveva preso più case da pulire dell'umanamente pulibile.

«Eh? I pesci? Sì, certo. Che pesci volete?»

«Quelli che vuoi. Tanti. In una bella vascona. Prendi i soldi nella cassa. Allora, Ari, questa cena Feng Shui?»

«Aspetta e vedrai. Gli sconvolgo il concetto stesso di cena di Natale».

Rasserenata, Arianna impugnò la Filofax e per la mezz'ora seguente le Fate Veloci si accanirono a sistemare gli impegni della settimana: la festa natalizia dell'agenzia Proposte, la merenda di Natale della piccola Olivia Collobiano-Storti, il Natale di Bobo, ex ballerino divenuto Maestro di Sfilate, che ci teneva molto ad avere Feste Natalizie che rispecchiassero le sue varie vocazioni. E poi ancora una colazione natalizia di una contessa, il cocktail dei Brosio e il grande party a Villa Elettricità...

«E a Villa Verbena? Che fanno per Natale?» chiese Penelope, mettendo con consumata abilità il dito nella piaga.

Arianna alzò le spalle: «Boh. Adesso quando andiamo su glielo chiediamo...»

«A chi?» si informò Ginevra. «Filippo a quanto pare non abita più lì».

«Ah ah. Se non c'è lui, chiederemo all'altro».

E fu proprio in quel momento, con impagabile effetto scenico, che Antonio chiamò per dire che quella sera non avevano bisogno delle Fate Veloci: cenavano in casa con amici, e avrebbero ordinato tutto a un take away cinese. Ah, a proposito, per Natale non ci siamo; partiamo giovedì prossimo e torniamo dopo Capodanno. No, non vogliamo né feste né cene, grazie. Festeggiamo a Ferrara. Ciao, ci vediamo lunedì».

Domenica 17 dicembre

Il programma di Arianna per quella domenica era molto semplice: uscire di casa alle nove del mattino, e non rientrare finché non avesse comprato anche l'ultimissimo regalo di Natale.

«Questo potrebbe significare che non ti rivedremo per almeno tre giorni» le aveva detto Nicola, annodandole amorevolmente una sciarpa sotto il mento. Anche lui si era alzato presto, quella domenica: insieme a Giacomo, dovevano fare l'albero, le decorazioni e il presepio, e già a quell'ora così mattutina la casa risuonava di *Jingle Bells* e *Tu scendi dalle stelle*. Nonostante la strenua e disperata opposizione di Arianna, in quel periodo a casa loro andavano a loop cd e cassette contenenti esclusivamente brani natalizi, uno dei generi musicali, se non IL genere musicale, preferito da Nicola. Sentendo che stava per iniziare ancora una volta *It's beginnin' to look a lot like Christmas*, Arianna era uscita a razzo, rassicurando marito e figlioletto: sarebbe tornata al più tardi per cena. Baci, baci, ciao.

Anche per Penelope quella sarebbe stata una domenica di compere. L'appuntamento con Giusi ed Elvira era per le undici al Bar Pasticceria Giusi di via Cardinal Massaia. Come mai questa coincidenza? Perché non era una coincidenza! La Pasticceria era del padre di Giusi, che l'aveva chiamata così proprio in onore della sua cara figliolina. Dopo un bel cappuccino, alle tre amiche si presentò un leggero problema etico.

«Io dovrei andare in profumeria» disse Giusi. «Sai, a mia sorella volevo fare il cofanetto Pupa Total Color».

«Bello» approvò di cuore Penelope.

«Solo che... magari a te ti scoccia se andiamo da Boidi».

Elvira diede una gomitata a Giusi: «Eh... ma io voglio andare in centro! I regali di Natale mica li voglio prendere nel quartiere. Andiamo in piazza Castello!»

«A ogni modo» ci tenne a precisare Penny mentre salivano sul tram numero 9, «potevamo benissimo andare da Boidi. Guardate che a me di Matteo, e peggio ancora di Betty, me ne importa meno di zero».

«Ah sì?» obiettò la perspicace Giusi. «E allora perché non hai preso il krapfen?»

«Eh? Che c'entra?»

«C'entra! Hai bevuto il cappuccino senza niente, e tu di solito o prendi il krapfen o il croissant».

«O pure tutti e due» precisò Elvira.

«E senza contare che ieri sera hai lasciato mezza pizza. Tu soffri per amore, te lo dico io».

«E lasciala stare! Pensa per te, che Gino ieri sera l'ho visto, come guardava Gabri!»

La discussione si spostò sull'occhietto mobile del ragazzo di Giusi, e sui modi sgualdrineschi della simpatica Gabri, ma Penelope aveva materiale su cui riflettere: veramente, aveva lasciato mezza pizza? Non era normale. Per niente.

Seduta in un bar del centro, Ginevra guardava il suo elenco dei regali: ne doveva comprare ancora sei e aveva finito. A papà e mamma aveva mandato dei costumi da bagno già da una settimana: uno intero stampato a conchiglie per lei, un bermuda coordinato, e quindi anche lui a conchiglie, per papà. Immaginava che non indossassero altro, perciò più ne avevano meglio era. A zia Lucia, la sorella di mamma, che li aveva invitati per il pranzo del 25, aveva preso una sciarpa pashmina da un'amica appena tornata dall'India. Anche altri zii, zie e cugine erano stati brillantemente sistemati. Per Elena aveva comprato un pendente di ambra, per Aldo dei cd, per Berny e Berry due orsacchiotti uguali, che litigavano fra loro in italiano e in inglese. Sei regali non erano molti, tenendo conto che aveva tutta la giornata a disposizione, però si era tenuta per ultimi proprio i più difficili. Arianna e

Penelope, ad esempio: cosa regali a due amiche e socie che tentano di rubarti l'uomo della tua vita eppure lo sanno che sei vedova e hai tanto sofferto? E Morgana e Martino? Qual è il regalo giusto per una sorella e un fratello che vivono inseguiti da mariti, mogli, polizia, investigatori privati, FBI e Yakuza? Il quinto regalo veramente l'aveva già comperato: era quello per Malcolm, ma l'aveva rimesso in lista perché le erano venuti dei grossi dubbi. Forse non era il caso di darglielo, forse sarebbe andata meglio una semplice sciarpa di seta. In quanto al sesto regalo, quello non sapeva neanche se meritava di esistere. Si fa un regalo a un bellissimo e seducente uomo che dopo aver fatto l'amore con te bacia la cuoca e cerca di sedurre la ragazza delle pulizie? Eppure... Ginevra immaginava Filippo che apriva un pacchetto di Natale... Scommetto che gli piace così tanto scartare i regali... che è talmente contento che gli brillano gli occhi e sorride e qualsiasi cosa ci trova dentro lo riempie di gioia e qualsiasi cosa l'abbia riempito di gioia dopo due giorni l'ha già dimenticata... lo adoro... lo voglio... Mentre affondava con un po' di mestizia il cucchiaino nella panna della sua cioccolata calda, sentì suonare il cellulare.

«Sì, pronto?»

«Dove sei?»

«Seduta da Fiorio... e tu?»

«A tre minuti da lì. Aspettami».

Ginevra prese in considerazione l'ipotesi di scattare in piedi e dileguarsi tra la folla. Ma sapeva che lui l'avrebbe ritrovata comunque.

La città in cui vivono le Fate Veloci presenta un'aggravante natalizia costituita da alcune allarmanti decorazioni luminose sistemate attraverso vie, piazze e viali del centro. Arianna era particolarmente penalizzata, perché per arrivare a casa doveva passare sotto una serie di uomini e donne nudi fatti di neon e appesi a coppie, a formare delle specie di archetti dell'amore lungo una via della precollina. Lei cercava sempre di camminare a occhi bassi per non vederli, ma non era facile, e in più aveva sempre paura che le cadessero addosso. Morire schiacciata da un uomo nudo di neon rosso era intollerabile. Entrò in casa di slancio, tanto sollevata di avercela fatta da non badare a Dean Martin che si sgolava: *«Buoooon Natali... means Merry Christmas to you...»*

«Mamma! C'è la mamma!»

«Ciao Sorgente Meravigliosa! Sei scampata agli amanti di neon?»

«Sì... ancora una volta... ma per quanto?»

«Com'è andata? Sei riuscita a comprare tutto?»

«Tutto!»

Arianna esibì orgogliosa tre enormi e pesantissime buste piene a loro volta di altri sacchettini.

«Non devo più comprare neanche mezzo spilletto bucato!»

«Mmmm... non ci credo. Vediamo un po'. Suocera di Jacopo?»

«Portafoto d'argento!»

«Figlio di Letizia?»

«Magic Killer Dentist!»

«Gianni, il mio capo?»

«Pupazzo che dimena il sedere cantando Banana Boat!»

«Brava! Hai vinto la cena! Te l'abbiamo preparata noi, eh, Giacomino?»

«Sì, però prima devi venire a vedere l'albero!»

In realtà, vedere l'albero in quanto tale non era possibile. Facendosi largo tra festoni di vecchi Calendari Pazientini, ghirlande di fiocchi colorati, angeli che dondolavano per tutta la casa e stelle dorate in numero sufficiente per un paio di emisferi, Arianna arrivò alla presenza di un cumulo piramidale di fili, palline, candele, luci, meline rosse, arancetti luccicanti, pupazzetti e cioccolatini, sotto cui era possibile intravedere qualche sparuto ago di abete ecologico.

«Hai visto che bello!» strillò Giacomo. «Ci abbiamo MESSO TUTTO!»

«Puoi ben dirlo...» sussurrò Arianna, che da anni sognava un abete decorato solo con candeline bianche.

«E adesso andiamo a mangiare, che ho famissima!»

«Sì, amore. E di' un po', che cosa avete preparato di buono, tu e papà?»

«Noccioline!»

«Cosa sono quegli orribili corvi?»

Martino mancava dalla città da un paio d'anni, e per lui le Aggravanti Luminose erano una novità. Vicino a casa di Ginevra, le Luci d'Autore avevano preso la forma di grassi merli con l'aria cattiva e il becco spalancato sui passanti.

«Sono una decorazione di Natale».

«Vuoi scherzare? Viviamo forse in Transilvania?»

«Dai... reggimi i pacchi che prendo le chiavi».

Quando Martino si era presentato da Fiorio ben deciso a restarle appicciato tutto il giorno, Ginevra era riuscita a liberarsene solo invitandolo a cena.

«Facciamo così: tu adesso mi lasci fare le mie commissioni in pace, e alle sette ci ritroviamo qui e andiamo a casa mia, okay?»

«Va bene, così compro anche io i miei regali».

E infatti aveva anche lui una bustona rigonfia, con la scritta di un noto negozio di strumenti ottici. Strano. Non poteva aver comprato strumenti ottici per tutti. Mentre entravano nella sua piccola casa e gettavano i pacchi per terra, Ginevra indicò la busta del fratello.

«Cos'hai comprato?»

«Vedrai. Non te lo dico, perché ho preso la stessa cosa per tutti».

«Tutti? Anche lo zio Claudio e il figlio neonato di Chiara?»

«Soprattutto loro. Vedrai. Di', cos'hai di buono nel mobile bar?»

«Non ho un mobile bar, Martino. Non sono la moglie di un geometra».

«Ah, che brutta cosa lo snobismo... Cos'hai di buono appoggiato con nonchalance su un tavolino vittoriano? Qualcosa con cui si possa fare un White Russian?»

Come abbiamo detto, Penelope abitava in un quartiere di periferia, e lì le decorazioni chic non avevano attecchito. Tornando a casa dopo una soddisfacente domenica di compere, fu perciò serenamente accolta da angioletti azzurri e fiocchi di neve dorati che brillavano da un balcone all'altro. Entrò nel suo cortile, e stava avviandosi al suo proprio e personale alloggio, con l'idea di stremarsi sul letto e cenare a caffelatte, quando notò, sul balcone dei suoi genitori, l'alberino che cantava, tutto solo, *Tu scendi dalle stelle*. Si sentì così dispiaciuta per lui che andò a suonare alla porta di sua madre.

«È la bambina! Ti fermi a cena?»

«Posso?»

«E che domande... La senti questa? Posso, chiede! C'è pasta e fagioli».

«Buona... ciao pa'...»

Il padre di Penelope rispose appena. Da quarantott'ore si era virtualmente estraniato dagli affetti familiari, e comunicava solo con pochi grugniti.

«Sta facendo il presepio» la informò la signora Ines. «Non mi parla da venerdì. Viene a tavola, butta giù due lasagne, non so, qualche fetta di carne, una mezza parmigiana, e torna lì. Dice che non riesce a sistemare la passerella dei pastori».

Penelope si avvicinò cautamente. Il padre brandiva un trapano con una certa ferocia.

«Io 'sti listelli se non mi stanno a posto domani mi sente quel rimbambito».

Dopo aver pronunciato questa frase incomprensibile, che probabilmente si riferiva al falegname di via Lamporo, fornitore dei listelli per la famosa passerella, il signor Mario ricominciò a ronzare sulle viti con grande delicatezza.

Penelope guardò sua madre che apparecchiava.

«Ma', se non hai bisogno di aiuto, andrei un po' sul balcone a far compagnia all'albero».

«Vedi, non è giusto che sia lui l'unico a beneficiare di tutti quei miliardi. Vorrei semplicemente venire lì, guardarmi ancora un po' intorno con calma, e capire come potremmo trarne qualche vantaggio personale. Non è detto che sia qualcosa di illegale».

Ginevra avrebbe di gran lunga preferito che suo fratello, se proprio doveva progettare crimini ad alta voce, lo facesse almeno quando non erano presenti estranei. E invece stava parlando, tranquillo come un capomafia, davanti al professor Smyke, che lo ascoltava rapito. Quella domenica Luigi non era venuto a trovarlo, preso da impegni familiar-natalizi, e Malcolm aveva l'aria così desolata, tutto solo nella sua bella cucina, che Ginevra gli aveva bussato sui vetri, e gli aveva proposto di cenare con lei e Martino. Malcolm si era presentato mezz'ora dopo con uno spezzatino di pollo al curry, ed era stato evidente fin dal primo momento che Martino aveva un enorme successo, con lui. Lo ammirava rapito, lo ascoltava incantato, e lo gratificava di deliziose e complimentose battute. Martino se ne approfittava alla grande.

«Ti pare, Malcolm? Non trovi giusto condividere i proventi letterari di Filippo Corelli?»

«Assolutamente. Hai già in mente qualcosa?»

«Be'... sì e no. Sono stato a casa sua una sera, ma non ho visto niente di asportabile. Cioè, immagino che le coppe d'oro tempestate di smeraldi e quelle cose lì le tenga nella sua villa di Ferrara. O i Tiziano, non so. Però ho passato tre giorni a Pieve di Cadore con la sua ragazza, e mi è venuta qualche idea».

«Strano» fu il lapidario commento di Malcolm.

«Vero? La conosci? Una cretina che non ti dico. Sai Maria Magenta, l'attrice... che poi, attrice, vabbè. Insomma, me la sono ripassata come si deve, ma l'unica cosa utile che ne ho cavato è 'abraxas'».

«Abraxas? Se non mi sbaglio è un vecchio album di Santana».

«Non soltanto, Malcolm. È anche la parola chiave per aprire il computer di Filippo Corelli. Quello su cui sta scrivendo il suo nuovo romanzo. Ginevra, è inutile che mi guardi così. Lo faccio anche per te. Allora, me la fai o no una copia delle chiavi?»

Ginevra guardò Malcolm in cerca di aiuto, e lui le strizzò un occhio con aria fatua: «Se non te la senti, posso occuparmene io. Ve l'ho mai raccontato che a Bristol ho seguito un corso da scassinatore?»

Lunedì 18 dicembre

Alle sette e mezzo del mattino, Penny stava bevendo un cappuccino e facendo un test di 'Ragazza okay'. Aveva capito che era l'unico modo per risolvere l'inquietante dubbio che le avevano messo Elvira e Giusi. Possibile che avessero ragione loro? Che il suo stato di insolito languore, quel fastidio nei confronti della pizza, quelle persistenti difficoltà respiratorie, quei vuoti che le si aprivano improvvisi tra il collo e la cintura fossero sintomi di innamoramento? Eppure, non le sembrava di aver avuto qualcosa del genere quando si era messa con Matteo, e neanche prima, quando si era messa con Davide. E neanche quando si era messa con Tony. Forse, proprio a pensarci bene, si era sentita un po' così a tredici anni, quando si era innamorata dell'istruttore di pallanuoto. Quello era stato proprio un periodaccio. Non le andava giù neanche il cornetto Algida. Ma se era innamoramento, il suo ex Matteo non c'entrava niente. Doveva trattarsi di quell'altro, altrimenti perché aveva sempre voglia di baciarlo e strofinare il naso sul suo collo, là dietro dove i capellini neri gli facevano i riccioli? Però poteva esser anche un sentimento illusorio e passeggero, dovuto al fatto che a lei era sempre piaciuto essere innamorata nel periodo di Natale. Così, quando aveva notato, a pagina 67 di 'Ragazza okay'', il titolo «Siete innamorate? Scopritelo con il nostro test!» le parve il caso di farlo per togliersi tutti i dubbi. Prima domanda: Quando lo vedi: A) ti senti svenire, B) lo saluti, C) ti volti e scappi. Senza esitazione, Penelope segnò B. Passò poi alla seconda domanda, che chiedeva dove sarebbe andata con lui, se al cinema, in un'oasi del deserto o a Malibu. Anche qui c'era poco da dubitare, perché Penelope non amava viaggiare e detestava i deserti, quindi cinema. Che cosa avrebbe fatto per lui? proseguì il test: scalare una montagna, vendere un gioiello di famiglia o una torta? Torta. Se pensava alla propria vecchiaia si vedeva: A) seduta accanto a lui su una panchina in un parco, B) seduta accanto al telefono in attesa di una sua telefonata, C) seduta con tre amiche a fare una canasta. Questa domanda la saltò, perché non riusciva in nessun modo a pensare alla propria vecchiaia, e casomai l'unica immagine che riusciva a evocare era di se stessa che puliva, con le mani un po' più rugose. Alla fine del test, sommò i punti, andò a leggersi il profilo corrispondente e si sentì dire che non era innamorata. Abituata a fidarsi ciecamente di 'Ragazza okay', Penelope tirò un sospiro di sollievo e si infilò una felpa fucsia sui jeans. Si sentiva già molto meglio.

Una vorace signorina dell'Azienda Trasporti piazzò il suo primo foglietto del giorno sulla Micra di Nicola, un attimo prima che lui, Gimmi e Arianna uscissero di casa.
«Ehi! Signorina... aspetti...» gridò Nicola, avanzando a grandi falcate con Giacomino sotto un braccio, «stiamo andando via!»
«Non ci dovevate proprio parcheggiare, qui».
«Ma siamo residenti!»
«Non vedo il contrassegno».
«Lo so... devo sempre andare a farlo ma...»
«E allora vada, così poi non prende più le multe...»
«Ma senta... guardi che abito lì... se vuole le faccio vedere la carta di identità...»
«Non mi interessa. Se non c'è il contrassegno, io faccio la multa».
«Cattiva!» urlò Giacomo.
La signorina lo guardò con estrema freddezza.
«Bravi, educateli così i figli. A dire 'cattiva' alla vigilessa. Vedrete che bei delinquenti vi vengono su».
Si voltò e se ne andò. Arianna era allibita. Non si poteva cominciare una settimana in questo modo. Tanto valeva tornare su, rimettersi a letto e riparlarne lunedì prossimo. Ma Nicola non sembrava scontento.

«Sai che quasi quasi la metto tale quale nel mio film? Quando Kirby riesce finalmente a raggiungere la Dimensione Oro, e parcheggia l'oblò in doppia fila».

«L'oblò?» Arianna si lasciava sempre fregare. Non avrebbe voluto chiedere mai niente del film di Nicola, ma non potevi sentir dire 'parcheggia l'oblò' senza incuriosirti. E adesso, finché non fosse scesa da quella macchina, la attendevano le spiegazioni.

Alle nove, Ginevra suonò alla porta della signorina Ragosta. L'aveva chiamata sul cellulare alle otto, mentre cercava di dimenticare Martino, supplicandola di precipitarsi perché aveva un'emergenza. Quando la colf le aprì, fu condotta senza indugio nella camera da letto della signorina, un trionfo di sensualità, copriletti di raso e specchiere ovunque. L'attenzione di Ginevra, però, fu irresistibilmente attratta da quattro gambe che spuntavano da sotto il letto. Due le riconobbe: appartenevano alla signorina Ragosta, in autoreggenti castoro e babbucce tirolesi. Le altre due, in collant blu e stivaletti, le risultavano estranee. Una voce dal profondo le gridò: «Oh... signora Montani... è lei... arrivo subito...»

Cecilia Ragosta emerse dal letto stringendo il recalcitrante Geremi, che uggiolava disperato. Subito dopo, emerse anche la proprietaria delle altre due gambe, l'esausta veterinaria che Ginevra aveva già conosciuto.

«Buongiorno... sa, Geremi non voleva prendere l'antibiotico... ha tanta tosse, poverino... grazie mille, dottoressa Lojacono...»

«S'immagini...»

Uscendo, la dottoressa Lojacono sussurrò a Ginevra: «Quando esco di qui vado sempre a ubriacarmi. Se vuole raggiungermi, sono all'Alcool, il locale all'angolo».

L'emergenza della signorina Ragosta era rappresentata da Pino: il minuscolo abete era stato decorato per Natale, ma il risultato non la soddisfaceva: «È anonimo... è qualsiasi... vede, un albero di Natale così piccolo, secondo me deve avere carattere.

Deve dirti qualcosa. Deve rappresentare un punto di vista natalizio almeno un po' eclatante. Così è... non so... normale».

In effetti, era normale. Un bell'alberello, con le palline, i fili d'argento, qualche lucina. Allegramente banale.

«Ma è carino, signorina Ragosta... non vorrà mica una di quelle cose chic da negozio...»

«Lo so, ma vede...» e qui la signorina Ragosta abbassò la voce in un sussurro adolescenziale, «... stasera viene a cena il mio nuovo fidanzato e sa... questa volta... be'... ecco...»

Ginevra la guardò sorpresa: non era da lei, arrossire e abbassare gli occhi.

«Forse ci siamo... credo che lo sposerò!»

«No! Lei che si sposa! Mi crolla un mondo, signorina...»

«Vede, Ginevra... posso chiamarla Ginevra... vede... lui è veterinario... e come hobby ha il giardinaggio. Detesta mangiare in casa, e quando lo fa ordina roba da fuori. Si porta in dote una donna delle pulizie che fa risplendere anche l'interno degli armadietti sotto il lavandino. È ricco di famiglia. È molto attraente. Fa l'amore da dio. È orfano, non ha sorelle, e ha un fratello in California che lavora nel cinema e ha una casa enorme, è...»

«Basta, basta!» Ginevra alzò le mani. «D'accordo, ho capito! Lo sposi! Che aspetta? Vuole che le organizzi una bella decorazione in chiesa per domani?»

«No. Vogliamo farlo in primavera...»

Esaminando Pino in cerca di un modo per personalizzarlo, Ginevra chiese alla Ragosta: «Senta, ma questo fratello in California? È scapolo?»

«Per forza... è gay...» disse Cecilia, con un sospiro di perfetta felicità.

A Villa Verbena, Penelope trovò Antonio, che evidentemente si era alzato presto, e aveva invaso il tavolo della cucina con libri sulle rose e mappe del cielo stellato.

«Ehilà!» lo salutò tutta allegra.

Antonio la guardò appena. «Ciao Penelope. Adesso sgombero».

«No no, lascia perdere, stai pure qui. Tanto devo stirare» e prima che lui potesse in qualche modo prevenirla o mettersi al riparo, gli diede un leggero bacio su una guancia.

Antonio scattò in obliquo come un ramarro, e la guardò con occhi fiammeggianti.

«Scusa?»

«Per festeggiare!» Penny si appoggiò alla porta, mentre Flora le si arrampicava su per i jeans. «Vedi, in questi giorni mi sono tanto preoccupata, perché avevo dei vuoti nel respiro, sai, non avevo voglia di mangiare, quelle cose lì. E le mie amiche dicevano che era perché soffrivo per amore, così ho pensato che l'unico di cui potevo essere innamorata eri tu».

«Ah. E come mai?»

Penelope alzò le spalle. «Perché sei strano. Non so. Mi piacciono certe tue maglie. Non so».

«E a parte le maglie?»

«Eh... e poi anche altre cose. Così stamattina ho fatto il test».

«Esiste un test di innamoramento?»

«Sì, è su 'Ragazza okay' di questo mese. Ed è venuto negativo! Non sono innamorata!»

«È solo un ritardo?»

«Eh?»

«Niente. Lascia perdere. Bene, sei contenta?»

«Eh sì eh... visto che tu vuoi fidanzarti con Leyla, è meglio così».

Antonio la guardò, assolutamente incapace di darle una risposta che rientrasse nei canoni della normalità. A salvarlo da una mossa avventata, fu lo squillo del campanello. Antonio andò ad aprire, e si ritrovò in mano una scatola di cartone bianco.

«Salve. Sono Dani Vitale e vendo cappelletti a domicilio. Questo è un omaggio per lei. Sono certo che, conquistato dalla qualità del prodotto, diventerà un nostro affezionato cliente. Cappelletti, tortellini e ravioli sono manufatti della Casa del cappelletto di Venaria».

Alle spalle di Antonio era arrivata anche Penelope, che gli tolse di mano la scatola e la aprì: «Guarda un po' se ci hai lasciato il walkman anche questa volta...»

«Oh, ciao Penelope!»

Antonio li guardava. Senza una parola, tornò in cucina, prese le mappe delle stelle e i libri sulle rose dal tavolo, e andò a chiudersi nello studio.

«Grazie, Dani. Sei stato anche agli altri indirizzi che ti ho dato?»

«Sì, e a Villa Elettricità mi hanno ordinato sette chili di raviolini!»

«Uh! Villa Elettricità! Mi stavo dimenticando! Vieni, che telefoniamo alle tue ragazze...»

«Veramente... solo una è la mia» protestò Dani Vitale, mentre Penny lo trascinava verso un telefono.

Non era stato per niente facile, ma Leyla ce l'aveva fatta. Alle undici in punto di lunedì mattina era piantata davanti al Bar Meraviglia di via Casteldelfino angolo via Cardinal Massaia, vestita con suprema eleganza, ovvero con la sua pelliccia ecologica azzurra e una sciarpa di seta bianca. Dopo averci pensato su un bel po', Leyla aveva deciso di limitare bugie e inganni al minimo, e di puntare invece sull'omissione di informazione, una tecnica che con Mimmo, già di suo poco portato a lunghe chiacchierate, funzionava sempre. Così quel mattino si era messa la sveglia alle otto ed era scivolata giù dal letto senza che Mimmo neanche si rigirasse. Aveva salutato la signora Ripalta, congedandosi con vaghi accenni a 'commissioni' e si era fiondata a casa sua, a tirarsi al massimo dei lucidi possibili. Leyla viveva con la madre e la sorellina in due stanze che facevano parte del ramificato alloggio dello zio Suleyman, fratello di sua madre. Questa soluzione era parsa a tutti la migliore quando il papà di Leyla era morto sotto un camion in una delle vie principali di Ouagadougu: la signora Fatima aveva raggiunto il fratello in Italia e lo aiutava al ristorante, insieme alla figlia maggiore Leyla, mentre Aminata era una bravissima studentessa delle medie. Di recente, però, Fatima aveva conosciuto un affascinante senegalese che dirigeva l'ufficio del personale di una fabbrica di cuscinetti a sfera, e tra i due era nato un fidanzamento approvato da tutte le derivazioni familiari. Si era quindi progettato un doppio matrimonio di madre e figlia nel mese di giugno, peccato però, pensava Leyla guardando tutte le macchine che le passavano davanti rallentando, che forse io a giugno non potrò, perché sarò già in tournée con il mio camerino e tutto. Eccola lì, la Jaguar argento di Filippo, che si fermava proprio davanti a lei, suscitando interesse e partecipazione in tutto l'isolato. Leyla salì, raggiante e orgogliosa. Lo sarebbe stata meno se avesse visto la Punto di Mimmo ferma dietro l'angolo, pronta a partire all'inseguimento, efficiente e discreta come una macchina del KGB.

«Che cos'è il cibo? Il cibo è energia. E questa energia dev'essere equilibrata, mirata e armoniosa. Quindi ho deciso che la vostra cena di Natale sarà ispirata ai principi Feng Shui, e si baserà su una giusta miscela di ingredienti yin e ingredienti yang».

Cino e Lapo Procchio ascoltavano rapiti... avevano fatto bene ad affidarsi all'agenzia Fate Veloci... sicuramente il loro party di Natale sarebbe stato il più *fashion victim* della stagione. Il più trendy. Il più *extreme measure*!

«Benissimo» annuì Cino.

«Perfetto» confermò Lapo, «e cosa ci preparerà?»

«Zuppa di patate dolci, riso shaimei, pollo allo zenzero sbramato, sauté di melanzane, radicchio e porri, rotolo di friarielli al timo, oratine all'ananas e frittelline di miele e prugne della California».

«E... niente al cioccolato?» bisbigliò Lapo, che aveva un debole per questo alimento forse yin o forse yang, Arianna non se lo ricordava mai.

«Se volete, posso metterne un po' nell'orata».

I giovani imprenditori fecero segno di no, no, grazie. Arianna aveva già cucinato in parte all'agenzia, e cominciò a disporre vari contenitori sul tavolo dell'avveniristica cucina dei fratelli Procchio.

«Ho bisogno soltanto di zucchero, tè, miglio verde e zenzero. Ne avete?»

«Guardi lei stessa... teniamo tutto in quei contenitori gial...»

Non giunse a dire «...li» perché Arianna lo fulminò con un'occhiata di incredulo disgusto.

«Quelli?»

«Be'... sì... sono Guz...»

Non giunse neanche a dire «...zini». Arianna lo fermò con un gesto della mano talmente autorevole che Cino per un attimo se la immaginò in veste di Dominatrix o Magistra nel club privé che frequentava tutti i venerdì sera.

«Plastica? Tenete il cibo in contenitori di plastica? Ma allora non sapete proprio niente! Avanti, vediamo: quanti sono gli elementi? Non guardatemi così, con quelle facce imbambolate! Gli elementi del Feng Shui sono cinque: acqua, terra, fuoco, metallo, legno! E combinando questi cinque elementi con la natura yin o yang dei cibi, voi capirete automaticamente dove vanno conservati. Automaticamente!»

Cino e Lapo ascoltavano piacevolmente terrorizzati.

«Il pane! Le torte! I fiocchi di grano vanno tenuti in scatole di legno! Il pepe e le noci, lo zucchero e la pasta vanno nella terracotta!»

Qui Arianna ebbe un attimo di esitazione. L'articoletto sulla cucina Feng Shui che costituiva tutto il suo sapere in merito non conteneva altro, quindi le toccava improvvisare:

«Le arance e il bicarbonato si conservano esclusivamente nel metallo! Esclusivo. Le uova vanno tenute nell'acqua!»

«Acqua? Che acqua?»

«Ah... è inutile. Lasciatemi lavorare».

Buttati fuori dalla cucina, Lapo e Cino si guardarono con smodata soddisfazione. Si sentivano sull'orlo dell'apoteosi mondana. Della loro cena, e della loro cuoca, si sarebbe parlato per almeno una settimana. Un tempo record. Prima di andare in ufficio, passarono anche dal salone, dove Ginevra stava dando gli ultimi tocchi all'abete nero. Aveva iniziato un paio d'ore prima, spennellando di vinavil un albero finto alto quasi due metri, su cui aveva fatto cadere a pioggia il contenuto di infinite scatolette di pastiglie Tabù, in modo da garantire l'effetto nevicata nera. Aveva appeso ai rami rotelle di liquirizia, fiocchi di velluto e tulle neri, candele nere da messa omonima, palline tipo ebano e festoncini di paillette nere. A completare il festoso alberello, stava aggiungendo delle delicate orchidee di seta nera. L'effetto era spaventoso.

«Sublime!» gridò Cino, fermo sulla porta del living dodici per dieci su terrazzo dodici per quindici.

«Meraviglioso...» confermò Lapo.

«Unico!» gridarono in coro.

«Lo spero...» pregò fra sé Ginevra. Non voleva neanche immaginare che tra le pieghe della loro testarda città potesse nascondersi qualcos'altro di altrettanto sgradevole.

Magari non era proprio altrettanto sgradevole, ma certo la faccia di Filippo mentre Mimmo si allontanava con Leyla non era bella a vedersi. Sarà stato l'occhio, sarà stato il labbro, ma tutto quel gonfio, quei lividi, quelle tracce di sangue non facevano di sicuro un bell'effetto. D'altra parte, aveva cominciato lui. E aveva cominciato fermando la macchina davanti all'albergo Cigno Bianco, che gli era stato segnalato da uno scrittore locale come il più adatto a incontri tanto fuggitivi quanto clandestini. Una mossa piuttosto rozza, ma va detto che Filippo in questo caso agiva in modo un po' frettoloso, e senza il consueto charme. Leyla gli piaceva abbastanza ma non da perderci la testa, e l'avrebbe lasciata stare, limitandosi a un blando flirtaggio di routine, se non fosse stato per Penelope. Grazie a un innato e quasi infallibile intuito nei confronti dell'anima femminile, Filippo aveva capito che Penny era molto affezionata al cugino, e piuttosto protettiva nei confronti di Leyla. Così gli era parsa carina, come idea, quella di portarsi a letto la ragazza per vendicarsi del piatto e irrevocabile rifiuto che gli aveva opposto Penny. Un rifiuto come non ne aveva mai ricevuti. Anche pensandoci bene, anche contando quella ragazzina di seconda media che gli aveva preferito un bambino cinese, mai nessuna ragazza, donna o gay gli aveva manifestato un disinteresse così totale, una più definitiva impermeabilità al suo fascino. Inutile insistere, inutile riprovarci. Penelope Bergamini era out. E allora sotto con la ragazza del cugino!

«Albergo Cigno Bianco? Perché siamo qui?» chiese Leyla, un po' confusa.

«Perché ha un terrazzo panoramico, e pensavo di bere qualcosa prima di raggiungere il regista a teatro».

«Sì, ma siamo da tutt'altra parte. Il teatro è in centro...»

E lì erano in piena collina, tra il ristorante La Beccaccia e la discoteca, Vaniglia Pink, due locali di punta per la gioventù operaia.

«Non vorrai mica bere qualcosa in centro... senti che aria, qui...»

In effetti, si gelava, il cielo era grigio e sembrava sul punto di nevicare, non proprio un clima da terrazzo panoramico. È anche vero che il Cigno Bianco non aveva mai avuto un terrazzo panoramico: la clientela abituale aveva poco tempo da perdere per rimirare le dolci distese collinari giù giù fino a Chieri. Per non darle troppo tempo di riflettere, Filippo era sceso ed era venuto ad aprirle la portiera, così bello e fiducioso che era impossibile non avere altrettanta fiducia in lui... Sorridendogli come Cenerentola alla Fata Smemorina, Leyla scese a sua volta, e in quel momento sentì una portiera sbattere con la violenza di almeno due portiere. Sperimentando in parte il potere divinatorio che aveva fatto di sua nonna Aysha una delle sciamane più ricercate dell'Alto Volta, Leyla seppe cosa avrebbe visto girando la testa di pochissimi gradi: Mimmo che avanzava simile al dio Ares, degno in tutto e per tutto di una lirica di Saffo.

Senza dire una sola parola, questo autore di affreschi su vetro sollevò Filippo Corelli da terra stringendolo tutto quanto fra due mani simili a pale elettriche, e lo sbatté ripetutamente e con forza contro un palo nelle vicinanze. Filippo provò a reagire, cercando di liberarsi e urlando come un samurai di *Kagemusha*, ma non riuscì a combinare niente. Dopo qualche altra sbattutina e un paio di pugni conclusivi, Mimmo lo sbatté sul sedile della Jaguar, prese Leyla per un braccio, la mise nella Punto e chiuse la portiera.

Leyla era sbalordita. Mai e poi mai avrebbe pensato che il suo fidanzato avesse una tale forza di compressione.

«Ho fatto rugby alle medie» rispose Mimmo, e Leyla avrebbe fatto bene a far tesoro di quelle parole, perché per giorni e giorni non gliene avrebbe sentite pronunciare altre.

Matilde, Viola, Cristina, Dafne e Sofia erano state convocate per le 14 in punto, e alle 14 in punto erano davanti al cancello di Villa Elettricità, dove già le aspettava Penelope. Attraversarono il giardino, in una versione mini di Sant'Orsola e le sue undicimila vergini, e arrivarono alla porta della cucina, ovvero un enorme seminterrato a cui si accedeva da una scaletta coperta di ribes, al momento sterpiglioso.

«Eccovi qui». Wanda le aspettava sulla porta, ed esaminò la squadra con evidente scetticismo.

«Sarebbero queste le tue aiutanti? Una massa di ragazzine buone a nulla?»

Prima che Matilde, la più combattiva, potesse protestare che erano bravissime a fare molte cose, e in particolare il tiramisu, Penelope aveva già sistemato Wanda con un conciso: «L'agenzia Fate Veloci si serve abitualmente di loro con ottimi risultati».

Questa era una frase che le aveva insegnato Arianna ('Cosa dico se a Villa Elettricità protestano perché sono piccole?' 'Tu di' che l'agenzia Fate Veloci si serve abitualmente di loro con ottimi risultati').

«Va be', vedremo. Ricordatevi che per le sei al massimo dovete aver finito. Non ammettiamo ritardi».

'Ammettiamo' era un verbo che comprendeva, oltre a Wanda stessa, i signori Galateni, la loro figlia signorina Galateni, il famoso nonno Inventore, sua moglie, nata contessa, e il fratello di lei, l'abate Boselli, autore di alcune rinomate romanze per educande. La famiglia al completo, vivente o defunta, parlava abitualmente per bocca di Wanda.

Penelope, come abbiamo visto, non si lasciava spaventare facilmente, e così si limitò ad alzare il mento e a suggerire a Wanda di accompagnarle sul luogo dell'azione. Seguendole lungo stanzine e salette, le aiutanti bisbigliavano fra loro, paragonando Penelope a Giovanna D'Arco, così come l'avevano recentemente ammirata nel film con Milla Jovovich.

Il compito che le attendeva era notevole: riaprire e rendere scintillanti due saloni al pianterreno della villa, in cui si sarebbe svolta la festa di Natale.

«È dalla comunione della signorina Griselda che non li apriamo» le informò Wanda con sussiego, «ma quest'anno abbiamo deciso di fare una grandissima festa in onore dell'ingegnere e di sua moglie. Verranno parenti da tutta Europa, alcuni anche dall'Australia. L'ingegner Galateni, intendo dire il nonno, aveva sette fratelli, che son tutti scappati di casa in giovane età».

«E lui?» «Come mai?» «E poi?» «Come si chiamavano?» chiesero le Aiutanti alla rinfusa.

Wanda le fulminò.

«Siete qui per lavorare, non per chiacchierare».

E lavorarono. Non tutte con lo stesso ritmo, ma nell'insieme diedero il massimo. C'erano vetri da lavare, tappeti da passare al vapore, argenti da lucidare e parquet da incerare, lampadari di cristallo da lavare con la spugna, poltrone e divani da spazzolare, e le sei ragazze, tre di qua e tre di là, affrontarono ogni cosa senza paura. Certo, le uniche a non mollare mai erano Penelope e l'ardimentosa Matilde: Cristina passò un certo tempo al telefono con Dani, venditore di cappelletti porta a porta, Dafne e Sofia ogni tanto partivano all'inseguimento di un gattino che era entrato dal giardino, e Viola, oltre a preoccuparsi per l'interrogazione di filosofia del giorno dopo, si incantava facilmente a guardare un carillon, un ventaglio, un acquerello raffigurante le rive fiorite del Tanaro. Alle 18 in punto, però, i saloni erano splendenti e profumati. Il giorno della festa sarebbe passata Ginevra a decorarli con fiori freschi e composizioni natalizie, ma per il momento di più non si poteva fare. Le sfinite pulitrici furono regalmente ricompensate da Wanda, che da parte sua non aveva mosso un dito. Adesso, guardandole con nuovo rispetto, si pronunciò: «Avete fatto un buon lavoro. Non l'avrei detto, a vedervi. Tu, quanti anni hai?»

«Quindici» bisbigliò la bionda Dafne.

«Mmm...» Le fissò con occhi torvi, tipo una che sta per chiamare il Telefono Azzurro e denunciare Penelope per sfruttamento di minori, poi proseguì: «Sì... siete state brave. Se volete, prima di andare via, vi faccio vedere il rettilario».

Era un'offerta destinata a fare sensazione, e la fece. Le ragazze spalancarono occhi e bocca, e si informarono se stava parlando di serpenti.

«Certo. Che domande. È un rettilario. Sarebbe la passione della mia padrona, signora Olga. L'ha messo su nel '96».

Wanda aprì una serie di porte, e la piccola truppa la seguì fino a una stanzetta molto più luminosa e calda del resto della casa. La passione della signora Olga aveva la forma di una massiccia casetta di vetro in cui si muovevano stancamente tre grossi serpenti, mentre altri tre più piccoli dormivano come pietre sul fondo sabbioso.

«Guardate che belli... si chiamano Wotan, Odino, Sigfrido, Brunilde, Waltraud e Sieglinde. La signora Olga nutre grande ammirazione per il compositore tedesco Wagner».

Le ragazzine guardavano i serpenti incuriosite, e intanto si auguravano, più o meno silenziosamente, di non incontrare mai la signora Olga. Penelope, invece, aveva in mente tutt'altro.

«C'è qualche pitone, fra quelli?» chiese, con uno strano tremito nella voce.

Morgana non era mai stata cliente del Cigno Bianco, ma il simpatico architetto che aveva conosciuto in aereo tornando da Odessa abitava in una villetta poco oltre il celebre albergo, e così proprio quel mattino, e proprio a quell'ora, Morgana era passata in taxi davanti alla Jaguar di Filippo. Stava tornando a casa, un po' delusa dall'architetto, o forse un po' da tutti gli architetti, una categoria con la quale non si era mai fidanzata con vero entusiasmo. O forse un po' da tutti gli uomini. Yumi era uscito dalla sua vita, se non per sempre, almeno fino al Convegno mondiale sui

Sargassi che si sarebbe tenuto la primavera seguente a Singapore. Patrick le aveva mandato tre o quattro SMS poi, esaurito dallo sforzo, era scomparso nel nulla. Ormai, non avrebbe più avuto neanche i detective a inseguirla. Scendendo lungo le curve materne della strada collinare, cercava di ricordare un sogno che aveva fatto non molto tempo prima, in cui lei era una suora che ricamava in un chiostro. Ecco cosa voleva fare, entrare in un chiostro con una bella borsata di materiale da ricamo, e fermarsi lì per un po'. Un mese? Mentre cercava di stabilire la durata ideale di un soggiorno in monastero, aveva visto la macchina argentea, e il seguente spettacolo:
– una portiera aperta;
– un uomo seduto di traverso al posto di guida, che si tamponava la faccia con un fazzoletto;
– un uomo che, nonostante il fazzoletto con cui si tamponava la faccia, le parve di riconoscere come Filippo Corelli.

Archiviando momentaneamente il periodo monacale, Morgana fece accostare il taxi e scese. Si avvicinò a Filippo, si inginocchiò davanti a lui e gli disse: «Posso aiutarti?»

Lui si appoggiò alla portiera, si alzò in piedi, e svenne.

«Era lì, a letto, con la faccia piena di lividi, eppure ti giuro, Elena, da lui emanava una... non so... una luce... è pazzesca l'energia interiore di quell'uomo».

«Ah, certo... Invece Berny e Berry l'energia ce l'hanno tutta esteriore. Lo sai che oggi mi hanno tagliato tutti i narcisi con le forbici del pesce? Dovevi sentire come puzzavano i gambi!»

«Narcisi? Adesso?»

«Sì, i forzati di Natale... oddio, certo che detta così te li vedi tutti con la divisina a righe e la palla al piede, poveretti...»

«Elena, vuoi starmi a sentire per una volta in vita tua? Hai capito quello che ti ho detto?»

«Certo, non sono mica scema. Che Corelli ha avuto un piccolo incidente in macchina, ed era a letto, e che avete fatto del sesso strano in fretta e furia».

«Lui sembrava... assatanato, proprio. Voglio dire, sotto in cucina c'erano Arianna e Penny, il segretario era da qualche parte in giro, la Magenta poteva tornare da un momento all'altro, eppure, appena sono stata a portata di mano mi ha sbrancicata».

«Be', dev'esser stato carino... Anche Aldo, se Dio vuole, ha ripreso. L'unica cosa strana è che mentre lo facciamo tiene un fazzoletto in bocca e ci mugugna dentro».

E chissà cosa ci mugugna, pensò Ginevra, immaginando Aldo che masticava e tentava di inghiottire il nome di Morgana.

«Strano» disse a Elena. «L'avrà visto su Internet. Sai, quei siti dove ti insegnano a migliorare la resa erotica dei tuoi incontri. Comunque, con Filippo è stato... be', ecco... un po' ruvido... Però, mentre ce ne stavamo andando tutte e tre, ha mandato Antonio a chiamare Arianna. Ha detto che gli era venuta voglia di una minestrina di pollo, e se Arianna poteva fermarsi a preparargliela. Secondo te? Ha brancicato anche lei?»

«La minestrina di pollo! Ma sai che è un'idea fantastica? Non mi viene mai in mente. Domani sera la faccio ai bambini. Adesso chiamo Arianna e mi faccio dare la ricetta. Ciao».

La ricetta? Ginevra riappese desolata. Perché mi tengo per amica una deficiente che non mi sta mai a sentire e per fare bollire un pezzo di pollo nell'acqua ha bisogno della ricetta? Sospirò, sentendosi stanca e, chissà perché, triste.

Quando suonò il telefono, ebbe un brutto presentimento: quello era Martino, che avrebbe ricominciato a sfinirla perché lo facesse entrare a Villa Verbena a scopo criminoso. Rispose molto guardinga.

«Sì?»

«Senza punto interrogativo. Sì. Questo è quello che voglio sentire da te. Un sì a questa semplice e fondamentale domanda: mi ami? Vuoi venire a vivere con me and be my love, come diceva, credo, ma non ne sono sicuro, il poeta Spencer?»

«Ciao, Gabriele...»

«Tra cinque minuti sono lì. Ti ho comprato molti regali, questa settimana, e vorrei portarteli».

«No, senti, stasera proprio...»

«Ti devo parlare. Seriamente».

«Non stasera... io...»
«C'è qualcuno con te?»
«No. Però...»
«Allora non perdere questa occasione. Puoi convincermi, stasera. Se mi guardi negli occhi e mi dici che davvero ami un altro, sparirò dalla tua vita come una farfalla al tramontar del sole».
«Oh mio Dio...»
«Vengo?»
«Sì, ma....»
Aveva già riattaccato.

Arrivando a casa di corsa, col batticuore e preoccupata, Arianna trovò Nicola e Gimmi che mangiavano e, per una volta tanto, Nicola sembrava seccato.
«Eccoti qui, madonnina di Lourdes. Che ti è successo?»
«Mi è successo che mentre stavo uscendo, Filippo Corelli ha deciso che voleva una minestrina di pollo, e così mi sono fermata a prepararglela».
«Tempo necessario a preparare una mdp?»
«Tanto, Nicola. Ho dovuto far bollire le ali».
«Le ali di chi?» si informò, preoccupato, Giacomo.
«Del pollo, amore mio. Mmm... gli spaghetti al tonno... buoni... che bravo papi a cucinare, eh? Come stai, amore della mamma?»
«Male. Ma erano attaccate?»
«Perché male?»
«Erano attaccate al pollo, le ali?»
«No, staccate. Perché stai male?»
«Perché Bea mi ha picchiato».
«Bea? Ma va'».
Bea era la sua amica preferita dell'asilo, una bambina cerea, bionda, esile, dotata di notevole personalità ma scarsissima prestanza fisica.
«Sì invece. Con San Giuseppe».
«Eh?»
«Pare che questa Bea» intervenne Nicola, «abbia preso la sta-

tuetta di San Giuseppe dal presepio, e l'abbia abbattuta con forza sulla testa di tuo figlio. Tieni presente che al loro asilo sono megalomani e hanno un presepio stile Spaccanapoli. San Giuseppe sarà alto trenta centimetri».

«Oh mamma mia. Ma perché l'ha fatto? Cosa le è preso?»

«L'uovo Kinder, le ho preso, e me lo sono mangiato tutto!»

«Ah. E perché? Tu avevi il Pinguì, per merenda».

«Il Pinguì fa schifo! Non ha la sorpresa!»

«E quindi» concluse Nicola, mentre Giacomo ricominciava a mangiare i suoi spaghetti, «ecco chiarita la meccanica del delitto. Resta da aggiungere che Giacomo ha una piccola ferita in testa, che dall'asilo ti hanno cercata ma tu avevi il cellulare spento, che hanno trovato me, che io sono andato a prenderlo e me lo sono portato in agenzia».

«Ho giocato con Rosalba!»

«E chi è?»

«La nostra centralinista».

«Quella dell'esagono viola?»

«Torniamo alla minestrina di pollo, Arianna. Non potevi fargliela col dado?»

«Guarda che è lavoro, Nicola. Mica ci vado a divertirmi, a Villa Verbena».

«Mmm... comincio a chiedermelo, Wendy, luce della mia vita».

Arianna si chiese se indignarsi o far finta di niente. Al momento, non aveva ancora tecnicamente commesso adulterio. Anche quella sera, mentre le ali bollivano, Filippo si era limitato a baciarla e a farle un gioco con le carte. Però era strano. Frenetico. Sembrava... non so... che avesse qualcosa in mente. E poi, quei lividi... quella ferita al labbro... era molto sexy, baciare un uomo con una ferita al labbro... Tutto sommato, le conveniva far finta di niente.

Si buttò su una sedia con un sospiro.

«Lascia perdere, tesoro. La mia unica gioia è pensare che giovedì partono e fino a dopo Capodanno non tornano. Così mi avrete sempre a casa, voi due. Vi uscirò dagli occhi. E adesso potrei avere anch'io due spaghetti?»

Penelope, già con il cappotto addosso, più il berretto blu a trecce che le aveva fatto ai ferri zia Silvana, era ferma davanti alla gabbia dei topolini, e li guardava con intensa concentrazione. Anche Flora li guardava con intensa concentrazione, facendo i suoi soliti versetti cigolanti, e saltellando sulle quattro zampe, come un gattino a molla. In quanto ai topi, era chiaro che avrebbero preferito non essere così al centro dell'attenzione. Una vita defilata, lontano dai riflettori, ecco ciò a cui ambivano. Penny li contava: uno, due, tre, quattro... all'improvviso da tre erano diventati sette. Come mai? In quel momento alle sue spalle stava arrivando proprio la persona giusta a cui chiedere spiegazioni.

«Vieni, Penelope, ti accompagno a casa».

Penny guardò Antonio e gli sorrise: «Perché?»

«Perché devo dirti una cosa».

Di per se stessa, non era una frase che giustificasse tutto quel batticuore, quindi Penelope cercò di non sfarfallare troppo con gli occhi e si avviò verso la porta.

«Come mai adesso ci sono sette topi?»

«Ne ho comprati un po' per non trovarci poi a corto di cibo durante le feste».

«Ma se gliene date uno al mese!»

«Ti dirò, credo che Maria per Natale abbia in mente di regalare un altro pitone a Filippo. Una femmina».

«Oh no...»

«Eh, lo so. Ma si è fissata. Dice che ha visto una bellissima pitonessa in un allevamento vicino a Ferrara».

Per tutto il viaggio, Pen si mantenne singolarmente attaccata all'argomento pitoni: vita, abitudini, rapporti con estranei, disponibilità a entrare in sacchetti manovrati da sconosciuti... Antonio sapeva che sarebbe stato più saggio capire bene che cosa aveva in mente, ma per motivi suoi preferiva non addentrarsi troppo nei pensieri di quella ragazza, così passò all'argomento che aveva scelto come scusa per stare venti minuti in macchina con lei, diciamo mezz'ora se aveva la fortuna di beccare l'onda rossa.

«C'è una cosa che devo dirti».

Lei annuì, improvvisamente senza voce.

«Probabilmente stasera riceverai una visita o una telefonata di tuo cugino».

Questo voleva dirle? Girò la testa di scatto, e Antonio, avendo interpretato correttamente il movimento, trattenne per un attimo il respiro.

«Il quale Mimmo ti racconterà che stamattina ha picchiato Filippo, per impedirgli di portare Leyla all'Hotel Cigno Bianco».

«Ah... per quello Filippo è rovinato... non perché un camion gli ha sbattuto la portiera in faccia».

«No. Quella è la versione modificata per Arianna, Ginevra e soprattutto Maria, ma la verità è questa».

«E Leyla? Perché voleva andare in un hotel con Filippo?»

«Perché credeva di andare a fare un provino, a quanto ho capito».

Antonio raccontò tutto a Penelope, omettendo solo che a riportare a casa la Jaguar e Filippo era stata una bellissima anonima bruna.

«Accidenti» Penny sospirò, «Mimmo sarà stravolto. Speriamo solo che non succedano casini con Leyla».

«Infatti. Te l'ho detto perché magari se arrivi preparata riesci a calmare un po' le acque».

«Però....be'... non pensavo che Leyla piacesse anche a Filippo».

«Oltre che a?»

«Te».

«Ah già. Questa tua bizzarra convinzione che io voglia fidanzarmi con Leyla. Chissà come è nata».

«Perché, non è vero?»

«No. Per niente. Non sono interessato. Sai, a me non piacciono molto le ragazze».

«Allora aveva ragione Ginevra. Lei l'ha sempre detto che sei un gay».

«Ah. Ma guarda. E cos'altro dice?»

«Che sei innamorato di Filippo. A me veramente non pare per niente. Ma lei insiste, dice che avete un rapporto ambiguo».

«Questo è senz'altro vero, ma non in quel senso. No, non sono gay. Provo una violenta ed esclusiva attrazione fisica per le femmine. Per alcune femmine».

Erano fermi a un semaforo, e l'aria dentro la Jaguar si era fatta molto spessa. Entrambi avevano l'impressione di respirare purè.

«Dicendo che non mi piacciono» continuò Antonio, «mi riferisco a una valutazione più generale. Non mi sono simpatiche, nutro per loro scarsa e sporadica stima, non mi fido di loro, solo raramente mi divertono e solo per breve tempo mi interessano».

«Quindi sei uno di quei... come si dice... sei un misogino!»

«Eh. Mettiamola così. Sono stato sposato, e la considero un'esperienza molto deludente. Non la ripeterò e, tanto per stare sul sicuro, non mi fidanzo mai. Con nessuna. Ho solo delle... come dire?»

«Be', non c'è bisogno di dire. Ho capito».

Penelope restò in silenzio per un attimo. Erano arrivati davanti a casa sua, e l'unica luce nel buio della piccola via Vittoria era l'instancabile abetino che cantava sul balcone dei suoi.

«Mi spiace per te, però».

Dopo questa piccola informazione, Penelope, per la seconda volta in poche ore, lo baciò, ma questa volta nel bacio restarono intrappolati tutti e due, e uscirne richiese ad Antonio tutta l'ira che aveva accumulato negli anni.

«Grazie, Penny. Ma non dispiacerti. Ho altre cose».

Lei annuì, gli sorrise, perché era sempre e comunque una ragazza gentile, e scese dalla macchina.

Lui restò lì ancora un po'. Se torna indietro, cedo, pensò. Ma Penelope non era il tipo che tornava indietro.

A differenza di Antonio, Gabriele era un uomo che sapeva accettare l'inevitabile e anche in fretta, così, quando si era reso conto che si era davvero imbattuto nel primo grande amore della sua vita, non era stato lì a fare tante storie. La certezza l'aveva raggiunta proprio durante la settimana della tournée, trascorsa in luoghi incantevoli affacciati su laghi bellissimi, in compagnia di una piccola orchestra a larga base femminile. Essendo un uomo che conosceva la tristezza soltanto come strumento di seduzione, non aveva niente contro i laghi d'inverno, anzi, la luccicanza di una Stresa natalizia e la nebbiolina lo avevano messo di ottimo umore. A migliorare la situazione, c'era la violinista Barbara, con cui aveva già avuto una storia e che era sempre pronta per un nuovo, ma non ripetitivo, capitolo. E c'era una nuova violista, Li Meung, la più perfetta cinese da film che si potesse immaginare, bella, misteriosa e ferma lì ad aspettarlo. Non solo, avevano anche una violoncellista aggiunta (oltre a Giulia, ma Giulia era pericolosa perché a furia di far finta di niente era quasi riuscita a sposarselo, e il bello era che neanche gli piaceva tanto), una ragazza svizzera con un fisico insormontabile, di nome, addirittura, Heidi. E in una condizione ambientale del genere, lui non faceva che pensare a Ginevra e le altre non le guardava neanche. E non si trattava di ripicca o fissazione perché lei non ne voleva sapere. Era già capitato che poche bizzarre creature si fossero rifiutate di avere a che fare con lui, magari perché sposate, o innamorate di altri, o semplicemente perché, il mondo è tanto strano, non lo trovavano di loro gusto. Ma lui non si era mai intestardito. Aveva sempre agito secondo il principio che è inutile perdere tempo con una che fa la difficile, quando ce ne sono talmente tante che invece farebbero volentieri le facili. Con lui, il fascino della donna che fugge andava perso. In più, bisogna dire che Ginevra non si era dimostrata proprio una roccia di inaccessibilità, le ultime volte che si erano trovati sullo stesso divano. Se lui avesse mirato solo a quello, be', quello era a portatissima di mano. E quindi, cos'era successo? Era successo così, che si era innamorato. Preso atto della novità, aveva deciso di sposarsi subito, sistemare la mansarda sopra casa sua per fare una bella stanza grande per i bambini, e avvertire sua madre a Trieste che cominciasse pure a lucidare tutta quell'argenteria austroungarica che tenevano chiusa nei bauli. Per la festa di nozze. L'unico intoppo era che la ragazza ancora non si era accorta di quanto andava pazza per lui.

E in effetti, quando Ginevra gli aprì la porta, non presentava un aspetto da innamorata. Niente occhi luminosi e lieve rossore. Sembrava assonnata e nervosa. E ben decisa a stargli lontana.

«Neanche un bacio di bentornato?»

«No. Se vuoi, ti faccio un caffè, e poi ti parlerò seriamente, come hai detto tu».

«Calma. L'ordine del giorno prevede caffè, regali e solo al terzo punto parlare seriamente».

Mezz'ora dopo, Ginevra contemplava incantata dieci fogli di carta di Varese stampata a rose, tutti disegni diversi, e tutti disegni bellissimi. C'erano rampicanti con le foglioline verdi, boccioli color crema con il cuore di fragola, grandi rose rosa mezze sfatte e quasi profumate, roselline bianche a mazzetti fitti su uno sfondo che variava da verde ad azzurro a seconda di come giravi il foglio. C'erano rose liberty, eleganti, e rose rinascimentali, struggenti. Roselline rosse intrecciate con lunghi nastri bianchi, e rose fucsia stemperate da un fondo argenteo. Appena si fu ripresa da quella meraviglia, le toccò una boccetta di un profumo distillato a Stresa da una signora inglese che viveva di e tra le essenze. Gelsomino, magnolia, vaniglia e pepe nero... Poi, arrivò una sciarpa di seta di Como, larga un metro e lunga due, di un rosso porpora che finora Ginevra aveva visto solo sulla stagnola di certi cioccolatini, e una palla per l'albero di Natale comprata a Pallanza, di vetro trasparente attraversato da strisce argento e blu. E per finire, un barattolo pieno di caramelline piccolissime incartate in stagnole di tutte le sfumature del colore.

«Questo veramente non vale perché l'ho preso all'autogrill, però mi piaceva, e allora...»

Ginevra era sopraffatta. Con la gola secca, cercò scampo nel formalismo: «Non pensavo che ci saremmo fatti dei regali di Natale, e poi...»

«Natale? È forse Natale, oggi? Guarda il calendario: lunedì 18 dicembre. Natale è fra una settimana. Ti sembro il tipo d'uomo volgare e approssimativo che dà i regali di Natale una settimana prima? Questi sono regali di ritorno dal viaggio. Dei regali di Natale se ne parla a Natale».

E fu lì che, con grande sgomento di entrambi, Ginevra scoppiò a piangere, dicendogli fra i singhiozzi che facendo così la metteva tanto, tanto in difficoltà.

Gabriele si era ripromesso di non buttarla sul piano fisico, ma a quel punto fu costretto a stringerla fortissimo e a dirle molte volte 'amore mio', oltre a 'non piangere' e a 'stai tranquilla'.

«N... no» singhiozzava lei, «n... niente. Tr... tranquilla. Io amo un altro, e tu sei così... così... sei così m... meraviglioso e io... ma se tu... t... ti prego, non esserlo!»

«Tu ami un altro? Sei sicura?»

«Sì! Ho anche fatto l'amore con lui. Davvero. Non... non è una storia facile, ma vedi... lui è come Fabrizio, solo più...»

Gabriele si alzò in piedi, e la fece tacere con uno sguardo: «Mi stai per caso parlando di Filippo Corelli?»

«Sì...»

«È come Fabrizio solo più? E tu lo ami? Allora non c'è nient'altro da dire. Visto che mi hai convinto? Ciao, mia cara Ginevra, non ti tormenterò più».

Con molta calma, Gabriele si rimise il cappotto, e si avviò alla porta.

«Aspetta! I regali! Prendili! Non... non me li merito...»

«Sei andata a scuola dalle suore, Ginevra?»

«Sì. Perché?»

«I regali non si meritano».

«Aspetta!» Adesso che lo vedeva andar via, a Ginevra sembrava essenziale dargli almeno un bacio, di ben tornato, e ben andato via, e ben dimenticato. Ma Gabriele era già sul pianerottolo, e con grande garbo aveva chiuso la porta.

Martedì 19 dicembre

«Tu pensi mai di andartene via da tutto e cominciare una nuova vita ad esempio nel Galles?»

Ginevra rivolse questa domanda a Penny alle 13.45 di martedì, mentre mangiavano insieme un panino in agenzia, prima di partire per i rispettivi incarichi pomeridiani. Ginevra doveva creare un meraviglioso effetto 'Giardino d'inverno' nel salone di quaranta metri quadri di una contessa che dava una festa di Natale, mentre Penny doveva ripulire l'appartamentino di trenta metri quadri di una broker che aveva dato una festa di Natale.

«No. Dov'è il Galles?»

«Nell'Inghilterra meridionale. Era solo un esempio. Andartene via e ripartire da zero in qualsiasi posto».

«No. Io voglio restare qui. Mi piace. Mi verrebbe già male a cambiare quartiere».

«E viaggiare? Vedere il mondo? Lo sai che in India c'è una città tutta fatta di pietra rosa?»

«Guardi le videocassette della serie 'Città del Mondo'».

Ginevra sospirò. Penny non la capiva. Lei, da quando Gabriele aveva chiuso la porta di casa sua la sera prima, aveva molta voglia di viaggiare. Immaginava di girare il mondo con Filippo, seguita da un set di valigie di pelle rossa. 'Sarà bellissimo' continuava a ripetersi, 'bellissimo. Ci inviteranno nelle università di tutto il mondo. Visiterò giardini meravigliosi...'

Era arrivata a 'giardini meravigliosi' quando squillò il campanello. Tutte e due restarono col boccone di panino in gola. Chi era? Perché? Era Antonio? Era Gabriele? Era Filippo?

Era Martino, flessuoso e pieno di élan vital.

«Ciao Gin. Buongiorno, signorina... sconosciuta? No. Ci siamo già visti, vero?»

«Sì. A casa di Filippo Corelli. Tu eri un invitato, e io la cameriera».

Penny e Martino si guardarono, e fra loro scattò qualcosa. Due creature ai margini del soprannaturale si erano incontrate e riconosciute. Come un elfo di Tolkien e un genio delle *Mille e una notte* che si trovano insieme casualmente in Piazza Affari a Milano. Per diversi che siano fra loro, sanno di essere molto più diversi da coloro che li circondano. E scatta immediata e spontanea l'intesa, per una comune strategia ai danni degli umani.

Mentre Penelope e Martino uscivano insieme dall'agenzia parlando fitto fitto, Filippo, ancora piuttosto pesto, era chiuso nel suo studio e batteva sui tasti del computer. Nel suo modo di scrivere non c'era niente che suggerisse i tormenti e le esitazioni di un pensiero creativo. Sembrava piuttosto un esercizio atletico. Accanto a lui, seduto a un grande tavolo coperto di carte e mappe, Antonio riordinava appunti e foglietti.

«Direi che siamo abbastanza a posto. Abbiamo il fiume, la luce nelle varie ore del giorno, le rose e le stelle. Il cioccolato e la disposizione delle strade sono a posto. Abbiamo catalogato venticinque negozi, sette case private, cinque ristoranti e dodici bar. Sappiamo tutto sulle piste ciclabili, gli ippocastani e i fuochi artificiali in giugno. Abbiamo segnato sulla cartina i bancomat del centro e un paio di ipermercati. Mi sembra che la storia non abbia bisogno di molto altro, no?»

«Aha».

«Quindi se vuoi possiamo andarcene. Abbiamo finito. Facciamo le valigie e torniamo a casa».

Antonio aveva deciso così. Di tornare a casa sua a Ferrara, una piccola villa del Settecento, con un melangolo in ogni aiuola. Ma Filippo non sembrava dell'idea. Si voltò a guardarlo con sospetto.

«Non direi. Perché dovrei volere, scusa?»

«Perché ti vedo un po' messo male nei rapporti con la città. E con le nostre colf in particolare, con i loro cugini, eccetera».

«Ah, che importa. Non tengo rancore. E poi con almeno due delle suddette colf sono messo benissimo. Basta che schiocchi le dita e mi saltano nel letto come due volonterose piccole pulci. Se le pulci scodinzolassero, loro lo farebbero. In quanto alla tua amata Penelope, stai tranquillo, non ce l'ho con lei. Non più. E neanche con suo cugino. Trabocco di benevolenza, sono come un'arnia che profluvia miele. Si dice, profluvia?»

«No».

«Be', l'idea è quella. Mi sento come quel tizio che sta a cavallo in Campidoglio».

«Marco Aurelio?»

«Lui. L'imperatore filosofo. Tu hai davanti a te un imperatore filosofo. E poi, come facciamo ad andarcene? Maria debutta fra quindici giorni».

«Come va, con Maria?»

«Benissimo. Non ci frequentiamo più. Pensa solo a Ibsen. Ha smesso di allungare le mani. Se continua così, chissà, magari fra un po' potrebbe venirmi di nuovo voglia di allungarle io. Per quanto...»

«Per quanto?»

«Niente. Non voglio andar via, Antonio. Dai, lasciami stare qui».

Antonio posò il quaderno su cui stava elencando ventisette nomi di cioccolatini, e andò a guardare Filippo da vicino.

«Chi è lei, questa volta?»

Filippo reagì con insolita asprezza.

«Nessuna. Niente. Sono stufo delle ragazze, Antonio. Voglio pensare ad altro per un po'. Il mondo è pieno di altre cose. Che ne so, lo sapevi tu che ci sono dei pesci che di notte illuminano il mare?»

Nora, ferma in mezzo alla scena, stava spiegando a Torvald che da otto lunghi anni aspettava un miracolo, e quello niente. Salvo

Robusti, il regista, la guardava provando in cuor suo una desolazione senza nome.

«Maria! Stop! Fermati! Quando dici: 'Ecco, il prodigio sta per compiersi' non è perché speri tanto di trovare la Tartallegra che ti manca nelle merendine Mister Day. È perché speri che tuo marito si dichiari colpevole di truffa al posto tuo».

«Sì, ma lei è capricciosa...»

«Non cretina, però!»

«Vorresti dire che io sono cretina?»

«Facciamo pausa, va bene? Una lunga lunga pausa. Facciamo una lunga pausa che eviterà ad alcuni di noi di commettere atti criminali».

Il regista scomparve tra le quinte, e Maria sbuffò, slacciandosi finalmente sei o sette bottoncini del suo severo abito borghesemente ottocentesco. Faceva presto, lui, a dire. Lui aveva da pensare solo a quella noiosa di Nora, a quell'imbecille di Torvald e a quel dottore che si suicida o cos'è che fa, e comunque gli attori di questa compagnia sono tutti tutti gay tranne l'usuraio e allora come diavolo si fa a creare la tensione erotica, che se in scena non c'è quella *Casa di bambola* non ha motivo di esistere? Se Torvald non spasima dal desiderio di portarsi a letto Nora, che ci stiamo a fare tutti in questo teatro per due ore? E come, come può Torvald spasimare per Nora se: primo, va a letto tutte le sere con un cameriere della pizzeria Fratelli La Cozza, secondo, io me ne sto qui imbacuccata in una palandrana che non darebbe le smanie neppure a un prete di campagna? Ma poi il punto non era quello. Interrompendo queste riflessioni su Ibsen, Maria tornò a quello che era per lei in quei giorni il pensiero dominante. Martino, Martino, Martino. Da quando erano tornati dal Friuli, il suo appassionato amante sembrava un po' meno appassionato e molto meno amante. Già in Friuli, si interessava più al röstli di patate che a lei. E pensare che Maria si era data tanta pena per mentire a Filippo, convincere sua madre a fingere che lei fosse lì invece che in un albergo a venti chilometri, eccetera eccetera. Tutto per cosa? Per esser sottoposta a interminabili interrogatori sulle attività letterarie di Filippo, sui suoi acquisti recenti, e su non so più che quadro che l'anno scorso aveva comprato a un'asta. Cos'era? Un fiammingo? Boh. Domande e domande. E da quando erano tornati, neanche più quelle. E neanche una toccatina spinta in camerino. Adesso, però, c'era la pausa... e Martino se ne stava tutto solo laggiù, a lucidare con la cera d'api il tavolo di ciliegio del primo atto... Maria gli andò vicina, e gli sussurrò: «Ehi. C'è pausa. Vieni nel mio camerino».

Martino la guardò con aria di rimprovero: «Ti sembra il caso? C'è tuo marito, nel tuo camerino».

«Cosa? Filippo è qui? Ma se è ancora tutto indolenzito che non si muove...»

«Non ho detto il tuo amante. E neanche il tuo convivente. Ho detto: tuo marito. Vai un po' a vedere».

Ah, com'è dura la vita delle Fate Veloci, a volte. Quel martedì pomeriggio alle cinque erano già pronte a chiudersi alle spalle la porta dell'agenzia per andare a Villa Verbena, speranzose o preoccupate secondo il carattere, quando arrivò una telefonata di Filippo che le dispensava. Lasciate stare, stasera, non venite. Usciamo a cena... è tutto in ordine... il giardino è sepolto sotto trenta centimetri di neve... i camini sono pieni... prendetevi la serata libera, ci vediamo domani così ci salutiamo prima di Natale... bye bye blackbird. A rispondere era stata Penny, molto sollevata nel sentire che il loro principale non sembrava offeso. La sera prima aveva invano cercato Mimmo e Leyla: non erano a casa di lui, né a casa di lei, né al ristorante. Ottimista, Penelope li immaginò, chissà perché, su una spiaggia di Spotorno, intenti a far pace al ritmo del mare d'inverno.

«Ma cosa ti ha detto? Che voce aveva? Non ti ha chiesto di me?» Ginevra le scuoteva un braccio, e Arianna, attaccata all'altro, incalzava: «Ma insomma, cosa ha detto?»

«Solo di non andare, che ci vediamo domani. Ciao ragazze, io ne approfitto per passare ad aiutare mia madre, che sta preparando gli agnolotti per trentuno persone».

Anche Ginevra schizzò via in direzione casa, e Arianna restò sola con suo figlio, presente in agenzia fin dalle tre e mezzo.

«Allora, non devo andare a lavorare, perciò non ti porto a casa della nonna. Dove vuoi che andiamo?»

«A casa mia!» urlò felice Giacomino. «A giocare coi Lego!»

Arianna passò il resto del pomeriggio a costruire un paesino di Lego, in cui una famiglia di Lego svolgeva innumerevoli attività, tipo piantare fiori, spostare le finestre, e incastrare bene i cavallini nei prati.

«Questo» disse Giacomo indicando uno stallone nero, «si chiama Prontopizza!»

«Prontopizza?»

«Sì! E questo Baggablù!»

«Prontopizza e Baggablù. Che gli facciamo, per cena?»

Prepararono il passato di verdura, e intanto Arianna pregustava la contentezza di Nicola. Ah, viene giusto bene, una serata così, dopo i sospetti di ieri. Che strano, però, lui è sempre così tranquillo e fiducioso, non dubita mai di me, in pratica non pensa mai a niente tranne che alle sue stupide storie. Comunque sarà contento, di trovarmi già a casa, che gioco con Gimmi, e la cena pronta, e l'aria da brava moglie, con il profumo e tutto. Anzi, già che c'era, decise di esagerare, e mise anche un cd di Natale, in modo che Nicola fosse accolto da Perry Como che cantava *Santa Claus is comin' to town*. Così, Arianna si preparava a una serata di devozione coniugale, che però tardava a iniziare. Erano le sette, erano le sette e mezzo, erano le otto, e Nicola non era ancora tornato. Giacomo aveva molta fame, e Arianna gli spiaccicò un formaggino su un cracker mentre chiamava la Proposte.

«Sì?»

«Buonasera. Potrei parlare con Nicola Borghi? Sono sua moglie».

«Buonasera. Purtroppo no».

«Purtroppo no cosa? Chi parla?»

«Sono Gianni. Eh... ci siamo conosciuti alla festa. Ah, tra l'altro, per il cocktail di venerdì sera...»

«Tutto a posto. Sarà uno schianto. Senti, Gianni, purtroppo no cosa?»

«Purtroppo non puoi parlare con Nicola. È andato... sai Rosalba?»

«Rosalba? La centralinista?»

«Sì. Si è infilata alcune grosse spine di riccio in un piede e...»

«Spine di riccio? Ma dove?»

«Oh, mi suona il cellulare... ti devo proprio lasciare, con molto rammarico. Se Nicola ripassa in agenzia, ti faccio chiamare».

Alle nove, Nicola non era tornato e non aveva chiamato. Il suo cellulare affermava che al momento il cliente non era raggiungibile. Giacomo era già a letto, e Arianna si sentiva un po' strana. Gli unici elementi a sua disposizione erano che Nicola era scomparso, e che Rosalba la centralinista si era infilata delle spine di riccio in un piede, il 19 dicembre, in un posto ad almeno centotrenta chilometri dal mare più vicino. Erano talmente tanti anni, diciamo almeno sette, che Arianna non provava più nemmeno il più remoto batticuore di gelosia nei confronti di suo marito che non era neanche ben sicura di sapere come si facesse. Per rinfrescarsi la memoria, chiamò Daniela, che le ingiunse di cominciare subito a preoccuparsi, e anche tanto.

«Ma scusa... mi ha sempre detto che mi avrebbe tradita solo con Uma Thurman, Nastassja Kinski o Sharon Stone...»

«E che ne sai tu di com'è questa centralinista?»

«L'ho vista! È una specie di cricetino insignificante...»

«I cricetini insignificanti! Quelle sono le più pericolose... quelle che si insinuano, che fanno pena, che inteneriscono... Non lo sai che il più preoccupante commento che il tuo uomo può fare su un'altra non è 'È figa', ma 'È tanto tenera'?»

«Nicola non ha mai detto che è tenera. Mi ha solo detto che piange sempre...»

«Peggio che mai! Stai attenta, Arianna...»

Eh, sto attenta. Arianna riattaccò, con la sensazione che per stare attenta, ormai, fosse un filo tardi.

Stefano Garboli, giovane attore e sposo attualmente situato su una poltroncina di velluto blu, non si era mai rassegnato a perdere Maria. La amava con fanatica devozione, e sbaglierebbe chi pensasse che da parte sua c'era anche un pochetto di interesse. Certo, Maria era più famosa, e lui lavorava sempre a rimorchio di lei, ad esempio, aveva fatto una piccola parte di bagarino nel film di Salvatores che l'aveva lanciata, e una più grossa parte di tifoso ultrà nel film di Virzì che l'aveva consacrata, ma non era per quello, no. Lui la amava proprio. Adorava essere un po' coccolato e un po' disprezzato da lei. Quando Maria aveva accettato di sposarlo, era quasi trapassato dalla felicità, e neanche ci aveva fatto caso che lei aveva venduto l'esclusiva delle nozze a 'Novella Duemila' per tot milioni. I milioni se li era presi tutti Maria, a lui erano bastati i confetti. E adesso che aveva, forse, la possibilità di riconquistarla, aveva deciso di andare di persona. Quando se lo vide davanti, seduto lì, con un nuovo taglio di capelli e una giacca di Romeo Gigli, Maria provò una vaga fitta di tenerezza.

«Ehi, Stefano! Che ci fai qui? Come stai?»

«Così. Sono venuto a vedere come stai tu. Ti rende felice, quel tipo?»

Maria non aveva mai avuto niente da obiettare al fatto che Stefano parlasse come Eduardo Palomo o Jorge Martinez o gli altri grandi eroi delle telenovelas. Anzi, finalmente a suo agio, riversò su Stefano il fiume in piena del suo cuore esulcerato. Gli raccontò che Filippo correva dietro a tutte, e che lei aveva trovato un nuovo grande amore, solo che questo tizio non era nessuno, non era in grado di garantirle un brillante futuro, mentre Filippo comunque, solo per dire, stava trattando un film con la Miramax e lei...

Stefano la bloccò. Era arrivato il suo momento. Inspirò e disse: «Se è solo per quello, bambina, io posso offrirti di meglio».

Mercoledì 20 dicembre

Rientrare alle tre del mattino in una casa in cui ti aspetta l'uomo con cui vivi può essere imbarazzante, soprattutto se lo avevi chiamato alle sette e mezzo annunciando: «Faccio un po' tardi». Vero è che Filippo le aveva risposto: «Anche io, non ti preoccupare. Devo vedere il sovrintendente del Regio per quel mio progetto», ma, si chiedeva Maria, quanto tardi si può fare con un sovrintendente uomo? Massimo undici, undici e mezzo. Cercando di passare inosservata, andò alla porta sul retro, quella della cucina, ed entrò piano piano, senza accorgersi purtroppo che lungo il percorso c'era la coda di Flora, nel suo ruolo di timorosa gattina da guardia. Flora non brillava per doti vocali, normalmente non si spingeva molto oltre un trepido squittio, ma in quel caso diede fondo alle sue risorse producendosi in uno strillo stridulo e sinistro che avrebbe fatto la gioia di Sam Raimi. Mentre Maria le comunicava quello che pensava di lei, e più in generale della presenza di sporchi animali pelosi nelle case civili, si accese la luce della cucina e apparve Antonio.

«Ah, bene... niente ladri. Ciao, Maria».

«Sshh... parla piano, che se Filippo non si è svegliato...»

«Filippo non c'è. Non è ancora tornato».

«Eh? Ma sono le tre!»

«E un quarto».

«Oddio... non è che mi sta cercando? Perché sai, sono andata ai Murazzi con...»

«Non raccontarmi niente. E non preoccuparti per Filippo. Ha altro a cui pensare».

Maria sbuffò.

«Ecco, lo sapevo. Altro che sovrintendente. Chi sarebbe, quest'altra a cui ha da pensare? Una delle tre servette?»

«Ho detto 'altro'. Tu non ci avrai fatto caso, ma da qualche giorno lo vedo molto preso dalla biologia marina...»

«Ah sì? E dove la esercita la biologia marina alle tre di notte?»

«A occhio e croce, direi nel quartiere Vanchiglia. Buonanotte, Maria».

E in effetti, nel piccolo alloggio al terzo piano di via Napione, borgo Vanchiglia, Filippo era sveglio, ma non stava occupandosi di biologia marina. Guardava nevicare dalla finestra del cucinino, e chiedeva notizie dell'albero in mezzo al cortile.

«È grande, eh? Me lo vedrei bene pieno di scimmie».

«Strano che tu dica questo. Una volta, mi è sembrato di vederci un koala. Nascosto fra le foglie, più o meno a metà. Mia sorella diceva che era un gatto, ma era troppo grosso, e le orecchie erano da koala e anche la faccia».

«E poi?»

«Non è mai più tornato. Comunque, è un tiglio. Peccato che sei venuto in questo periodo. In luglio ti tramortisce dal profumo».

«Dev'essere bellissimo fare l'amore qui sul pavimento della cucina, con la finestra aperta e tutto il profumo del tiglio».

Morgana rifletté.

«Sai che credo di non averlo mai fatto, qui in luglio? In realtà ci porto gli innamorati solo se passo di qua mentre i miei sono via, e in luglio mi pare che non sia mai successo».

Filippo le passò un braccio su una spalla, la personificazione stessa del liceale.

«E il 20 dicembre? Perché se non l'hai mai fatto neanche un 20 dicembre, si potrebbe...»

«Ti ho detto di no. Ed è no. No, no e no».

Tra un no e l'altro, Morgana dava a Filippo dei piccoli baci qua e là. Filippo lo trovava esasperante.

«Allora, se è no, non mi baciare».

«Scusa».

«Ma poi perché no? Perché? E non mi ripetere quella stupidaggine della pausa!»

L'incontro fra Morgana e Filippo, anzi, il reincontro dopo qualche passaggio incrociato a feste e festival, aveva provocato in loro due reazioni affini ma poco compatibili. Quando Filippo le era svenuto ai piedi, Morgana aveva provato uno sbalorditivo senso di innamoramento, unito alla decisione di non fare più l'amore per almeno sei mesi. Quando Filippo era rinvenuto e aveva visto Morgana che gli applicava del ghiaccio alle tempie, aveva provato uno sbalorditivo senso di innamoramento unito alla sensazione che non sarebbe mai riuscito a fare un gioco di prestigio in presenza di quella donna. Ciascuno aveva cercato di rimediare alla novità con i sistemi classici, quelli che in passato avevano sempre funzionato. Morgana aveva passato parecchie ore attaccata al suo iBook, consultando su Internet il sito dedicato alle ultimissime attività del plankton. Filippo aveva riprovato con Ginevra, pensando che tartassare una sorella potesse servire a riportare anche il rapporto con l'altra nell'ambito delle normali mascalzonate. Morgana aveva anche telefonato a una zia suora, Madre Pia dell'Estrema Beatitudine, chiedendole informazioni sulla vita monastica. Era possibile iscriversi a un ordine religioso per un periodo limitato? Filippo aveva trasformato la sveglia sul suo comodino in una colombina rosata, aveva telefonato all'assessora proponendole erotismo telefonico e aveva ordinato su Internet uno dei quadri più sgradevoli di Gligorov. Niente da fare. Morgana continuava a pensare a lui, e lui continuava a pensare a lei. Così, martedì sera si erano trovati a casa dei genitori di Morgana, dove Filippo aveva spezzato una bacchetta magica comprata in cartoleria (purtroppo non sapeva a memoria il monologo di Prospero) e Morgana gli aveva spiegato che non aveva intenzione di fare l'amore né con lui né con nessun altro per moltissimo tempo. Aveva bisogno di una pausa, voleva portare avanti una ricerca che le facesse vincere il Nobel, e in più pensava di essere veramente innamorata di lui e l'unico modo per esserne certa era evitare il percorso abituale. Filippo votava invece a favore del percorso abituale, corretto da un'etica diversa. Avevano discusso per ore e ore, e adesso, davanti al tiglio, non si facevano progressi.

«Insomma, cosa facciamo, allora?» chiese Filippo dopo qualche altra insistenza e qualche ulteriore diniego.

«Lo so io» disse Morgana. «Facciamo così. Lasciamo passare Natale, che tanto non ci vediamo. Poi io il 28 dicembre parto per Haifa, devo andare a tenere un seminario sulle Peptidi... Da lì ti chiamo e ti faccio sapere».

«Sapere cosa? L'unica cosa interessante che puoi farmi sapere è se hai cambiato idea».

«Ti faccio sapere come organizzare il nostro futuro».

Filippo le morse fortissimo l'indice della mano sinistra.

«Ahia!»

«Ti odio. E adesso apri bene le orecchie, perché devo dirti una cosa che ti stupirà».

Martino e Penelope cominciavano a essere un pochino stanchi della reciproca compagnia. Erano parcheggiati davanti a Villa Verbena dalle sette e mezzo. Ogni tanto facevano un giretto, un paio di volte a testa erano andati fino al bar, ma insomma, erano insieme da circa sei ore e non avevano più tanto da dirsi. Penny aveva raccontato a Martino i suoi seguenti film preferiti: *Flashdance*, *Robin Hood un ladro in calzamaglia* e *Scream*. Martino aveva raccontato a Penelope sei o sette delle sue avventure, tacendo solo i particolari che avrebbero potuto incriminarlo. Poi, su richiesta, le aveva narrato qualche aneddoto relativo all'infanzia di Ginevra (quando aveva morso la zia suora, quando aveva regalato a una sua amica gli orecchini di brillanti della mamma, quando si era nascosta nell'armadio della biancheria, e si era addormentata lì e nessuno più la trovava e papà aveva chiamato la polizia, per fortuna, perché così la mamma era andata a prendere un asciugamano pulito per l'ispettore che voleva lavarsi le mani, e l'avevano trovata). Avevano parlato della loro musica preferita, i Pizzicato Five e i Placebo per Martino, le sigle dei cartoni animati ed Eros Ramazzotti per Penny: logico che il discorso non fosse andato molto avanti. Per un attimo, Martino si era trastullato con l'idea di stenderla sul sedile posteriore, ma queste ragazze senza malizia lo lasciavano veramente freddo, e poi ultimamente aveva avuto un'attività erotica già più che sufficiente fino a dopo l'Epifania. Martino non era un assatanato del sesso. Gli piaceva, ma non più di tante altre cose. Di solito, il desiderio in lui era saviamente coniugato ad altro: interesse, noia, dispetto. Nei confronti di Penny, al massimo poteva valere la noia, ma insomma, prima o poi gli abitanti di Villa Verbena sarebbero ben tornati a casa. Alle tre e un quarto, però, ne mancava ancora uno all'appello. Antonio era a casa da mezzanotte, Maria era appena rientrata. E Filippo? Penny suggerì che qualcun altro lo avesse picchiato, e fosse ricoverato all'ospedale. Martino suggerì che stesse passando la notte con qualcuna.

«Sai che si fa? Io entro, e tu resti qui a fare da palo. Se lo vedi, mi fai uno squillo al cellulare».

«Con che cosa?»

«Col tuo cellulare».

«Non ce l'ho».

«Allora con l'altro mio cellulare. Io ne ho due».

Martino si frugò nella tasca del giaccone e le diede un affarino azzurro da un milione, rubacchiato alla povera regista francese come sgarbo d'addio. Penny gli spiegò che doveva stare attento a Flora, e gli raccomandò di non farsi mordere da Kily Gonzales, perché anche se i pitoni non sono velenosi, non si sa mai.

«Non preoccuparti. Una volta ho portato sei piccoli caimani da Rawalpindi a Lahore».

Penny pensò, non per la prima volta, che prima o poi avrebbe dovuto comprarsi una Garzantina per capire di cosa parlava la gente, e Martino svanì nella notte, dopo essersi fatto consegnare le chiavi di Villa Verbena.

Ricomparve dopo circa quaranta minuti, portando un fagottino di dimensioni fluide. Appena risalito in macchina diede un bel colpetto sulla testa di Penny.

«Brava ragazza! È andata benissimo. Ho fatto quello che volevi tu, e ho fatto quello che volevo io!»

«E non si è svegliato nessuno?»

«Niente. Sono rimasto sempre sotto, e mi sono mosso leggero come un fantasma».

Era vero: Antonio dormiva con la testa sotto il cuscino, e Maria Magenta sognava di partecipare a un party hollywoodiano e fregare il ragazzo a Julia Roberts. Nessuno aveva sentito Martino che arrivava e poi se ne andava portandosi via due preziose proprietà di Filippo.

Circa due ore prima, un esitante Nicola girava la chiave nella serratura della porta, e la apriva in modo molto silenzioso ma altrettanto breve. Il battente aveva infatti percorso una decina di centimetri quando si fermò, bloccato dalla catena. Come interpretare questo gesto? Normale attività di una donna che si protegge da eventuali ladri e assassini di passaggio? O deliberato tentativo di metterlo fuori? Nicola provò ad aspettare. Forse Arianna è sveglia, ha sentito la chiave e adesso viene ad ammettermi sotto il tetto coniugale. Dopo qualche minuto, l'ipotesi risultò da scartare. A Nicola non restava altra scelta che scampanellare debolmente. Niente. Nicola scampanellò un po' più forte, ed eccola lì, una vera Erinni, davanti alla porta.

«Piantala, deficiente! Vuoi svegliare il bambino?»

«Ma tesoro...»

«E non chiamarmi tesoro».

«Togli la catena, Arianna. Così vengo dentro e ne parliamo».

«Di cosa? Vuoi già confessare?»

«Eh? Cosa?»

«Io non ti apro».

«Dai, Arianna. Sembriamo una barzelletta della 'Settimana Enigmistica'».

La profonda giustezza di questa osservazione colpì Arianna, che tolse la catena e fece entrare il marito. Nicola provò la logora tattica dell'attacco come miglior difesa.

«Tu eri sveglia, mi hai sentito girare la chiave, mi hai sentito scampanellare piano, e apposta hai aspettato che fossi costretto a fare rumore».

«Sveglia? A quest'ora?»

«Ma certo! Tuo marito non è ancora rientrato alle due di notte, e tu dormi? No, sei sveglia, e ti maceri dalla preoccupazione e dalla gelosia. Come mai non hai ancora chiamato gli ospedali?»

«Ti credi molto furbo, eh? Molto spiritoso, molto protagonista di un film girato a Manhattan. Be', ti sbagli. Sei solo uno stronzetto che si è scopato la telefonista. Un abisso di squallore, di prevedibilità e di velleitarismo».

«Non credevo che tu usassi abitualmente parole come velleitarismo».

«Infatti non le uso abitualmente. Le uso solo quando sto per divorziare».

Arianna e Nicola si fissarono con una certa energia. Erano in cucina, Nicola si era seduto, e guardava desideroso il frigorifero. Non mangiava da settimane, o almeno, così gli sembrava. Farà cattiva impressione, si chiedeva, se durante una accesa lite coniugale mi preparo un panino? E se ci fosse qualche avanzo della cena?

«C'è qualche avanzo della cena?»

Arianna, sopraffatta da tanta impudenza, gli diede un pugno in pieno petto. Nicola riprese fiato e rinunciò per il momento al panino.

«Senti, ascoltami con molta calma. Questa sera verso le sette Rosalba, la centralinista, si è infilata in un piede buona parte di un grosso riccio».

«Non è possibile! Non siamo al mare!»

«Era un riccio mummificato, che un copy tiene sulla scrivania come portafortuna».

«E lei è salita sulla scrivania?»

«No, è sceso il riccio. Rosalba era scalza e...»

Arianna cominciò a urlare, però piano per non svegliare Gimmi. Nicola le diede un consiglio disinteressato: «È meglio che mi lasci raccontare senza interrompermi, Arianna. Se no non ne usciamo. Allora, Rosalba si era tolta scarpe e calze perché dovevamo fotografarle i piedi. È chiaro, fin qui?»

«Dice che dovevano fotografarle i piedi per fare una prova di smalti. Pubblicità per una casa di cosmetici. E dalla scrivania del copy è caduto un riccio mummificato, e lei l'ha calpestato, e si è riempita il piede di aculei, e strillava come un'indemoniata, già piange per qualsiasi cosa figurati se ha un motivo, e lui era l'unico di tutto l'ufficio che non aveva niente di urgente da fare...»

«E questa è l'unica parte del racconto a cui...»

«... ho creduto, infatti». Arianna e Ginevra erano in agenzia e aspettavano Penny, per poi andare tutte e tre insieme a Villa Elettricità, dove erano richieste per servizi inerenti al Natale. «E così l'ha accompagnata all'ospedale, ed è rimasto con lei fino alle due di notte».

«Come mai? Rosalba non ce l'ha una mamma, un fidanzato, un'amica, che ne so, una zia?»

«Ha di tutto, ma la sua famiglia vive a Varese e il fidanzato in questo momento è a Pechino. Sta facendo pratica nello studio di un commercialista».

«Un commercialista cinese?»

«Anche il fidanzato è cinese».

Ginevra fece una smorfia. «Mi puzza tanto di sceneggiatura, Arianna».

«Anche a me. Comunque la sua migliore amica era irrintracciabile, e lei non se la sentiva di rimanere sola. Non la visitavano mai, le spine facevano male, le ore passavano e i tizi del pronto soccorso hanno chiesto a Nicola di non andarsene, perché la ragazza sembrava isterica».

«E lo era».

«E lo era. Alle due meno un quarto, mentre le estraevano l'ottava spina, è arrivata l'amica. Ecco. Questa è la storia che mi ha raccontato».

«Be', è verificabilissima. Vai in ospedale, e chiedi».

«Non so. Non so se voglio verificarla. Non ho mai, mai pensato che Nicola potesse tradirmi. Sono destabilizzata. Però, lui sospetta di me e Filippo. Potrebbe essere solo una mossa per ingelosirmi».

«E se invece fosse vero? Che lui ha una storia con questa Rosalba? Che cosa proveresti?»

«Non lo so. Magari mi sento liberata da un peso, e inizio le pratiche per un'allegra separazione. Magari no. Meglio se ci penso un po' su e prendo tempo. Intanto, vedo anche come si comporta lui».

«E Filippo?»

«Gli ho comprato un regalo di Natale. E tu?»

«Anche».

«E lui, a noi, l'avrà fatto?»

A differenza di tanti, troppi dei suoi clienti, i Galateni di Villa Elettricità aveva chiesto a Ginevra delle decorazioni di Natale senza niente di stravagante. Volevano qualcosa di classico e festoso, in grande quantità. Il caro agrifoglio, rami di vischio sulle porte, qualche ghirlanda di pino ornata di arance e limoni, arance trafitte con i chiodi di garofano appese ai lampadari con lunghi nastri rossi, e un albero grandiosamente tradizionale situato ai piedi dello scalone. Ad Arianna avevano chiesto soltanto i dolci, il resto lo avrebbe preparato Wanda con un paio di aiutanti. Così, arrivarono cariche di rami e contenitori, seguite da Penny che avrebbe dato una mano a tutte e due. La vera sorpresa era rappresentata da Martino, che si era materializzato in agenzia mentre stavano uscendo, tutto sonnacchioso e con uno zainetto in spalla.

«Vengo a darvi una mano. Per appendere le ghirlande in alto, salire sulle scale, tante piccole cose difficili e pericolose per delle signorine, semplici e trascurabili per un giovane uomo».

«No grazie, Martino. Preferisco non introdurti nelle case dei ricchi» lo scoraggiò sua sorella.

«Eppure ricordo bene che sei o sette anni fa mi hai portato a pranzo dai tuoi suoceri e non ho portato via neanche uno spillo, anzi, soltanto uno spillo».

«Che spillo?»

«Non ci pensare. Una sciocchezza di tua suocera... tormalina. Ma oggi mi comporterò come un santo. La verità è che voglio corteggiare Arianna».

Arianna rabbrividì. Quel giorno l'argomento corteggiamenti extraconiugali la turbava un po'.

«Oh sì, lascialo venire, Ginevra, ti prego...» insistette Penelope, prendendo Martino sottobraccio per paura che se ne andasse.

«Ha detto che vuole corteggiare Arianna, non te».

«Fa lo stesso. È così rassicurante».

Ginevra cedette, pensando che nessun altro aveva mai o avrebbe in futuro definito Martino 'rassicurante'.

Quando arrivarono a Villa Elettricità, Wanda li accolse malissimo.

«Cos'è questa roba, l'Esercito della Salvezza?»

«Mio fratello e Penny ci daranno una mano, signorina Wanda. Così finiamo più in fretta».

«Eh, la fretta! La fretta morde la coda al gatto, dico io! Oggigiorno avete tutti fretta. Ma lo sa lei» si rivolse a Martino, freschissima preda, «che se avesse avuto fretta, l'ingegner Galateni non avrebbe mai scoperto che quel cordone non era normale, era elettrico!»

Martino aveva già aperto la bocca per dire 'Che cordone', ma Penelope lo fulminò con uno sguardo.

«Martino, vieni di là, che c'è una ragnatela alta alta...»

Martino seguì Penelope, che lo portò velocissima da un salottino all'altro fino al rettilario. I sette serpenti wagneriani dormivano sepolti nella loro teca, e nessuno accennò a svegliarsi quando un pitone sconosciuto sbucò dallo zaino di Martino e fluì silenzioso fra loro. Dopo essersi guardato intorno, Kily Gonzales decise saggiamente di infilarsi dietro una roccia e starsene un po' lì a riflettere sui violenti mutamenti ambientali che il destino gli aveva inflitto.

«Magari passeranno dei giorni prima che si accorgano che c'è un serpente in più» disse Penelope, speranzosa.

«E a quel punto, ormai, sarà uno di famiglia. E là, invece, come l'hanno presa?»

«Non l'hanno ancora presa. Stamattina quando sono arrivata dormivano ancora tutti oppure erano chiusi nelle loro camere».

«E i topi?»

«Stanno bene. Li ho portati a casa mia, ma spero di piazzarli alle amiche di mia cugina Giada».

«Preparati, perché ho idea che quando andrete lì oggi ci sarà un po' di casino. Sicuramente capiranno che sei stata tu».

«Magari non se ne sono ancora accorti. Se ne fregano, di quel serpente. Se lo arrotolano sulle braccia solo per fare sfoggio quando c'è qualcuno. Starà meglio qui, pure lui. Casomai, si accorgeranno di quello che hai preso tu».

«Questo è del tutto impossibile».

Penelope non aveva voluto saper cosa avesse rubato Martino oltre al pitone. La costante e partecipe lettura di 'Diabolik' le aveva insegnato che troppo spesso Eva o altre amiche tradiscono Diabolik senza volerlo, solo perché l'ispettore Ginko le ingozza di siero della verità. E allora Diabolik, mentre lo trascinano verso la forca o simili, pensa: 'Maledizione, non avrei dovuto dirle niente!' Anche se poi si salva sempre, sono brutti momenti, e Penelope aveva deciso di stare sul sicuro. Se anche le avessero fatto cento sieri della verità, lei del furto di Martino non sapeva niente. E quindi non era neanche in grado di capire quanto fosse rigorosamente vera la sua affermazione.

Sia Ginevra che Arianna si aspettavano molto da quell'ultimo incontro con Filippo prima della separazione natalizia. Con lui era possibile tutto, poteva accoglierle con un bacio rubato o una dichiarazione d'amore, la proposta di seguirlo a Ferrara o una stella impacchettata e infiocchettata. Comunque, sentivano che ci sarebbe stata una svolta, e in questo non sbagliavano, anche se non avrebbero mai immaginato di entrare a Villa Verbena e trovare in mezzo all'ingresso sei o sette valigie chiuse, e Filippo impaziente che correva giù dalle scale.

«Oh, finalmente siete qui... aspettavamo voi per partire... Antonio deve dirvi un po' di cose per la casa...»

Le luci erano spente, l'aria era fredda, le decorazioni sembravano quelle tristi del 3 gennaio, Maria era in cucina e beveva un succo di radici con la pelliccia violetta stretta addosso, gli occhi rossi e per una volta tanto l'aria abbastanza da Nora, Antonio non si vedeva da nessuna parte. Le ragazze non si capacitavano.

«Ma...» Arianna era sempre la prima a reagire. «Non dovevate partire domani?»

«No, meglio oggi. Qui non abbiamo più niente da fare. Andiamo a casa. Sei pronta, Maria?»

«Sì». Se una sillaba affermativa può essere dilaniata dal dubbio, il 'sì' di Maria lo era.

«Antonio... hai finito con quel pitone?»

Penelope si sentì svenire. Ecco fatto. Avrebbe passato Natale in galera, come in quel film che aveva visto alla tele e che aveva fatto tanto piangere zia Silvana, con Anna Magnani e Giulietta Masina.

Antonio comparve sulla porta della cucina.

«Buonasera». Non sorrideva. «Penelope, puoi venire un attimo ad aiutarmi con Kily? Filippo, tu intanto parla con Ginevra e Arianna».

Una volta sola con Antonio davanti alla casa vuota di Kily Gonzales, Penelope si concentrò sul compito che la attendeva: negare, negare e ancora negare.

«E così alla fine l'hai preso, eh?»

«Sì» sussurrò Pen, senza abbassare lo sguardo.

«Molto brava. E se fosse venuto Filippo, a vederlo? Quanto credi che ci avrebbe messo a capire?»

«Forse è scappato» obiettò Penelope, cercando di recuperare il terreno perduto.

Antonio era furibondo e le strinse un braccio, lasciando un livido che sarebbe sparito solo dopo l'Epifania.

«Avanti, dimmi. E cosa ne hai fatto?»

«Niente».

«Niente? L'hai buttato nel fiume? L'hai messo sotto una macchina? L'hai gettato in un cassonetto?»

«Ehi! Per chi mi prendi? Io non ammazzo i serpenti!»

«Ah... ma avevamo già stabilito, se non sbaglio, che se non mangia qualche topo ogni tanto, Kily morirà».

«Li mangerà. L'ho portato in un posto dove ci sono degli altri serpenti. Una casa ricca. Lo alleveranno bene. Avrà compagnia. Io però i miei topolini non glieli volevo dare».

Antonio avrebbe tanto voluto sapere dove quella insopportabile ragazza avesse trovato una famiglia di serpenti ricchi a cui far adottare il pitone di Filippo, ma era certo che dicesse la verità.

«E cosa ne hai fatto, dei topolini?»

«Sono al sicuro».

«Ah, mi togli un peso dal cuore. Sono mesi che ci preoccupiamo per quei topolini, eh? Valeva la pena rischiare di farsi stritolare da un pitone, per metterli in salvo. Avranno così una vita lunga, produttiva e interessante».

«Non lo so che vita avranno. Ma so che non finiranno mangiati. A te piacerebbe, finire mangiato?»

Cosa rara, veramente molto, per tutti e due, Pen e Antonio stavano strillando senza mezzi termini. Maria si affacciò dalla cucina e li guardò con interesse.

«Che succede? Non ti ho mai sentito alzare la voce, Antonio».

«Scusa, Maria. Sono un po' alterato perché il pitone di Filippo è morto».

«Cosa? E quando?»

«Stanotte. L'ho già sepolto in giardino, e mi consultavo qui con Penelope per trovare il modo di dirglielo».

«Con Penelope? E cosa c'entra lei?»

«Be', accudiva amorevolmente Kily Gonzales. Cercavo di capire se aveva notato dei sintomi di malattia».

«Li avevo notati sì» confermò quella delinquente, «aveva gli occhi iniettati di giallo e faceva sempre così: aghf aghf».

Penelope si produsse in un respiro veramente disgustoso. Maria la guardò male e decise che, se quello per Filippo doveva essere un periodo di cattive notizie, tanto valeva cominciar subito.

«Filippo!» urlò. «Il tuo serpente è morto!» Poi aggiunse, rivolta ad Antonio: «Meno male che non gli avevo ancora preso la pitonessa...»

«Lascia perdere». Penelope era la personificazione della collaboratrice domestica zelante, «sono animali un po' infettivi».

«Un po' infettivi, eh?» Antonio decise che qui, prima si partiva, meglio era. Notò con stupore la completa assenza di reazioni da parte di Filippo alla ferale notizia, e andò a vedere cosa stava succedendo di là.

Trovò una scenetta toccante: Filippo pallido, imbarazzato e frettoloso, stava aprendo i regali di Arianna e Ginevra. Aveva lasciato cadere ogni pretesa di charme e per la prima volta appariva per quello che era: il figlio di un allevatore di maiali di Casalecchio. Davanti a lui, belle e composte, le sue vittime aspettavano. Ad Arianna e Ginevra era bastata un'occhiata per capirsi e mentre ancora Filippo farfugliava saluti e vaghi accenni a possibili riduzioni del soggiorno in quella bellissima città, le signore gli avevano porto con un dolce sorriso i loro regali.

«Buon Natale» aveva detto Ginevra.

«Tanti, tanti auguri» aveva aggiunto Arianna.

«Oh be'... grazie... ma non dovevate... io... lo sapete, sono un egoista... non faccio mai regali... non... grazie».

Il suo patetico tentativo di mettere da parte i pacchetti era stato severamente rimproverato, e non gli era restato da fare altro che aprirli. In quella nebbia di disagio, aveva sentito appena Maria strillare qualcosa a proposito di un morto, ma aveva pensato che avesse acceso il Tg.

E così, sotto lo sguardo incredulo del suo segretario, riusciva finalmente ad aprire il pacchetto di Arianna, che conteneva un Forno di Barbie. Un Forno di Barbie?!

«Sì» sorrise la sua cuoca coi ricci, «così puoi scaldarti le brioche, quando non le trovi in tasca alle ragazze».

«Ah... eh già! Grazie, Arianna... lo terrò... lo terrò sul mio tavolo di lavoro, in caso di... ehm... calo degli zuccheri dovuto a eccesso creativo... sì. Già».

Poteva andare peggio, pensò Filippo. Avrebbe potuto regalarmi una cravatta a cuori. Una sciarpa di cachemire rosso. Un paio di boxer di pizzo con un biglietto che diceva: 'Quando li inauguriamo?' Ma era il pacchetto di Ginevra che veramente lo preoccupava. Con quella donna lui aveva fatto di più, molto di più. Ed era la sorella di Morgana. Quindi era, in prospettiva, destinata a diventare una specie di sorella anche per lui. E non aveva mai avuto una sorella con cui avesse fatto l'amore. Chissà cosa gli aveva mai regalato.

Per fortuna, Ginevra si era tenuta sul vago. E Filippo spacchettò delicatamente un quaderno di carta di riso cinese, rilegato ad Accra nel 1892, con la copertina fitta di peonie.

Ecco, sono partiti. La Jaguar si allontana nel buio, e le Fate ferme sul marciapiede la guardano andar via. Penny tiene stretta una scatola di cartone in cui stanno Flora e i suoi ammennicoli. Insieme, salgono sulla macchina di Arianna.

«Ma alla fine?» dice lei, mettendo in moto.

«Alla fine di cosa?» chiede Pen.

«Di questa bella avventura» le spiega Ginevra. «Non credo che torneranno, sai?»

«Ma non devono scrivere un libro? E poi hanno pagato fino ad aprile».

«Eppure, Penny, io ti dico che non torneranno. Forse tornerà Maria, che comunque ha il suo spettacolo, ma Filippo non lo vedremo più, eh, Arianna?»

«Ho paura di no. In qualche modo, non è stato un successo».

«Cosa?» chiese Penelope.

«Noi» rispose Ginevra. «Noi non siamo state un gran successo con loro».

«Non è detto» cercò di consolarle Penelope, «e se lui scappasse perché è troppo innamorato? Vi ricordate *Pretty woman*? Vi ricordate *Ufficiale e gentiluomo*? Prima di cedere, Richard Gere scappa sempre».

«Se no il film dura troppo poco. Ma noi non siamo in un film».

Penelope sospirò. Era vero. Le altre due le fecero una carezza.

«Non essere triste, cocchina. Almeno tu non ci hai rimesso il cuore. E ci hai guadagnato un gatto».

«Ghn» cinguettò Flora dall'interno della scatola, intendendo dire che quelle due non capivano proprio niente.

Giovedì 21 dicembre

Malcolm Smyke prese un maglione blu, lo posò sul contenuto già straripante della valigia, e provò a chiuderla. I due lembi non si avvicinavano neanche, la cerniera era incongiungibile. Malcolm sospirò.

«O cambi valigia o togli qualcosa». Ginevra propendeva per la seconda soluzione. Perché mai portarsi nove camicie per stare dieci giorni a Bristol, a casa di sua madre, dove per sua stessa ammissione Malcolm aveva praticamente un altro guardaroba completo, e in più un aiuto domestico a disposizione per farsi lavare, stirare e all'occorrenza ricamare camicie e boxer?

«Non so... è la prima volta che Luigi viene a passare il Natale con mia madre e...»

«Che c'entra questo con il tuo eccesso di guardaroba?»

«Lo scopo di questo leggero surplus di dotazione è per l'appunto di camuffare il mio senso di insicurezza».

«Casomai, dovrebbe essere lui a sentirsi insicuro».

«Oh, lui non conosce ancora mia madre. Gli ho sempre fatto credere che si trattasse di una simpatica signora inglese che beve il tè e coltiva le rose...»

«E invece è...?»

«Una tiranna scorbutica che odia tutti, non rivolge la parola a estranei dal 1978 e mangia il fegato crudo perché è convinta di avere antenati transilvani».

«Non ci credo».

«Vieni anche tu a passare qualche giorno a Bristol, e vedrai...»

«Guarda, quasi quasi verrei. Pur di togliermi da qui...»

Il sospirone di Ginevra fece capire a Malcolm che era venuto il momento delle confidenze. Con aria assente, tolse dalla valigia il maglione blu e un paio di stivali, e li sostituì con un maglione bianco e un paio di Nike, e intanto sollecitò Ginevra a raccontargli gli ultimi sviluppi delle sue vicende amorose.

«Non ci sono sviluppi... Ti ho detto di quello strano episodio dell'altro pomeriggio, con Filippo...»

«Sesso senza senso, sì».

«Ecco. Dopodiché, è come se gli avessero passato un cancellino nella testa. Ieri era stranissimo, sembrava un uomo lobotomizzato... mi guardava come se non fossi... non so... niente. Un foglio di cellophane».

«E che effetto ti ha fatto?»

«Strano... come se lo avessi sempre saputo. Che neanche questa volta sarebbe andata bene. Che sono destinata a perdere gli uomini che amo davvero, gli unici che amo davvero».

«Vedo che il senso di questa tua esperienza con Corelli ti sfugge completamente, ma chérie. E pensare che è tanto evidente... secondo te tre pigiami bastano?»

«Due, di seta che sono più sottili. E cioè, quale sarebbe? Dimmelo tu».

«È così evidente: Filippo ti serve solo per riuscire a piantare il tuo defunto marito. Defunto troppo presto, povero ragazzo, prima che tu ti accorgessi di quanto era insulso, e ti affrettassi a divorziare allegra come una cincia».

«Non dire stupidaggini, e cattive per di più».

«È così. Ti ho mai detto che l'ho conosciuto, Fabrizio?»

«Non è vero, Malcolm».

«Ottobre del '91. Festa a casa di un pellicciaio. Il tuo futuro marito, ubriaco e, o, fatto di cocaina, cercava di mettere sette bicchieri in piedi uno sull'altro, aiutato da una tizia con le labbra rifatte che lo chiamava cippirimerlo, se non ricordo male».

Ginevra inghiottì. Mettere i bicchieri uno sull'altro era sempre stato uno dei passatempi preferiti di Fabrizio.

«Comunque questo non c'entra niente con Filippo».

«Mmm... non posso portare tre cravatte rosse...»

«Infatti... anche perché secondo me di cravatte ne riceverai un sacco in regalo...»

«Già... mia zia Mabel... Eccome se c'entra con Filippo. Fai a lui quello che avresti dovuto fare a Fabrizio e sarai poi finalmente libera di dedicarti a quel meraviglioso violinista che...»

«Che è sparito per sempre dalla mia vita, credo».

«Oh figurati. Quello non molla. Genere Rottweiler...»

(Mentre Malcolm sospirava, a non troppi metri in linea d'aria da lì, il destino o la vita o il fato, a seconda delle convinzioni personali, stava minando questa sua certezza e presentava a Gabriele Dukic una nuova violinista aggiunta. Si trattava della signorina Anelka Molnar, ungherese, una cerbiattina sperduta con due lunghe trecce bionde, gli occhi verdi e una violenta propensione per l'uomo forte. Non sapeva una parola di italiano, e aveva tanto, tanto bisogno di aiuto).

Ginevra, imbronciatissima, non aveva voglia di pensare a Gabriele, e accolse quindi con sollievo il radicale mutamento di atmosfera provocato dall'arrivo improvviso di Martino.

«Ehi, Gin, quando non ti ho trovata a casa tua, ho provato qui, e meno male che c'eri. Senti, tu hai un Pc o un Mac?»

Ginevra sbuffò: «Un Mac, e lo sai. Ti sembro il tipo da avere un Pc?»

«Oh, molto carino, ma si dà il caso che io abbia assoluto bisogno di un Pc subito!»

Malcolm guardava deliziato il giovane isterico biondo che in una giornata gelida e nevosa si presentava alla sua porta con gli occhiali da sole, una T-shirt e una giacca di velluto nero. Senza una parola, porse a Martino il famoso maglione blu, e gli disse:

«Purtroppo, anche io sono il possessore felice di un iBook. Come mai tanta brama di un Pc?»

«Perché ho un fottutissimo dischetto da aprire, che i Mac non leggono».

«Non vedo il problema... la stragrande maggioranza dell'umanità possiede dei Pc. Non farai fatica a trovarne uno».

«Questo è un dischetto molto speciale, posso aprirlo solo in condizioni di assoluta riservatezza».

Ginevra raccapricciò: «Come sarebbe, speciale? Perché? Dove lo hai preso?»

Martino era già fuori dalla porta, dopo essersi infilato il maglione sotto la giacca.

«Un giorno poi ti racconto, eh... e grazie, Malcolm. Gelavo».

Uscito Martino, Malcolm assunse un'aria talmente desolata che Ginevra corse a casa sua e tornò con un pacchettino.

«Tieni. È il tuo regalo di Natale. Mettilo in valigia, e poi lo apri la notte del 24».

«Preferirei aprirlo adesso, con te».

«No no. Ho paura. È un regalo un po'... non ero affatto convinta, anzi, avrei voluto cambiarlo, poi non ho resistito all'idea di che faccia avresti fatto e...»

«Allora devi vedermi mentre lo apro, è ovvio».

Malcolm guardò circospetto il pacchetto rosso fuoco, ornato di nastri argentati, e poi lo aprì con cura, svolgendo strati e strati di carta velina, da cui emerse una maschera di pelle nera, tra Batman e Arsenio Lupin, che avvolgeva tutta la faccia, lasciando fuori soltanto gli occhi e la bocca. Incredulo, guardò la sua elegante e contegnosa amica.

«Sei pazza?»

«Non ti piace? Ho pensato che potevi metterlo anche nella vita, tipo per andare alle tue riunioni nelle case editrici...»

«*Anche* nella vita? E dove altro? No, non rispondermi. Sì, mi piace molto. Ma dimmi un po': come mai frequenti LOSOVCE, il sexy shop per satanisti?»

«Lo conosci?»

«Ci vado il primo martedì di ogni mese. E non torno mai a casa a mani vuote».

Venerdì 22 dicembre

Mentre Gabriele Dukic prenotava un tavolo per due al ristorante indiano La Perla di Labuan, perché la povera piccola Anelka non conosceva il tandoori, Arianna sorvegliava con una certa animazione il cocktail natalizio dell'agenzia Proposte. Okay, Filippo le aveva spezzato il cuore, però questa festa era venuta proprio bene. Penny e le undicimila vergini si aggiravano porgendo stuzzichini sorprendenti, che lasciavano senza fiato ospiti da troppo tempo avvezzi a pizzette e rotolini di sfoglia con dentro i wurstel. Oltre alle ormai celebri minimilanesi, c'erano spiedini di gamberetti, palline di pollo, micropanini speziati, cubetti piccanti di pancetta e pancarrè e tantissime altre minuscole delizie. Matilde, Cristina, Viola, Dafne e Sofia lavoravano bene, vestite da angioletti, ciascuna con il suo paio d'ali piantato sulle spalle, mentre Penny era più classica in gonna e maglietta nera con decorazioni natalizie spillate qua e là. Alla serata partecipava anche la minuscola non-figlia di Gianni, sballottata senza un attimo di tregua fra sua madre e le famose cugine, abilissime palleggiatrici di neonati. E c'era anche la centralinista Rosalba, con un piede fasciato, adagiata in poltrona, che sembrava al momento abbastanza sorridente. Nicola la curava come una gatta cura i suoi gattini: le roteava intorno con piatti, bicchieri e attenzioni miste, e Rosalba sembrava sempre più di buon umore. Arianna aveva troppo da fare per capire se era furibonda o no. Si era ripromessa di rifletterci con calma dopo Natale: se avesse scoperto che lo strato di densa sofferenza che le spalmava il cuore dipendeva interamente dallo sconcertante comportamento di Filippo Corelli, e che suo marito si filasse anche venti telefoniste chi se ne frega, benissimo, si sarebbe regolata di conseguenza. Intanto, però, valeva comunque la pena di togliere il sorriso da quella stupida faccia obesa. Va detto che la centralinista della Proposte era in effetti appena un po' rotondina. Arianna partì nella sua direzione, ma si fermò quasi subito, diciamo dopo tre passi: sedute per terra dietro un tavolo c'erano le due aiutanti più giovani, Dafne e Sofia, con le ali di traverso e due bicchieri rosa in mano.

«Ehi! Cosa bevete, voi due?»

«Solo un po' di tachipirigna...» disse Sofia, ingurgitando velocemente il contenuto del suo bicchiere.

«Ma quale *tachipirigna*! Siete pazze? E cosa dico io alle vostre mamme? Avevamo detto solo Fanta!»

«Sì, Fanta!» rise di gusto Dafne.

«Forza! Rimettetevi al lavoro, se no non vi pago!»

Si allontanò dalle due insubordinate, e si avvicinò, flautata come una giovane strega malefica, alla placida Rosalba, che sembrava anche lei occupata con un micidiale intruglio brasiliano.

«Salve... come va il tuo piede?»

«Oh, bene... grazie... cioè, non posso appoggiare ma... Nicola è stato tanto...»

«Non ne dubito. Non potrai uscire molto, in questo periodo, eh?»

«No, infatti... stasera sono riuscita a venire solo perché Nicola è stato tanto...»

«Allora ti vedrai un sacco di film in cassetta, immagino».

«Ah ah. Ieri mi sono fatta prendere quello di Aldo, Giovanni e Giacomo. È andato Nic...»

«La prossima volta fatti prendere *Tutto su mia madre* di Almodovar. L'hai visto?»

«No. È bello?»

«Bellissimo. Pensa che è la storia di una mamma sola, una mamma che lavora, sui quaranta, fa una vita faticosa, e ha solo questo figlio, un ragazzo proprio bello, buono, gentile... lei lo adora, si può dire che vive solo per lui... e una sera vanno a teatro, e all'uscita piove, c'è la strada umida...»

«Oh no... non mi dire che... per carità... non voglio saperlo...»

«La strada è umida, e passano un sacco di macchine, no, e

questo ragazzo vuole andare a chiedere un autografo all'attrice protagonista, solo che lui e la mamma sono già dall'altra parte della strada, pensa, ancora un attimo e se ne sarebbero andati, invece lui attraversa di corsa e...»

Inutile proseguire, Rosalba già singhiozzava, con il mascara che colava a picco nel piatto pieno di rotolini di melanzane e provolone piccante.

Sabato 23 dicembre

Alla fine, Martino si era rassegnato a rubare un Pc da uno degli uffici del teatro. Aveva pensato di limitarsi a chiudersi dentro e guardarsi il suo dischetto, ma diffidava dell'elettronica. In fondo, lui era un delinquente di stampo ottocentesco, che rubava i gioielli alle signore e seduceva le cameriere, e i suoi rapporti con i mezzi più sofisticati della comunicazione contemporanea erano faticosi e infastiditi. Che ne so io, aveva pensato, se poi salta la luce mentre sono lì, e si blocca tutto, e non riesco a estrarre il dischetto? No no, voglio lavorare tranquillo a casa mia, dove nessuno ficca il naso. Così era passato negli uffici carico di mazzolini di fiori e cioccolatini per tutte le segretarie, e tra un augurio, un bacetto e un mezzo appuntamento era uscito con un portatile nello zaino. Avrebbero sospettato di lui? No di certo. Gli scenografi non rubano i computer. C'erano tanti fattorini che giravano, in quei giorni... Sospirando soddisfatto all'idea che qualcun altro finisse nei guai per colpa sua (una sensazione non certo nuova, ma sempre piacevole) Martino infilò finalmente al posto giusto il dischetto su cui aveva copiato il romanzo di Filippo Corelli. Ed eccolo lì. Solo cinquanta pagine. Be', per forza: quello era ancora un periodo di ricerca e riflessione. Ma proprio per questo quelle cinquanta pagine erano ancora più preziose. E sarebbero state ancora più sontuosamente pagate. Vediamo un po'. Titolo: *Moonlight Nevada*, di Filippo Corelli, novembre 2000. Benissimo. Pagina 1: «Non so se raccontarvi i miei sogni. Sono sogni vecchi, passati di moda, più adatti a un adolescente che a un uomo fatto. Sono pieni di dettagli e allo stesso tempo precisi, piuttosto lenti anche se molto colorati, come quelli che potrebbe fare un animo fantasioso ma in fondo semplice, un animo molto ordinario».

Mah. Sembrava molto diverso da *Gardenia*. Martino se lo ricordava bene, *Gardenia*, c'era una ragazza in canottiera che guidava un camion carico di statue in giro per la Francia. Bellissimo. Qua sembrava più uno stile intimista. Comunque, pagare avrebbero pagato. A computer spento, Martino si dedicò a studiare un piano d'azione.

Domenica 24 dicembre

Maria Magenta lasciò Filippo Corelli la notte di Natale, a mezzanotte e quarantacinque, dopo lo scambio dei regali, avvenuto nell'attico di Filippo a Ferrara. L'abete, allestito in fretta e furia il giorno prima, era acceso di candeline, il camino scoppiettava, il tappeto era folto, i regali bellissimi. Da Filippo a Maria, una borsa di Gucci e un braccialetto di Cartier, di perle e turchesi. Da Maria a Filippo, una macchina fotografica digitale. Dopo avergliela data, lei aveva fatto un gran respiro ed era scoppiata a piangere, spiegando fra i singhiozzi al suo costernato amante che aveva rivisto Stefano, che Stefano non poteva vivere senza di lei, che era sull'orlo del suicidio e che lei non credeva alla felicità costruita sul dolore altrui, perciò aveva intenzione di riprendere il suo posto di sposa, anche a costo di rimpiangerlo per il resto della sua vita. Filippo si era allora informato se su questa decisione avesse per caso influito la notizia, ormai diffusa fra gli addetti ai lavori, che Stefano era stato sorprendentemente scelto come protagonista del prossimo film di Ridley Scott. Si trattava, le spiegò Filippo, di un kolossal in cui Stefano avrebbe interpretato l'eroe Spartacus, e guarda caso era ancora vacante, a quanto si diceva, la parte della protagonista femminile, la schiava Licia, un ruolo di grande rilievo plastico. Maria si era ribellata con sdegno a questa insinuazione, dicendo che, se a guidarla fosse stato l'interesse, sarebbe rimasta con Filippo, visto che lasciandolo perdeva il ruolo di protagonista nel film tratto da *Gardenia*. Filippo ribatté che mai, neanche nei suoi incubi peggiori, coincidenti di solito con i rari casi in cui Maria cucinava qualcosa per cena, l'aveva sfiorato la benché remota ipotesi di affidare a Maria la parte di Tessa, per la quale era già stata contattata una famosissima attrice americana. Maria aveva urlato, dicendo che tanta perfida bassezza era tipica di un uomo che si era scopato le cameriere sotto i suoi occhi per più di un mese. Filippo le aveva ricordato che lei si era spupazzata quel finocchietto dell'assistente scenografo lungo tutte le Dolomiti, fingendo di andare a trovare sua madre. Maria gli aveva lanciato in faccia la borsa di Gucci (ma non il braccialetto) e si era ripresa la macchina fotografica. Filippo le aveva comunicato di averne già tre, e tutte migliori di quella, e che si affrettasse pure a togliersi di torno e tornare da quello sfigatello del marito. Maria in lacrime gli aveva chiesto se avrebbe avuto il coraggio di buttarla fuori la notte di Natale, e Filippo aveva detto 'Certo', e lei aveva detto 'Dai, no, non saprei dove andare'. Filippo aveva detto 'Vabbè, allora dormi pure qui, ma domattina fuori', e poi tanto per non sprecare completamente la serata lei aveva provato a infilarsi nel loro letto ma lui l'aveva sbattuta sul divano e mentre Maria si addormentava ingrugnita Filippo le aveva sussurrato: «Tanto io ho un'altra, un'altra vera» ma lei non aveva neanche sentito.

Lunedì 25 dicembre

Nella città di Arianna, Ginevra e Penelope a Natale nevica. In tutta la città, la nevicata è uguale, fitta, perpetua, iniziata la sera prima alle sette, e non ancora finita alle sette del mattino, quando Giacomo rotola fuori dal letto per andare a vedere se è passato Gesù Bambino. Sì, è passato! Non solo ha lasciato moltissimi regali, ma si è anche bevuto il bicchiere di latte con i biscotti che Gimmi aveva preparato per lui, immaginando che fosse stanco e affamato in quella notte di duro lavoro.

«Ma le ha le renne, Gesù Bambino?» aveva chiesto a Nicola, il pomeriggio prima.

«No... le renne lavorano con Babbo Natale».

«A me i regali li porta Gesù Bambino?»

«Sì».

«A Bea li porta Babbo Natale!»

«Certo. Si dividono un po' il lavoro, sai. I bambini sono tanti...»

«E chi li porta più belli?»

«Difficile dirlo. Li portano molto belli tutti e due».

«Ma Gesù Bambino come fa senza renne?»

«Ha gli angeli» era intervenuta, ispirata al momento, Arianna.

«Una slitta tirata dagli angeli?»

Alla fine, Arianna e Nicola erano riusciti a mettere insieme un'immagine decente: Gesù Bambino che volava circondato da bianchi angioletti carichi di regali. E Giacomo si era addormentato sfinito di speranze. E loro due? Com'era andata, la notte di Natale, fra loro due? Tesa, molto molto tesa.

Nevicava anche a mezzogiorno, quando Ginevra uscì di casa per andare al pranzo della zia Lucia. La sera prima era stata a cena da Elena e Aldo, insieme a un'altra decina di amici single o coppie senza figli: si erano scambiati i regali, avevano mangiato il panettone con la panna e avevano giocato a Mercante in Fiera. Con suo grande imbarazzo, Ginevra aveva vinto il primo premio, duecentoquattordicimila lire. L'imbarazzo era dovuto al fatto che tutti i presenti, ma Elena si era distinta per accanimento, le avevano comunicato che fortunata al gioco sfortunata in amore, senza tenere minimamente in conto la delicatezza della sua posizione di vedova. Ormai la gente tendeva a non ricordarselo più, che lei era vedova. Avrebbe forse dovuto cominciare a vestirsi sempre di nero? Di Martino e Morgana, nessuna notizia: li aveva cercati a tutti i possibili telefoni e cellulari, ma sembravano scomparsi. Che bella famiglia, pensava, inoltrandosi nelle vie tranquille della Crocetta, il quartiere morto della città. Mamma e papà non so neanche in quale isola equatoriale sono, Morgana è scomparsa, Martino ha rubato qualcosa a casa di Filippo e prima o poi il suo furto ricadrà su di me, nessuno mi ha telefonato per Natale, tanto varrebbe essere orfana, oltre che vedova. Così, entrando nel salotto di zia Lucia e trovando schierati, fra decine di zie, cugini e consuoceri, anche Martino e Morgana, in splendida forma e molto fraterni, quasi tramortì dal sollievo. Non era sola al mondo, allora.

«Che poi secondo me lei non lo trova» disse zia Silvana, passando il vassoio con il vitel tonné alla nonna.

«Chi, Fernando?» chiese la mamma di Penelope.

«No, il capitano, che c'entra Fernando?»

«Fernando è quell'altro di Maria Lorena!» strillò dall'altra stanza Aminata, la sorellina di Leyla. «Il fratello di Ruben!»

«L'hai vista l'altra puntata, quando Ruben scopre che il figlio di Adelaide assomiglia a Moreno?»

«Scusa, ma non stavi dicendo che lei non trova il capitano?»

«Lei chi?» chiese la mamma di Leyla, che divideva con la famiglia di Mimmo la passione per le telenovelas.

«Lei, Rosaura!» specificò l'amica Mariuccia, mettendosi nel piatto altri due peperoni con le acciughe.

«Vi state confondendo!» strillava la nonna. «Vi confondete! Quella di Fernando è Manola!»

«Senti quelle, che casino» diceva uno degli uomini a caso, sommerso dal vocio femminile. Erano in trentuno, a mangiare a casa dello zio di Penelope, un record di equilibrismo che prevedeva un tavolo per diciotto adulti in una stanza e uno per quattordici bambini nell'altra, anche se in nessun caso 'il tavolo' era un tavolo, ma sempre un insieme di tavoli, di altezze leggermente diverse, e tutti un po' traballanti.

«La nonna ha ragione!» strillava la cuginetta Giada (con addosso il famoso top pitonato). «Il capitano sta in *Per tutta la vita*, e Fernando in *Oltre l'aurora*!»

«Tu riportaci l'insalata russa, piuttosto!» urlava la mamma di Penelope.

«L'abbiamo finita!» Giada riportò il vassoio, vuoto e anche un po' leccato dai gemelli Samuel e Cristian, i figli della cugina Anna.

«Ah, è piaciuta... hai visto, Leyla?»

Eh sì, quell'anno l'insalata russa per trentuno l'aveva preparata Leyla, in segno di definitiva sottomissione alla famiglia Bergamini. Niente più fughe verso il teatro, niente più provini in collina: di fronte alla terribilissima e muta collera di Mimmo, Leyla aveva pianto, si era professata innocente, aveva protestato contro la rigidità piemontese, e poi dicono degli uomini musulmani, insomma, aveva fatto tutto quello che una bellissima ragazza può fare per placare un fidanzato offeso, ma niente, Mimmo era rimasto lì, pietra su pietra, e aveva ripreso a parlarle solo quattro giorni dopo, quando l'aveva trovata che piangeva sulla maionese, nel corso del suo primo tentativo di cucina occidentale. Così, quel pranzo di Natale a famiglie riunite era stato il segno della riconciliazione, e già tutti sapevano, anche se si fingeva di niente, che alla fine del pranzo, cioè verso le sei di sera, Mimmo e Leyla avrebbero annunciato in quale preciso giorno del mese di giugno si sarebbero sposati. Quello che non sapevano era che Leyla, nei giorni della tristezza e della solitudine, per distrarsi si era comprata il libro *La metafisica dei costumi* di Immanuel Kant, e ne era rimasta entusiasta al punto da decidere di dedicarsi alla filosofia. Nell'immediato e nel susseguente futuro avrebbe studiato i grandi filosofi di ogni tempo, si sarebbe iscritta all'università e quindi laureata, avrebbe scritto dei brevi saggi e poi dei lunghi saggi, e infine avrebbe ottenuto una cattedra in una prestigiosa università africana. La carriera di filosofa le appariva ancora più interessante di quella di attrice, e in più Mimmo non avrebbe potuto dire niente, perché per essere filosofi bisogna soprattutto pensare, e si può pensare anche preparando l'insalata russa. E in effetti, proprio in quel momento, mentre distribuiva frittelline ai bambini, Leyla stava tranquillamente riflettendo sulla relazione tra il mondo fenomenico e il mondo della libertà umana. Intanto, in quel bordello senza nome, Penelope sperava di passare inosservata, o meglio, sperava che passasse inosservata la sua relativa mancanza di entusiasmo, ma ci voleva altro. A tutt'ora, e si era solo agli antipasti, ore 13.35, le avevano già chiesto che cosa aveva: Leyla, Giada, sua madre, sua zia Silvana, la nonna, Mariuccia, la cugina Anna, la cognata di Anna, Sandra, e la zia Irma, che pure non la vedeva dal Natale precedente. Ed ecco che, sollevando lo sguardo dai tomini al verde, Penelope incontrò lo sguardo della prozia Clara, la sorella della nonna, che viveva a Ciriè e veniva giù solo per Pasqua e per Natale.

«Maria!» strillò la zia Clara alla sorella. «Tua nipote maggiore ha una faccia che non mi piace niente!»

«Eh!» strillò la nonna. «S'è lasciata col moroso!»

«Ah, be'» zia Clara si rituffò nel salame, e Penelope sorrise a tutti. Sarebbe stato un pranzo interminabile.

Alla fine, risultò che Martino ci aveva azzeccato, con i regali. Aveva preso per tutti degli occhiali da sole, e tutti ne erano stati contentissimi, anche lo zio Claudio, e anche il figlio neonato di Chiara, così brutto che ci guadagnava a dismisura a essere quasi interamente coperto dai suoi pur piccoli occhiali. Anche Morgana riscosse grande successo con i doni portati dall'Ucraina: uova dipinte, grembiulini, sillabari, ciondoli di ambra. Sul più bello, mentre lo zio Claudio stappava la prima bottiglia di champagne, arrivò una telefonata dalle isole Mauritius: i genitori di Ginevra erano tornati lì, a seguire le vicende della loro futura casa, e nonostante i fusi orari si erano ricordati del Natale. Facevano tanti auguri a tutti, e annunciavano l'arrivo, si sperava prima di Capodanno, di meravigliose stoffe tropicali per ogni singolo componente della famiglia. Ginevra immaginò il neonato di Chiara in pareo e occhiali da sole, e pensò che il Natale stava andando meglio di quello che avrebbe creduto. Chissà, si chiese affondando il cucchiaio nella crème brûlée, cosa starà facendo Filippo. E, se è per quello, chissà cosa starà facendo Gabriele.

Filippo stava immobile vicino al telefono, dopo essersi finalmente liberato di Maria. Doveva fare una certa telefonata, e voleva farla entro Natale. Aveva una mezza e vaghissima speranza che il clima festoso e la generale tendenza alla generosità tipica della giornata potessero smussare la reazione di Antonio. Forse, se glielo dico oggi, non verrà subito qui ad ammazzarmi a mani nude. In fondo, quando mi sono fatto sua moglie non mi ha neanche preso a pugni. Ma questo è meglio o peggio di essermi fatto sua moglie? Filippo, da sempre poco portato all'etica, non avrebbe saputo dire. L'unica certezza era che aveva promesso a Morgana di farlo, e che con Morgana non si scherzava: uno sgarro, anche minimo, e lei avrebbe sposato un calciatore olandese, un biologo americano, un regista francese, chissà. Perciò, inspirando e contraendo i deltoidi, Filippo fece il numero della sorella di Antonio, un'architetta divorziata con quattro figli. Chissà se era a pranzo lì? Era a pranzo lì.

Gabriele, invece, stava servendo gli agnolotti di Natale all'incredula e felicissima Anelka, che aveva posato la valigia, chissà per quanto, in casa sua. Mangiavano a un tavolo sistemato proprio davanti alla grande porta finestra che dava sul terrazzo, e sul limone, e sui bulbi di Ginevra. Gabriele si era messo in modo da dargli le spalle.

Anche se nessuno poteva immaginarlo, il momento clou di quel Natale arrivò per Martino alle ore 15.40, mentre beveva il caffè e faceva due passi lungo le librerie di zio Claudio e zia Lucia. Cominciava a non poterne più della famiglia, e meditava una rapida fuga a caffè concluso. Non vedeva l'ora che quei lunghi e noiosissimi giorni passassero, e che arrivasse il 27, giorno in cui, si sperava, il direttore del settimanale 'Opinioni' sarebbe tornato al lavoro. Dopo averci pensato su un bel po', aveva scelto 'Opinioni', perché per quel poco che lo aveva visto gli sembrava il più volgare dei settimanali italiani, quello che probabilmente avrebbe avuto meno scrupoli a comprare e a pubblicare le prime cinquanta pagine del nuovo romanzo di Filippo Corelli, e a pagargliele qualsiasi cifra. Chissà, forse abbastanza per comprarsi una casa a Trinidad, o a Tobago, tanto per emulare la spinta residenziale esotica dei genitori... Socchiudendo gli occhi al pensiero del sole tropicale, Martino cominciò a tirar fuori a casaccio i libri dallo scaffale, e a leggere qualche riga qua e là. E fu così che si imbatté nel seguente incipit: «Non so se raccontarvi i miei sogni. Sono sogni vecchi, passati di moda, più adatti a un adolescente che a un uomo fatto. Sono pieni di dettagli e allo stesso tempo precisi, piuttosto lenti anche se molto colorati, come quelli che potrebbe fare un animo fantasioso ma in fondo semplice, un animo molto ordinario».

Mercoledì 27 dicembre

La vita delle Fate Veloci non conosce tregua, o ne conosce di brevissime. Dopo il classico 26 formato letargo, già il 27 Penelope aveva in agenda una serie di post-Natali e il primo era quello che la angustiava di più, trattandosi di Villa Elettricità. Non poteva neanche proteggersi con il consueto scudo di ragazzine, perché le sue aiutanti si erano trasferite in montagna e non sarebbero tornate fin dopo Capodanno. Così, tutta sola e con il suo classico saccone blu pieno di attrezzerie, il 27 mattina alle ore 9 varcò i cancelli della Villa e si presentò alla porta della cucina con una specie di fatalistica adesione interiore al disastro. Se l'avessero accusata di aver introdotto un serpente estraneo nel rettilario della signora Olga, avrebbe ammesso tutto senza lottare. Ma Wanda la accolse con grande cordialità, e Penelope capì al volo che il suo crimine era stato forse scoperto, ma non attribuito.

«Eccoti qua, ragazza. Come va? Passato bene il Natale?»

Esaurite così le formalità, Wanda la spedì nei saloni, immobili su se stessi fin dalla notte del 24. Wanda medesima, infatti, si era rifiutata di metterci piede, dicendo che a settantaquattro anni «Tutto quel marasma mi fa venire le palpitazioni anche solo a vederlo, ingegnere». In effetti, due palpitazioni vennero anche a Penelope, osservando le incrostazioni di panna sui broccati delle sedie, i piatti di porcellana a cui era ormai incorporato il sugo secco di brasato e i bicchieri rovesciati che ancora colavano qualche goccia di spumante sui tappeti. Evidentemente, a Villa Elettricità i festeggiamenti erano stati selvaggi, e non quella dignitosa festa familiare altoborghese che Penny si era immaginata. Dopo quattro ore, all'una, il più era fatto, e Penelope, notevolmente dimagrita, si mangiava un panino di brasato (bleph!) nella cucina di Wanda.

«Questo è stato un Natale proprio speciale» le stava dicendo la medesima, seduta in compagnia del suo vino preferito, la Freisa, «i nipotini americani sono tanto vivaci!»

«Mmm» rispose Penelope, «ho visto».

«Ma anche le figlie della signorina Emerenziana, la nipote dell'ingegnere, sono tre peperine! O quattro? Sì, forse sono quattro peperine. L'ultima è ancora in culla, ma avesse sentito come strillava!»

«Ehhh...»

«E poi la signora Olga era ai sette cieli perché ha ricevuto un dono inaspettato».

Penny inghiottì con particolare cura un boccone di panino.

«E cioè?»

«Pensa te... nel suo rettilario è arrivato un nuovo serpente, Richard. Si dice così, Richhhard, con la ch dura, non Richard come Gere, Riccchhhard, come il signor Wagner».

«Ah».

«Un pitone. Grosso. Vedessi che bello! Vuoi vederlo?»

Penelope fece segno di no con la testa.

«Solo non si capisce come sia arrivato. La signora Olga dice che l'ha portato il Bambin Gesù, ma l'Ingegnere le ha risposto che son tutte fantasie».

«Ma va'?»

«Eh. Dice che non è possibile, l'Ingegnere».

Penelope osservò un rispettoso silenzio.

«Dice che secondo lui c'era l'uovo nascosto fra i sassi, non ce ne siamo accorti, e poi a suo tempo e debito è nato il serpentello».

Era una spiegazione che lasciava qualche punto oscuro, ad esempio come mai nessuno si fosse accorto del serpentello finché non era lungo settanta centimetri, ma non era nell'interesse di Penelope sottolinearlo. Finì di corsa il panino e tornò a staccare chewing gum dal parquet.

Anche Arianna e Nicola avevano trascorso il 26 in modo piuttosto letargico. Avevano dormito, montato la nave dei Pirati della Lego che costituiva il più esasperante lascito di Gesù Bambino a Giacomo, e poi, mentre Arianna ripiegava le carte dei regali, Nicola si era seduto al computer per portarsi avanti con *La vita è Vera* e da lì non si era più mosso. Arianna aveva coltivato il senso di disagio che le cresceva dentro, spingendosi perfino a balzare in modo felpato e improvviso nella stanza dove Nicola lavorava, per beccarlo a telefonare con Rosalba. Niente. Anzi, dopo sei o sette inutili appostamenti Arianna si era accorta che il cellulare di Nicola era spento e abbandonato sul comodino da notte. Il suo invece era acceso, e ogni mezz'ora controllava se c'era per caso qualche SMS di Filippo, tipo 'Mi manchi', 'Non credevo ma mi manchi', 'Ho scoperto che mi manchi', 'Torno prima perché mi manchi', 'Ci vediamo domani a Villa V. alle 11 per finire finalmente ciò che abbiamo troppe volte rimandato', ammesso che si potesse mandare un SMS così lungo. Comunque niente, non arrivava mai nessun messaggio. A mezzanotte Nicola scriveva ancora, e Arianna moriva di sonno. Però, sentiva che era arrivato il momento di tastare il terreno. Così si era affacciata alla porta del soggiorno.

«Ehi... io vado a letto. Vieni?»

«No... voglio finire questa scena...»

«Ma io avevo in mente di portare avanti il progetto bambina...»

«Mmm... devo proprio finire, sai. Sono parecchio indietro. Parecchio parecchio. Sono molto indietro e devo finire... sai, sono molto...»

«Be', io vado a dormire, ciao».

Così si era conclusa la giornata del 26, e Arianna si aspettava un 27 vagamente simile, visto che, a differenza di Penelope, lei e Ginevra non avevano impegni fino al giorno dopo. Fu perciò la prima a stupirsi di se stessa quando, alle otto in punto del mattino, si svegliò in preda a un orribile incubo e, senza neanche andare a farsi il caffè, cominciò a scuotere Nicola.

«Svegliati! Svegliati! Adesso mi devi dire perché mi tratti come una merda e soprattutto cosa c'è fra te e quella schifosissima telefonista obesa!»

Nicola aprì gli occhi, e capì la situazione al volo. Va detto che per fortuna è di quelli che alla mattina si svegliano in fretta e del tutto. Così, si tolse un po' di capelli dagli occhi e rispose a sua moglie: «Ehi... che brutto linguaggio. Una ragazzina beneducata come te, che dice sempre scusa e per piacere...»

«Nicola, rispondimi se no spacco il vetro del televisore!»

Nicola guardò con sincera preoccupazione il bellissimo Bang&Olufsen nuovo di Natale, dono molto gradito di tutti i genitori riuniti, e prese fermamente per i polsi la sua giovane ossessa.

«Allora. Cominciamo dalla prima domanda. È possibile che il mio modo di trattarti sia leggermente influenzato da un'informazione che ho ricevuto qualche giorno fa, e cioè che il 6 dicembre ti baciavi con Filippo Corelli su una panchina al parco. Per la precisione, mi hanno detto che eravate avvinghiati come due liceali in calore».

Come il suo cugino e antico compagno di giochi Nicola, anche Ginevra il 27 mattina fu svegliata bruscamente. Il telefono sul suo comodino squillava senza pietà, nonostante l'orologio sul comodino segnasse le sette e un quarto. Le sette e un quarto? Questo è lui, pensò Ginevra, senza fermarsi a considerare a quale lui si riferiva. Tanto, quello che si aspettava era lo stesso, dall'uno o dall'altro: una dichiarazione di impossibilità di stare senza di lei. In realtà, in quel preciso momento, Filippo, in preda all'insonnia, stava rivedendo un suo vecchio film, e Gabriele dormiva in stretta contiguità con la povera Anelka, che cominciava a sentirsi molto più a suo agio. E così, ancora una volta, era Morgana, la sua svegliatrice fissa.

«Ginevra? Sei sveglia? Che ora è lì?»

«Come sarebbe, lì? Dove sei?»

«Ad Haifa».

«Oh no. Non dovevamo vederci oggi a pranzo?»

«Ho pensato che era meglio partire un giorno prima. Senti

qua, non ho voluto rovinarti il Natale, l'altro giorno, ma c'è una cosa che devo dirti, se no non riesco a concentrarmi sul cervello degli squali».

«E allora? Ti devi concentrare proprio adesso sul cervello degli squali?»

«Se voglio vincere il Nobel sì: lo sai che nel loro cervello esistono delle sequenze di amminoacidi che sembrerebbero perfette per il trasporto del materiale genetico? Pensa, potremmo curare le malattie genetiche, penetrare nel nucleo della cellula, inserire del DNA nuovo...»

«Morgana, perché non mi scrivi mai delle lettere?»

«Non c'è tempo. Siamo nel ventunesimo secolo, non nell'Ottocento. Anche con le e-mail, hai mai calcolato quanto tempo ci vuole a digitare 'fregatura' invece che a dirlo?»

«Come mai hai scelto proprio questo esempio?»

«Senti, la faccenda riguarda Filippo Corelli. Come sei messa con lui?»

«In una situazione di stand-by, diciamo».

«Be', questo è quello che credi tu. In realtà avete chiuso. Finito. Anche quel poco che avevate iniziato è azzerato. Adesso non sto a farti tutta la rava e la fava, ti basti sapere che ha un'altra».

«Oltre a Maria...»

«Macché, Maria. Maria è out, andata, dimenticata. No, sul serio, ha un'altra di cui è proprio pazzo. L'ho saputo da certe fonti mie che non ti posso dire. È perso, Gin. Mettici sopra un bel pietrone stile Obelix».

«Ah... ecco perché mercoledì era così strano... E chi sarebbe questa...»

«Niente. Non ci pensare. Una. Non credo nemmeno che tornerà a Villa Verbena. Scordatelo. Anche perché non è quello che credi tu».

«Cioè?»

«Non posso dirti niente. È un segreto. L'ho saputo per vie traverse. Cioè, abbastanza dirette ma insomma... Corelli è un imbroglione falso come Giuda. Scordatelo. Ciao, adesso devo andare. Ti consiglio tanto di recuperare il tizio che ti suonava Mozart».

Ginevra andò in cucina e si mise su il caffè. Guardò dalla finestra: il terrazzino era coperto di neve, e le finestre di Malcolm erano blindate. Se c'è un momento in cui avrei bisogno di lui... scommetto che tutti i segreti di mia sorella, lui li conosce già.

Invece di telefonare al direttore di 'Opinioni', come aveva progettato in tempi più felici, quel mattino Martino stava cercando di capire se esisteva ancora un modo di ricavare qualcosa da quella sciagurata faccenda. Dopo aver scoperto che le prime cinquanta pagine del romanzo nuovo di Filippo Corelli coincidevano perfettamente con le prime cinquanta pagine del romanzo *L'uomo sentimentale*, di Javier Marias, edizioni Einaudi, per un attimo si era sentito preda di una irrimediabile disfatta. Aveva infatti attribuito a Filippo lo stesso spirito maligno che guidava abitualmente lui, e se l'era immaginato che copiava un libro qualsiasi e ne faceva un file segretissimo, coperto da password, solo per prendere in giro curiosi, ladri e approfittatori. In realtà, il suo vero romanzo era nascosto chissà dove, e lui, Martino, era stato brutalmente fregato. Col passare delle ore, però, questa ipotesi perse credibilità. Chi è che si sobbarca la noia di copiare cinquanta pagine per fare uno scherzo? Non bastavano venti righe, da chiudere con una frase rivelatrice tipo: ci hai creduto faccia di velluto, ti ho fregato, faccia di gelato? No, qui c'era sotto qualcosa, e l'unica persona che poteva aiutarlo a decifrare l'imbroglio era purtroppo quell'intronata veteromoralista di sua sorella Ginevra. Rimpiangendo di non essersi mai comprato neanche una innocua ma vistosa pistola a salve, Martino prese il portatile e il dischetto e andò a fare una bella improvvisata alla sua sorellina.

Dopo circa due ore di discussione, i coniugi Borghi erano più o meno a questo punto: Arianna aveva ammesso l'episodio panchina al parco, Nicola si era rifiutato di rivelarle chi gli avesse fornito l'informazione (si trattava di una grafica della Proposte che faceva jogging al parco tutte le mattine, e che da un bel po' cercava di farsi Nicola, anche se lui non se n'era mai accorto), Arianna aveva negato che a quei baci fossero seguite attività erotiche più spinte, Nicola non ci aveva creduto, Arianna aveva insistito a negare e aveva contrattaccato chiedendo cosa c'era stato fra lui e Rosalba. Nicola aveva ammesso solo l'assistenza ospedaliera. Dopo molte insistenze, lacrime e minacce di spaccare il B&O, aveva ammesso anche baci e carezze. Arianna aveva dato in escandescenze. Nicola le aveva fatto notare che aveva cominciato lei.

«Ma tu mi avevi giurato che mi avresti tradita solo con Sharon Stone o Nastassja Kinski!»

«E Uma Thurman».

«Sì, vabbè, e Uma Thurman, mentre io te l'ho sempre detto che Filippo Corelli mi piaceva!»

«E allora? Ti piaceva così, come scrittore!»

«No, mi piaceva perché è figo, e non è colpa mia se lui è venuto qui e Sharon Stone no!»

Nicola si sentì leggermente spiazzato. Ma si riprese subito.

«Quindi lo ammetti di avermi tradito! Ci sei andata a letto, dillo!»

No, e no e no, aveva insistito Arianna, e la situazione si era fatta un po' stagnante, finché Nicola non aveva rilanciato con una brillante trovata. Aveva ammesso di essere andato a letto con Rosalba. La reazione di Arianna era stata talmente offesa e incredula che Nicola si era convinto della sua innocenza: a parte i famosi baci su panchina, e forse qualche altro bacetto sparso, sua moglie non lo aveva tradito.

Questo portò a molte lacrime, pentimenti e a un livello di rumore tale che perfino il sonnolentissimo Giacomino si svegliò, e piombò sulla scena aggiungendo i suoi strilli a quelli dei grandi. L'unica, a quel punto, era prepararsi tutti una bella cioccolata calda.

«Be', e allora? L'avrà fatto apposta, no? Per fregare quelli che vogliono fregarlo. Come te, appunto. Un falso documento con una falsa password, mentre il suo vero romanzo è chissà dove».

«Ah, andiamo, cocca... la vita è breve, l'arte lunga. Chi ha voglia di perdere ore e ore a copiare un romanzo spagnolo, quando bastava che dietro questa segretissima password ci fosse la lingua fuori dei Rolling Stones e una pernacchia scritta?»

Ginevra evitò di chiedere a suo fratello come fosse una pernacchia scritta, e tenne dietro al punto principale. Con Martino era sempre meglio.

«E allora? Non mi vorrai dire che conta di far pubblicare *L'uomo sentimentale* come suo ultimo romanzo?»

«No... ti vorrò dire che secondo me il Principe Filippo scriveva tutti i giorni le sue cinque o sei paginette al computer da bravo romanziere, facendo credere a quel tipo terribile che lo sorveglia che stava lavorando, e invece copiava».

«Ma perché? Se voleva fingere di lavorare, poteva fare come Jack Nicholson in *Shining* e scrivere per ore e ore 'Il mattino ha l'oro in bocca'».

«Tu dimentichi un particolare importante: Jack Nicholson in *Shining* era uno psicopatico assassino posseduto dai demoni, se non ricordo male. Filippo Corelli è solo un imbecille».

«Non lo so, Martino. Non posso credere che l'autore di *Gardenia* non abbia più niente da dire».

«Succede. Questi tizi artistici una mattina si svegliano, e sono vuoti come la calza della Befana il 12 luglio. Non riescono più a mettere insieme una storia neanche a piangere».

«A ogni modo, la cosa migliore che puoi fare è buttar via quel dischetto e non pensarci più. Tanto non puoi ricavarne niente».

«Sbagliato. Devo semplicemente trasferire le mie attività dal ramo vendita al ramo ricatto».

«Vuoi ricattare Filippo? Non te lo sognare neanche!»

«No... non Filippo. In famiglia, comanda quell'altro, non te ne sei accorta? Quello bruno, zitto e intelligente. Ce l'hai il suo numero di telefono?»

Anche per Antonio Bassani il 27 dicembre risultò una giornata determinante. La sera di Natale lui e Filippo si erano trovati al Caffè Nabucco, e poi avevano fatto una lunga passeggiata lungo i bastioni di Ferrara, durante la quale Filippo lo aveva messo al corrente delle novità. Aveva infatti deciso che era meglio se parlava ad Antonio all'aperto, e in un luogo dove fossero presenti altre persone. Inutile creare i presupposti per un fatto di sangue, dicendogli quello che aveva da dirgli in casa, al chiuso, loro due soli. Lì, tra famiglie che rientravano, ragazzi che correvano con i cani e coppie anziane che ricordavano i Natali passati, era più difficile che Antonio lo ammazzasse. E difatti, Filippo era scampato vivo da quell'incontro. Antonio lo aveva insultato, gli aveva pronosticato un futuro spaventoso, e gli aveva detto di andarsene a casa e non muoversi di lì finché non gli avesse dato ulteriori istruzioni. Poi era risalito sulla Jaguar ed era tornato nella sua villetta alle pendici di Ferrara. Aveva bisogno di riflettere. Visto che nella sua vita c'era stato un tale terremoto, tanto valeva ridiscuterla tutta dalle fondamenta.

Gabriele Dukic si svegliò parecchio impensierito. Aveva sognato che Mozart lo picchiava in testa con il suo violino, e gli gridava: «*Schwachsinninge! Dummkopf! Verruckt!*» Gabriele non sapeva il tedesco, ma l'accento e l'intenzione gli rammentavano una famosa scenata che gli aveva fatto una pianista di Wiesbaden quando l'aveva trovato su un divano con una flautista di Bilbao. Perché Mozart ce l'aveva tanto con lui? Prese la bottiglia di acqua accanto al letto e bevve una lunga sorsata. Erano le tre pi emme. E accanto aveva quella deliziosa creaturina dei boschi ungheresi, che si stava svegliando e cominciava già ad aspettarsi qualcosa da lui.

«*Kedvelt?*» disse Anelka.

Gabriele non sapeva per niente l'ungherese. Da tre giorni Anelka gli parlava e lui rispondeva a caso.

«Buongiorno. Ti citerei un poeta adatto al primo pomeriggio, ma sinceramente non mi ispiri proprio niente».

«*Csak odahara van nagy szaja...*»

«Immagino... il guaio è che proprio non mi sento».

«*You kedvelt hegedimivesz*».

Ogni tanto Anelka provava a infilare qualche parola di inglese nel suo linguaggio, ma la comunicazione non faceva grossi passi avanti.

«Non è quello il punto. È che mi stavo chiedendo se non sarebbe ora che tu facessi su la tua bella valigina e ti trovassimo una pensione per violiniste estere...»

«*I bankodik umi miatt... me baràtnie*».

«Okay, facciamoci un caffè e andiamo, va bene? Ti ho mai parlato della pensione Europa? Ci ho portato un sacco di amiche e si sono trovate tutte benissimo...»

«*So szomorù*».

Giovedì 28 dicembre

Il tentativo di ricatto di Martino si rivelò un flop paragonabile solo ai *Cancelli del cielo* di Michael Cimino. Chiamò Antonio, e con grande abilità gli fece presente la situazione: fu minaccioso, insinuante e per il momento non perseguibile. Antonio rise molto, e ammise tutto senza riserve. Sì, era vero, Filippo copiava romanzi altrui. Era un'abitudine che aveva imparato leggendo le opere di Borges, lo scrittore argentino cieco e morto. Pareva che facesse bene al chakra della creatività. Sapeva, Martino, che cos'erano i chakra? Benissimo. Allora, copiare ogni mattina tre o quattro pagine di un autore del tuo stesso segno zodiacale favoriva il fluidificarsi dell'invenzione letteraria. E siccome Javier Marias, l'ottimo romanziere spagnolo, era dei Gemelli proprio come Filippo... Inutile dire che il risultato di questo incentivarsi dello spirito creativo, ovvero il nuovo romanzo di Filippo Corelli, stava da tutt'altra parte. Ben protetto. E ora, se Martino voleva scusarlo, Antonio aveva un urgente impegno. Naturalmente Martino aveva il suo permesso, anzi, quasi il suo incoraggiamento, a raccontare questa storia a chiunque fosse interessato. La pubblicità nel loro caso non era necessaria ma comunque gradita.

Martino riattaccò vinto ma non convinto. L'istinto professionale del delinquente esperto gli confermava che si era imbattuto in qualcosa di veramente grosso, ma non sapeva cos'era, né cosa farne. E lui apparteneva piuttosto al genere ape che al genere rottweiler. Non era il tipo che non molla mai la presa, era piuttosto il tipo che svolazza di presa in presa succhiandole finché sono dolci. Così, alle 17 di giovedì 28 dicembre, dopo aver rivenduto il portatile rubato più qualche altro gingillo rimediato in giro, fece quello che faceva sempre quando aveva esaurito le sue attività in un dato luogo: andò all'aeroporto più vicino e si guardò intorno. Il suo immediato futuro era lì da qualche parte, bastava osservare con attenzione. E osservando con attenzione, notò una giovane donna con l'aria gentile e incerta ferma davanti al box delle brioche, al bar del settore 'Voli internazionali'. Aveva grandi occhi azzurri e guardava quei dolci come se avesse paura che a toccarli mordessero. Martino si avvicinò anche lui, alzò il coperchio del box, prese un croissant con le punte glassate di cioccolato, guardò la donna, esitò il giusto, le sorrise e disse: «Scusi... sono certo di averla già vista, ma non riesco a ricordare dove... non ci conosciamo?»

Lei arrossì leggermente e sorrise: «Non credo... lei di solito guarda il Festival di Sanremo?»

«Sì, certo, ma...»

«Mi ha vista lì. Sono... cioè, ero... una delle coriste. Sa, quelle che fanno uah uah, uh uh, eeeh... eeeh... sciabadaaaa... yeeeeh...»

«Shh... sì, ho capito». Martino la bloccò mentre già attorno al bar si stava radunando un piccolo pubblico. «Una delle coriste, certo. Ecco perché... per quello non mi ricordavo dove ci siamo conosciuti. Perché non ci siamo conosciuti. Purtroppo».

Lei sorrise ancora, e indicò la brioche di Martino.

«È buona? Non so decidermi... mi piacciono tutte...»

«Nnnn... gessosa. Prenda quella».

Indicò una sfoglia alla crema.

«E perché non l'ha presa lei?»

«Be'. Era l'ultima. Volevo lasciarla per... te».

Lei lo guardò con occhi stellati e prese la sfoglia. Diede un morso entusiasta, e un po' di crema le schizzò sul collettino di pizzo.

«Scusa... non mi sono neanche presentato... sono Martino Montani, scenografo».

«E io sono Marta. Marta Spadaro».

«Ciao, Marta. E come mai 'eri' una delle coriste del Festival? Hai mollato tutto per fare la solista?»

«No, figurati... diciamo che ho deciso di prendermi un anno di pausa e poi si vedrà. Sto partendo per Calcutta».

Oh porca puttana, pensò Martino. Questa va da Madre Teresa a curare i bambini sfigati. Sto perdendo il mio tempo.

«Ah... già... hai sentito il richiamo del volontariato?»

«No, ho fatto cinque più uno al Superenalotto, e ho sempre desiderato visitare l'India. Però mi sto accorgendo che viaggiare sola non è facile. Mi sento persa già qui al bar dell'aeroporto...»

«Ho una notizia per te, Marta. Non so se ti farà piacere, ma non stai viaggiando sola. Indovina dove vado io?»

«Dobbiamo rifare tutto. Comincia questo nuovo millennio, e noi siamo ancora qui con un'agenzia che è talmente... talmente Novecento!»

«Com'è che ti preoccupi dell'arredamento dell'agenzia proprio oggi, Arianna? Dovresti essere già dalla signora Brosio con sei scatoloni di salatini per il suo cocktail di stasera».

«Al diavolo la signora Brosio. Quest'anno abbiamo guadagnato abbastanza, e vorrei reinvestire almeno un po' degli utili in un arredamento zen. Via tutta quella roba colorata, le api, le fate, le madonnine. Voglio uno stile minimalista, essenziale. Tanti blocchi di cemento. La vasca nel mezzo».

«Che vasca?»

«Pensavo al bagno. Voglio la vasca nel mezzo, in modo che il flusso dell'acqua non sia ostacolato da risonanze paretiche».

«Arianna, abbiamo solo una doccia qui in agenzia, e non la usiamo mai».

«Perché non abbiamo il ritmo giusto. Sempre correre, affannarsi. Dobbiamo prenderci delle bolle di quiete lungo la giornata. Un bagno, una tisana...»

Ginevra rammentò ad Arianna che era sempre stata lei a insistere che non dovevano permettere ai tempi morti di invadere come gramigna le loro giornate.

«Dicevi che il tempo va sfruttato, perché lui non ha pietà di noi, ricordi?»

«Quella era una filosofia da Novecento. Il nuovo secolo avrà ritmi diversi. Dobbiamo togliere quelle stupide fatine da lì, e mettere dei grandi teli bianchi sovrapposti».

Penelope fino a quel momento non aveva partecipato alla conversazione, assorta com'era a preparasi un bouquet di detergenti per la giornata, ma a sentir definire 'stupide fatine' Flora, Fauna e Serena si riscosse.

«Non sono stupide, e comunque si sporcano meno che dei grandi cosi bianchi sovrapposti. E poi, cosa ti lamenti? I pesci te li ho presi».

In effetti, sul tavolo di Arianna era posata una enorme boccia di vetro azzurrino, con dentro tre pesciolini magri magri, in varie sfumature di arancione, che boccheggiavano, ma più da tisici che da pesci.

«Lasciamo perdere. Quelli non sono pesci normali. Avranno come minimo l'AIDS. Non vedi che facce?»

«Li buttavano via».

«Chi?»

«Al negozio dei pesci. Li stavano per buttare nel gabinetto, perché nessuno li comprava e la commessa diceva che le mettevano l'angoscia. Così me li sono fatti dare. Non li ho neanche pagati».

«E lo credo! Tra due ore saranno morti».

«Ma va'! Rispetto a ieri, mi sembrano già più in forma. Ciao ragazzi! Volete sapere come si chiamano?»

«No!» dissero in coro Ginevra e Arianna.

Penelope alzò le spalle, prese il suo saccone strapieno.

«Be', allora ciao. Io vado a Villa Verbena, poi dai Ferrero, e poi torno qui prima di andare dai Balbiano».

«Vai a Villa Verbena?» Ginevra sentì un formicolio lungo ogni parte di se stessa. «Sono tornati?»

«No... siamo d'accordo che ogni tanto passo a controllare, levare la polvere, bagnare le piante, finché non ci dicono se tornano o no. Voi li avete sentiti?»

Arianna e Ginevra fecero segno di no.

«Be', allora ciao».

Ginevra la guardò uscire, poi chiese ad Arianna: «Tu ritieni possibile che la nostra socia che viene da Marte abbia avuto una storia con il segretario gay?»

«Non so se è un segretario gay» obiettò Arianna.
«Innamorata di lui senza speranza?»
«Non mi sembra una cosa da Penny».
«Eppure... una volta li ho visti andare via insieme. Sai che lui la accompagnava a casa, ogni tanto. Camminavano in giardino e... non so... mi è sembrato qualcosa».
«Transfert. Trasferivi su di loro i tuoi sentimenti per Filippo».
«Ah, a proposito. Ho ricevuto una strana telefonata da mia sorella che forse farei meglio a riferirti».

In casa c'era qualcuno. Penelope si fermò sul cancello e scrutò Villa Verbena. Alcune imposte erano socchiuse. Da uno dei camini usciva qualche filo di fumo. Davanti alla porta della cucina c'erano due cartoni di pizza vuoti. Voleva forse dire che uno di loro era tornato? O che dei delinquenti di passaggio si erano accampati abusivamente nella proprietà? Penny aveva appena letto su 'Surfin' Safari' che un gruppo di zingari aveva vissuto per una settimana nella villa di Gwyneth Paltrow senza che lei se ne accorgesse; infatti avevano occupato l'ala ovest, in cui l'attrice non metteva mai piede perché le ricordava troppo i giorni felici con Brad Pitt. Perciò avanzò cauta fino alla porta finestra della cucina, e i suoi peggiori sospetti furono confermati dalla presenza di un tizio di spalle con i capelli ricciolini. Quando il tizio si voltò, Penny ebbe l'impressione di veder materializzarsi una foto: quello era Stefano Garboli, il giovane attore! Girò la maniglia, entrò in cucina e lo fissò con severità.

«Cosa ci fa qui, lei?»
«Oh... buongiorno. Sono il marito di Maria. Lei è...»
«Penelope Bergamini, della Fate Veloci».
«Ah, certo... sì... non vi ha avvertite, Maria?»

Maria stessa emerse dal retrocucina con un sacchetto di carote in mano.

«Oh, Penelope, meno male, ciao. Mi faresti un succo di radici? Sto per morire, guarda, mi dissolvo letteralmente in polvere ebraica se non mi fai subito un succo di radici».

«Ma... siete tornati tutti?»

«No no. Io e Stefano. Sai, ho le prove, no? Si debutta venerdì prossimo. Stefano sta qui con me. Ci siamo rimessi insieme. Ci metti anche un po' di pomodoro, nel succo?»

«E gli altri?»

«Boh. Qua non ci vengono di certo. Ah, sai mica dov'è finito Martino?»

Stefano le lanciò un'occhiataccia. Le lanciava un'occhiataccia ogni volta che nominava uno dei suoi vecchi amanti, e di conseguenza aveva già gli occhi rossi dallo sforzo alle undici di mattina.

«Non guardarmi così, favo di miele. È dello scenografo che mi preoccupo, non del partner. È scomparso. Robusti ieri ha strillato come un'aquila».

«Lo so io dov'è. Ha chiamato Ginevra sul cellulare. Stava partendo per l'India o una cosa tipo l'India».

Penelope cominciò a spremere radici, mentre Stefano cercava di farsi mentalmente un elenco di dieci cose tipo l'India.

La moglie del vicesindaco era rimasta molto soddisfatta del suo tête-à-tête settecentesco, e aveva quindi deciso di rivolgersi alla Fate Veloci anche per la cena di Capodanno. Siccome però non era il tipo di donna a encefalogramma piatto che si affida totalmente agli altri, si era messa lì, aveva pensato, e aveva trovato un'idea notevolmente brillante su cui basare la serata.

«Ho deciso» disse a Ginevra con giusto orgoglio, «di scegliere il rosso come colore dominante».

Solo grazie alla disciplina imparata in quella famosa scuola di suore Ginevra si trattenne da emettere un 'Uau! Che figata!'.

«Bene. Senz'altro. È un'ottima idea. Il rosso fa molto Capodanno».

«Vero? E quindi vorrei che lei mi facesse una stupenda tavola a base rossa. Non so... mele... roselline secche... biglie...»

Mettiamo un freno alla creatività di questa signora, pensò Ginevra: «Sì... stia tranquilla... ci penso io. Lei si occupi del resto. Per il menu ha bisogno della nostra Arianna?»

«Oh, no, grazie. È un portaparty. Io faccio solo i canestrelli al radicchio e salmoncino».

«Salmoncino?»

«Salmone nano dell'Oregon. Lo trova da Paissa, quattrocentomila al chilo, ma sa, Capodanno è Capodanno».

Ginevra riattaccò, sentendosi ormai anziana. Niente da fare, quell'anno le mancava proprio l'élan vital, per quello che riguardava le decorazioni di Capodanno. Si chiese se mollare tutto, prendersi una settimana di ferie, e volare a Bristol da Malcolm e Luigi. Li aveva sentiti il giorno prima: la mamma di Malcolm, alla vista di Luigi, si era chiusa nel capanno degli attrezzi, e si era fatta portare lì anche il pranzo di Natale. Forse, pensò Ginevra, se vado io rischiaro un po' l'atmosfera. Potrei decorare qualcosa qua e là. Ma anche l'idea di spingersi fino a un aeroporto e salire su un aereo le pareva insormontabile. Poi le venne in mente un altro posto dove poteva andare.

Arianna stipò nel frigo la quarta forma di metallo piena di pâté e lo chiuse, nauseata. Non voleva aver più niente a che fare con il fegato di vitello per almeno tre mesi. E pensare che nel corso di quattro diverse cene di Capodanno situate ai quattro angoli della città, estasiati commensali avrebbero decantato la squisitezza di quei pâté, già solo affondando i denti nello spesso e friabile strato di gelatina.

«Perché vedi» spiegò a Giacomo lavandosi le mani, «la gelatina vera, fatta col brodo, è friabile, sbriciolosa... invece quella dei dadi è gommosa... la puoi allungare come quei robi verdi che tiri contro il muro».

«Io li tiro?» chiese Giacomo.

«Tu, certo. Mica io. Mi hai mai vista tirare dei robi verdi contro il muro?»

Per quel giorno, aveva finito. Le pareti del grande frigo blu dell'agenzia scricchiolavano sotto il peso di pâté, mousse, insalate russe, insalate di altri Paesi e dolci vari che nei giorni successivi sarebbero stati consegnati ad ammirate e inette signore locali. Prese Giacomo e si avviò verso casa. Chissà, pensava, se ci troverò Nicola? La comunicazione fra loro era ancora parecchio disturbata. Lui si sentiva in colpa e, contemporaneamente, offeso. È vero, aveva tradito Arianna, ma l'aveva fatto solo perché lei aveva dimostrato ogni intenzione di farlo a sua volta. Che colpa ne aveva lui se poi all'ultimo, chissà perché, lei non lo aveva fatto? Lei si sentiva offesa e, contemporaneamente, in colpa. È vero, Nicola l'aveva tradita, ma era stata lei a cominciare lo sgretolamento della fedeltà, e se non l'aveva portato a termine non era stato certo per scarsa volontà. Ormai ce l'aveva a morte con Filippo. Era riuscito a rovinare il suo matrimonio senza neanche farle provare la rovinosa ebbrezza di una notte, o una mattinata, o anche soltanto un'ora di folle passione. Tutto quel casino per quattro bacetti, mentre intanto quell'acqua chetissima di Nicola aveva portato a termine le sue operazioni adulterine in fretta e senza sbavature.

«Guarda che quella ragazza è un boiler» gemeva Nicola, «mi è piaciuta zero. Meno di un film francese...»

«Ah, però poi alla festa della Proposte le portavi da bere...»

«Be', era immobilizzata... e visto che l'avevo scaricata già mentre mi rimettevo le mut...»

«AAAH! Non voglio sentirtelo dire!»

E così via. Non era facile, la vita in casa Borghi. Così, fu con un misto di sollievo e nervoso che Arianna sentì andare a tutto volume *God rest ye Merry Gentlemen* entrando in casa. I canti di Natale di solito andavano avanti fino al 1° gennaio, poi magicamente sparivano per riapparire verso l'8 dicembre, ma Arianna aveva sperato che, data la tensione domestica, quell'anno finissero prima. Nicola era al computer, e nell'ebbrezza del lavoro dimenticò lo stato di guerra e le fece uno dei suoi antichi, noncuranti sorrisi. Arianna provò una specie di brividino che le rammentò, alla lontana, una sensazione di ardente amore.

«Ciao stella d'argento che brilli lassù. Ho finito la trecentesima puntata della *Vita è Vera*! Sai che le puntate col cento le affidano solo agli sceneggiatori migliori? E quindi io sono uno sceneggiatore migliore!»

«CIAO PAPI!» urlò Giacomo, fiondandosi a palla contro le ginocchia di suo padre.

«Ciao, Nicola. Cosa vuoi per cena?»

Nicola rifiutò di prendere atto del suo tono freddo e distaccato.

«Posso leggerti una scena?»

«No, grazie. *La vita è Vera* mi ha sempre fatto schifo» annunciò spassionata Arianna, e se ne andò in camera sua.

Nicola la seguì. «Veramente, volevo leggerti un'altra cosa, che ho scritto oggi. È di una nuova soap, che si intitola *Nicola e Arianna*».

«Bleph. Che idiozia».

«Senti qua. Prima puntata, scena 1.

«NICOLA: Arianna, basta con questa freddezza fra noi. Io amo soltanto te, e tu mi hai spezzato il cuore. Cerca di riaggiustarmelo, o finirai come zia Adele.

«ARIANNA: Be', certo, piuttosto che finire come zia Adele...»

«Alt!» urlò la vera Arianna. «Chi sarebbe zia Adele? Noi non abbiamo nessuna zia Adele».

«Ma loro sì. È una zia di Nicola, che non ha saputo capire l'amore immenso del marito, e di conseguenza è scappata con un mafioso russo che le ha fatto fare una vita d'inferno. Continuo, e per favore non mi interrompere più.

«NICOLA: E allora, se non vuoi finire come la povera zia Adele che vive in un camion alla periferia di San Pietroburgo, dimentica le nostre piccole discordie e baciami.

«ARIANNA: Oh, Nicola, ma tu, personalmente, potrai mai perdonare il mio sbandamento per quel tronfio, ridicolo e grasso scrittore?

«NICOLA: Ci proverò, e se tu sarai molto tenera, molto sottomessa e molto adorabile, forse ci riuscirò...

«ARIANNA: Se no?

«NICOLA: Se no sarò costretto a partire tutto solo per Las Vegas».

«Las Vegas?» chiese Arianna, incapace di sopportare oltre.

«Shhh... ti ho detto di stare zitta.

«ARIANNA: Oh no, amore mio, Las Vegas no... non adesso... vedi... c'è una novità... sono incinta!»

«Non è vero! Nicola, non sono incinta!»

«Non ancora. Adesso si fa la cena, mettiamo a letto Gimmi, e poi mi dai materiale per la seconda puntata, okay?»

Nuovamente colpita da quel misterioso brividino, Arianna annuì, muta.

Venerdì 29 dicembre

Come abbiamo detto, la tomba di Fabrizio sembrava un giardino pensile di Babilonia, e anche in quel gelido e nevosissimo giorno del Duemila manteneva un aspetto rigoglioso. L'alberello di agrifoglio era pieno di bacche, e perfino le sterpaglie brulle della rosa Iceberg avevano l'aria allegra, così incrostate di ghiaccioli. Con naso e bocca al riparo della sciarpa, Ginevra rivolse un incomprensibile borbottio alla fotografia di Fabrizio, un bel primo piano scattato tre giorni prima che si schiantasse. Poi abbassò la sciarpa.

«Forse così mi capisci meglio. Ti stavo dicendo che in tutti i brutti film del genere romantico-funerario a un certo punto c'è una scena in cui il vedovo o la vedova parlano con il coniuge defunto, e per questo finora non l'avevo mai fatto. Ti ho sempre parlato a pensieri. Adesso però volevo proprio dirtelo fisicamente, che mi dispiace tanto che tu sia morto. Per te, mi dispiace. Non per me. Per te stesso: eri così giovane, e avresti potuto fare ancora tante stupidaggini. Divertirti».

Qui Ginevra s'interruppe. Va bene dire due parole a Fabrizio, ma non le sembrava il caso di imbarcarsi in un lungo monologo per spiegargli che la vedovanza, per quanto la riguardava, era finita. Immaginava che lì da dov'era se ne sarebbe ben presto accorto da solo. Sospirò. Povero scimmiottino. Sempre allegro, senza un briciolo di cervello.

«Anche io, però... Tutti questi anni a convincermi che eri stato il grande amore della mia vita. Che scema, eh? A ogni modo, anche se non verrò più tutte le domeniche, ti prometto che continuerò a curare a puntino la tua tomba. Stai tranquillo. A marzo ti porto le primule».

Con questa sincera promessa, Ginevra si allontanò, dopo aver legato all'agrifoglio un mazzolino di violette.

E adesso? pensava mezz'ora dopo, seduta in un bar del centro a bersi una cioccolata bollente. E adesso che ho chiuso con Fabrizio, e che Filippo ha chiuso con me? Che faccio?

Dopo aver depositato con una certa fermezza Anelka alla pensione Europa, Gabriele Dukic aveva più o meno lo stesso problema. Aveva una settimana di vacanza, aveva perso il primo e presumibilmente ultimo vero amore della sua vita, e aveva capito di non essere ancora pronto per ricominciare a rimorchiare a casaccio. Per la verità, non dubitava del fatto che prima o poi lo sarebbe stato. Ma non era ancora ora. E quindi gli si stendeva davanti un qualcosa di misterioso e inconcepibile: un periodo senza donne. L'ultimo lo aveva passato in terza media, colpito da una tardiva varicella. Che faccio? si chiedeva Gabriele prendendo un Campari in un bar del centro.

Filippo Corelli, invece, non aveva dubbi, e sapeva perfettamente cosa doveva fare. Primo, stare sempre a portata di una qualsiasi forma di telefonia fissa o mobile, in modo da non perdere la chiamata di Morgana, che prima o poi sarebbe giunta, come tutte le chiamate importanti nella vita di un uomo. Due, prepararsi psicologicamente e fisicamente alla conferenza stampa che aveva convocato per il 2 gennaio, su precisa indicazione di Antonio. Perciò, chiuso nel suo attico di Ferrara, respirava, si guardava allo specchio, provava frasi a effetto e saltava come una pulce ogni volta che suonava il telefono.

Un altro che sapeva quello che doveva fare era Antonio. Alle ore 9 di quel venerdì, salì sulla Jaguar e fece quattrocento chilometri a bella velocità. Frenò davanti a Villa Verbena, entrò, e con poche e precise parole buttò fuori Maria e Stefano.

«Guarda che tanto ce ne andavamo noi, eh! Non crederai che io abbia intenzione di passare Capodanno in questa depressione di città... Se non fosse che mi spelerebbero di penale, mollerei anche la *Casa di bambola* e tutto quanto... Ti giuro che preferirei tritarmi tutta in un soffritto che restare qui anche solo un triliardesimo di secondo!»

In meno di mezz'ora, Maria, Stefano e i loro bagagli si erano trasferiti all'Hotel Starship Trooper, il più bello della città, e Antonio, finalmente solo, si dispose ad aspettare, come il ragno nel suo salotto.

«Su... dai... esci di lì. Ti prometto che non ti porto da nessuna parte. Non devi più andare in altre case. Dai, Flora. Esci...»

Penny trattava con Flora tenendo la testa infilata sotto il letto, porgendole un'attraente ciotola di croccantini. Definitivamente sconvolta dall'ennesimo trauma, Flora non si capacitava di essere stata trascinata via da quella che aveva cominciato a considerare casa sua. Non che la casetta di Penny avesse qualcosa che non andava, anzi, da un certo punto di vista era meglio, più compatta e abitata da meno gente, però era tutto nuovo, bisognava riabituarsi daccapo e il sistema nervoso di Flora non era mai stato granché. Così viveva rintanata sotto il letto, non mangiava e ogni tanto faceva i suoi cigolii.

«E dai... Florina...»

Scoraggiata, Penny tirò fuori la testa, posò la ciotola e sospirò. Certe volte la vita era un po' difficile. E da quando non vedeva più Antonio tutti i giorni, le pareva che queste difficoltà fossero molto aumentate. Probabilmente attirata da uno sconforto grande almeno quanto il suo, Flora uscì da sotto il letto, mangiò un po' di croccantini e poi si arrampicò in braccio a Penny, fusando a tutto spiano.

«Ehi. Benvenuta. Allora siamo d'accordo. Questa è casa tua, okay? Adesso ambientiamoci un po', poi esco. Devo andare a pulire in un posto».

In un momento di debolezza aveva promesso a Maria di passare tutti i giorni a dirimere il caos quotidiano che lei e Stefano riuscivano a produrre. In fondo, non le dispiaceva struggersi un po' in camera di Antonio, o almeno, fare il massimo che poteva in fatto di struggimento, che per lei consisteva nel guardare i vari oggetti della stanza ed eventualmente allinearli. Diede ancora un bacio alla sua micetta, s'infilò il piumino e uscì, sotto una leggera bufera di neve.

Distesa al sole di Haifa, ai bordi della piscina dell'Hotel I Tre Profeti, Morgana rifletteva sulla sua prossima mossa. Aveva promesso di chiamare Filippo per dargli istruzioni, ma non aveva ancora avuto una buona idea. Non sapeva che farne di se stessa e di lui, e intanto si godeva quella strabiliante sensazione di non avere nessun uomo che le stesse addosso. A differenza di Gabriele Dukic, Morgana apprezzava la prospettiva di un periodo di stasi emotiva. Pausa. Assenza. Mancanza. Vuoto. Che concetti interessanti. E fu proprio partendo da lì che le venne l'idea. Si alzò dal lettino, si avvolse un pareo purpureo attorno al tanga, e andò a chiedere al portiere se da quelle parti c'era una biblioteca. Due ore dopo, aveva davanti a sé varie edizioni delle opere complete di William Shakespeare. Scartò quella in ebraico, e consultò l'indice dell'edizione Oxford.

Penelope entrò in casa, e fece un giro. Niente Maria, niente Stefano. La cucina però era stata ampiamente usata da qualcuno che non metteva il coperchio al pentolino del sugo. Le piastrelle erano schizzate di pomodoro fino alla settima generazione. Quando ebbe finito di pulire tutto, si preparò un tè e decise di andare a berselo su, in camera di Antonio. E, sorpresa, in camera di Antonio c'era appunto Antonio, addormentato sul letto, sotto una trapunta gialla. Penny restò un attimo immobile a guardarlo, poi posò la tazza, si tolse gli stivali e i jeans, si infilò accanto a lui, e Antonio si svegliò con le braccia e le labbra piene di Penny.

«Ehi, sono io».

Allo squillo del telefono Filippo aveva avuto un tale sconquasso cardiaco che adesso non riusciva a parlare, e ansimava nella cornetta come un interlocutore porno. Morgana gli chiese con garbo se soffrisse di enfisema.

«No... è l'unica cosa di cui non soffro, credo. Per il resto ho tutto: attacchi di panico, amore, terrore del futuro, brividi, mal di gola, uno spaventoso senso di vuoto...»

«E gli occhi? Li hai sempre così blu che sembrano turchesi ma in realtà sono verdi?»

«Sì. Senti, Morgana, cosa...»

«I tuoi occhi per una biologa marina sono il massimo: ci stanno dentro tutti i tipi di mare, da quello trasparente sulle rive della Sardegna al centimetro cubo a picco sulla fossa delle Marianne, al...»

«Senti, quando saremo molto molto vecchi, tipo sui novanta, e ce ne staremo insieme in un lussuoso ricovero per rincoglioniti ricchi, allora potremo parlare a lungo e diffusamente dei rispettivi occhi. Io ti dirò che i tuoi sono blu come una genziana, eccetera eccetera. Al momento, però, preferirei sapere quando ci vediamo».

«Io, invece, preferirei sapere se hai detto quella cosa ad Antonio».

«Aha».

«Come ha reagito?»

«Mi ha obbligato a convocare una conferenza stampa per il 2 gennaio. Leggi i giornali, il 3. E adesso, posso sapere quando ci vediamo?»

«Tra un anno».

«CHE COSA?»

«Ascoltami bene, e non farmi ripetere le cose perché ho poco tempo. Tra mezz'ora passa a prendermi il dottor Imbahal per andare a giocare a tennis e...»

«TU NON VAI A GIOCARE A TENNIS CON NESSUNO!»

«Andiamo, non dire idiozie. Allora, l'idea mi è venuta pensando a Shakespeare. Hai presente *Pene d'amor perdute*?»

«Ho visto il film».

«Perfetto. Ti ricordi alla fine? Alicia Silverstone dice a Kenneth Branagh che per un anno saranno separati, e lui dovrà far ridere i moribondi in ospedale».

«Tu non vuoi, vero, che io passi un anno a far ridere i moribondi in ospedale?»

«No, certo che no. Voglio solo che io e te per un anno non ci vediamo, e stiamo perfettamente casti, come due monaci sul monte Athos...»

«Io non sto perfettamente casto come nessun monaco su nessun monte che non so neanche di cosa stai parlando!»

«Ignorante. Senti qua: sia tu che io siamo due sciagurati promiscui e infedeli, incapaci di dire di no a chiunque ci piaccia anche solo un po'. Ma adesso non ne abbiamo più voglia, giusto? Tu non guardi più le altre, e io non guardo più gli altri».

«Infatti, e quindi...»

«Ma quanto durerà? Questo stato di cose va avanti da una quindicina di giorni. Io voglio capire se può durare per sempre».

«Certo che può... dai, Morgana...»

«Dai Morgana niente. Voglio che sia un per sempre blindato. Se resistiamo un anno, saremo perfettamente purificati, e pronti alla reciproca fedeltà totale. Tu avrai solo me, e io avrò solo te. Se non resistiamo, okay, pazienza. Se resiste uno dei due e l'altro no, peccato, quell'uno resterà fregato».

«Morgana, non ha senso. Quello che dici non è di questo mondo. È una stupidaggine. Significa buttar via un anno durante il quale potremmo stare insieme. Perché vuoi una cosa tanto inutile e pericolosa?»

«Per quello. Perché è pericolosa. Non voglio niente di medio, con te. Io odio la roba media. Se non ti va, non accettare».

«Noi non siamo personaggi di Shakespeare... siamo persone... che facciamo? Ci telefoniamo? Ci scriviamo? Ci mandiamo gli SMS? Cosa vuoi da me?»

«Tutto. No. Non ci scriviamo né telefoniamo né niente. Viviamo come se l'altro non esistesse. Poi, il 31 dicembre del 2001, ci troviamo... dove... fammi pensare... davanti a quella casa dove stavi, Villa Verbena. Se ci siamo tutti e due, è fatta».

«No! No e poi no! Lo sai benissimo come vanno a finire queste cose! Andare al cinema non ti ha insegnato niente? Uno di noi due non ci sarà per qualche stupida fatalità, tipo che resta bloccato in ascensore o gli sparano i terroristi, e l'altro penserà che non è venuto apposta, e si strangola con la sciarpa. Mi rifiuto di morire per un equivoco!»

«Okay, mi hai convinta. L'ultimo giorno possiamo sentirci con il cellulare».

«E se ci rubano il cellulare? O ti cade in mare? O lo perdo allo stadio?»

«Vai alle partite?»

«Sì!»

«Per chi tifi?»

«Il Parma! Morgana, senti...»

«Ti devo lasciare, amore mio. È arrivato il dottor Imbahal. Se non mi trovi al cellulare, hai il permesso di chiamare mia sorella Ginevra. Tanto il numero ce l'hai, ah ah. Buon anno, tesoro».

Nel frattempo, Antonio e Penelope si erano spostati a casa di Penny, che non voleva lasciare Flora sola e denutrita. Con giusto orgoglio, Penelope illustrò la sua casetta e le sue più preziose proprietà: le raccolte di 'Diabolik', 'Krimi' e 'Ragazza okay', le sue trecentocinquanta videocassette, tutte perfettamente allineate e sistemate in ordine alfabetico, e il plastico di Paperopoli.

«Non hai neanche un libro in tutta la casa. Un singolo, misero libro. Non uno».

«Veramente» disse Penny, quasi vergognosa, «uno ce l'ho». E gli mostrò il *Dizionario del Cinema* del Mereghetti, che se ne stava con aria sfogliatissima accanto alle videocassette.

«Ah, quello non conta. Un dizionario... Però mi aspettavo, non so... un libro di cucina. Ce l'hai un libro di cucina?»

«No! Ho un quaderno di cucina, quello su cui scrivo le ricette di mia mamma e della nonna, eccetera».

«Senti... ma non capita mai che in una di quelle tue riviste siano allegati dei libretti?»

«Sì sì, ma li regalo subito a Giusi ed Elvira, o a mia cugina Giada, che ha solo undici anni ma già si è messa a leggere» disse Penny, con l'aria di voler comunque scusare Giada.

Antonio sospirò. Abbracciò forte Penny e le disse: «Amore mio... abbiamo un problema...»

«Di' ancora 'amore mio'».

«Te lo dico finché vuoi, ma sto per darti un grande dispiacere».

E così, in anticipo sul resto del mondo di parecchi giorni, Penny venne a sapere che i libri di Filippo Corelli li aveva scritti tutti Antonio.

La consapevolezza di dover dare proprio questa notizia ai media durante la conferenza stampa del 2 gennaio avrebbe dovuto pesare un po' sulle giornate di Filippo. Invece niente, per lui si trattava decisamente di un fastidio minore. In fondo, pensava, è un problema molto più di Antonio che mio. È lui quello che ha inventato tutta questa storia perché non gli andava di fare le presentazioni nelle librerie, e tanto meno di partecipare ai talk show alla tele. È lui l'ingannatore. Io sono soltanto uno stipendiato. Non prendo neanche una percentuale sulle vendite. Ho tot milioni al mese, neanche poi tantissimi, e tutti i fringe benefit: case, macchine, cene, donne. E i compensi per le partecipazioni qua e là, questo è ovvio, Antonio è molto corretto, se mi danno tipo cinque milioni per andare a cantare a *Furore*, quelli sono miei. In fondo, che colpa ne ho io se a lui non piace andare a cantare a *Furore*? Che mirabile interpretazione, eh?

In effetti, durante quei cinque anni Filippo si era abbastanza divertito. Quando Antonio gli aveva fatto quella straordinaria proposta durante il loro viaggio nelle Indie Occidentali, da principio aveva pensato di avere a che fare con un pazzo, e si era discretamente informato sulle strutture psichiatriche locali. Ma poco a poco, con sommessa determinazione, Antonio lo aveva convinto. In fondo, la sua carriera di attore non decollava. E comunque Antonio non gli chiedeva di smettere, ma casomai di recitare un po' di più. Anzi, poteva darsi che, incuriositi dalla sua doppia attività, i registi cominciassero a prenderlo per ruoli più importanti. Per un po', l'incarico era stato effettivamente poco impegnativo: i primi due libri di Antonio non avevano scosso più di tanto la sua vita: aveva continuato a recitare piccole parti in piccoli film, e aveva partecipato a un notevole numero di talk show, richiamato in quanto interessante esponente di una doppia professione glamour. Ma con il trionfo planetario di *Gardenia* aveva cominciato a divertirsi sul serio. Per la verità, aveva onestamente proposto ad Antonio di rivelare la verità. Adesso che cominciavano i soldi veri, e la fama vera, non voleva godersi tutto lui? No grazie, aveva risposto Antonio, anzi, ti ho assunto proprio perché temevo che un giorno o l'altro potesse succedere questo. Gli aveva aumentato lo stipendio e lo aveva buttato nella mischia, e Filippo aveva risposto a interminabili interviste spiegando come e perché aveva scritto *Gardenia*, qual era la sua poetica e cosa contava di fare per il benessere della letteratura mondiale. Intanto, Antonio leggeva, viaggiava, e si godeva i soldi in totale tranquillità. Un accordo perfetto, che poggiava su una pietra sia angolare che fondamentale: non doveva mai essere rivelato a nessuno per nessun motivo.

«E allora perché l'hai detto a quella ragazza!» gli aveva urlato Antonio quella sera a Ferrara.

«Perché la amo!»

Antonio non aveva aggiunto altro, e Filippo si era arrabattato a spiegare.

«È stata lei a dirmi che è ora di smettere. E infatti ha ragione. È ora di smettere. Mi sa che non ci divertiamo più, né io né tu».

Com'era prevedibile, Penelope prese la notizia molto, molto male.

«Sei uno scrittore!» continuava a ripetere, incapace di accettare un'idea tanto raccapricciante. «Uno di quegli odiosi tizi che se la tirano...»

«Be', non metterla giù così dura, dai. Non sono veramente uno scrittore. Non faccio le conferenze, non mi intervistano, non ho le foto sul risvolto di copertina... scrivo e basta, Penny. Scrivo solo i libri. Tutto il resto lo fa Filippo. Il vero scrittore, in fondo, è lui».

«Non è vero! Nell'anima dentro di te sei uno scrittore e quindi non puoi andare d'accordo con me».

«Vorrei rammentarti che tu sei una ragazza, e che come sai a me le ragazze non piacciono molto, eppure non te lo faccio pesare. Ti amo, e sono dispostissimo a passarci sopra».

Penelope lo guardò corrucciata.

«Secondo me mi stai solo prendendo in giro. Non ci credo che avete fatto una finta del genere per tutti questi anni».

«E cosa ci vuole? Non hai letto di quel tipo in Francia che ha fatto finta di essere un medico per non so quanti anni? Fingere di essere uno scrittore, o di non esserlo, in confronto non è niente. Quando ho conosciuto Filippo, ho capito che avevo finalmente trovato la persona che mi avrebbe liberato da tutte le seccature. Il mio alter ego».

«Il tuo cosa?»

«Scusa. Un altro me stesso, diciamo. Uno che mi interpretasse. E Filippo era perfetto: bello, simpatico, abile parlatore... se poco poco i miei libri erano decenti, scritti da lui potevano diventare dei best seller. Le ragazze li avrebbero comprati anche solo per ritagliare la sua foto dal retrocopertina. Prova a immaginare se i libri di Vassalli li firmasse Raul Bova...»

«I libri di?»

«Ah, niente, uno».

«Be', comunque sono tutte scuse perché tu sei molto, molto più bello di lui».

«Oh, Penelope...»

«E poi non ci credo, non ci credo lo stesso, perché io lo vedevo benissimo che lui stava sempre chiuso dentro a scrivere!»

«Un tocco di realismo, amore mio. Ho obbligato Filippo a scrivere almeno tre ore al giorno, perché gli inganni vanno portati avanti con precisione, se no prima o poi qualcuno li fiuta. Si è copiato mezza letteratura mondiale in questi anni, quel povero ragazzo. E pensare che leggere neppure gli piace».

«Se lo sapevo, mi fidanzavo con lui, quella mattina che ci ha provato».

Antonio non era d'accordo, e tra una cosa e l'altra in qualche modo riuscì a raccontarle tutta la storia, compreso l'ultimo raccapricciante sviluppo: Filippo aveva confessato la verità a Morgana, il segreto non era più un segreto, e quindi era meglio dirlo, prima che uno di quella stramaledetta famiglia lo spifferasse ai giornali.

«Perché famiglia? Ginevra cosa c'entra?»

«Lei niente, ma quel fratello delinquente, Martino, c'è arrivato vicinissimo...»

«Non è un delinquente. È simpatico. Mi ha aiutata a rubare Kily Gonzales».

«Dovrai smettere di rubare i pitoni con altri uomini, Penny».

«Okay. E tu potresti smettere di fare lo scrittore?»

«Cosa?»

«Smettere di fare lo scrittore. Non mi piacciono, non mi fido, sono gente che fanno i furbi. Non voglio essere fidanzata con uno scrittore».

«E sposata?»

«Peggio ancora. Fanno certi ritorno moglie che non ti dico, gli scrittori...»

«Ma Penelope...»

«Scusa, approfitta di questa cosa che è successa. Puoi dire ai giornalisti che i libri li hai scritti tu, che siete due imbroglioni, e perciò vi pentite e vi ritirate. Non scrivete più niente, Filippo ricomincia a fare l'attore e anche tu ti troverai un vero lavoro».

«Per Filippo probabilmente andrà proprio così. Ma io? Che cosa potrei fare, mia cara?»

Penelope ci pensò su. Era un momento importante. Se doveva veramente fidanzarsi con lui, voleva che avesse un lavoro che le piaceva e, soprattutto, che non li portasse troppo lontano da Borgo Vittoria. Lo guardò, incantata e innamorata, gli passò un dito attorno alle labbra, e poi fra i capelli, seguì la linea della mascella con una carezza, e poi disse: «Sai smontare i diesel?»

Domenica 31 dicembre

L'Acqua di rosmarino della Regina d'Ungheria faceva miracoli per le carnagioni delicate, ma neanche quel prodotto portentoso poteva cancellare del tutto i segni di otto-dieci ore di lacrime. Così, nonostante quella, e la crema *Teinte lumineuse pêche dorée*, e il mascara *Very long cils*, e il kajal *Mahabaratha dreams*, e una passata di rossetto *Rose bloom N. 7* fissato con il gloss *Lucid lips lumière*, più un tocco di profumo, *Moonwater* della Floris, quando Ginevra entrò in agenzia domenica mattina alle 8.30, ad Arianna bastò un'occhiata per dichiarare: «Sei rovinata, eh? Che ti è successo?»

Ginevra strinse forte la mascella, deglutì e disse: «N-non ho più uno scopo nella vita».

Arianna manifestò grande interesse per la notizia.

«Veramente? Vuol dire che quindi prima ce l'avevi? E qual era?»

«Ricordare Fabrizio. Amarlo. Vivere tenendo al centro dei miei pensieri e delle mie giornate il mio grande amore morto».

«E adesso? Hai scoperto che era soltanto un simpatico teppistello?»

«Sì. No. Non so cosa fosse. So che non me ne importa più niente di lui. Mi spiace tanto che sia morto così giovane, povero ragazzo, ma per me è un estraneo».

«Direi che questo è un grande momento per Ginevra Montani. Credo che in frigo ci sia una bottiglia di Krug rimasta dal...»

«Non c'è niente da stappare. Non ho nient'altro, al posto di Fabrizio».

«Arriverà. Tu stai lì ferma. Nella vita non si può mai sapere.

Figurati che credo di essermi un pochino innamorata di Nicola, negli ultimi giorni».

Questa volta fu Ginevra a manifestare uno stupore pieno di interesse.

«Ma dai! Sul serio? E come è successo?»

«È una storia lunga. Cioè, lo sento un po' come se fosse uno sconosciuto estone da portarmi a letto».

«Be', fantastico. E Filippo?»

«Potrei chiederti la stessa cosa: e Filippo?»

«La mia risposta è facile: Filippo se n'è andato insieme a Fabrizio. E tu?»

«Facile anche la mia. Se n'è andato nel momento in cui se n'è andato. Non ci penso più. Non mi ha lasciato niente. Come se avessi visto un film».

Due donne più introspettive qui avrebbero imbastito un discorso sugli uomini, l'amore, la vita e i sogni, ma se si è donne introspettive non si apre un'agenzia di servizi per la casa chiamata Fate Veloci, perciò cinque minuti dopo Arianna e Ginevra esaminavano il calendario della giornata. Normalmente il 31 dicembre non lavoravano, ma per una volta avevano accettato di dedicare la mattinata alla signora Jacobbi, la loro fedele cliente moglie del commercialista, che quella sera dava un festino di Capodanno. Erano richieste tutte e tre, e la signora le aspettava per le nove, ma di Penny non si vedeva traccia. E Penelope non era mai in ritardo. Perciò alle nove meno un quarto Arianna la chiamò a casa.

«Penelope? Sei ancora lì? Che succede?»

«Non vengo». Penelope parlava con voce irosa.

«Cosa?»

«Non vengo. Non pulisco più. Non faccio più niente. Sto qui e aspetto finché muoio».

«Penny! Per amor del cielo, cosa è successo?»

«Non voglio più esistere».

«Okay. Non muoverti. Arriviamo».

Arianna prese Ginevra per un braccio e la trascinò giù per le scale, aprì la portiera, la buttò dentro, salì, mise in moto e partì come un'ossessa in direzione casa di Penelope.

«Cosa succede? Si è suicidata?»

«Credo di sì. Non so. Andiamo a vedere».

Trovarono Penelope viva e raggomitolata sul letto, circondata da scottex appallottolato, e in preda a una disperazione solida e furiosa. A quanto pareva, Antonio non ne voleva sapere di smettere di fare lo scrittore per andare a lavorare nell'officina dello zio Gino, che pure era avviatissima, e aveva un bel cortile con tre bidoni in cui crescevano le rose e due gatti residenti. Non solo, ma l'elettrauto vicino, di origine greca, faceva spesso delle meravigliose grigliate, e cantava canzoni del Pireo. Possibile che Antonio non volesse andare a lavorare lì? In fondo, cosa ci vuole a imparare ad aggiustare i diesel? Lo sanno fare quasi tutti.

Lei, d'altra parte, non poteva immaginare neanche lontanamente di andare a vivere in una villa del Settecento a Ferrara, lontanissima da tutti, isolata, senza più Fate Veloci, Elvira e Giusi, la famiglia, i gatti, Mimmo, Leyla, la famiglia di Leyla, gli altri zii, la sorella della nonna, la sua ex maestra delle elementari che si incontravano sempre al Dì per Dì di via Boccaccio, il mercato di piazza...

«Okay» Ginevra la frenò con una certa autorevolezza, «sta' zitta. E torna indietro. Riavvolgi il nastro. Cosa vuol dire 'smettere di fare lo scrittore'?»

L'inconcepibile notizia che l'autore di *Gardenia* non era Filippo Corelli bensì l'elusivo segretario gay, oltretutto evidentemente non gay, sconvolse a tal punto Arianna e Ginevra che solo con la massima fatica riuscirono a tornare a quello che era il motivo centrale della giornata, e cioè che Antonio e Penelope si amavano tanto, ma al momento lui era ripartito per Ferrara, e lei non voleva vederlo mai più.

Purtroppo, dovevano precipitarsi dalla signora Jacobbi prima che la medesima mandasse un elicottero della polizia a cercarle, ma non era possibile lasciare Penelope sola in quelle condizioni, così Arianna cercò il numero di Mimmo e lo convocò immediatamente. Tua cugina, gli spiegò, non vuole più esistere. Vieni subito qui e cerca di farla ragionare. Mimmo dichiarò che passava a prendere Leyla e sarebbero piombati lì tutti e due, e le Fate residue si avviarono, molto molto scosse, a casa della loro cliente. Ginevra avrebbe pulito al posto di Penny, e tanto peggio per la signora Jacobbi.

Il sistema di approccio di Mimmo alle pene di sua cugina fu piuttosto semplice. Si fece raccontare tutta la storia, seduto ai piedi del letto insieme a Leyla, e quando Penelope ebbe finito guardò la sua ragazza e le chiese: «Tu che ne pensi?»

«Sai che non sono per niente stupita? Voglio dire, in realtà non era possibile che fosse lui l'autore di *Gardenia*. Pensa solo al passo in cui Tessa e la nonna attraversano...»

«Leyla, non ti sto chiedendo il tuo parere sulla faccenda del libro. Non mi interessa niente chi ha scritto cosa. Secondo te, mia cugina fa bene a comportarsi così?»

«Io credo di no. Lei deve seguire l'imperativo categorico del suo cuore e agire soltanto spinta dalla necessità, e in questo caso per lei la necessità della ragione pura, e anche della ragione pratica, è rappresentata dall'amore per Antonio».

Penelope, pur senza aver capito una parola, si ribellò.

«Vuoi dire che dovrei lasciare tutto per andare con lui? Morirei!»

«Ah sì? Ed Eva, allora?» Leyla passò con grande naturalezza dall'uno all'altra componente della famiglia Kant. «Non lascia tutto per andare con Diabolik? E guarda che vita le fa fare lui! Sempre crimini, dal mattino alla sera, e anche pericolosi!»

«Ma io sto bene soltanto qui... non sono mai stata da nessun'altra parte».

«Ricordati che il tempo e lo spazio sono proprietà del soggetto, non del mondo. È la coscienza a influire sulla nostra percezione dell'esterno, perciò, se dentro di te sarai in pace, e molto innamorata di lui, percepirai il tuo quartiere e la tua casa anche a Ferrara...»

Penelope, soverchiata, si tirò su a sedere, e annunciò che voleva farsi un Nescafè. Mimmo lasciò che le ragazze andassero in cucina, e mise su la cassetta dei *Soliti sospetti*. In quel film c'erano un sacco di cose che non aveva capito le prime tre volte che lo aveva visto.

Nonostante l'assenza di Penny e della sua magica borsa di detersivi, per le tre la signora Jacobbi era sistemata: la casa splendeva, le decorazioni erano abbacinanti, e il menu completo, dagli antipasti alla meringata ai marron glacé. Uscendo da lì, Arianna chiese a Ginevra: «Che fai stasera?»

«Boh... sono invitata da Elena e Aldo... ma non ho tanta voglia di andarci. E voi?»

«Festa dalla sorella di Nicola. Niente di che, però dovrebbero esserci dei suoi amici americani, gente del cinema, non ho capito bene, perciò Nicola ci tiene... Perché non vieni anche tu?»

«Non so, ti ringrazio però... Magari più tardi ci sentiamo».

Arrivata a casa, Ginevra alzò il telefono e chiamò Malcolm.

«Ehi... come va lì? Tua mamma?»

«Meglio. Pranza con noi, a un altro tavolo ma nella stessa stanza. Ci sentiamo incoraggiati, e così abbiamo deciso di fermarci ancora una settimana».

«Oh no! Ho bisogno di te...»

«Di me? E come mai?»

«Be', intanto devo raccontarti una cosa incredibile. Sconvolgente. Sarebbe un segreto, ma tanto il 2 fanno la conferenza stampa e perciò te lo posso dire. Filippo Corelli non ha mai scritto una sola riga dei suoi libri!»

«E invece li ha scritti tutti Antonio Bassani, il suo segretario».

«Malcolm!... Lo sapevi?»

«Da almeno due anni e mezzo. Mi piacerebbe poterti raccontare come l'ho saputo, ma non sarebbe prudente».

«Senti, adesso me lo devi dire: tu chi sei veramente?»

«Un tuo amico, spero. Ti devo lasciare, Ginevra. Da qui vedo distintamente mia madre che spruzza dell'antiparassitario nel tè di Luigi. Meglio vuotare la tazza».

Ginevra riattaccò, chiedendosi se Malcolm Smyke avesse davvero una madre.

Sconsolata, andò sul terrazzo, e decise di fare un esercizio zen che le aveva insegnato Arianna. Cercò di espirare completamente, in modo da sentirsi vuota come un materassino da spiaggia sgonfio. Vuota, vuota, vuota. Adesso respirerò lentamente, e l'aria che entra nei miei polmoni porterà un pensiero al mio cervello. Un pensiero solo, semplice e reale come la necessità di respirare per non morire. Vediamo... espirare, inspirare... il materassino poco a poco si gonfia... e nel suo cervello si formò nitidissima l'immagine di Gabriele Dukic che spingeva un limone contro il muro del terrazzo.

La casa di Antonio a Ferrara si chiamava La Limonaia, ed era un piccolo gioiello architettonico del Settecento perfettamente ristrutturata, con un giardino non molto grande ma profumatissimo e armonioso. Antonio l'aveva comprata con i guadagni di *Gardenia*, e ne andava pazzo. L'aveva arredata poco alla volta, con grande cura, e ancora non era finita. Nei giorni precedenti, aveva immaginato di scegliere gli ultimi mobili, i vasi, le tende e le molle per i camini ancora mancanti insieme a Penelope. Era curioso di vedere su cosa si sarebbero orientati i gusti della sua fidanzata, e prevedeva qualche interessante e sorprendente aggiunta allo stile dell'arredamento. L'unica cosa che assolutamente non aveva previsto, in quanto inconcepibile, era di lasciare quella casa per andare a stare in un appartamento in periferia e mettersi a lavorare in una officina per motori diesel. Per quanto innamorato, per quanto oscuramente, e abbastanza suo malgrado, convinto che proprio quella accanita pulitrice ventisettenne che non aveva mai letto un libro fosse l'unica persona con cui poteva dividere la vita, l'idea era di dividere con lei la sua vita, non quella di un altro, un altro che lui proprio non sapeva come interpretare. Io non le ho mica chiesto di laurearsi in teatro inglese del Settecento con tesi su Sheridan, pensava, abbastanza offeso. A me lei va bene così com'è, perché dunque io non devo andarle bene così come sono? Perché non dovrebbe essere contenta di venire a vivere con me in questa casa bellissima? Perché non può aprire un'agenzia di fate ancora più veloci qui a Ferrara? Avrebbe un grande successo. Per tutto sabato Antonio aveva rimescolato dentro di sé questi pensieri, e non ne era avanzato neanche uno da rivolgere alla famosa conferenza stampa di martedì. Quella che avrebbe cambiato la sua vita anche più di Penelope.

Perché porto questo vaso? Chi voglio prendere in giro? Ho veramente intenzione di suonare a quella porta e quando lui mi apre dirgli che nell'angolo sudovest del suo terrazzo questo ligustro profumerebbe che è una meraviglia? E se lui mi risponde che l'angolo sudovest del suo terrazzo non sono affari miei? Avrebbe ragione, avrebbe tutte le ragioni, e io passerò il resto della mia vita a rimpiangere la mia stupidità, e anche a rimpiangere lui. Se non altro sarebbe già un piccolo passo avanti: dopo sette anni passati a piangere su un morto, me ne potrei fare altri sette a piangere su uno che almeno è ancora vivo, così arrivo ai quaranta che neanche me ne accorgo.

Carica di un pesantissimo vaso di ligustro e di queste riflessioni non molto più leggere, Ginevra arrancava su per le scale della casa di Gabriele e quando sbucò all'ultimo pianerottolo era così stanca che la sua mente non registrò subito la presenza di una ragazza bionda seduta su una valigia davanti alla porta di 'G. Dukic'. Aveva accanto la custodia di un violino, e tra le mani un batuffolo di fazzoletto grondante lacrime. Per suonare il campanello Ginevra avrebbe dovuto scavalcarla, perciò posò il vaso e la guardò con aria interrogativa.

«*You baràtnie Gabriele?*» chiese a Ginevra, guardandola malissimo.

«Eh... mi spiace, non capisco... *Who are you*?»

«*Me baràtnie Gabriele darling, you felbomlott csalad, mars innen!*»

«Gabriele darling? Allora sono venuta fin qui per niente. Continua pure a piangere, fin quando non ti inghiottirai gli occhi!» strillò esasperata Ginevra.

«*Istenhozzàd! Mars Innen!*» minacciava furiosa la povera Anelka, che solo dopo due giorni di pensione Europa aveva capito di essere stata abbandonata dal suo *kedvelt hegedimivesz* Gabriele. Lui però non aveva tenuto conto del temperamento ungherese, e quella sera, tornando a casa dopo una giornata trascorsa a visitare una mostra di Fragonard (aveva deciso di curarsi con l'arte), l'avrebbe trovata addormentata davanti alla sua porta. E ci avrebbe trovato anche il rigoglioso vaso di ligustro che Ginevra, andandosene tristissimamente, aveva lasciato lì.

Infilandosi in un vestito che sembrava fatto con la carta di un cioccolatino alla nocciola, tipicamente avvolto nel rosa, Morgana era abbastanza soddisfatta. Il dottor Imbahal, entusiasta del suo tennis, le aveva chiesto di accompagnarlo al Grande Ballo di Capodanno dell'Istituto di Genetica molecolare, che si teneva nella discoteca più *in* di Haifa, un blocco di vetro verde in riva al mare. Nonostante avesse altri sette inviti ad altrettante feste, Morgana aveva accettato, perché sperava di agganciare il professor Durrani, un biologo indiano che stava portando avanti le sue stesse ricerche sulle sequenze di amminoacidi presenti nel cervello degli squali. Voci insistenti lo davano presente proprio al ballo di Genetica molecolare, e Morgana aveva già l'acquolina in bocca. Visto che per tutto il prossimo anno non avrebbe avuto distrazioni emotive, tanto valeva schiacciare il pedale dell'affermazione professionale. Certo, stasera avere Filippo da mordicchiare sarebbe stato molto, molto, molto appagante, ma... ma quando qualcuno bussò alla sua porta, neanche per un miliardesimo di secondo pensò che potesse essere lui. E invece eccolo, con un bellissimo smoking di Caraceni, vivente immagine della seduzione maschile genere biondo. Lo stupore la congelò lì, con una mano sulla maniglia, la bocca aperta, e il vestito scintillante.

«Che cosa ci fai tu qui?»

«Sono venuto a trovarti. Che fai stasera?»

«Ti ho detto che per un anno non dovevamo vederci».

«E io ti ho ascoltata con attenzione, ma dopo una breve riflessione, mi sono reso conto che era una sciocchezza. Vieni qui, Morgana, e smettila di fare la prepotente».

Leyla e Mimmo guardarono con severità Penelope che prendeva il telefono e componeva, molto esitante e molto controvoglia, il numero del cellulare di Antonio.

«È spento... c'è la segreteria».

«Lasciagli un messaggio» disse Leyla.

«Ma voi verrete a trovarmi?» Grosse pallottole di lacrime sgocciolavano lungo le guance di Penny, che avrebbe fatto pena anche a un orco, ma non commuoveva minimamente il cugino.

«Su, non fare tante storie. Ti verremo a trovare, e anche tu potrai venire qui. Invece lui non lo vedi più se non ti sbrighi».

«Mai più. Lo perdi per sempre» rincarò Leyla, sottolineando il 'sempre' con un drammatico gesto delle mani.

E siccome Penelope era arrivata a capire che l'unica cosa intollerabile era proprio questa, perdere per sempre il suo misterioso innamorato bugiardo e scrittore, il messaggio che lasciò fu questo.

«Sono io, sono Penelope, volevo dirti che allora okay, vengo a vivere lì, e se proprio ci tieni puoi continuare a scrivere, però mi devi lasciare venire molto spesso a trovare i miei, comunque richiamami, io sono a casa, stasera non vado da nessuna parte perché sono troppo agitata».

Guardò i suoi due sostenitori in cerca di approvazione, e ottenne un caloroso abbraccio da parte di Leyla e un brusco cenno di approvazione di Mimmo. Circa trenta secondi dopo, il suo telefono cominciò a suonare.

«Pronto?»

«Penny?»

«Sei tu... hai sentito il mio messaggio?»

«No. Che messaggio?»

«Te l'ho lasciato sul cellulare».

«Non ce l'ho, il cellulare. Sono partito così in fretta che l'ho dimenticato a casa. Ti chiamo da un autogrill».

«Sei partito? Per andare dove?»

«Per venire da te. Ho bisogno che mi aiuti a fare una cosa».

«Quale cosa?»

«Cercare una casa lì. Una bella casa in collina. Se vengo a stare lì, e ti porto lontana dai tuoi solo di due o tre quartieri, mi lasci continuare a scrivere? Perché non credo proprio di poter imparare a smontare i diesel, sai?»

«Sì».

«Sì cosa? Posso continuare a fare lo scrittore?»

«Sì. Dove sei?»

«A Modena».

«Ti aspetto. Ah, il messaggio che ti ho lasciato non vale più».

A mezzanotte e trenta secondi, Arianna brindò con Nicola, compreso il classico bacio di Capodanno, poi andò a dare un'occhiata a Giacomino, che si era addormentato sul lettino di Milagros, circondato da cuginette altrettanto addormentate. Restò un po' lì a guardarli, dolcemente ubriaca. Ah, che bel bambino... che bel bambino, che bel marito, che bella vita... mai più metterò a rischio tutto questo per una stupida sbandata... sognante, felice, tornò nel pieno della festa, e si buttò fra le braccia di Nicola, che sembrava eccitatissimo.

«Ehi, Rossella, domani è un altro giorno! Dovessi mentire, rubare o mendicare, scriverò una sceneggiatura per la Miramax... Lo vedi quel tipo? È il numero tre! E mi ha appena invitato a passare un weekend a Portofino con lui... anzi, ci ha invitati tutti e due... vieni, che te lo presento!»

Il numero tre della Miramax aveva il naso aquilino, un sorriso beffardo, e due occhi che fecero piegare le ginocchia di Arianna. Oh no, pensò, prima di porgergli la mano, sorridergli, mordersi un labbro e stringere le pupille, invitante e misteriosa...

Nella città delle Fate Veloci, la notte di Capodanno nevicava molto, e il terrazzo di Ginevra a mezzanotte e un quarto era bianchissimo. Ginevra, avvolta in un plaid e con gli stivali di gomma, uscì fuori, piantò sette stelline nei vasi brulli e le accese una dopo l'altra. Le scintilline bianche erano così perfette dal punto di vista estetico che per un attimo anche lei si sentì in equilibrio con tutto. Va bene, ho perso l'amore, a causa di una stronzetta slava seduta sulla sua porta, ma qualcos'altro arriverà, in questo anno che comincia. E quando arriverà, questa volta me ne accorgerò.

In quel preciso istante, il campanello della sua porta suonò con il tintinnio dell'argento, pur essendo un normalissimo campanello elettrico di quelli che fanno *bzzz*. Ginevra si immobilizzò e trattenne il fiato. Contro ogni logica e ogni sensatezza, intuì la presenza di Gabriele vicinissimo a lei. È venuto da me. Andò ad aprire senza neanche provarsi a respirare, e si trovò davanti un ragazzo e una ragazza, molto giovani. Il ragazzo aveva in mano una scatola di cartone bianco.

«Buon anno! Sono Dani Vitale, venditore di cappelletti porta a porta. Questa è Cristina, la mia ragazza. Ci siamo già conosciuti...»

«Buon anno!» disse festosa Cristina.

«Sì...» disse Ginevra, con un filo di voce.

«Stiamo lavorando la notte di Capodanno per il progetto di solidarietà di don Pino Benetti. Se lei compra questa scatola di ottimi prodotti della Casa del cappelletto di Venaria, parteciperà alla costruzione di una capanna dei pirati nel giardino dell'asilo nido di Borgaro per piccoli comunitari ed extra».

Senza dire una parola, Ginevra prese la scatola, cercò il portafoglio, allungò un biglietto da centomila a Dani e richiuse la porta. Dani e Cristina sparirono entusiasti giù per le scale. Ginevra tornò sul terrazzo, decisa a morire lì.

E così, ci mancò pochissimo che non si accorgesse neanche questa volta del destino in agguato. Infatti, mentre era fuori a guardare gli ultimi sprizzichii delle stelline, qualcuno si fermò davanti alla sua porta, ma non suonò il campanello, e nemmeno bussò. Ginevra non sentì i leggeri rumori che quel qualcuno stava facendo, e sarebbe rimasta fuori a congelarsi dolcemente se per puro caso a un certo punto un oggetto rumoroso non avesse fatto un tonfo che si sentì perfino dal terrazzo. Ginevra sussultò, e a passi felpati rientrò, chiuse la finestra e si avvicinò alla porta, spaventata. Niente. Solo un leggerissimo tramestio attutito. In un lampo, intuì che si trattava di un ladro che tirava fuori gli attrezzi per lo scasso, o di Yumi che veniva lì con varie accette per ammazzare prima lei e poi Morgana, casomai fosse stata presente, o Filippo Corelli che voleva sfondare la sua porta con uno dei suoi giochi di prestigio e poi mangiarle il cuore. *Tump tump tump*, batteva forte quel cuore. Come una bambina in una fiaba dei fratelli Grimm, pensò che l'orco dall'altra parte lo avrebbe sentito, e si allontanò piano piano dalla porta, cercando di raggiungere il telefono per fare il 113. Aveva già la mano sulla cornetta quando l'Andante della *Sinfonia Concertante per violino e viola K 364* di Wolfgang Amadeus Mozart si schiuse sul suo pianerottolo e poi sbocciò, come la corolla di una rosa Moonlight, o di una rosa Nevada.

**Visita il sito internet
della TEA
www.tealibri.it
potrai:**

SCOPRIRE SUBITO LE NOVITÀ DEI TUOI AUTORI
E DEI TUOI GENERI PREFERITI

ESPLORARE IL CATALOGO ON LINE
TROVANDO DESCRIZIONI COMPLETE
PER OGNI TITOLO

FARE RICERCHE NEL CATALOGO
PER ARGOMENTO, GENERE,
AMBIENTAZIONE, PERSONAGGI...
E TROVARE IL LIBRO CHE FA PER TE

CONOSCERE I TUOI PROSSIMI
AUTORI PREFERITI

VOTARE I LIBRI CHE TI SONO PIACIUTI DI PIÙ

SEGNALARE AGLI AMICI I LIBRI
CHE TI HANNO COLPITO

E MOLTO ALTRO ANCORA...

**Vieni a scoprire il catalogo TEA su
www.tealibri.it**

❀TEA❀

Ti è piaciuto questo libro?
Vuoi conoscere altri lettori con cui parlarne?
Visita

InfiniteStorie.it
Il portale del romanzo

Su InfiniteStorie.it potrai:
- trovare le ultime novità dal mondo della narrativa
- consultare il database del romanzo
- incontrare i tuoi autori preferiti
- cercare tra le 700 più importanti librerie italiane quella più adatta alle tue esigenze

www.InfiniteStorie.it

STEFANIA BERTOLA
BISCOTTI E SOSPETTI

Violetta, commessa, e sua sorella Caterina, sarta e minuscola imprenditrice in proprio, non sono forse le inquiline ideali per un appartamento ricavato in un'elegante villa in collina. D'altra parte, nemmeno gli altri abitanti sono del tutto irreprensibili. Rebecca è una madre separata alle prese con tre bambine, mirmecologi fedifraghi e pastori metodisti killer; Mattia è un *interior designer* ricercatissimo per il suo pessimo gusto e il suo fisico prestante; Emanuele è appena arrivato da Calcutta con una moglie che sembra intenzionata a rovinargli la vita... Dal connubio tra le nuove residenti e i vecchi inquilini nasceranno amori, naturalmente, ma anche incidenti, equivoci, scontri, travestimenti... come nell'effervescente, trascinante e scatenato musical della nostra vita di tutti i giorni.

❀TEA❀

STEFANIA BERTOLA
NE PARLIAMO A CENA

Sofia è appena stata piantata dal marito e quel fetente, non contento di spassarsela con una collega, pretende anche di toglierle la casa. È il momento, dunque, di radunare le cugine-amiche per una cena di consulto. Ed eccole là, tutte e cinque, attorno al tavolo, davanti a un bel risottino: c'è Costanza – la voce narrante – che non si è mai sposata perché l'uomo che ama è già sposato; Bibi, divorziata ma che sogna di riconciliarsi col marito; Irene, sempre sul punto di separarsi, ma che non si decide mai e Veronica, l'unica senza problemi e per questo terrorizzata che tanta felicità non possa durare in eterno. Così, tra il primo e il dessert scorrono le vite delle cinque amiche con i loro amori, i loro dolori, le loro follie, le loro prese in giro, i loro battibecchi, le loro critiche, costruttive o distruttive, ma sempre piene di humour e di quelle verità che possono essere accettate solo grazie a una bella e sana risata e a un profondo sentimento di complicità.

Finito di stampare
nel mese di gennaio 2008
per conto della TEA S.p.A.
da La Tipografica Varese S.p.A. (VA)
Printed in Italy

TEADUE
Periodico settimanale del 18.2.2004
Direttore responsabile: Stefano Mauri
Registrazione del Tribunale di Milano n. 565 del 10.7.1989